영의
기원

영의 기원

천희란 소설집

H 현대문학

차
례

창백한
무영의 정원

B의 이름이 떠오르지 않는다. 그녀의 이름은 여진이나 유진, 유정이나 연정이었을 수 있다. 우리가 그녀의 늘어진 몸을 차에서 끌어내 도로 가장자리로 끌고 가는 동안에, D는 트렁크에 실린 그녀의 배낭을 열어젖힌다. 신발이 벗겨진 B의 왼쪽 발꿈치가 아스팔트 바닥에 쓸려 까맣게 변해간다. "아무래도 들고 가는 게 낫겠어." 누군가 말한다. 우리는 D를 부른다. D가 B의 배낭 안에서 찾아낸 지갑을 흔들며 달려온다. 그는 달려오는 도중에 도로 위에 나뒹굴고 있는 B의 신발 한 짝을 집어 든다. 신발은 B의 발에 꼭 맞는다. D가 지갑을 펼치고 우리는 한 사람의 빼곡한 사생활을 향해 머리를 조아린다. 임윤정, 그것이 B의 이름이다. 신분증에 적힌 그녀의 이름을 확인하자, 비슷하다고 생각했던 몇 개의 이름이 실상은 조금도

비슷하지 않다는 사실을 깨닫게 된다. 나는 한때 내가 그녀의 이름을 기억하고 있었다고 말하지 않는다. 어째서 이토록 쉽게 그녀의 이름을 잊을 수 있을까. 우리는 약속이라도 한 것처럼 B의 이름을 작게 읊조린다. 다시는 그 이름을 잊지 않겠다고 다짐하듯이. 그녀의 이름을 몇 번이고 되뇌면서, 나는 동시에 나의 이름을 곱씹는다. 아마 모두가 그러할 것이다. 서로에게 각인할 자신의 이름을 발설하고 싶을 것이다. 그러나 말하지 않는다. 말하지 않는 것이 아니라, 말할 수 없는 것이다. 죽은 자의 이름 앞에서 산 자의 이름이 무용해진다.

우리는 B의 팔다리를 하나씩 나누어 붙들고 그녀의 몸을 들어올려 숲으로 들어선다. 도로는 뜨거운 볕에 달아오를 대로 달아올랐는데도 숲의 공기는 여전히 서늘하고, 숨을 들이쉴 때마다 가슴이 차가워지는 것이 느껴진다. 숲에 조금 더 머무르고 싶다는 생각이 든다. 그러나 우리는 계획된 시간 안에 목적지에 닿기 위해 숲속 깊은 곳까지는 들어가지 않는다. B를 키가 크고 무성한 덤불 사이에 놓아두고, 그녀의 바지춤에 지갑을 단단히 꽂아둔다. 그녀가 발견될 가능성은 낮지만, 만약 발견된다면 이름이 알려지는 편이 나을 것이다. 뒤에 남겨진 무엇인가가 있다면 누구나 반사적으로 뒤를 돌아보게 된다. 그러나 숲을 빠져나오면서, 누구도 뒤를 돌아보지 않는다. 아무도 뒤를 돌아보지 않는 것은, 뒤를 돌아보지 말아야 한다는 의지 때문이다. 그런 생각에 도달하자, 나는 나의 의지를 버리기로 한다. 나는 멈춰 서서 뒤를 돌아본다. 등 뒤에서 앞서가던 사람들이 걸음을 멈추는 것이 느껴진다. 숲은 어둡고 차갑다. 이미 멀어진 B의 형체는 나뭇잎의 짙은 그림자 속으로 가라앉았다. 우리는 숲을 본다. B가 죽었다. 그리고 이제 네 명이 남았다.

좁은 도로 양옆으로 빽빽하게 우거진 숲의 풍경이 한참 동안이나 지루하게 이어진다. 눈앞에 보이는 도로의 끝이 매 순간 세계의 끝처럼 보인다. 속도를 줄이지 않는다면 우리가 타고 있는 자동차는 허방으로 낙하할 것이다. 우리 중 그 누구의 신체도 자동차가 받는 중력의 크기를 따라잡을 수 없을 것이다. 그러면 몸은 떨어지면서 떠오를 것이다. 그러나 도로의 끝은 한없이 뒤로 물러나고 우리가 지나쳐 온 풍경들은 모두 하나의 소실점에 수렴되어간다. 자동차는 속도를 높일수록 더 낮게 가라앉는다. 운전석에 앉은 D가 라디오를 켠다. 로큰롤 음악이 흘러나온다. D가 노래의 멜로디를 흥얼거린다. "제목이 뭐였지." 그가 혼잣말로 묻는다. 룸미러에 조용히 창밖을 바라보는 두 사람의 얼굴이 비친다. C가 미간을 찌푸린다. 지금과 같은 상황에서 노래를 부르는 것은 부적절하다고 생각했을 것이다. D 또한 자신의 노래가 적절하다고 생각하지는 않았을 것이다. "알 것 같은데 떠오르지가 않네. 따라 부르다 보면 알게 되려나." 지금, 또다시 B의 이름을 상기하는 것은 당연하다.

나는 라디오를 끈다. 순간 D가 눈을 흘기지만, 나는 그의 시선을 아랑곳하지 않는다. 그가 조금 비인간적으로 느껴지더라도, 지금 우리에게는 인간성이라는 단어가 그다지 유용하지 않다. "창문을 좀 열어도 될까요?" E의 목소리가 가늘게 떨린다. 백미러 속에서 E는 솟구치는 눈물을 참기 위해 안간힘을 쓴다. 그녀는 남은 네 사람 중에 가장 어리고, 또한 그 누가 보아도 가장 유약해 보이기만 한다. 우리 중 누군가는 그녀에게 울어도 괜찮다고 말해야 하지만, 아무도 말하지 않는다. 그녀는 우리의 허락 없이도 눈물을 흘릴 수 있다. C는 여동생의 어깨를 끌어안는다. 나는 창문을 열어 바람 소리가 크게 들어오도록 한다. D는 다시 라디오를 켠다. 곡은 그새 바뀌어 있다. 이번에는 D가 노래를 따라 부르지 않는다. 더 이상은 노래를 부를 수 없는 것처럼. 어쩌면 그저 그가 모르는 곡이기 때문인지도 모른다. 이 순간에는 차라리 노래를 부르는 편이 나을 것 같다. 손톱 밑에 낀 거칠고 쌉싸름한 흙이 혀끝에 닿은 후에야, 나는 비로소 무의식적으로 손톱을 물어뜯는 일을 멈춘다.

이름이 없는 존재들이 있다. 분명히 있지만 아직까지 누구도 찾아내지 못한 식물이나 별, 아직 태어나지 않은 아이들과 누군가의 머릿속에서만 실현된 신세기의 기술 같은 것들 말이다. 실재 여부와 상관없이 호명되지 않기에 존재하지 않는 바로 그런 것들. 이름 없는 존재는 비밀스럽고 아름다우며 때때로 쓸쓸하지만, 결정적으로 그것은 두렵다. 그러나 우리 모두가 그 공포를 깨달은 것은 최근의 일이다. 이름 붙일 수 없는 대상이 돌연 우리의 눈앞에 나타났기 때문이다. 사람들이 죽어가기 시작했다. 사람이 죽는 것은 놀라운 일이 아니지만, 그렇게 빠른 속도로 오랫동안 원인 불명의 죽음이 계속되었다는 이야기는 어디에서도 들어본 적이 없다. 사람들은 죽어가기 시작했고, 죽음은 계속해서 진행되고 있다. 어떠한 전쟁의 시기보다 빠른 속도로 공포가 번성한다.

아무런 징후도 없는 죽음이었다. 사람들은 돌연 깊은 잠에 빠진 것처럼 숨을 거두었다. 누적된 죽음에서는 통계상의 일정한 규칙도 발견되지 않았다. 그들의 시신에서조차 별다른 특수한 증상은 찾아볼 수 없었다. 그저 일순간에 모든 신체 기능이 정지한 것 같았다. 그렇다. 그 표현이 옳을 것이다. 그들은 정지했다. 그들이 단지 정지했을 뿐이므로 그들의 죽음이 연속성을 가지고 있다는 사실을 처음부터 인지한 사람은 없었다. 물론 그 사실을 깨닫게 된 후에도 과연 어디까지가 이름 붙일 수 없는 죽음에 속하는 것인지 정의를 내리기란 쉽지 않았다. 죽음은 항시 예측할 수 없는 곳에서 다가오지만, 이번에는 죽음이 지나간 후에도 그것이 어디에서 왔는지 알 수 없었다. 그 죽음을 질병으로 규정할 수는 없었기 때문에 사람들은 돌연사라는 단어를 사용했다. 그러나 지금까지 있어왔던 다른 돌연사들과 정확히 같은 것이라 할 수도 없었다. 예측도, 정의도, 대비도 불가능한 다발의 죽음이었다. 사람들은 아무 데서나 죽어갔다. 그들이 가장 안전하고 안락하다고 느끼는 곳에도 죽음은 어김없이 찾아왔다. 간혹 그들이 너무 늦게 발견되는 일이 일어나기는 했지만, 그나마 그들은 진정 운이 좋은 경우에 속했다. 안전지대는 없었고 실종자와 사망자를 예측하는 일은 불가능해졌기 때문이다. 발견되지 않은 사람들은 사라져갔다. 아마 B 또한 그렇게 사라질 것이다.

D의 별장은 쉬지 않고 사람의 손을 탄 것이 분명한데도 불구하

고 외진 곳에 떨어진 집들이 내뿜는 을씨년스러움을 감추지 못한
다. 2층짜리 석조 건물 앞에 꾸며놓은 정원의 잔디밭에서는 잡초 한
포기를 찾아볼 수 없다. 예술적 완성도를 가늠할 수 없는 몇 개의 석
상, 붉은 잉어가 살고 있는 얕은 연못, 꽃이 모두 진 푸른 장미 덤불,
커다란 파라솔과 철제 테이블 따위가 정원을 빈틈없이 채우고 있
다. 별장 터를 둘러싼 시커먼 숲과 취향 없는 인공 정원의 풍경은 서
로 어울리지도, 완전히 분리되지도 않는다. 우리는 D를 따라 정원
을 가로질러놓은 돌길을 걸어 얕은 계단 몇 개를 오르고서야 별장
의 현관 앞에 선다. 지붕이 머리 위에 그늘을 만든다. 그늘 밖의 세
계는 불현듯 낯설어진다. 이곳에 당도하기까지 줄곧 그래왔듯이 뜨
거운 태양은 삼엄하게 모든 사물들의 정수리를 들여다보고, 모든
사물이 그림자를 빼앗긴다. 세계의 윤곽이 지나치게 또렷하고 날카
롭다. 나는 오른쪽 발등에 떨어지는 햇살을 피해 발을 그늘 안으로
옮겨놓는다. D가 잠기지 않은 현관문을 열고 C와 E가 짐을 들어 옮
기는 내내, 나는 점점 더 뚜렷해지다가 한순간에 휘발될 것 같은 정
원의 풍경을 관망한다. 눈이 피로하다. 눈을 감는다. 눈을 감자 눈
안에 붉은빛이 차오른다. 석양, 산에서 석양이 지는 것을 본 적이 없
다. "덥지 않아요? 어서 들어와요." C가 현관 앞으로 돌아와 내 짐을
받아 든다.

　"산속에서 해 지는 거 본 적 있어요?"

　"해가 뜨는 걸 본 적은 있죠." 하늘을 올려다보는 그의 눈빛이 이
내 일출을 떠올리고 있다.

"바다에서 해가 지는 것과는 좀 다른 느낌이겠죠?"

C는 대답하지 않는다. 대신에 내 어깨를 두드린다. 말과 말 사이에 침묵이 길어지고 있다.

아버지는 스물세 명의 탑승객을 태운 고속버스에서 사망했다. 아버지는 스물네 번째 탑승자이자, 고속버스의 운전수였다. 탑승객 중 세 명이 사고로 목숨을 잃었다. 아버지는 고속도로를 달리던 중에 갑자기 의식을 잃었다. 핸들을 붙잡고 있던 손이 풀어지며 바닥을 향해 떨어졌다. 어떤 이유에서였든지 사고 직전에 브레이크 페달을 밟은 것은 다행이었다. 버스는 잠깐 동안 한산한 고속도로 위를 갈팡질팡하며 달렸다. 출입문 앞좌석에 앉아 있던 승객 하나는 정신없이 안전벨트를 착용하며 보았던 주인 없는 핸들의 움직임을 기억한다. 버스의 앞바퀴가 가드레일을 타고 오르며 기울어지는 순간에도 줄곧 핸들의 움직임을 바라보던 그는 다른 승객들을 향해 조금 더 빨리 벨트를 착용하라고 외치지 못한 것이 후회스럽다고 했다. 그는 사고 이후로 매일 꿈에서 갈피를 잡지 못하고 빠르게 회전하는 핸들을 보았다. 사고가 날 무렵에 해가 지고 있었다. 대부분의 승객들은 눈부신 햇살을 피하기 위해 창가에 걸린 커튼을 닫고 잠을 청하는 중이었다. 그들은 창밖의 풍경을 보지 못했다. 창밖의 풍경을 본 사람이 있겠지만, 아무도 창밖의 풍경을 증언하지는 않았다. 아버지는 그것을 보았을 것이다. 나는 그것을 생각한다.

테이블 위에 놓인 음식은 좀처럼 줄어들지 않는다. 별장의 식탁 위에는 열 명이 먹어도 모자라지 않을 만큼 많은 양의 음식이 차려져 있지만, 음식을 보아도 허기가 느껴지지 않는다. C는 방 안에 틀어박힌 여동생을 위해 약간의 빵과 과일을 나누어 담았다. 그러고는 그녀와 함께 오랫동안 방 밖으로 나오지 않는다. D는 짐을 풀어놓자마자 무서운 속도로 음식을 집어 먹기 시작했다. 그는 딱 한 번 나에게 음식을 권했을 뿐, 나의 식사 여부에는 별 관심을 보이지 않는다. 나는 그 많은 음식들이 D의 비쩍 마른 몸속으로 빨려 들어가고 있는 것을 의아하게 바라본다. 우리가 식탁 앞에 함께 앉는 것은 처음 있는 일이고, 그가 식사하는 광경을 바라보며 그가 무척이나 예민하고 신경질적인 사람이라는 것을 눈치챘다. 많이 먹고 살이 찌지 않는 사람들은 성격이 나쁜 거야. 내 여동생은 언제나 나를 가리켜 그렇게 말했다. "노인네들은 너무 손이 크단 말이야." D가 깎지 않은 사과의 물기를 셔츠 앞섶에 문질러 닦는다.

"관리인들은 어디에 있죠?"

"여기 사는 건 아냐. 집안일을 해주긴 해도 내가 여기에 머무는 동안에 와서 일을 하지는 않아. 더 깊은 산속에 살지. 도시에서 살던 부부인데, 마냥 산속에 파묻혀 살다 죽을 생각으로 온 사람들이랄까. 그래도 아쉬울 것 없을 만큼 오래 산 사람들이지."

"……그래요."

"걱정 마, 이제 다시는 이곳에 올 일이 없는 사람들이야." 나는 우리가 모두 사라진 후 천천히 썩어가는 음식들을 떠올린다. 우리의 몸이 썩어가는 동안에.

"너무 지체하지는 말자고. 순서를 정해야지."

D는 찬장에서 술과 잔을 꺼내 거실로 자리를 옮기며, C와 E가 있는 방을 향해 눈짓을 한다. D가 먹다 만 사과는 그대로 식탁 위에 놓여 있다. 부패는 언제나 예상보다 일찍 시작된다. 나는 방문 앞으로 다가가 조심스럽게 귀를 갖다 댄다. 아무런 소리도 들려오지 않는다. 내가 기대한 것은 무엇이었을까. 아마도 E의 흐느낌이나 그녀를 달래는 C의 목소리. C의 목소리는 어딘지 모르게 안정감을 준다. 그러나 내 귀와 나무판 사이를 흐르는 미세한 공기의 진동만이 느껴질 뿐, 사람의 목소리는 들려오지 않는다. 나는 손잡이에 한 손을 가볍게 올리지만, 단지 그뿐이다. 문을 여는 것이 두려워진다. 그곳에, 그 아이가 있을 것 같다.

나는 온종일 잠겨 있는 방문에 귀를 갖다 대고 그녀의 이름을 불렀다. 이른 아침, 자신을 내버려두라는 한마디의 말만이 방문 너머로 들려왔고 그것이 마지막이었다. 나는 너무 늦게 방문을 열었다. 그녀의 얼굴을 볼 수 없었다. 그녀는 부드럽고 적당한 어둠 속에서 두꺼운 검정색 비닐봉투를 쓰고, 목에는 청테이프를 친친 동여맨 채 누워 있었다. 내가 문지방 앞에 서서 당혹감과 절망, 공포 따위의, 부정에 가까운 온갖 감정들 속을 서성인 시간은 길지 않았다. 침대 위로 뛰어올라 질기게 늘어나기만 하는 봉투를 뜯으며, 그녀의 숨이 봉투를 부풀리는 것 같은 순간이 있었고, 그럴 때면 나는 더욱 맹렬하게, 허기진 짐승처럼 그녀의 얼굴을 뒤덮은 검은 거죽을 찢어발겼다. 그 또한 긴 시간은 아니었으리라. 땀에 젖은 머리카락이 그녀의 얼굴을 휘감고 있었지만, 두 눈은 평온하게 감겨 있었다. 고통스럽지 않았던 것일까. 그럴 리 없다. 반사적으로 나타나는 경련의 흔적조차 남지 않은 침대는 그녀의 절박함을 반증했다. 절대로 살아남지 않겠다는 완강한 결의가 육체가 지닌 삶의 의지를 이긴 것이다. 나는 주먹을 쥐는 대신에 손바닥으로 가볍게 문을 두드리고 방문이 열리기를 기다린다. 곧장 E의 대답이 들려온다.

"혹시 시간이 좀 더 필요하면……."

"아녜요, 바로 나갈게요."

내게 하나뿐이던 여동생은 머리맡에 짧은 메모를 남기고 죽어버렸다. 나는 스스로 결정하고 싶어. 사랑해. 용서해줘. 사랑해. 그녀는 두 번이나 사랑한다고 썼다. 거기에는 자신의 결정이 지체되는 것을 피하려는 자의 다급함이 있었다. 아마 그녀는 자신이 두 번씩이나 사랑한다고 쓴 것을 인식하지 못했을 것이다. 아버지의 장례를 치르고 채 1년이 되지 않아 그녀의 장례를 치러야 했다. 어머니가 그걸 버틸 수 있으리라 기대하지 않았다. 그녀 또한 머지않아 죽어버릴 거라고, 그것은 단지 시간문제일 뿐이라고, 나는 생각했다. 물론, 아니 어쩌면, 나의 전망이 그녀의 죽음을 견인한 것일지도 모른다.

D는 트럼프 카드를 늘어놓는다. 몇 개의 숫자와 알파벳에 우리의 목숨을 맡기는 것, 이제는 그것이 우리의 유일한 전망이다. 방 밖으로 나온 E는 한결 안정을 되찾은 듯하다. 그러나 그녀의 창백하고

침착한 얼굴이 이제는 검정 비닐봉투처럼 보인다. 우리는 모두 절박하며, 모두 겁에 질려 있다. 거실에 둘러앉은 사람들의 표정이 하나같이 경직되어 있다. 그리고 경직된 표정 위로 언뜻 비치는 형언할 수 없는 감정의 균열은 당장에라도 우리의 얼굴을 깨뜨릴 것처럼 위태롭다. 커다란 거실 유리창으로 해가 비스듬히 들어오기 시작한다. 햇빛은 C의 얼굴을 사선으로 가르며 이마와 왼쪽 눈가를 삼킨다. C가 미간을 찌푸린다. "조금 더 안쪽으로 들어와 앉아요." 그가 응달 쪽으로 몸을 들이자 밝은 빛 속에 갇혀 있던 얼굴이 드러난다.

길고 갸름한 C의 얼굴에서는 날카로운 구석을 찾아볼 수 없다. 살짝 뒤로 누운 이마와 거의 튀어나오지 않은 광대, 둥글게 미끄러지는 턱선을 포함하여, 그의 얼굴은 사포로 잘 문질러낸 돌처럼 부드럽다. 희미한 입술의 경계와 한순간 풀려버릴 것 같은 엷은 쌍꺼풀, 그는 성별을 알 수 없는 존재처럼 보인다. 그가 E를 바라보며 소리 없이 입술을 움직일 때 부유하던 먼지는 휘몰아친다. 입김이 다가오는 것 같다. 나는 내가 그 입술을 읽으려 한다는 것을 깨닫고 시선을 돌린다. 대신에 D가 섞고 나눈 카드를 집어 드는 그의 손을 본다. 얼굴과는 달리 크고 마디가 굵은 손가락이 카드를 펼친다. 마치 그의 손은 그의 육체로부터 완벽히 분리되어 있는 생명체처럼 느껴진다. 나는 이 순간을 최대한 드라마틱하게 구성하고 있다. 그는 그렇게 아름답지는 않은 평범한 외모의 남자이고, 나는 이 모든 상황을 급격하게 낭만적으로 받아들이는 일을 멈추어야 한다. 웃음이 새어 나온다. 모두의 시선이 돌연 나에게 향한다. E와 눈이 마주친다. 그녀의 입꼬리가 길게 늘어진다. 그녀는 C를 바라본다. 그들이 웃음을 주고받는다. 그것이 나에게 웃음을 준다. "자, 이제 시작합시다." D는 모든 것을 비웃기라도 하듯이 우리가 주고받는 웃음을 자르며 말한다. 우리는 카드를 집어 들고 섞여 있는 카드를 정리한다.

　우리는 각자의 카드를 가지고 있고, 우리가 서로 어떤 카드를 가지고 있는지는 때때로 짐작 가능하지만, 확실하지는 않다. 그들의 표정을 읽는 게 중요하지만, 그들이 연기를 하고 있는 것인지 아닌지 알 수 없으므로 판단은 신중해야 한다. 우리는 서로에 대해 잘 알지 못한다. 그리고 우리는 대부분 의미를 알 수 없는 표정을 짓는다. 어떤 표정을 지어야 할지 모르기 때문이다. 대부분의 게임은 승리를 위해 존재하지만, 우리는 지금 무엇이 승리를 의미하는 것인지 모른다. 결정적으로 이 게임의 승자는 존재하지 않는다. 이것은 게임이라기보다는 점이나 주술에 가깝다. 혹은 명령이다. 우리는 신의 계시를 기다리는 자들처럼 카드판을 둘러싸고 앉아 있다. D가 병에 담긴 투명한 술을 잔에 따라 권한다. 나와 C는 잔을 받아 들고 향을 맡긴 하지만 마시지는 않는다. "필요하니?" D가 E에게 묻는다. E는 고개를 젓는다. D는 혼자 한 잔 가득 들이켠다. 가장 태연해 보이는 얼굴로. 그러나 이제 그에게서 초조함이 느껴진다. 초조하지 않은 사람은 단 한 명도 없다. D가 카드판에 펼쳐진 한 장의 카드 위로 첫 번째 카드를 내려놓는다. 우리는 이 게임에 아무것도 걸지 않았다. 우리가 걸 수 있는 것은 아무것도 남아 있지 않다. 혹은 우리가 소유할 것이 남지 않았다. 그것은 전망이다.

죽음을 원하지 않기 때문에 죽음을 선택하는 일은 불가능해 보이지만, 실제로 그런 일은 빈번하게 일어났다. 그러니까 검정 비닐봉투에 머리를 집어넣고 죽은 나의 여동생처럼. 그녀의 장례가 모두 끝난 뒤에도 그녀의 휴대전화로는 수많은 메시지들이 전송되어 왔다. 대부분이 광고 문자였고, 몇 번인가 그녀의 장례식에 찾아왔던 사람들이 보내온 장문의 메시지가 있었다. 나는 그 메시지들에는 답하지 않았다. 내가 답장을 보낸 유일한 메시지는 휴대전화에 설치되어 있는 한 어플리케이션으로 날아든 것이었다. B의 메시지였다.

D가 가장 먼저 손에 쥔 모든 카드를 내려놓는다. C는 끊임없이 E가 손에 쥔 카드의 수를 의식한다. 그는 자신의 손에 내려놓을 수 있는 카드가 남아 있지 않은 것처럼 자신의 차례가 돌아올 때마다 카드를 가져간다. 모든 카드를 내려놓은 D가 어깨 너머로 C의 카드를 들여다보며, 웃는다. 아마도 거기에는 C가 내려놓을 수 있음에도 결코 내려놓지 않을 카드들이 섞여 있을 것이다. 그러나 D가 웃는다고 해도, 그는 더 이상 이 상황을 비웃지는 않는다. 우연인지, 아니면 그가 훌륭한 도박꾼이기 때문인지는 알 수 없지만, D는 가장 먼저 손을 비웠다. 그는 죽음의 전망에 가장 가까워진다. "엘비스 프레슬리!" 갑자기 그가 외친다. 이어 "하트 브레이크 호텔이죠" E가 정직하게 자신이 내려놓을 수 있는 카드 한 장을 내려놓으며 말한다. D는 눈을 휘둥그렇게 뜨며 손뼉을 친다. "아니 그 나이에 엘비스 프레슬리를 어떻게 알아?" E는 답 없이 어깨를 능청스레 들어

올린다. "아까 차에서 들었던 그 노래 얘기야. 엘비스 프레슬리." D
가 나와 C를 향해 말한다. 그러는 사이에, E의 손에 한 장의 카드만
이 남는다.

이 게임의 룰은 간단하다. 자신이 가진 모든 카드를 먼저 내려놓
는 사람이 앞선 순서를 가져가게 된다. E는 비로소 조금 안도한 얼
굴이 된다. 우리는 훌륭한 도박사가 아니고, 마치 서로의 카드를 열
어둔 것처럼 게임을 한다. 내가 가진 카드보다 C가 월등히 많은 카
드를 들고 있다. 그가 나보다 먼저 모든 카드를 내려놓는 일은 일어
나지 않을 것이다. 그가 마지막 차례일 것이다. 예상대로 E가 먼저
모든 카드를 내려놓는다. 그녀가 자리에서 일어나고, D가 뒤따라
일어난다. E는 식탁 앞으로 가고, D는 꺼져 있던 휴대전화의 전원
을 켜며 현관 밖으로 나간다.

"데려와야 하지 않았을까요? 그 언니." E가 말한다. 짧고 완벽한
정적. 현관문이 닫히며 걸쇠가 걸리는 날카로운 마찰음이 지나가자
공기는 서늘하게 식는다.

'아주 높은 곳에서 떨어지면 바닥에 닿기 전에 정신을 잃는대요.'
B가 보낸 메시지였다. B와 동생은 여러 차례 메시지를 주고받았다.
그들은 이 이상한 죽음이 창궐한 뒤에 만들어진 비밀스러운 인터넷
모임에서 만났다. 나는 자동으로 접속이 가능한 어플리케이션 덕분
에 그들이 주고받은 메시지를 확인하는 것은 물론, 그들이 만난 비
밀 모임의 회원이 될 수 있었다. 내 여동생과 B를 포함하여, 그 모
임에 가입되어 있는 사람들은 그곳에서 자살을 계획하고 실행했다.

22

어떤 사람은 자신의 자살을 예고하고, 때로는 한때 모임의 일부였던 사람 중 누군가가 원하는 결과를 얻었다는 소식을 공유했다. 자살에 관한 것뿐만 아니라, 이 기이한 죽음에 관련된 무성한 소문과 공식적인 보도, 미래를 예측하는 온갖 종류의 글들이 하루에도 수십여 개 이상 올라왔다. 그들은 모두 별명이나 이니셜을 사용하고, 죽음을 예고할 때가 되어서야 자신의 실명을 밝혔다. 사람들은 예고된 죽음이 완성될 때마다 함께 그의 죽음을 추모했다. 게시판에는 E의 실패한 자살 예고가 두 개 남아 있었을 뿐, 여동생이 자신의 죽음을 예고한 글은 발견되지 않았다.

B가 그녀에게 계속해서 메시지를 보낸 것은 아마도 그 때문이리라. 그들이 주고받은 대화에 그들의 신상을 짐작할 수 있는 정보는 많지 않았다. B가 자살을 예고하며 실명을 밝힌 기록이 남아 있었는데도 그녀는 여전히 JJ라는 닉네임으로 불렸다. 여동생의 별명은 마누였다. 그들은 대부분 죽음에 대한 관념적인 이야기나 자살 방법에 대한 정보를 공유했다. JJ는 자신이 세 번이나 자살에 실패했고, 손목을 그어 죽으려는 사람들이 아주 멍청하다고 말했다. 대신에 질식은 생각보다 괴롭지 않은 방식이라고 했다. 그녀가 실패한 방법 중의 하나이기는 하지만, 그건 많이 고통스럽지 않고 그저 정신이 아득해질 뿐이며, 다시 한 번 시도해볼 가치가 있는 방식이라는 것이었다. 나는 JJ가 내 여동생을 죽음으로 몰고 갔다고 생각했고, 그러한 생각은 참을 수 없는 분노를 불러일으켰다. 마누는 자신의 죽음을 예고하지 않았으니까, 어쩌면 마누가 비닐봉투를 쓰고

침대에 누웠을 때, 그건 그저 JJ의 말을 시험해보려 했던 것인지도 모른다. 두 번이나 사랑한다고 쓴 성의 없는 그 유서는 다급해서가 아니라, 그저 만약을 대비한 것인지도 모르는 일이었다. 나는 마누의 아이디로 JJ에게 메시지를 보냈다.

'당신이 마누를 죽인 거야.' 그때만 해도 내가 B의 이름을 잊게 되리라고는 상상조차 할 수 없었다.

나는 석양이 지기 전에 죽게 될 것이다.

나는 내가 숨을 쉬고 있는 이 순간, 이 호흡의 의미를 생각한다. 시야는 어둡고 흐릿하다. 공기는 무척이나 습하고 내가 숨을 내쉴 때마다 조금씩 더 뜨거워진다. 신체 말단의 감각이 서서히 되돌아온다. 내가 나의 호흡을 의식하고, 나의 손이 내 얼굴을 향해 올라오기까지의 시간은 아주 짧다. 거의 반사적으로, 숨을 들이마실 때마다 얼굴을 죄여오는 두꺼운 비닐을 늘여 작은 구멍을 낸다. 이쪽의 공기가 너무 뜨겁기 때문에 저쪽의 공기는 비교적 차게 느껴진다. 나는 그 차가운 공기를 크게 들이마시고 참을 수 없을 때까지 머금는다. 갈비뼈가 벌어지는 듯하고, 서서히 등과 머리에 압통이 몰려온다. 숨을 내쉰다. 내쉰 공기가 비닐을 풍선처럼 부풀리다 이내 작은 구멍 밖으로 빠져나간다. 여기는 어디일까. 해가 졌다.

어쩌면 여기가 저승이 시작되는 문턱이리라. 내가 비닐을 뒤집어쓰고 테이프를 친친 감은 채 누운 방에 드리우던 빛이 모조리 사라져버린 풍경. 그러나 저 방문을 열고 나가면 그곳에 가족들이 있을

지도 모른다는 생각은 하지 않는다. 여기는 너무나 적막하고, 나는 처음으로 외롭다는 말을 이해할 것 같다. 모든 소리에 신경이 집중된다. 침대의 직물이 움직이는 소리, 발바닥이 습한 마룻바닥과 마찰하는 소리, 나의 숨소리, 어디서 들려오는지 알 수 없는 전기가 흐르는 소리, 죽음 뒤에도 이토록 생생한 육체의 감각이 있으리라고는 상상해보지 않았다. 방문을 연다.

　D는 가장 큰 침실의 침대 위에서 숨을 거두었다. 그는 약을 먹었다. JJ의 메시지 중에는 약을 먹고 자살하는 일에 대한 주의사항도 있었다. '약은 언제나 충분하지 않을 수 있어요. 단지 고통만을 주죠. 위를 세척하는 건 끔찍한 일이에요.' 그러나 D는 단 한 알의 약을 먹었고 얼마 지나지 않아 잠든 것처럼 죽어버렸다. 그는 그것이 얼마나 구하기 어려우며, 그 능력과 값어치가 얼마나 대단한 것인지를 한참 동안이나 떠들어댔다. 나는 결코 그 말들이 불필요했다고 생각하지 않는다. 그가 한 알의 알약을 입속에 털어 넣고 침실로 들어간 뒤 30여 분, C가 그의 죽음을 확인했다. 본래 그것은 E의 몫이지만, C가 그녀를 대신했다. D는 편안해 보였다고 했다. 우리는 그가 방 안으로 들어간 뒤에 그의 가방 속에서 진동하는 휴대전화를 꺼냈다. 김 차장의 전화였다. 우리는 김 차장의 전화를 받지 않았다. 대신에 휴대전화 옆에 가지런히 놓여 있던 D의 지갑을 열었다. 68년생, 황진우. 그의 이름을 기억하기로 약속했다. 아직까지는 그의 이름을 기억할 수 있다. E는 울지 않았다. 세 명이 남았고, 그녀의 차례였다.

"가장 마지막에 남는 사람이 가장 많은 이름을 기억하게 되네요. 그냥 우리 각자 이름을 말하기로 할까요? 마지막 사람의 이름은 아무도 기억할 수 없잖아요." 우리는 처음에 서로의 이름을 말하지 않기로 했다. 닉네임조차 갖지 않기로 했다. 그런 것은 불필요했을 뿐만 아니라, 그 이름으로 인해 우리의 결정이 무산되지 않기를 바랐다. 두 번의 자살을 예고하고 세 번의 자살에 실패한 B의 제안이었다. 그런데 우리는 B의 이름을 보았고, D의 이름마저 기억하기로 한 것이다. 그것이 우리를 혼란에 빠뜨리기 시작하는 듯했다. "어째서 우리는 규칙을 정하고 있는 걸까요? 서로의 이름을 부르지 않기로 했다가, 서로의 이름을 기억하고, 죽는 순서를 정하고. 이건 정말 다 너무 유치하고 무의미해요." E가 말했다. 그녀는 D에게 받은 사냥총을 이리저리 매만진다. "저는 이제 사냥감이에요. 이름 같은 건 필요하지 않아요."

'죄송하지만, 그건 제 잘못이 아니에요. 혹시 가능하다면 그 애의 이름을 알려주시겠어요? 공개적으로 그 애를 추모하진 않을게요.' JJ의 메시지였다.

거실 창으로 달빛이 흘러 들어온다. 사물보다 그림자의 힘이 더 막강해지는 시각이다. 그림자들은 서로 다른 각도와 형태와 크기로 뒤엉켜, 그림자를 보고 본래의 사물을 유추하는 일은 불가능하다. 거실에는 치우지 않은 술잔과 트럼프 카드가 놓여 있다. 카드는 잘 정돈되어 있다. 갈증을 달래기 위해 부엌으로 간다. 먹다 만 음식들이 여전히 식탁 위를 가득 채우고 있고, 그것은 맛도 향기도 없는 딱

딱한 정물화처럼 보인다. 식탁에 가까이 다가가자 음식 냄새가 끼쳐온다. 그 냄새가 음식들이 서서히 부패하고 있다는 것을 말해준다. 숨을 참으며 식탁을 지나쳐 냉장고의 문을 연다. 차가운 오렌지빛 광선이 쏟아진다. 죽은 사람도 갈증을 느끼는가. 만일 이 갈증이 영영 멈추지 않는다면, 어쩌면 여기는 지옥일 것이다.

"엘비스 프레슬리 말이죠." C가 말한다. "아버지가 엘비스 프레슬리의 팬이었어요." 차는 아주 느린 속도로 나아간다. 전조등 빛이 가닿는 거리는 멀지 않다. 가로등조차 없는 숲길에 갇혀버린 기분이 든다. "혹시, 돌아가셨나요?" "네……." "그래요." "아뇨, 이번 사건으로 돌아가신 건 아니에요. 아주 오래전에. 그게 그 애에게 어떤 감정을 불러일으켰겠죠." "제 아버지, 어머니는 모두 이번 사건으로 돌아가셨어요. 아버지는 버스 운전을 하다가, 어머니는, 아직 어머니를 찾지 못했어요. 찾지 못한 시신이 아주 많으니까요. 그중 하나예요." "돌아가신 게 아닐지도 모르잖아요." "아녜요, 확실히 죽어버렸어요. 틀림없어요." 나는 손에 쥔 삽을 움켜쥔다.

D가 약을 먹고 숨진 방은 비어 있었다. 나는 흔한 미신 속의 유령들처럼 내가 죽어버린 공간에 갇힌 채 그곳을 배회하는 중인지도 모른다고 생각했다. 그러나 절대 벗어날 수 없을 것만 같던 집의 현관문을 여는 순간, 나는 내가 순전히 우연에 의해 살아나버렸다는 사실을 깨달아야만 했다. 달빛 아래, C가 앉아 있었다. 나는 뒷걸음쳤고, 그는 크게 놀란 눈으로 나를 돌아보았다. 그의 손에 한 자루의

삽이 들려 있었고, 정원의 잔디밭은 엉망으로 파헤쳐져 있었다. 나는 그가 아직 묻지 않은 마지막 한 구의 시신이었다. 우리는 서로를 바라본 채 한동안 아무 말도 할 수 없었다. 얼마 지나지 않아 C는 땅을 다지던 삽을 흙더미 위에 꽂아 세우고 나에게 다가왔다. 그가 무릎을 꿇었다. 그의 얼굴은 온통 땀으로 젖어 있었고, 부어오른 눈 속에 아직도 눈물이 고여 있었다. 길게 늘어진 삽의 그림자가 그의 등 뒤를 조준했다.

우리는 몇 시간째 B의 시신을 찾기 위해 차를 몰고 있다. "어떤 사람들은 엘비스 프레슬리가 살아 있다고 믿죠. 아주 많은 사람들이 그를 목격했다고 해요." "섬뜩하네요." "한편으로는 섬뜩하지만, 모두가 그렇게 생각하는 건 아니에요." 길게 뻗은 도로를 따라 심어 놓은 나무들은 거의 다 비슷한 형상이었고, 우리는 그 근방의 이정표 따위는 기억하지 못했다. 수차례 B를 버려두었다고 생각하는 곳에 차를 멈추고 숲으로 들어갔지만, 그녀의 시신을 찾을 수는 없었다. 한밤의 숲은 사람의 진입을 허용하지 않으려는 듯 연약한 손전등의 불빛을 빨아들이며 시시각각 제 모습을 바꾸곤 했다. 곳곳에 튀어나와 있는 돌부리와 기괴하게 엉킨 나뭇가지들이 우리의 걸음을 가로막았다. 그러나 우리는 몇 시간 뒤면 떠오를 태양을 기다리지는 못했다. "기름이 떨어져가요." 우리는 왜 우리가 이토록 다급하게 숲 속을 헤매며 B를 찾으려 하는지, 어째서 뒤늦게 그녀의 시신을 수습해 묻어주려 하는지 서로에게 묻지 않았다. "주유소를 찾는 것보다는 별장 쪽으로 되돌아가는 게 나을 것 같아요." 나는 운전

28

대를 잡는다. C는 이미 너무 지쳐 있다. "피곤하면 자도 괜찮아요."
그는 오른팔에 머리를 괴고 거의 까만 도화지처럼 보이는 창밖을
응시한다. "제가 하지 않았어요. 현지. 그 애 혼자서 한 거예요." 나
는 E의 이름을 기억한다.

　E는 C와 함께 사냥총을 들고 집 바깥으로 나갔다. 총성은 온 산에
울려 퍼지고 집 안에까지 흘러 들어왔다. 멀리서 커다란 건물이 붕
괴하는 소리처럼 들리기도 했다. 어쩌면 C가 순서를 지키지 않을는
지 모른다고 생각했다. 마지막 순서가 바뀌는 셈이었다. 그러나 내
가 다음 한 발의 총성을 기다리기 시작하고 얼마 지나지 않아 그는
별장으로 돌아왔다. 아직 식지 않은 사냥총을 한쪽 어깨에 멘 그는,
자신이 저지른 살인에 도리어 겁을 먹은 도망자의 얼굴을 하고 있
었다. 나는 D가 마시던 술 한 잔을 그에게 건네고 지체 없이 말했다.
"돌아오지 않을 줄 알았어요. 이제 제 차례네요." 그렇게 하는 편이
낫다고 믿었다. 그가 방금 보고 들은 것들로 인해 더 겁에 질리기 전
에, 그의 두려움이 내게 물러서고 싶은 마음을 불러일으키기 전에.

　"돌아가면 이제 어떻게 해야 하는 걸까요?" "총이 있잖아요." 나
의 말에 C는 더 이상 대답하지 않는다. 차는 이미 도로를 빠져나와
별장으로 향하는 가파르고 좁은 길로 들어서기 시작했다. "보통 영
화에서는 이럴 때 섹스를 하죠." 그가 몸을 곧추세우며 나를 바라보
는가 싶더니, 이내 창을 향해 고개를 돌린다. 당혹스러움과 설렘, 긴
장이 섞인 그의 표정을, 나는 그를 바라보지 않은 채 느낀다.

　"농담이에요."

"……가능한 일이라고 생각했어요."

"절대로 죽는 게 두려워질 거라고 생각하지 않았어요. 이제 우리는 죽음에 너무나 익숙하고, 누구나 돌연 사라져버리니까." 그에 내가 덧붙일 수 있는 말이란 존재하지 않는다. 살게 되거나 죽게 되는 것, 매 순간 양립 불가능한 두 개의 미래만이 우리 앞에 놓여 있다. 이 결정을 유보할 수도, 포기할 수도 없다는 걸 받아들여야 해요. 우리가 둘 중 하나를 선택하지 않는다는 게 결국 다른 하나를 선택한다는 걸 의미하니까요. 나는 떠오르는 말을 삼킨다. 라디오를 켜고 볼륨을 높인다. 그리고 적당한 채널을 찾기 위해 계속해서 주파수를 변경한다. 엘비스 프레슬리의 목소리가 흘러나오기를 기대하면서. 그러나 깊은 밤의 라디오는 고요한 음악만을 흘려보낸다. 유리창에 비치는 C의 모습은 그가 왜 여기까지 오게 되었는지를 묻고 싶도록 만든다. 젖었다가 말라 뭉친 머리카락과 생기를 잃고 창백해진 얼굴, 그 얼굴이 감추고 있는 그의 이야기를, 언젠가 묻게 되리라는 예감이 든다. 어쩌면 이 깊은 별장 안으로는 그 어떤 죽음도 침입할 수 없으리라는 기약할 수 없는 기대가 머릿속을 스치기도 한다. 그가 내게 아주 운이 나빴다고 말해주기를, 그리고 그 별장을 지키던 어느 노부부처럼 우리가 썩어가는 음식들을 치우고 죽은 자들의 무덤 위에 채소를 심는 상상을 한다. 우리는 서로의 이야기를 온전히 이해해줄 수 있을 것이다.

잠깐의 침묵 속에서 잠이 든 C는 깨어나지 않는다. 비포장도로를 달리며 흔들리는 자동차는 마치 그의 요람 같다. 그의 어깨가 들썩이고, 흔들리는 머리가 가볍게 창가에 부딪히기도 한다. 곧장 쓰러질 것처럼 위태롭지만 쉽게 쓰러지지는 않는다. 흔들리는 잔처럼, 아직은 잔이 넘어질 만큼의 임계점에 도달하지 않은 것처럼.

자살자들의 모임에 가입한 나는 가장 먼저 JJ에게 메시지를 보냈다. 불가능한 복수의 욕구 때문이었는지, 호기심 때문이었는지는 알 수 없다. 나는 내가 마누의 가족이라는 사실을 숨겼고, JJ가 마누에게 보낸 수없이 많은 메시지들과 별반 다르지 않은 이야기들을 반복해 들었다. 그리고 어느 날, '당신이 사람들을 모아주면 좋겠어요. 여행을 떠나려고 해요.' 나는 그녀에게 메시지를 보냈다. 어머니가 사라진 지 넉 달이 지난 후였다. JJ에 대한 분노가 사라진 지 오래였다. 믿기지 않는 속도로 사망자들과 실종자들의 이름이 누적되고 있었다. 나는 실종된 어머니가 절대로 돌아올 수 없으리라는 것을 알았다. 어딘가에서 이름 없는 시신이 되어 불태워졌으리라. '우리는 서로를 모르는 채, 서로 죽음의 증인이 되어주는 것입니다.' 그것은 JJ의 아이디어였다. 우리는 각자의 이름 대신, 별명 대신, 그 여행에 참여하기로 결정한 순서에 따라 서로를 알파벳으로 부르기로 했다. 우리는 묻지 않기로 했다. 어째서 자신의 삶을 스스로 중단하는 이 여행길에 오르기로 했는지, 그들을 인솔하는 상황과 감정의 형태에 대해.

우리가 B라고 부른, 내 여동생에게 죽음의 길을 안내한 JJ, 그녀는 명랑하고 에너지가 넘쳤다. 우리가 막 여행을 시작했을 때 그녀는 말했다. "마누의 가족이 나에게 메시지를 보냈죠. 내가 그 애를 죽였다고요. 어쩌면 그럴 수도 있죠. 나는 그 애의 이름을 기억하고 있어요. 그게 내가 해줄 수 있는 유일한 일이에요." 나는 그녀에게 그 메시지를 보낸 것이 나라고 말할 수 없었다. 나는 그녀의 탓이 아니라고, 아마도 아닐 것이라고 말했다. 우리 모두가 원인을 알 수 있는 죽음보다 그렇지 않은 죽음에 더 익숙한 탓이었다.

이 낮은 건물의 옥상 위에서는 숲과 하늘이 맞닿는 스카이라인이 거의 일직선으로 보인다. 어디에선가 푸르스름한 새벽빛이 떠오르기 시작한다. C가 말했던 산에서의 일출을 볼 수 있을 것이다. 나는 방향감각을 상실한 채 옥상 위를 맴맴 돌다가 정원이 내려다보이는 곳에 자리를 잡고 앉는다. 나에게는 한 자루의 총과 몇 모금 남지 않은 술병, 한 자루의 삽이 남아 있다. 우리가 다시 별장으로 되돌아왔을 때 잠든 C는 깨어나지 않았다. 깨어나지 않을 것이다. 그는 여전히 보조석 시트에 몸을 묻고 앉아 있지만, 여기에서는 그의 모습이 잘 보이지 않는다. 식은 바람이 불고, 나는 몇 잔의 술을 마셨지만 좀처럼 취하지 않는다. 나는 C의 주머니에서 그의 지갑을 꺼내고, 그의 이름을 확인했다. 그러나 그것을 영원히 기억할 수는 없으리라는 예감이 든다. 마치 그의 이름을 꿈속에서 보고 온 것처럼 이름은 서서히 잊혀간다. 어쩌면 여기가 꿈일지 모른다는 생각이 든다.

문득, 땅을 파헤치고 싶어진다. C가 파묻은 사람들의 무덤을 파헤치면, 거기에 누워 있는 두 구의 시신이 내가 이곳에 남거나 남지 않도록 결정해줄 것만 같다. 당장에 목숨을 끊어도 좋을 것이다. 그러나 나는 너무 지쳐 있고, 약간의 음식과 잠을 필요로 한다. 이것은 공포가 아니며, 그들과의 약속을 회피하려는 것은 더더욱 아니다. 그저 나에겐 조금의 휴식이 필요할 뿐이다. 그러나 음식들은 상해 가고, 잠 속에서 다시 잠이 드는 일이 가능한지 알 수 없다. 식은 바람이 불고 이슬이 내린 풀 냄새가 코를 찌른다. 그것을 살아 있는 것들이 내뿜고 있다는 사실을 믿을 수 없다.

어디에선가 바스락거리는 소리가 들려온다. 나는 무거운 몸을 일으켜 소리가 나는 쪽을 바라본다. 피로 때문에 시야는 자꾸만 불투명해진다. 풀숲 사이에서 불쑥 검은 그림자 하나가 나타난다. 그림자가 이쪽을 향해 천천히 다가온다. 아직은 그림자가 멀리 있기 때문에 그것이 들짐승인지, 아니면 사람인지 알아볼 수 없다. 나는 움직이지 않고 그림자를 응시한다. 그림자는 다가올수록 사람의 형상에 가까워지지만, 확실하지는 않다. 만일 저것이 사람이라면, 나는 생각한다. 그림자는 별장을 지키는 관리인의 것일 수도 있고, 어쩌다 숲에서 길을 잃은 사람의 것일는지도 모른다. 나는 보조석에 그대로 앉아 있는 C의 존재가 돌연 내게 위협이 되리라는 생각에 사로잡힌다. 두 개의 무덤, 그리고 내게 남은 한 자루의 총, 당장엔 내가 그들을 죽였다는 의심을 받게 된다 한들 조금도 이상하지 않다. 저 그림자가 숲에서 B의 시신을 발견한 형사의 것이라면. 혹 우리가 찾지 못한 B의 시신이 살아 돌아온 것이라면. 그림자가 나를 발견했는지 아닌지는 도무지 알 수가 없고, 그것은 다만 아주 느린 속도로 이쪽을 향해 다가온다. 그림자의 움직임은 둔하고 윤곽 또한 분명하지 않다. 나는 다급히 아래를 내려다본다. 옥상에서 바닥까지의 거리는 멀지 않다. 뛰어내린다 해도 여기에서는 절대로 죽지 않는다. 나는 정신을 잃지 않을 것이며, 내가 낙하하는 사이에 갑자기 죽음이 나의 영혼을 채 갈지도 모르겠지만, 그럴 확률은 높지 않다.

그토록 느리게 움직이던 그림자는 벌써 정원 앞에 세워둔 자동차 근처까지 다가와 있다. 내가 그것을 향해 어떤 신호를 보내는 것이 가능하고, 그것이 그 신호에 답을 하는 것이 가능하다면. 나는 오른손을 들어 느리고 큰 동작으로 흔들어 보인다. 그림자가 멈춰 선다. 그림자가 계속 그 자리에 서 있다면. 언젠가는 해가 떠오르고, 그 빛 속에서 그림자의 존재가 드러난다면. 나는 계속해서 손을 흔든다. 그림자가 손을 들어 올린다. 그림자로 된 팔이 흔들린다. 지금껏 목격한 어떤 죽음 앞에서도 느끼지 못했던 기이한 공포가 엄습한다. 그것이 멈춰 선 이유를 알 수 없기 때문이다. 나는 다른 한 팔을 마저 머리 위로 들어 올려 두 팔을 흔든다. 그림자가 자신의 다른 팔을 들어 올리고, 시커먼 나무 막대기 같은 그림자의 팔이, 그림자의 머리 위에서 흔들린다. 어쩌면, 저것이 죽음의 얼굴이다. 나는 그림자에서 눈을 떼지 않은 채 바닥에 놓여 있는 총을 집어 든다. 아직 그것은 너무 멀리 있고, 태양은 떠오르기 시작하면 삽시간에 사위를 밝혀줄 것이다. 아직은 시간이 있다. 그림자가 멈춰 서 있는 동안에. 나에게는 휴식이 필요하다. 그런데, 잠 속에서 다시 잠에 드는 일이 과연 가능한 일일까. 별장의 정원에 아침이 오고 있다.

예언자들

남자는 창문을 연다. 육중한 회색의 콘크리트 벽이 그를 맞이한다. 창밖으로 머리를 내밀자 이내 차갑고 거친 벽에 정수리가 닿는다. 매서운 추위에 일순간 얼굴이 얼어붙고, 매캐한 석면 먼지가 콧속을 후비고 들어온다. 그는 어깨와 머리를 틀어 건물과 건물 사이의 좁은 틈을 비집고 들어오는 한 줄기 빛을 응시한다. 창밖의 기온은 빛의 빙점에 도달한 듯하다. 날카롭게 벼려진 빛이 애초에 하나인 것처럼 보이는 거대한 회색의 평면을 직선으로 쪼개고 있다. 벽과 벽 사이의 풍경은 매일의 날씨와 일조량, 그리고 창문을 여는 때에 따라 시시각각 바뀌었는데, 이따금 햇빛이 건물 모서리의 윤곽을 서서히 빨아들이는 순간을 목격할 수 있었다. 남자는 세계의 모든 구획과 경계가 빛 속에 융해되어 하나의 온전한 덩어리가 될 때,

그 부드럽고 거대한 덩어리에 자신의 신체가 삼켜지는 기분을 상상하며 눈을 감는다.

방 안에는 문이 있고, 문을 열면 계단이 있고, 계단을 오르면 찬란한 아침의 풍경 속으로 진입할 수 있음에도 불구하고 그는 매일 같은 행동을 반복한다. 그는 그것을 좋아한다. 어쩌면 그가 좋아하는 것은 빛이 세계의 한 귀퉁이를 삼켰다가 뱉어내는 마술 같은 순간이 아니라, 그가 원할 때면 언제든 창을 열고 창밖으로 머리를 내밀 수 있는 현실 그 자체이다. 그것이 한때 그가 상상할 수 있는 최대한의 자유였으므로, 그는 이제 아무런 구속도 없이 주어진 드넓은 영토에서도 더는 새로운 자유의 감각을 획득하지 못한다.

한참 만에 창문 안으로 머리를 들여놓은 남자가 좁은 방을 휘둘러본다. 두 다리를 뻗고 누울 수 없는 매트리스와 전원을 연결하지 않은 소형 냉장고, 칠이 벗겨진 책상과 여기저기 쌓여 있는 더러운 옷 더미만으로도 방은 발 디딜 틈 없이 좁아 보인다. 가로 1.2미터, 높이 80센티미터의 창문을 제외하면 방 안의 어떤 것도 그를 머뭇거리게 만들지 않는다. 이제 문을 열고 밖으로 나가면 이 건물로 되돌아올 일은 없다. 그뿐만 아니라, 누구에게도, 몸을 누일 몇 평의 공간과 아침을 확인할 수 있는 작은 창문 따위는 필요하지 않게 될 것이다. 모두에게 오래도록 알려져온 것과 같이 내일이 그날이라면, 설령 그러하지 않다고 한들 다시는 되돌아오지 않으리라고, 남자는 다짐한다.

미리 정해둔 두꺼운 점퍼를 챙겨 입고 문을 연다. 문은 주먹 하나가 들어갈 정도로 열리다가 하단의 모서리가 바닥을 긁으며 더 이상 열리지 않는다. 문이 기울어진 것은 낡고 빈약한 경첩 때문이겠지만, 시간이 지날수록 점점 더 무겁고 뻑뻑해지는 문을 여닫으며, 남자는 사각형의 출입구가 서서히 이지러지고 있을지도 모른다고 생각한다. 한쪽 어깨에 체중을 실어 강제로 문을 열어젖힌다. 차가운 기운이 아직 덥혀지지 않은 점퍼 속으로 파고든다. 냉기가 방 안으로 침입하는 것을 더는 괘념치 않는다. 얕은 계단을 오르기 시작한다. 그가 창을 통해 본 것보다 훨씬 밝은 세계로, 그가 절대로 가늠할 수 없는 크기의 세계 속으로 걸어 들어간다.

알레그로 모데라토. 여자의 걸음걸이는 마치 춤의 스텝을 밟는 것처럼 보인다. 크레셴도 포코 아 포코. 조금씩 점점 세게. 그녀는 악상기호들을 떠올리며 낮게 허밍한다. 입술 밖으로 흘러나오는 멜로디가 중단될 때마다 멀리서 지저귀는 새소리와 정원의 낙엽들이 썩어가는 소리가 희미하게 들려온다. 코트 속에 있어서 아직 따뜻한 두 손을 꺼내 빨갛게 언 귀를 감싼다. 잘 닦인 길을 따라 지은 형형색색의 전원주택들이 회백색의 새벽 공기 속에 생기를 잃고 잠들어 있다. 추위를 견디지 못하는 양손이 주머니 속으로 되돌아간다. 빈 가지 위에서 새가 날아오른다. 겨울이 되어도 숲을 떠나지 않는 새들을 생각한다. 귓속이 바늘로 찌르는 것처럼 아프다. 걸음이 빨라진다. 그녀의 발은 어느새 유일하게 불을 밝힌 이층집 현관 앞에 멈춰 선다.

여자의 거실은 황량하다. 중앙에는 커다란 소파와 테이블이 놓여 있고 한쪽 벽에는 구형 오디오 하나가, 다른 쪽에는 벽을 따라 비슷한 크기의 종이 상자들이 즐비하다. 쌓여 있는 상자들은 뜯지 않은 것이고, 몇 개의 상자는 아무렇게나 풀어헤쳐져 있다. 집 안의 훈기 때문에 다시금 졸음이 쏟아진다. 초조하게 거실 이쪽저쪽으로 걸음을 옮기던 여자는 테이블 위에 놓여 있는 바이올린을 들어 어깨와 턱 사이에 고정시킨다. 그녀는 여전히 능숙하게 턱으로 악기를 지지하고, 손을 대지 않고도 오래도록 그것을 떨어뜨리지 않을 수 있다. 지판을 누르지 않은 채 현 위로 가볍게 활을 밀어 올리자 밋밋하고 불안정한 화음이 뺨과 어깨를 타고 진동한다. 가장 가느다란 네 번째 현이 끊어져 있다.

사라진 E 음계를 상상한다. 그것이 그녀에게 연약하고 구슬프다는 인상을 준다. 그러나 E 음계가 사라지기 전에 그녀가 단 한 번이라도 독립적인 E 음계의 인상을 이토록 구체적인 언어로 떠올린 적이 있었는가 하면 그렇지는 않다. 지금 그것은 상상 속에서만 존재하며, 그곳에서만 더 깊고 애잔하게 울려 퍼진다.

여자가 악기를 내려두고 오디오 위에 놓여 있는 달력 앞으로 다가간다. 달력 귀퉁이에 몇 개의 숫자가 적혀 있다. 오디오 옆의 수화기를 들어 귓가로 가져간다. 그녀는 상대방이 전화를 받지 않으리라는 것을 예감하면서도 또다시 전화를 건다. 지난밤부터 몇 번이고 반복해 전화를 건 탓에 전화번호는 이미 머릿속에 분절 없이 기록되어 있다. 그러나 그녀는 자신의 기억을 불신하고, 모든 숫자를 한 자리씩 거듭 확인한다. 통화 연결음이 길게 이어진다. 곧 단속적인 경고음과 같은 신호가 들려올 것이다. 이제 그 소리는 그녀가 수화기에서 귀를 떼고 있을 때에도 들려오고, 그 환청이 그녀를 또다시 전화기 앞으로 불러 세운다. 그나마 그렇게 할 수 있다는 것이 초조함을 견디게 한다. 바이올린의 끊어진 네 번째 현이 도착하기를 기다리며, 쉼 없이 응답하지 않는 곳을 향해 전화를 건다. 어차피 언젠가 이 기다림에도 끝이 올 것이므로, 차라리 그녀의 행동은 끝을 기다리는 의식에 가까워진다. 아무도 전화를 받지 않는다. 그러면 여자는 수화기를 내려놓는다. 그리고 다시, 여자가 수화기를 집어든다.

그때, 자전거의 페달을 밟는 사내가 있다.

종말은 불시에 찾아오지 않았다. 종말의 날짜가 모두에게 공표되었을 때, 사람들은 종말이 도래하리라는 사실이 아니라, 그것이 예상보다 너무 멀리에 있다는 데에 당혹감을 느꼈다. 새로운 인생을 꿈꿀 수 있을 만큼 멀지는 않았으나, 다급하게 삶을 정리해야 할 만큼 가깝지도 않았다. 작별의 인사를 전할 사람들의 목록 대신에 남아 있는 계절의 숫자를 헤아렸다. 초읽기가 시작되자 온갖 종교가 앞다투어 포교에 나섰고 수많은 천국이 상품처럼 진열되었다. 거리에 폭동이 일어날 때면 종말보다 지옥이 앞서는 듯했다. 최후의 존엄을 외치는 운동가들이 있는가 하면, 이 종말이 실패하리라 예견하는 사람들도 있었다. 과학자들의 예측과 무속인들의 전언은 혼동되었다. 그러나 그중 무엇 하나도 종말을 실감케 하지는 못했다. 종말의 징후들이 포착되고, 종말의 날이 거듭 확정되는 일 또한 마찬가지였다. 종말은 너무 멀리에 있었다. 사람들은 그들에게 필요한 것이 절망이나 희망이 아니라, 기다림에 익숙해지는 일뿐이라는 사실을 깨달아야 했다.

여자는 음악을 구원이라 여겼다. 여자에게 연주는 인류의 역사를 기리는 행위였고, 동시에 안식과 평화에 다다르는 길이었다. 종말은 좀처럼 획득되지 않는 명성, 확장되지 않는 레퍼토리, 만족스럽지 않은 연주에 대한 콤플렉스를 무의미한 것으로 만들었다. 모든 것이 불가능해지자, 모든 것이 가능했다. 그녀는 자신의 욕망 없는 헌신을 순교자적인 것으로 여겼고, 음악은 예정된 끝을 기다리는 사람들에게 위로가 되리라 믿었다. 서서히 종말을 향해 기울어져가는 무대 위에 서 있을 때면 침몰하는 거대한 증기선의 갑판 위에 선 기분이었다. 내가 이곳에서 침몰하리라.

그것은 연약하고 순진한 사명감이었다. 그리고 그녀의 믿음이 처참히 가라앉았을 때에도 종말은 여전히 너무 멀리에 있었다. 어설픈 지하단체로부터, 술집의 주정뱅이들로부터, 공원의 부랑자들로부터 간헐적인 폭동이 예고 없이 계속되고 있었다. 폭동이 한차례 거리를 휩쓸고 지나간 오후, 공연장의 객석은 대부분 비어 있었다. 무대에 오르자마자 객석에 점점이 박혀 있는 관객 한 사람 한 사람의 얼굴을 모두 식별할 수 있을 만큼 적었다. 그녀는 무대 위에서 내려가고 싶은 강렬한 충동을 느꼈다. 모욕감과 무기력이 동시에 찾아왔다. 완벽하게 정렬해 있는 똑같은 크기의 의자들과 의자의 등받이 뒤로 솟아오른 그림자들과 무표정하게 연주를 기다리는 소수의 관객들이 그녀의 눈에 들어왔다. 그들은 마치 정교하게 설계된 무대 위에서 각각의 역할을 가지고 연기를 하는 광대들처럼 보였다. 그녀는 끝내 한 사람의 유일한 관객인 것처럼 무대 한중간에 어리둥절하게 서 있었다. 피아니스트의 기침 소리가 그녀를 무대 위로 되돌려놓을 때까지. 관객 중 하나가 기침을 시작했고, 기침은 멀리 떨어져 앉은 관객들 사이로 전염되며 연주되었다. 여전히 무표정하게 연주를 기다리는 관객 중 누구도 자리를 떠나지 않았다.

슈베르트의 화려한 론도는 엉망이었다. 바이올린의 선율이 무겁고 진중하게 시작되는 피아노 반주 위를 미끄러지듯 타고 오르는 순간은 잠깐이었다. 손바닥이 땀으로 축축하게 젖었다. 가볍게 쥔 활이 자꾸만 손에서 벗어났다. 여자는 활을 고쳐 쥐며 허리를 뒤로 젖히고 바이올린의 넥을 평소보다 높게 쳐들었다. 알레그로의 두 번째 악장이 시작되자 피아노는 바이올린의 제멋대로 바뀌는 템포를 따라가기에 바빴다. 비어 있는 객석은 낯선 것이 아니었다. 그러나 서서히 누적되어온 공포와 허무가 불시에 한계를 넘어서는 순간은 찾아왔다. 그녀는 자신이 떨고 있다는 사실을 들키지 않으려 했고, 그럴수록 연주는 점점 더 빨라졌으며, 그러면 그럴수록 그녀의 불안이 관객들에게 전해졌다.

한 곡의 피아노 소나타와 한 곡의 바이올린 소나타가 어떻게 연주되었는지 여자는 기억하지 못한다. 연주는 오로지 평생 훈련을 거듭해온 몸의 감각으로만 겨우 유지될 수 있었다. 부정확한 테크닉과 신경질적인 악기의 음색이 비어 있는 극장 곳곳에 울려 퍼졌다. 기묘하게도 관객들은 끝까지 자리를 박차고 일어나지 않았다. 연주에 대한 심드렁함을 표시하기 위해 의자에 몸을 깊게 파묻을 때마다 낡은 의자가 삐걱거리는 소리가 들려왔을 뿐이다. 관객들은 이 엉망진창이고 괴기스러운 연주에 대해서도 의례로 앙코르 박수를 쳤다. 그것은 종말과는 관계없이 극장에서는 늘 일어나는 일이었다.

─귀가 잘 들리지 않는 것 같아.

그것은 거짓이었다. 여자는 앙코르 무대에 서기를 거절했다. 피아니스트는 홀로 스크랴빈의 피아노 에튀드 한 악장을 앙코르로 연주했다. 그녀는 대기실 한구석에 우두커니 앉아 연주되고 있는 모든 음계를 놓치지 않고 들었다. 비로소 떨림이 잦아들었다. 피아니스트는 침착하게 연주를 이어갔고, 관객들의 박수가 다시 한 번 터져 나왔다. 피아니스트의 연주를 향한 찬사가 여자를 조롱하고 있었다.

여자는 연주복을 갈아입지도 않은 채 공연장을 빠져나왔다. 당장에 부동산으로 달려가 집을 내놓았다. 업자는 도시에 집을 구하는 사람이 많지 않다고 했다. 그녀는 하루에 한 번씩 집값을 내렸고, 집은 처음의 절반에도 미치지 못하는 가격에 팔려 나갔다. 가족과 친구들은 그녀가 그들의 곁에 있기를 바랐지만, 그녀는 아니었다. 그녀와 그녀의 음악을 사랑하는 지극하고 열렬한 마음을 뒤로한 채, 그녀는 자기 자신만의 세계로 훌쩍 떠나버렸다.

그로부터 3년이었다. 여자는 거실 소파에 누워 책을 읽는 중이었다. 그녀의 눈에 라벨이 제1차 세계대전의 군복무 중에 보낸 편지의 일부가 들어왔다. '며칠 전 음악이 다시 돌아왔습니다. 마치 폭군과도 같이 말이죠. 저는 그 밖의 다른 것은 생각할 수 없습니다.' 그 문장과 함께 폭군과도 같은 음악이 그녀에게도 되돌아온 것이다. 그녀는 라벨처럼 다른 것은 생각할 수 없게 되었다. 전쟁의 참혹함 앞에서 음악가이기를 포기하고, 또다시 음악 앞으로 되돌아온 이 위대한 작곡가가 전장의 추위와 허기 속에서 편지를 적어 내려가던 모습이 생생하게 떠올랐다. 여자는 그 순간을 직접 목격하거나 혹은 스스로 라벨 그 자신이 된 것 같았다.

그녀는 당장에 2층 침실로 달려가 벽장 속에서 바이올린을 찾아냈다. 다른 물건들이 상자에 담겨 분류도 없이 방치된 것과는 달리 바이올린과 악보들은 벽장 하나에 가지런히 정돈되어 있었다. 컨디션은 썩 좋지 않았지만, 그런대로 연주를 하기에 무리가 없어 보였다. 기름진 현을 닦아내고 느슨한 활털을 팽팽하게 감아올렸다. 심호흡 한 번 없이 바이올린을 켰다. 조율이 틀어진 악기는 듣기 불편한 소리를 냈지만, 악기가 소리를 낸다는 것만으로도 그녀의 가슴속에는 전에 없던 의욕이 솟아났다. 이제 종말은 손을 뻗으면 만질 수 있는 물건처럼 가까웠으나, 오히려 그렇기 때문에 여자는 이 갑작스러운 열정 앞에 의심 없이 굴복했다. 종말의 날에, 종말의 날을 기리는 연주를 하자. 여자의 마음속에 일어난 열망은 쉽게 가라앉을 것 같지 않았다. 그리고 그것은 바이올린의 네 번째 현이 탄성을 잃고 힘없이 끊어져 나간 순간에도 마찬가지였다.

남자는 아무런 계획도 없이 걷는다. 밤이면 교회로 향할 것이다. 교회로 가서 기도를 할 것이다. 무엇을 기도해야 하는지, 기도를 어떻게 해야 하는 것인지는 알 수 없지만, 그렇게 해야만 한다고 그는 생각한다. 아침까지만 해도 텅 비어 있던 거리에 행인들이 속속 나타난다. 행인들은 혹독한 추위와 타인에 대한 경계심으로 잔뜩 어깨를 움츠린 채 걷는다. 곁눈질로 서로가 서로를 끊임없이 주시한다. 간혹 서로를 반갑게 알아보는 사람들이 있다. 그럴 때면 잠시나마 그들을 둘러싼 공기는 온화해지지만, 그 곁을 지나는 사람은 더욱 걸음을 재촉한다.

남자는 서로가 서로를 의식하고 시선과 시선이 뒤엉킨 거리에서, 누구도 인지하지 못하는 사물처럼 움직이려 노력한다. 하지만 그가 그렇게 하면 할수록 주의의 대상이 된다는 사실만큼은 알아채지 못한다. 그의 행동거지와 상관없이 언제나 누군가가 자신을 주시하고 있다고 느끼기 때문이다. 실제로는 그를 알아보는 사람이 드물고, 그 드문 사람들조차 그에게 별다른 위해를 가하지 않는다. 그러나 한때 그에게 쏟아진 관심으로 인해 차라리 철창 속으로 돌아가기를 바랐던 날들로부터는 쉽사리 벗어나지 못한다. 사람들은 따뜻한 말 속에서도 그와의 간격을 유지하려 했고, 그것을 비난할 이유야 없지만, 그럴 거라면 차라리 그를 외면해주기를, 남자는 간절히 바라고는 했다. 그는 방 안에 두고 온 창문 앞으로 달려가고 싶은 기분에 빠져든다. 그 자유, 그에게 허락된 최대한의 자유 앞으로.

그것은 분명 기적이라 할 만한 일이었다. 남자는 시체안치소의 시신용 비닐팩 안에서 깨어났다. 시체안치소의 직원이 비닐팩의 입구를 열던 순간은 아득하기만 하다. 그는 스스로의 생사를 구분할 수조차 없었다. 들숨과 날숨, 어둠과 빛, 고통과 희열의 경계에서 침묵을 지키는 것이 남자가 할 수 있는 유일한 일이었다. 그는 곧장 병원으로 이송되어 은빛 수갑을 차고 병상에서 깨어났다. 왜 이런 우연이 일어났는가. 부러진 두 번째 경추가 붙기를 기다리는 내내, 남자는 자꾸만 떠오르는 하나의 질문에 시달려야 했다.

형장에서 누군가 마지막 한마디의 말을 허락했다. 하지만 이미 그의 죄가 법정에서 입증되었고, 이제 그는 자신에게 선고된 형벌의 끝에 서 있었다. 도무지 할 말이라고는 떠오르지 않았다. 다만 머리 위에 용수가 씌워지고 어둠을 감싸 쥐는 굵은 올가미가 느껴지자, 길고 뾰족한 것이 몸을 수직으로 관통하는 것 같은 감각에 휩싸였다. 그것은 고통이라기보다는 좀 더 가볍고 서늘한 것이었다. 그때야 비로소, 그는 아주 잠시, 무언가 더 할 말이 남아 있다고 느꼈다. 그 순간 사형대의 밸브가 무겁게 떨어지는 소리가 들려왔다. 몸이 수직으로 낙하하기 시작할 땐 이미 너무 늦었다는 생각조차 할 수 없었다.

어쩌면 절박했던 마지막 한마디를 남기지 못했던 것이 남자가 그토록 희박한 확률을 이기고 생존할 수 있었던 이유인지도 몰랐다. 그는 병실에 누워 마지막으로 하고 싶었던 말을 떠올리려 애썼다. 그 말을 떠올리기 위해 자신의 목이 매달리던 순간을 끊임없이 복기했다. 그러나 상상만으로는 과거로 돌아갈 수 없었고, 그리하여 그가 떠올린 말들은 모두 그의 가정에 불과했다. 용서해달라거나, 죽고 싶지 않다거나, 믿지 않는 하나님에게 구원을 요청하려고 하지 않았을까 하는 뻔한 생각은 조금씩 변형된 수없이 많은 문장들을 구성했다. 무죄를 입증할 수 있는 증거들의 목록이 남아 있다고 말하거나, 아직 밝혀지지 않은 범죄가 남아 있다고 선언하려던 것은 아닐까 하는 생각은 동시에 찾아왔다. 나중에는 화장실에 가고 싶다거나, 아침 식사가 형편없었다거나, 있지도 않은 재산과 유서의 행방을 말하려던 것이 아닐까 생각하기도 했다. 그러나 그 무엇도 확신을 주지는 않았다. 그는 계속해서 마지막 말들의 목록을 늘려나갔다. 그리고 다시 사형이 집행되는 때를 기다렸다. 때로는 모든 말을 속사포처럼 쏟아낼 수 있을 것 같았고, 때로는 또다시 아무런 말도 할 수 없을 것 같았다.

그러나 뜻밖의 일들이 그를 기다리고 있다는 사실을, 남자는 알 수 없었다. 독실한 기독교 신자였던 시체안치소의 직원은 남자의 부활을 신비로운 기적으로 여겼다. 그것은 느리고, 지루하며, 평화롭기 이를 데 없는 종말의 수인들에게 충격적인 소식이 아닐 수 없었다. 남자가 모르는 사이에 그의 부활이 세간에 알려지는 것은 순식간이었다. 통상 실패한 사형은 다시 집행되어야 했지만, 남자의 경우는 예외였다. 의사와 교도관이 사형장에서 사형수의 생존을 확인하지 못한 것이 이례적인 일이기 때문이었다. 사망증명서에 사인을 한 이상 그의 사망은 이미 확정된 것이나 다름없었다. 남자를 다시 사형대에 올리는 것은 반인륜적인 행위라는 논리가 남자를 보호했다. 놀랍게도 사람들은 종말 앞에서 일어난 기적을 향해 가능한 최대한의 자비를 베풀고자 했다. 남자의 모범적인 수감생활에 대한 평가가 그의 목숨을 저울질했다.

종말은 이미 예정되어 있었다. 남자는 자신의 죽음을 지연하는 것을 딱히 온정적이라 여기지 않았다. 그렇다고 해서 당장에 다시 사형대로 돌려보내달라 애원할 수도 없는 노릇이었다. 실상 남자는 애초에 무엇을 선택할 수 있는 입장이 아니었다. 그는 부러진 경추가 붙은 뒤에도 감옥으로 돌려보내지지 않았다. 그는 한동안 감옥과 별반 다르지 않은 병원의 철창 안에서 은빛 수갑을 찬 채 처분을 기다려야 했다. 그가 잠에서 깨어나기도 전에 간호사들이 커튼을 걷으면 햇살이 병실 안으로 쏟아져 들어왔고, 은빛 수갑은 손목을 끊어버릴 것처럼 뜨겁게 달구어졌다. 그것이 앞으로 남자에게 일어날 일을 암시하고 있었던 것인지도 모른다.

종말이 아니었더라면 일어나지 않을 일이었다. 잦은 폭동과 시위로 교도소는 항시 정원을 초과하는 범죄자들을 수용해야 했다. 성급한 사형이 줄을 이었고, 살아남은 사형수는 더 이상 나오지 않았다. 보호감찰을 받는 조건으로 남자에게 자유가 주어졌다. 폭 1.2미터 높이 80센티미터의 창문이 있는 좁은 방, 그것은 그가 오래전에 바란 불가능한 일 중에서도 가장 불가능한 일이었다.

남자의 생존을 확인한 시체안치소의 직원은 수시로 그를 찾아왔다. 그를 데리고 함께 교회에 갔다. 시체안치소의 직원은 남자를 다시 태어나게 한 장본인일 뿐만 아니라, 스스로를 남자의 보호자이자 인도자라 여겼다. 그는 지나친 세간의 관심으로부터 남자를 지키며, 신이 남자의 여죄마저 씻어줄 것이라 믿었다. 그러나 열렬한 신의 자식은 남자의 죄를 용서할지언정, 그 자신에게 주어진 가혹한 운명을 이겨낼 수는 없었다. 그는 남자의 생존을 본 직후부터 끝없이 실려 들어오는 시체들을 죄다 살아 있는 것처럼 느꼈다. 그가 한번은 남자에게 조심스레 비밀을 털어놓았다.

—그러니까, 시신들이 조금씩 움직이는 것 같더란 말이죠. 가끔은 보관실에서 자그마한 소리들이 들려와요. 그게 아주 낯설지는 않아요. 일종의 냉장고니까. 소음을 내죠. 그런데 그게 달리 들리기 시작하는 거예요. 누군가 그 안에서 몸을 비틀거나 손톱으로 내벽을 긁고 있는 것처럼 들리죠. 그 소리가 밤낮을 가리지 않고 저를 따라다녀요.

시체안치소의 직원은 머지않아 더 이상 남자를 찾아오지 않았다. 그가 목을 매고 죽었다는 사실을 남자는 보호감찰관을 통해 전해 들었다. 남자는 자신의 좁은 방 속에 숨어들었다. 시간이 흐르면서 대부분이 남자와 남자의 기적을 잊었다. 누구도 시체안치소의 직원처럼 그를 돌보려 하지 않았다. 그는 시체안치소 직원의 생각과 달리 자신이 되살아난 것을 구원이라 믿지 않았다. 그러나 그것을 구원이 아닌 다른 무엇이라 생각할 수도 없었다. 딱히 갈 곳이 있는 것도 아니었기 때문에 가끔 남자는 홀로 교회를 찾아가려 했지만, 매번 교회 앞에서 발길을 돌려야만 했다.

그럼에도 불구하고 남자는 다시 교회로 간다. 만약 시체안치소 직원의 믿음대로 진정 신이 존재한다면 마지막 순간에는 질문에 대한 답을 들을 수 있을지도 모른다고 생각한다. 왜 살아난 것일까? 마지막에 하고 싶었던 말은 과연 무엇일까?

모두 마지막에 무슨 말을 하고 싶을까?

여자의 네 번째 바이올린 현이 도착하지 않는다.

그녀는 무척 오랜만에 운전대를 잡는다. 오래 방치된 차의 내부는 바깥보다 차갑고 건조하다. 시동을 걸자 자동으로 라디오가 방송을 수신한다. 폭동에 관한 소식이 줄을 잇는다. 세계가 반쯤은 여전히 정상적으로 작동하고 있다는 것이 의아하기만 하다. 차는 차고를 빠져나오면서 섬세하게 진동한다. 길 위로 올라선 차가 장난감처럼 예쁜 몇 채의 집을 지난다. 여자는 옅은 하늘색의 외벽과 짙은 푸른색 지붕을 얹은 단층 주택 앞에 차를 세운다. 집들이 불을 밝히기 시작한다.

차에서 내리자 타는 냄새가 난다. 마을 가장 안쪽의 검붉은 지붕 너머에서 어둡고 탁한 연기가 피어오른다. 낙엽과 쓰레기를 태우는 시간이다. 멀리서 바삐 낙엽을 쓸어 담고 쓰레기를 뒷마당으로 실어 나르는 한 무리의 사람들이 있다. 여자를 포함하여, 마을은 불필요

한 성실함으로 가득하다. 여자는 마을을 사랑한다. 생활의 무용함이
여자의 의지를 북돋는다. 피아노와 첼로 소리가 나지막하게 들려온
다. 여자는 하늘색 집의 정원을 가로지른다. 정원이라는 표현이 무
색할 만큼 가장자리를 벽돌로 둘러친 텃밭 위에 엉망으로 흙더미가
뒤덮어 있다. 울타리를 대신해 빼곡하게 심겨 있는 마른 장미나무
가지들만이 한때의 정원을 증명한다. 종말이 선포되기 전의 정원 풍
경이 뇌리를 스친다. 본 적은 없으나 상상할 수는 있다. 학습된 편견
으로 가득하지만, 그렇기 때문에 더더욱 유려하고 매끄러우며 한 줌
의 조악함도 없이 완벽한 풍경이다.

여자가 초인종을 누르자 음악 소리가 멎는다. 현관은 잠겨 있지
않다. 그녀는 주인의 허락도 없이 거실로 향한다. 첼로를 받치고 앉
은 10대 후반의 소년과 피아노 앞에 앉은 그의 어머니가 여자를 맞
는다. 여자는 안온함을 느낀다. 벽에는 크고 작은 사진 액자가 빼곡
하고, 테이블 위에는 손으로 짠 테이블보가 덮여 있다. 초록과 보라
가 섞인 오래된 카펫의 촉감이 양말 속으로 전해진다. 어색하게 건
네는 소년의 눈인사가 얇은 커튼처럼 투명하고 보드랍다. 머릿속으
로 떠올린 풍경이 눈앞의 현실로 불려 나온다.

—혹시 망치를 좀 빌릴 수 있을까.

—망치라니?

—쓸 일이 있어.

여자는 머쓱하게 웃으며 답한다. 소년의 어머니가 소년에게 눈짓
한다. 소년은 커다란 첼로를 바닥에 눕히고 일어선다.

—악기 문제가 해결되지 않은 거지?

—오고 있는 중이라는데. 다른 연주자들은 연락이 없니?

—저녁 식사 시간쯤엔 도착할 거야. 함께 저녁 식사를 하기로 해.

소년이 망치를 가져온다. 그녀는 그것을 한 손에 받아 들고, 다른 한 손은 소년의 어깨에 얹는다.

—내일 아침엔 다 함께 맞춰볼 수 있을 거야. 너무 잘하려고 할 필요도, 긴장할 필요도 없어. 네가 우리의 유일한 첼리스트니까. 부탁해 젊은 거장.

그것은 형용모순이다. 여자는 젊은 거장 같은 것은 존재할 수 없다고 생각한다. 소년의 연주는 상찬을 받을 만큼 뛰어난 것조차 아니다. 다만 소년의 사기를 돋우기 위해 거짓을 말한다. 진심 어린 거짓이다. 소년이 수줍게 고개를 끄덕인다.

—현을 구해 올 수 있을지도 모른다고 했어. 곡을 바꾸기만 하면, 그러면 너는 다른 연주자가 가져오는 악기를 연주할 수도 있어. 지금 밖으로 나가는 건 위험해. 너도 알 거야.

—장미가 다 졌더라. 여름엔 정말로 멋진 장미 정원이 있었는데.

여자가 말을 돌린다. 소년의 어머니는 말을 잇지 못한다.

—여름에 피는 꽃이니까. 여름이 오면 다시 피겠죠.

갑자기 대화에 끼어든 소년의 말에 대기가 정지한다. 소년의 손이 어머니의 손 위로 겹친다. 여자는 맞잡은 두 손을 내려다본다. 그리고 자신의 얼굴 위에 스스로도 이해할 수 없는 미소가 번지고 있음을 감지한다.

―그래, 여름에 피는 꽃이니까…….

―너는 항상 네 고집대로만 하려고 해.

침착하면서도 단호한 목소리가 여자를 다그친다.

―여기에 온 이후부터 줄곧 그랬지. 넌 이곳 사람들이 너를 가족처럼 받아들이고 진심으로 걱정하고 있다는 사실을 깨달을 필요가 있어. 너의 계획이 아주 멋지다는 데에 동의해. 그렇지만, 생각해봐. 네가 모든 걸 처음의 계획대로만 하려고 고집을 부리는 데에 필연적인 이유는 없어 보여.

―그래, 그렇지. 나도 알아. 식사 시간 전에는 돌아올게.

마을은 크지 않다. 마을을 벗어나자 2차선 도로가 길게 이어진다. 왼쪽으로는 숲이, 오른쪽으로는 작물이 거의 자라지 않는 밭들이 펼쳐진다. 마지막 햇살이 헐벗은 가지 끝에 감겨 빛난다. 차는 얼마 못 가 바리케이드 앞에 멈춰 선다. 경비초소쯤 되는 작은 가건물에서 사내가 걸어 나온다. 그의 손에 무거워 보이는 쇠 파이프가 들려 있다. 사내들은 돌아가며 마을 입구에서 보초를 선다. 여자는 차창을 내리고 눈인사를 건넨다.

―시내에 나가요. 금방 돌아올 거예요.

사내가 도로 한쪽을 열어준다.

―아시죠? 내일 연주를 하러 연주자들이 도착할 거예요.

사내가 허리를 구부려 여자와 눈을 맞춘다.

―나도 오늘은 일찍 돌아갈 거요. 밤부터는 보초를 서는 사람도 없소.

—그렇다면 불을 끄지 말아주세요.

그때, 사내가 자전거의 페달을 밟고 있다.

여자는 적당한 엄폐물을 찾지 못하고 번화가에서 두 블록 떨어진 공원 근처 차도에 차를 세운다. 문이 잘 잠겼는지 여러 차례 확인한 후에 망치를 품에 끌어안고 언젠가 보아둔 문 닫힌 악기점을 향해 걷기 시작한다. 거리는 난장판이다. 고요하고 처참하다. 상점들은 모두 문을 닫았다. 쓰레기며 온갖 크고 작은 물건들이 거리에 나뒹군다. 주차된 차들은 말할 것도 없다. 대부분 깨지고 찌그러진 채로 오랫동안 방치된 듯 먼지를 뒤집어쓰고 있다. 길의 모퉁이를 돌자 정면에서 한 쌍의 남녀가 걸어오는 것이 보인다. 그들은 그녀를 발견하고는 반대편 인도로 건너간다. 차가 다니지 않는데도 교차로의 신호등 색깔이 시시각각 바뀐다. 그녀는 망치를 더욱 단단히 부여잡는다. 가로등이 켜진다. 망가진 상점들은 이제는 간판에 불을 밝히지 않고, 군데군데 보이는 오피스텔이나 주택의 창문도 어둡다. 간혹 불을 밝힌 창들은 굵은 쇠창살을 두르고 있다. 여자는 걸음을 재촉한다.

한 번 더 모퉁이를 돌아 악기점이 있는 거리에 도착한다. 악기점 옆에 있는 슈퍼마켓에서 남자아이 하나가 걸어 나온다. 아이는 주위를 살피는가 싶더니 그녀를 발견하고는 황급히 반대 방향으로 달아나기 시작한다. 아이의 작은 몸은 순식간에 눈앞에서 사라진다.

여자의 눈길이 자연스럽게 슈퍼마켓으로 향한다. 상점의 유리벽은 모조리 깨져 날카로운 이빨을 드러내고 있다. 여자는 홀린 것처럼 뻥 뚫린 가게 안으로 들어선다. 진열대 위는 비어 있다. 깨진 유리 파편이 무게를 견디지 못하고 발밑에서 갈라진다. 발끝에 온 신경이 집중된다. 발길이 닿는 곳마다 희미하게 흘러 들어오는 가로등 불빛이 산란한다. 여자의 시야에 작은 갈색 뚜껑이 덮인 인스턴트 커피 한 병이 들어온다. 그녀는 발로 비교적 크기가 큰 유리 파편들을 밀어내고 신중하게 병을 들어 올린다. 코트 밑단으로 먼지와 유리 가루를 털어낸다. 그리고 코트에 달린 커다란 주머니 안에 그것을 집어넣는다.

거리는 비어 있다. 밖으로 나온 여자는 누구도 자신의 작은 범죄를 목격하지 않았다는 사실에 안도한다. 그와 동시에 조금 전에 눈을 마주치고 달아난 아이의 표정을 떠올린다. 아이를 흉내 내듯 표정을 바꿔본다. 근육의 움직임이 낯설다. 급기야 자신의 얼굴이 낯설어진다. 악기점 앞으로 발을 옮기는 잠깐 사이에 그녀의 얼굴 위로 수많은 표정이 나타났다가 사라진다. 익숙한 감각이 되돌아오지 않는다.

파이프 셔터로 잠긴 악기점은 그 거리의 어느 상점보다 안전해 보인다. 아무도 생존과 관계되지 않은 것들을 소유하려 하지 않기 때문이다. 여자는 최대한 가까이 몸을 붙여 가게 안을 들여다본다. 어두워서 아무것도 보이지 않는다. 그녀는 바닥에 주저앉아 사위를 살핀다. 이어 셔터 아래 달려 있는 자물쇠를 망치로 힘껏 내리친다.

예상치 못한 굉음에 동작을 멈춘다. 아무도 창밖으로 고개를 내밀지 않는다. 여자는 도통 망가질 기미가 보이지 않는 자물쇠를 연거푸 내리치기 시작한다. 어깨가 뻣뻣하게 굳고 등은 땀으로 젖는다. 자물쇠는 끄떡도 하지 않는다. 그녀의 힘으로 자물쇠를 부수기란 불가능해 보인다. 가로등의 빛이 밝아지는 것에 비례해 어둠은 짙어지고, 기온은 급격히 떨어지기 시작한다. 어쩌면 네 번째 바이올린 현이 도착했을지도 몰라. 모두 함께 저녁 식사를 하기로 했지. 그녀는 굳게 닫힌 악기점을 바라보고 선 지 한참 만에야 차가 있는 곳으로 돌아갈 것을 결심한다.

여자가 공원에 다다를 무렵 멀리서 희미한 음악 소리가 들려온다. 그녀는 그것이 공원 건너편의 성당에서 들려오는 소리라는 것을 알아차린다. 돌아가기엔 제법 먼 거리다. 그녀는 공원 가장자리를 둘러친 철책 주변을 서성거리다 어린아이가 서서 들어갈 정도로 큰 틈 하나를 발견한다. 공원에 들어서자마자 건너편 성당의 뾰족한 첨탑과 일렬로 늘어선 직사각형의 창들이 온화한 빛을 뿜어내는 것이 보인다. 합창이 흘러나온다. 그녀는 텅 빈 공원을 가로질러 성당 쪽으로 향한다. 성당에 가까워질수록 음악 소리는 또렷해진다. 문득, 노래하는 목소리보다 가까운 곳에서 그것보다 작게 찰박이는 소리가 들려온다. 여자는 공원 가운데에 넓게 펼쳐진 호수로 눈길을 돌린다. 멈춰 서서 귀를 기울인다. 소리가 들리는 쪽으로 발길을 옮긴다. 잔잔해 보이는 호수 가장자리에서 잔물결이 인다. 살을 에는 추위에도 얼지 않은 물이 호숫가의 둔덕을 적시는 소리가 청량하다. 멀리 떠 있는 몇 마리의 흰 오리가 달빛을 받아 더욱 희게 빛난다. 겨울 호수의 오리들을 본 적이 있던가. 기억을 되짚는다. 떠오르지 않는다. 들려오던 노랫소리가 멈춘다. 순간의 정적과 함께 공원은 그녀가 지금껏 듣지 못했던 수많은 소리들로 가득 찬다. 리듬을 예측할 수 없는 노래가 떠밀려 온다.

교회를 향해 가던 남자의 발이 성당 앞에 멈춰 선다. 밤의 성당은 낮의 그것보다 물리적으로 훨씬 크고 웅장해 보인다. 화단에 설치된 조경용 할로겐 조명이 외벽의 요철을 두드러져 보이게 만든다. 성당은 분명 여기에 있지만, 마치 다른 세계로부터 쏟아진 영상처럼 이질적이다. 성당의 빛이 거리의 다른 빛들을 압도한다. 사람들은 커다란 아치를 통과해 다른 세계로 진입하기를 바라는 것처럼, 또는 최후의 성소를 지키려는 파수꾼들처럼 그곳으로 모여든다. 촛불을 든 사람들이 있고, 삼삼오오 모여 담배를 태우는 사람들이 있다. 그것들이 성당 앞 좁은 광장을 불태울 것처럼 물들인다. 붉다. 붉음은 그 빛의 형상을 정확히 추상하지 않는다. 다만 남자는 그것을 붉다고 생각한다.

남자는 광장에서 본당으로 이어지는 계단을 오르다가 계단을 오르는 인파 사이에 멈춰 서고 만다. 그는 계단을 오르지도 내려가지도 못한다. 교회로 발길을 돌린다 한들 또다시 멈춰 서지 않을 수 있을까. 계단을 오르내리는 사람들의 어깨가 그의 어깨에 부딪히거나 비껴간다. 남자는 계단 가장자리로 자리를 옮겨 잠시 엉덩이를 붙이고 앉는다. 노래가 시작된다. 종교가 없는 남자에게도 종교음악은 종교적으로 느껴진다. 광장을 서성이던 한 무리의 사람들이 성당 안으로 빨려 들어간다. 텅 비어버린 광장에 세찬 바람이 한차례 지나간다. 이마를 덮고 있던 머리카락이 바람에 흩날린다. 어둡지만, 완전히 어둠에 잠기지 않은 채 웅크린 건물들은 바람이 불어도 흔들리지 않는다. 그의 시선이 오른편의 공원으로 향한다. 거기에 거리의 어둠보다 좀 더 짙은 어둠이 있다. 또다시 바람이 분다. 어둠이 일렁인다.

남자는 공원에 들어가본 적이 있다. 햇살은 찬란했고, 화창한 날씨 속에서 예정된 비극은 더욱 선명했다. 그러나 아직은 모두가 안전했으므로, 누구도 위태로워 보이지는 않았다. 남자는 이전에는 병원에 있었고, 그 이전에는 교도소에 있었으며, 그 이전에는 훨씬 더 큰 도시에서 살았다. 공원의 적당한 한산함과 적당한 분주함, 그것은 그가 살면서 본 중 가장 평화롭고 또한 유의미해 보이는 광경이었다. 어디선가 겁에 질린 비명 소리가 들려와 고개를 돌리면, 거기에는 무릎을 찧어 울고 있는 아이가 있었다. 아이의 어머니가 달려와 아이를 안아 들었다. 종말을 앞두고도 새롭게 태어나는 아이가 있을까, 하고 생각하면, 그가 살아난 것은 축복인가 불행인가 하는 질문이 덩달아 따라왔다.

—당신을 구한 게 제게는 축복입니다. 이것 좀 보세요. 생명은 이렇게 아름답지요.

시체안치소의 직원이 곁에 있었다. 그가 물과 빵을 내밀었다. 남자는 그것을 받았다. 시체안치소의 직원이 기도를 할 때, 그는 함께 눈을 감고 그의 목소리에 귀를 기울였다. 눈 속에서도 햇빛이 아른거렸다.

―만약에 종말이 일어나지 않는다면 저는 어떻게 되는 거죠?

눈을 뜨자 빛의 잔상이 독실한 신도의 얼굴 위에 겹쳐 보였다. 그의 눈동자가 흔들리는 것처럼 보였다. 햇빛이 너무 강렬한 탓인지도 몰랐다.

공원과 맞닿은 건물 사이의 어둠이 토해내는 것이 있다. 가로등 밑으로 나온 것은 남자아이다. 아이는 갑작스레 눈앞에 펼쳐진 광경 앞에서 걸음을 멈추고 자신이 가야 할 길과 성당의 전면을 번갈아 본다. 아이는 두 팔로 자신의 가슴을 끌어안는다. 남자는 무의식적으로 아이처럼 팔짱을 낀다. 추위 때문이다. 아이는 어딘가를 향해 걷기 시작한다. 남자는 아이가 향하고 있는 곳을 생각한다. 아이의 종말에 대해 생각한다. 종말이 없이 아이에게 찾아올 미래를 생각한다. 아이가 점점 멀어져 작은 점이 되었다가 그의 시야에서 사라진 후에도 생각을 멈출 수 없다. 음악이 끝나고 새로운 음악이 시작되고, 거대한 흐느낌과 같은 기도 소리가 좁은 광장을 떨게 만든다.

―레퀴엠이네요.

목소리가 남자의 생각을 중단시킨다. 자그마한 발이 멈춰 선다. 남자는 불쑥 내뱉어진 말이 누구를 향한 것인지 몰라 주위를 두리번거린다. 그러다가 그 목소리를 들을 수 있는 거리에 있는 사람이 오로지 자신뿐이라는 사실을 깨닫고 고개를 든다. 여자가 서 있다.

─지금 연주되고 있는 곡요. 이건 포레의 레퀴엠이에요.

말을 늘어놓으며 여자는 옷깃을 여민다. 남자는 그 말의 의도를 이해하지 못한다. 손이 떨린다. 신경이 수축하는 것을 느낀다. 수술의 후유증이자, 그가 죽음에서 살아 돌아왔다는 증거이다. 그리고 또 한 번의 죽음이 지척에 있다. 그는 기도하듯 두 손을 맞잡는다.

─죄송해요. 긴장이 풀린 것 같아요. 여기까지 오는데 줄곧 혼자였거든요.

남자는 여자를 똑바로 올려다보지 못한다. 여자의 작은 발이 지나치게 가깝다. 남자는 거리를 벌리려 조금 떨어져 앉는다. 여자는 그것을 앉아도 좋다는 뜻으로 여긴 듯 어깨를 움츠리며 몸을 낮춘다. 커다란 코트로도 감춰지지 않는 마른 몸이 휘청거리는 것처럼 보인다.

─이건 살아 있는 자들을 위한 레퀴엠이에요. 여기에는 다른 레퀴엠에 있는 「진노의 날」이 없어요. 대신에 「자비로운 예수」와 「천국에서」가 있죠. 심판 없는 구원의 진혼곡이랄까요. 종말에 익숙해질 수는 있어도, 알 수 없는 것에는 익숙해질 수 없겠지요. 누구라도 말예요.

시체안치소의 직원이 떠오른다. 구원과 심판, 그는 그런 단어들을 자주 입에 올리고는 했다. 남자가 여자의 옆모습을 응시한다. 비쩍 말라 코와 광대뼈가 도드라져 보이고, 푹 팬 뺨과 눈가에 깊은 그늘이 진다.

─신자세요?

여자의 시선이 남자를 향한다. 눈이 마주치자 그는 황급히 고개를 떨군다.

—아뇨.

—기도를 하러 오신 건 아니겠네요?

—아닙니다.

—저처럼 음악에 이끌려 오셨나요?

그는 잠시 침묵한다. 그러나 답할 수 없기 때문은 아니다. 그가 마지막으로 누군가와 긴 대화를 나눈 것은 무척이나 오래전의 일이었으므로, 남자는 자신에게 되돌아오는 스스로의 음성을 낯설게 느낀다. 그는 조심스럽게 목소리의 결을 매만지며 입을 연다.

—이제, 할 일이 없어졌기 때문이죠.

여자가 웃음을 터뜨린다.

—그렇네요. 사실 이제는 대부분 불필요한 일들을 하고 있어요. 아직까지도 의미가 있는 일이라고는 오로지 작물과 가축을 기르고 그걸 나누는 일 정도지요. 어쩌면 그것도 별 의미가 없는 것일 수 있어요. 사실 그렇게 생각하면 그 이전에도 의미 있었던 일은 별로 없죠. 그러니까, 오히려, 마지막엔 이렇게 무용한 것들이 우리에게 위안을 주죠. 우리가 쓸모없는 것이 될 때, 쓸모없는 것이 아름답다는 그 사실이요. 지금 연주되는 음악처럼 말예요.

여자의 말에 남자의 청각이 예민해진다. 음악 소리는 명료하게는 전달되지 않는다. 대신에 깊은 물속에서 연주되고 있는 것처럼 웅웅대며 귓바퀴를 맴돌고, 부드럽게 남자의 등을 떠민다. 경건한 합창이 낮게 깔린 악기 소리를 빨아들인다.

—창밖의 아침 햇살 같은 거요.

두 사람의 눈이 마주친다. 커다란 여자의 눈이 의아하다는 듯 몇 차례 깜빡이다, 둥글게 휘어진다.

—재미있는 분이시네요. 잘 이해가 되지 않지만, 그럴 수도 있겠다는 생각이 드네요.

—저는 이 음악을 이해할 수 없지만, 이해하지 못해도 듣기 좋다고 생각하니까요.

—저는 이제 돌아가야 해요. 계속 여기에 계실 생각인가요. 날씨가 추워지는데요.

—글쎄요, 잘 모르겠어요.

남자는 교회로 가려던 애초의 결심에 대해서는 털어놓지 않는다.

—들어가보셨어요? 사실 안에서 들려오는 음악은 스피커에서 나오는 소리예요. 악기도 합창도 없지요. 사람들은 추위와 불안에 떨고 있어요. 예정된 종말과 약속되지 않은 구원을 기다리며 겨우 서로를 의지하면서요.

여자의 말은 더 따스한 곳, 진짜 합창이 있는 곳을 알고 있다는 것처럼 들린다. 어쩌면 그곳에 또 다른 구원이 있지 않을까. 남자는 생각한다. 여자가 자리에서 일어서자, 남자가 따라 일어선다. 잠시 바람이 멎는다. 성당을 둘러싼 불빛이 따뜻하다. 실제로는 온기를 전하지 못하는 것들이, 그에게는 그렇게 느껴진다.

그들이 컴컴한 공원을 가로지르는 사이에 새로운 음악이 시작되었다. 성당 안에서 흘러나오는 음악은 겨울밤의 낮은 기온 때문에 더더욱 멀리까지 퍼져나갔다. 성당의 문을 여닫을 때마다 더 거대한 음악이 거리로, 공원으로 흘러들고, 그 소리가 마치 세계를 부풀리고 있는 것처럼 들려왔다. 여자는 어쩌면 종말은 세계가 견딜 수 없을 때까지 부풀어버린 결과가 아닐까 하고 생각했다. 종말의 순간을, 혹은 그 이후의 세계를 생각해보지 않은 것은 아니었다. 그러나 종말이 너무 멀리 있었고, 종말이 다가올수록 종말에 대한 상상력은 고갈되었다. 여자는 성당 안의 스피커에서 흘러나오는 소리를 들으며 처음 만난 남자와 공원을 걷는 그때, 비로소 시종일관 지리멸렬하게 느껴지던 기다림이 비로소 끝나가고 있다는 것을 실감했다.

호의라고 할 수만은 없었다. 완연한 밤이 찾아와 있었고, 홀로 차를 세워둔 곳까지 돌아가야 한다는 사실이 막막하게 느껴졌다. 여자는 내일의 연주 계획과 바이올린 현을 찾고 있다는 이야기 따위를 늘어놓았다. 품에 끌어안고 있는 망치의 용도에 대해 설명하자, 남자는 악기점이 이미 오래전에 비워졌다는 사실을 알려주었다. 경계심이 없는 것은 아니었지만, 남자의 낯설지 않은 얼굴이 그녀의 불안을 누그러뜨렸다. 여자는 잠깐의 망설임 끝에 동행을 제안했다. 남자가 기꺼이 초대에 응했다.

—더는 할 일이 없으니까요.

남자의 외모나 차림은 개성적인 구석이 없고, 그것은 격렬한 공포와 권태를 차례대로 지내온 사람들의 표정이 죄 비슷한 탓이지만, 그럼에도 불구하고 여자는 알 수 없는 친숙함을 느낀다. 그러나 단둘이 밀폐된 차 안에 갇혀 있는 동안에, 여자는 옆자리의 남자가 신경 쓰이는 것만은 막을 도리가 없다. 길이 좋지 않은 탓에 시내에서 마을까지는 제법 긴 시간을 운전해야 한다. 남자는 여자가 묻지 않으면 여자에게 먼저 말을 건네는 법이 없다. 얼어붙었던 몸이 녹으며 피로가 몰려온다.

─멈춰요!

남자의 손이 여자의 어깨를 붙잡고, 여자는 황급히 브레이크를 밟는다. 상체가 앞으로 깊게 쏠렸다가 거칠게 제자리로 되돌아온다. 남자의 손이 닿은 부위가 뜨겁다.

─움직이지 않는 것 같아요.

커다랗고 밝은 물체가 도로 한가운데를 가로막고 있다. 사람이다. 전조등 불빛이 무대를 비추는 핀 조명처럼 도로를 비춘다. 옅은 분홍빛의 코트와 남색 치맛자락 아래로 신발도 신지 않은 하얀 발이 드러나 있다. 두 사람의 거친 숨소리가 차의 내부를 가득 채운다.

─여기에 둘 수는 없어요.

여자의 말이 끝나기도 전에 남자가 문을 열어젖힌다. 찬 공기가 밀려들자 잠이 달아난다. 여자는 운전대에서 겨우 손을 떼고 기어를 바꾼다. 남자는 큰 보폭으로 무대 위로 입장한다. 무릎과 허리를 굽히고 앉아 아스팔트 위에 엎어진 상체를 일으켜 세운다. 검고 긴 머리카락이 흘러내리며 멀리서 보아도 앳되어 보이는 얼굴이 드러난다. 남자가 신호를 주듯 손짓한다. 여자는 부리나케 차에서 내려 그들에게로 달려간다. 소녀는 게슴츠레한 눈으로 여자를 올려다본다. 갓 화장을 마친 것 같은 붉은 입술에 여자는 안도감을 느낀다.

─다행이네요.

남자가 고개를 쳐드는 순간, 여자는 이미 오래전에 남자의 얼굴을 본 적이 있다는 사실을 깨닫는다. 흐릿한 카메라의 초점이 서서히 피사체의 윤곽을 포획하는 것처럼 남자의 얼굴은 흔들리면서 뚜렷해진다.

숲에서 나뭇가지가 부러지는 소리가 들린다. 이윽고 커다란 함성과 함께 몽둥이를 든 사내아이들이 숲에서 도로로 뛰어내린다. 피할 새도 없이 그들이 여자와 남자와 소녀를 에워싸고 커다란 나무 몽둥이를 휘둘러댄다. 몽둥이가 남자의 등허리를 후려친다. 그는 소녀를 끌어안은 채 앞으로 고꾸라진다. 여자는 비명도 지르지 않는 입을 틀어막는다. 사내아이는 셋이다. 그들은 쓰러진 남자를 발로 걷어차고, 몽둥이로 내리친다. 굵고 짧은 남자의 신음 소리가 아스팔트 위로 쏟아진다. 여자의 발은 얼어붙은 것처럼 움직일 줄을 모른다. 남자와 함께 바닥에 내동댕이쳐진 소녀가 쓰러진 남자를 밀치고 일어난다. 태연하게 작고 가녀린 손으로 코트를 털어낸다. 먼지가 일어난다. 소녀는 쓰러진 남자와 겁에 질린 여자를 번갈아 보며 웃는다. 가면처럼 흰 얼굴이 웃고 있는 동안에도 무표정해 보인다. 그제야 비명이 터져 나온다. 비명이 도로를 쩌렁쩌렁하게 울리고 퍼져나가다가 되돌아온다. 남자를 두들겨 패던 사내아이들이 낄낄거리기 시작한다.

―그만 됐어, 빨리 타!

등 뒤에서 또 다른 사내아이 하나가 막 운전석에 올라탄다. 소녀가 먼저 차를 향해 달려간다. 소녀의 발이 여전히 희다. 두 명의 사내아이가 소녀의 뒤를 따른다. 키가 큰 사내아이는 마지막까지 남아 남자의 배를 걷어차고 돌아서다 말고 흡뜬 눈으로 여자를 향해 다가온다. 그녀는 두 눈을 질끈 감는다. 비릿하고 달착지근한 숨이 콧잔등에 닿는다. 뜨거운 입김은 순식간에 차갑게 식는다. 차가 움직이는 소리가 들려온다. 그러나 그녀는 눈 속에 컴컴한 어둠이 차오르고, 엔진 소리가 완전히 사라질 때까지도 쉽사리 눈을 뜨지 못한다.

―차를 빼앗겼네요.

갈라진 목소리가 여자의 눈꺼풀을 들어 올린다. 남자가 힘겹게 몸을 일으킨다. 그녀는 선뜻 손을 뻗지 못한다. 그의 얼굴 주변으로 아이들의 웃음소리가 한참 동안이나 맴돈다.

―마을까지는 얼마나 남았죠?

―걸어서 가기엔 제법 먼 거리예요.

―그렇다면 서두릅시다. 난 괜찮아요. 그리고 저 애들도 아주 멀리까지 가진 못할 거예요.

남자가 웃는다. 방금 전 그녀가 떠올리다 만 남자의 과거가 또다시 희미하게 떠오른다. 그것을 어떻게 받아들여야 할지 알 수 없다. 그러므로, 여자는 웃을 수 없고, 또한 웃지 않을 수조차 없다.

마을은 생각보다 멀거나, 멀게 느껴진다. 희미한 달빛만이 길을 비추고, 이따금 흘러가는 구름이 달빛마저 가려버린다. 어색하게 주고받던 짧은 대화도 사라진다. 여자는 차츰 거칠어지는 남자의 숨소리를 따라가듯이 그의 가까이에서 어깨를 바싹 붙이고 걷는다. 지금껏 느껴지지 않았던 남자의 냄새가 덮쳐온다. 그것은 시큼하고 불길하다. 그녀는 비로소 남자의 정체를 분명하게 떠올린다. 그러나 남자를 되돌려 보내거나 그로부터 달아나지 않는다. 간혹 어둠 속의 식물과 사물, 저 멀리 고정되어 있던 풍경이 일어서는 것처럼 보이고, 그럴 때면 여자는 두 눈을 감고 남자의 숨소리에, 절뚝거리는 남자의 발걸음 소리에 더욱 예민하게 귀를 기울인다. 차가운 바람이 두 사람의 몸을 얼게 하면서 고통의 감각 또한 서서히 얼어붙는다. 걸음이 점점 더뎌지는 가운데, 여자는 자신의 다리가 움직이고 있다는 사실이 의심스럽다는 듯 두 다리를 내려다본다. 이토록 짙은 어둠 속에서는 거리도 시간도 측정되지 않는다. 이미 지나온 거리만큼 통증이 누적되었고, 그 통증이 그녀를 나아가게 만드는 유일한 힘이다. 불 꺼진 경비초소에 다다르자 갑자기 더는 한 발자국도 앞으로 나아가지 못할 것처럼 온몸의 힘이 모조리 빠져나가는 것을 느낀다. 그러나 그녀의 다리는 이미 멈춰 서는 법을 잊은 것처럼 쉬지 않고 발을 내딛는다. 어둠과 추위가 차츰 아늑해진다.

자전거 페달을 밟는 사내는 페달을 밟는 일을 멈추고 지도를 본다. 오직 지금까지 페달을 밟아 온 길에 의지해서만 지도를 읽을 수 있다.

몸 안에 들어온 한기가 여전하다. 남자는 벌떡 일어나 자리에 앉는다. 어둡지만, 사물을 식별할 수 없을 만큼은 아니다. 테이블 위에는 바이올린 가방과 그가 읽을 수 없는 악보들이 어지럽게 널려 있고, 악보 위에 지난밤엔 없던 컵 하나가 놓여 있다. 남자는 컵을 들여다본다. 거기에 차갑게 식은 검은 음료가 담겨 있다. 여자는 불도 켜지 않은 채 소파에 자리를 내주고, 커다란 담요를 가져다주고, 무언가 따뜻한 것을 가져다주겠다고 했다. 그다음은 기억나지 않는다. 혼절하듯 잠들었다. 그는 자신이 잠을 청한 소파 건너편의 계단을 바라보며 숨죽인다. 인기척이 느껴지지 않는다. 대신에 잠결에 들은 현악기의 선율이 어렴풋이 떠오른다. 그것이 그저 현악기였다는 것을 제외하면 구체적인 멜로디나 음색은 기억나지 않는다. 어쩌면 그녀가 기다리던 것을 얻게 된 것일지도 모른다.

남자는 추위를 떨쳐내려 크게 기지개를 편다. 커튼 아래로 빛이 기어들어 온다. 커튼을 걷자 거실은 순식간에 환하게 밝는다. 종말의 아침이다. 순간 남자는 시계를 찾기 위해 주변을 두리번거린다. 못 하나 박지 않은 벽은 새하얗다. 그는 잠시 동안 여자가 말한 커다란 창을 통해, 여자의 정원과 여자의 마을을 바라본다. 창은 커다랗지만, 마을 전체를 조망할 만큼은 크지 않다. 몸의 각도를 이리저리 바꾸면 더 멀리 마을의 풍경이 눈에 들어온다. 유리창의 얼룩이 창밖의 전경 위에 아른거린다.

황망하다. 정원에는 멋대로 자라다가 시들어버린 누런 잎의 식물들과 용도를 알 수 없는 쌓아올린 흙더미, 말라 죽은 가지들로 가득

하다. 이리저리 쏠려 다니는 낙엽들이 건물 사이를 가로지르는 길을 지우고 있다. 마을은 지난밤의 기억 그대로이다. 칠이 벗겨진 건물들은 멀리서 보아도 사람의 흔적이 느껴지지 않는다. 지난밤 보았던 몇 개의 뻥 뚫린 창이 여전히 어둠을 물고 있을 뿐이다. 그 어둠 앞에서 햇빛은 그에게 익숙한 어떠한 마술도 부리지 못한다. 어둠 안에 무엇이 있다고 생각하지 않지만, 너무 새카매서 그 안에 아무것도 없다고 확신하는 것 또한 불가능하다.

어느 모퉁이에선가 여자가 나타난다. 그녀는 느리지도, 빠르지도 않은 속도로 길을 걸어 그를 향해 다가온다. 여자의 걸음은 마치 춤을 추는 듯 가볍다. 발밑의 낙엽들과 흩날리는 머리카락으로 바람의 세기를 가늠할 수 있다. 그러나 여자가 걷고 있는 햇빛 속은 지금 남자가 서 있는 곳보다는 훨씬 따뜻하게 보인다. 여자는 느리게, 그러나 꾸준히 다가온다.

—깨어 있을 줄은 몰랐어요.

여자가 코트를 벗어 소파 위로 던져놓는다. 코트에 깃들어 있던 한기가 펄럭인다. 여자가 남자를 지나쳐 갈 땐 그녀의 굵게 짠 청록색 니트 원피스에서도 차가운 기운이 뿜어져 나온다. 그는 커다란 창을 등지고 선 채 아무런 말도 하지 못한다. 발밑의 그림자가 여자를 향해 뻗어나가는 것을 본다. 여자의 손이 테이블 위의 물건들을 정리하기 시작한다.

—몇 시쯤 되었죠?

동작을 멈춘 여자가 허리를 펴고 거실을 둘러본다.

—글쎄요. 아마 우리가 음악을 들을 시간은 충분할 거예요.

—도착했나요?

여자는 남자의 질문에 곧장 답하지 않고 다시금 테이블 위로 시선을 옮긴다. 악보 위에 악보가 포개진다. 바이올린 상자에 단단한 잠금장치가 걸려 있다.

—아뇨, 기다린 것은 아무것도 도착하지 않았어요. 함께 연주를 하기로 한 사람들도, 현도 도착하지 않았어요.

여자는 애초에 아무런 기대도 없었다는 것마냥 태연한 목소리로 답한다. 그녀가 소파로 자리를 옮겨 담요들을 개어놓는다.

—실망스럽겠어요.

—실망스럽죠. 모든 사람들이 실망했을 거예요. 하지만 어쩔 수 없어요. 그건 제 능력 밖의 일이니까요. 그래도 음악을 들을 시간은 충분하고, 함께 음악을 들을 사람이 있다는 건 다행인 일이죠.

마지막으로 커튼을 정돈한 여자가 오디오 앞으로 다가가 전원을 넣는다.

음악이 시작되지 않는다.

여자가 작은 목소리로 허밍한다. 음악은 그녀에게만 들려오는 것 같다.

—우리가 연주하려던 곡이죠. 라벨의 현악 사중주요. 잘 들어보세요. 제1바이올린이 연주하는 주제는 명징하고 서정적이죠. 그런데 다른 악기들의 선율은 관념적이에요. 확실한 것과 불확실한 것, 안전한 것과 위험한 것이 함께 있어요. 그나마도 앞부분의 서정적

인 선율은 차츰 격정적으로 변하고, 나중엔 모든 주제들이 뒤엉키고 흩어져요. 마지막은 정말 놀랍죠. 도저히 이해할 수 없는 멜로디 사이에서 어렴풋하게 처음의 주제가 떠오를 뿐이에요. 모든 것을 추억하고, 아무것도 기억할 수 없게 돼요. 지금 우리에게 이보다 완벽한 사중주는 존재하지 않을 거예요. 그게 제가 이 곡을 고른 이유예요.

여자가 다시 허밍을 시작한다. 남자는 여자가 길게 늘어놓는 말을 한 마디도 이해할 수 없다. 그는 여자의 그림자가 누운 방향을 보고 태양의 위치를 확인한다. 그러나 그림자를 보고 시간을 유추하지는 못한다. 여자가 읊조리는 멜로디의 높낮이가 바뀔 때마다 그녀의 음색 또한 조금씩 변한다.

—지금이 몇 시쯤 되었을까요.

—음악을 들을 시간은 충분해요.

여자는 소파로 돌아와 자리를 잡고 앉는다. 남자가 그녀의 곁에 앉는다. 그녀는 정말로 악기를 연주하고 있는 것처럼 재빨리 숨을 들이마시고 허밍과 함께 그것을 천천히 나누어 뱉는다. 그는 여자가 따라 부르고 있는 멜로디 외에는 다른 악기들의 소리를, 그것들의 선율을 조금도 짐작할 수 없다.

—자, 들어봐요. 2악장은 피치카토로 시작해요.

—음악이 들리지 않아요.

여자의 미간이 좁아진다.

—조심스럽게 말하는 거예요. 지금 이 마을엔 나와 그쪽 외엔 아

무도 살지 않는 것처럼 보여요. 음악이 재생되지도 않는데 어디서 음악이 들린다는 거죠? 미안하지만, 지금 당신은 거짓말을 하고 있거나, 그게 아니라면 당신에겐 좀 문제가 있는 것 같아요.

여자는 자리에서 일어나 음악을 정지시킨다. 시작되지 않은 음악이 멎는다. 여자는 멀찌감치 선 채로 소파에 앉은 남자를 바라본다. 그녀의 눈이 전보다 조금 사나워진다.

—하지만, 당신에게 문제가 있는 거라고 해도 이해해요. 이상한 일들이 너무 많이 일어나잖아요. 내 경우에도…….

—저는 어제 처음으로 도둑질을 했어요.

여자가 남자의 말을 가로챈다.

—저는 그게 아무에게도 들키지 않아서 다행이라고 생각했죠.

여자가 말한다.

—시내의 상점에서 커피 한 병을 훔쳤어요.

여자가 말한다.

—당신이 어젯밤에 그걸 마실 뻔했고요.

여자가 말한다.

—괜찮아요. 나는 마시지 않았고, 이제는 그런 것에 죄책감을 느낄 필요가 없어요.

남자가 일어선다.

—당신이 누군지 알고 있어요.

여자가 말한다.

—당신이 누군지 알고 있다고요.

여자가 말한다.

—당신의 죄도요.

여자가 말한다.

대답을 추궁하는 듯 부동하는 눈동자가 남자를 사로잡는다.

한 대의 자전거가 마을로 진입한다. 마을의 입구에서 누구도 그를 막아서지 않는다. 사내는 천천히 속도를 늦추며 숨을 몰아쉰다. 바람이 휘몰아치자 하늘이 어두워진다. 사내의 머리 위로 한 무리의 새 떼가 날아간다. 새들은 그와 같은 방향으로 그를 앞서간다. 핸들을 붙잡고 있는 붉은 손 위로 먼지처럼 작고 가벼운 것이 떨어진다. 사내는 왼쪽 손바닥을 펼친다. 또다시 작고 가볍고 차가운 것이 그의 손바닥 위에 떨어졌다가 사라진다. 사내는 고개를 들어 하늘을 본다. 커다란 구름이 새들을 따라 이동한다. 땅에 드리운 그림자의 반경이 넓어진다. 순간 자전거가 휘청인다. 사내는 자세를 바로잡는다. 다시 자전거의 속도를 높인다. 자전거 바퀴 밑의 낙엽들이 조금씩 눅눅해진다. 늘어선 건물들을 빠르게 지나치고, 몇몇 건물 앞에서 속도를 늦추던 자전거가 2층 주택 앞에 망설임 없이 멈춰 선다. 사내는 자전거 뒷자리에 동여맨 끈을 풀고 상자를 내린다. 현관 옆의 커다란 창 위로 설핏 사람의 형체가 나타났다가 사라진다. 사내가 초인종을 누른다. 집 안을 울리는 벨 소리가 현관 바깥까지 흘러나온다.

문이 열리자 현관 안쪽에 남자가 서 있다. 사내는 남자에게 상자를 내민다. 남자가 문밖으로 걸어 나온다. 한 뼘 크기의 정육면체로 된 가벼운 종이 상자가 남자의 손에 전해진다. 남자는 상자를 내려다본다. 상자 위로 진눈깨비가 떨어진다. 눈송이가 순식간에 녹아 상자에 어둡고 작은 점들을 남긴다.

자전거가 쓰러진다. 쓰러진 자전거의 바퀴가 삐걱거리며 공회전한다. 사내의 시선이 자전거로 향한다.

―시간을 알 수 있을까요?

남자가 묻는다. 사내는 입고 있던 점퍼 주머니 속으로 붉고 건조한 손을 집어넣는다. 남자의 등 뒤로 여자가 다가온다. 여자는 남자의 어깨 너머로 그의 손에 들린 상자를 응시한다. 잠시 미소가 번지던 얼굴이 이내 일그러진다. 구깃구깃한 지도와 낡은 가죽끈이 달린 손목시계가 사내의 손에 들려 나온다. 사내가 시계를 들여다본다. 시간을 확인한 사내가 고개를 들 때, 여자의 시선 또한 사내를 향한다. 사내는 남자의 질문에 답하지 않는다. 대신에 고개를 들어 하늘을 본다. 남자와 여자의 시선이 그의 시선을 뒤좇는다. 전보다 좀 더 굵은 눈송이가 떨어진다. 소리 없이 떨어진다. 사내는 다시 한 번 시계를 확인한다. 그러고는 상자를 바라본다. 사위가 삽시간에 적요로 가득 찬다. 소리 없이 떨어지던 눈은 소리 없이 떨어진다. 자전거의 앞바퀴가 소리 없이 회전한다. 넘어진 자전거의 앞바퀴가 멈추지 않는 것을, 아무도 눈치채지 못한다. 질문으로 가득한 여섯 개의 눈이 말없이 상자로 향한다. 침묵하는 세 사람이 있다. 서서히 침묵이 고조된다.

영의 기원

I

　책상 위에 동전이 가득 담긴 찻잔 하나가 놓여 있다. 나는 매일 동전을 던진다. 어떤 날은 하나씩 던지고, 어떤 날은 여러 개의 동전을 던진다. 동전을 한꺼번에 던져서 앞면과 뒷면이 나온 횟수를 기록한다. 확률상으로 동전의 앞면과 뒷면이 나오는 비율의 차이는 줄어들어야 할 것 같지만, 그렇지 않다. 나의 경우에는, 이것이 반드시 나의 경우라는 사실을 밝혀야 할 것이다. 앞면과 뒷면이 나오는 비율은 서로 벌어졌다가 비슷하게 줄어들고, 또다시 벌어지기를 반복한다. 또한 누적된 횟수에서 동전의 뒷면이 나오는 횟수는 앞면이 나오는 횟수를 한 번도 추월하지 않는다. 오늘은 여섯 개의 동전을 던졌다. 앞면이 두 개, 뒷면이 네 개 나왔다. 뒷면이 두 번 더 많이 나왔지만, 아직도 뒷면이 나온 횟수는 앞면이 나온 횟수에 비하면 일흔세 번 부족하다. 하나의 동전을 던져서 앞면이나 뒷면이 나올 확률은 언제나 같다. 동전은 계속해서 두 개의 면만을 가질 것이기 때문이다. 그러나 계속해서 동전을 던지면 누적된 결과값 안의 확률은 붕괴한다. 끝내 확률은 무엇도 예측해주지 않는다. 동전을 던져서 나온 결과는 그로 인해 제외되어버린 다른 결과, 그 결과에 대한 기대로 인해 또다시 동전을 던지도록 만든다. 결국 누적된 결과는 양적으로 더 많은 망설임을 초래할 뿐이다. 앞면보다 일흔세 번 부족한 횟수만큼의 뒷면이 나올 가능성만이 확장되는 것이다. 그러니까, 내가 동전을 던지는 이유는, 그렇다. 그것은 오로지, 내가 동전을 던졌기 때문이다.

2

하루가 끝나는 것일까, 아니면 시작되는 것일까. 돌연 그러한 질문이 떠올랐다. 시침과 분침과 초침이 정확히 12를 가리켰다. 밖은 어두웠고, 자정이었다. 왜 자정을 0시라고 부르는 걸까. 0은 11의 다음에 오는 숫자가 아니고, 23의 다음에 오는 숫자가 아니며, 0은 12와도 24와도 같지 않다. 0은 1의 앞에 올 수 있으므로, 자정을 하루의 시작이라고 생각해도 좋을 것이다. 하지만, 시계는 둥글고, 1

부터 12의 숫자를 가지고 있고, 시침과 분침과 초침은 계속해서 같은 자리를 맴돈다. 하루에 두 바퀴를 돌며, 하루에 두 번 시침과 분침과 초침이 동시에 12를 가리키고, 두 번 중의 한 번은 오늘과 내일에 동시에 속한다. 시계는 계속해서 돈다. 시간은 끊임없이 흐른다. 그런데 왜 0일까. 마치 시간이 완전히 사라졌다가 나타나기라도 하는 것처럼, 시간의 측량이 불가능해지는 순간이 오기라도 한다는 것처럼. 그것은 눈앞에 영이 앉아 있지 않았다면 떠오르지 않았을 질문이다. 자정을 왜 0시라고 부르는 건지 알아? 나는 침묵을 깨고 영에게 물었다. 그때, 나는 영의 얼굴을 바라보며, 사람의 얼굴이 곧 그의 성정이라는 오래된 말을 이해할 수 있었다. 정확히는 사람의 표정이 그 사람의 얼굴을 만든다는 사실을 알아차린 것이다. 영이 짓고 있던 표정을 설명하기란 쉽지 않다. 표정이 없었다고 말해야 할 텐데, 흔히 말하는 무표정과도 달랐다. 모든 표정, 그러니까 무표정한 표정마저 잃어버린 듯한 영은 영이 아닌 것처럼 보였다. 그의 얼굴은 모르는 사람의 실패한 초상화 같기도 했고, 쓸모를 알 수 없는 물건 같기도 했다. 네 이름이잖아, 영. 영은 답하지 않았다.

창밖에는 눈이 내리고 있었다. 정확한 날짜는 기억나지 않지만, 3년 전의 겨울이었다. 나는 더 이상 시계나 달력을 걸어두지 않는다. 그러나 계절의 변화가 너무 뚜렷하기 때문에 3년의 시간이 흘렀다는 것만큼은 확실하게 알 수 있다. 4년일지도 모르지만, 아니다, 3년이다. 그해 겨울에는 허구한 날 눈이 내려서, 그해 겨울의 어느 날을 떠올려도 일단은 눈이 내리던 풍경이 떠오른다. 눈이 내리는 겨울

밤이었다. 영이 나를 찾아왔다.

영이 나를 찾아오는 게 이상한 일은 아니었지만, 연락도 없이 불쑥 집으로 찾아온 것은 처음이었다. 영은 한 손에는 편의점의 검정색 비닐봉투를, 다른 손에는 거의 비어가는 작은 싸구려 위스키병을 들고 있었다. 거리가 삽시간에 하얗게 뒤덮일 만큼 눈발은 거세게 몰아쳤다. 영이 뒤집어쓴 점퍼의 모자 위에 눈이 잔뜩 쌓여 있었지만, 그가 얼마나 오랫동안 거리를 돌아다녔는지 나로서는 알 길이 없었다. 다만 한 모금의 위스키가 남아 있는 플라스틱 병으로 영이 길에서 배회한 시간을 짐작해볼 수 있었다. 애초에 나를 찾아올 계획 같은 것은 없었는지도 모른다. 그저 길을 걷다가 추위를 견딜 수 없게 되었을 때 불현듯 나를 떠올렸을 수도 있을 것이다. 하지만 그런 것들은 아무래도 중요치 않았다. 영의 얼굴과 손이 꽁꽁 얼어붙은 것처럼 보였고, 그것이 가장 시급한 문제였다. 영은 현관에 서서 점퍼에 달려 있는 모자를 벗고 옷 위에 쌓인 눈을 털어냈다. 눈은 빠르게 녹았고, 신발에 묻은 흙과 먼지가 눈 녹은 물에 젖어 현관 바닥이 새카맣게 변했다. 집 안으로 들어서는 회색 양말의 앞코가 어둡게 젖어 있었다.

영은 젖은 옷과 양말을 벗지 않은 채 바닥에 주저앉았다. 나는 영의 머리 위로 두꺼운 담요 한 장을 덮어주었다. 담요는 영의 얼굴을 뒤덮었고 이내 무릎 위로 흘러내렸다. 영의 얼굴은 빠르게 붉어졌다. 급격한 기온의 변화 때문인지, 위스키 때문인지는 모르겠다. 아마 둘 다였을 것이다. 영은 마지막 한 모금의 위스키를 입안에 털어

넣었다. 나는 따뜻한 차를 마시겠냐고 물었다. 차가운 물을 마시겠다고 영이 답했다. 나는 냉장고에 넣지 않은 생수병의 물을 따라 테이블 위에 올려두었다. 영의 양손에는 여전히 빈 위스키병과 검정색 비닐봉투가 들려 있었다. 거기에 술과 안주 같은 것들이 들어 있을 거라고 생각했지만, 굳이 영에게 그것을 풀어놓으라고는 하지 않았다. 점퍼랑 양말은 벗어서 좀 말리는 게 어때. 감기 걸릴지도 몰라. 영은 고개를 저었다. 영은 점퍼를 벗지도, 손에 쥔 것을 내려놓지도, 물을 마시지도 않았다. 그저, 그렇게 앉아 있었다.

우리 둘 사이의 공기는 어쩐지 낯설고 어색했다. 영은 한참 동안 말이 없었다. 영은 본래 말이 많거나 활기찬 성격이 아니었고, 그래서 그날도 평소보다 더 어두워 보였다고 할 수는 없다. 기분이 썩 좋아 보이는 것은 아니었지만, 나빠 보이는 것도 아니었다. 하지만 나를 불쑥 찾아왔고 조금 취한 것처럼 보이기도 했기 때문에, 분명 영에게 무엇인가 심각한 일이 생겼을지도 모른다는 예감이 들었다. 그러면서도 영에게 선뜻 나를 찾아온 이유를 물을 수는 없었다. 그의 굳게 다문 입은 완강해 보였다. 영이 나를 찾아온 것이니 묻지 않아도 언젠가는 입을 열고 마음속에 있는 이야기를 털어놓을 거라는 생각도 들었다. 그런 이유로 나는 영과 함께 침묵했다. 아니, 그런 이유 때문이었을 것이다.

20여 분의 시간이 침묵 속에서 흘러갔다. 그때까지만 해도 벽에는 시계가 걸려 있었다. 영은 내내 창밖을 응시했고, 나는 계속해서 시계와 영과 창밖을 번갈아 보았다. 시계는 동력을 잃어가고 있는 것처럼 느리게 움직였다. 아니, 느리게 움직이는 것 같았다. 창밖의 건물 옥상에 빠른 속도로 눈이 쌓이고 있었다. 이미 쌓인 눈 위에 새로운 눈이 쌓였다. 쌓인 눈의 두께가 제법 되어 곧 무게를 버티지 못해 무너질 것처럼 보이기도 했다. 그러나 눈은 쉽사리 무너지지 않았고, 창밖은 고요했다. 아니, 고요해 보였다. 창문은 굳게 잠겨 있었고, 거리의 소음은 들려오지 않았다. 시계의 째깍거리는 초침 소리를 기억하는 것은 그 때문이다. 초침 소리는 점점 더 커다랗게 들려왔다. 영은 숨소리조차 내지 않는 것 같았다. 물론 그 순간에는 내가 그날을 특별히 회상하게 될 거라고는 생각하지 않았기 때문에 아무래도 이 기억은 확실하지 않다. 시계가 째깍거리던 소리 외에 다른 것들은 비슷하게 희미하다. 그런 희미함 속에서 나는 시침과 분침과 초침이 정확히 겹치는 순간을 목격했다. 그것은 또 하나의 명료한 순간이다. 눈이 내리는 겨울이었고, 자정이었다.

3

맑스주의가 이미 실패한 유토피아 이론이나 우리의 자유를 위협하는 국가체제라는 생각은 맑스주의의 역사적 경험을 반성적으로 사유할 때에 부분적으로 완전히 틀린 말은 아닐지도 모릅니다. 여섯 평쯤 되어 보이는 낡은 원룸 오피스텔에 열 명 남짓의 수강생과 한 명의 강사가 둘러앉아 있었다. 그렇지만 그것을 맑스주의의 실체로 이해하는 것은 오류입니다. 저는 당대의 현실과 끊임없이 조응하며 해석되거나 변형되어온 이론이자 실천으로서 맑스주의가 여전히 우리의 삶에 유효하다는 사실을 이야기하고 싶어서 이 강의를 시작한 것입니다. 그것은 가능성의 문제이기도 합니다. 형광등 불빛이 유난히 어두웠고 졸음이 밀려왔다. 그러니까, 저는 맑스주의자입니다만, 여러분이 맑스주의자가 되기를 바라며 이 강의를 시작한 것은 아니라는 점을 다시 한 번 말씀드리고 싶습니다. 강사는 강의를 시작하던 날에도 같은 이야기를 했다. 그러므로 이 기억은 그의 목소리에 가까울 것이다. 나는 이제 그 강의의 내용을 대부분 잊어버렸다. 마지막 강의가 끝나가고 있었다.

옆자리의 수강생은 여전히 노트에 열심히 무엇인가 적어 내려가는 중이었다. 얼굴은 익숙하지만, 말을 섞어본 적은 없었다. 나는 무심결에 그의 노트를 내려다보았다. 맑스, 마르크스, 맑스, 마르크스, 맑스, 마르크스, 맑스⋯⋯. 노트 귀퉁이에 단정한 필체로 두 개의 단어가 번갈아가며 적히고 있었다. 마지막 날이니 함께 맥주라도 한 잔 마시면 좋겠네요. 강사의 마지막 말에 누군가 박수를 치기 시작했다. 나는 노트에서 눈을 떼지 않은 채 얼떨결에 박수를 쳤고 글씨를 써 내려가던 손이 멈추는 것을 보았다. 볼펜을 쥔 주먹이 노트에 적힌 글자들을 슬며시 감추었다. 나는 어색하게 웃었다. 옆자리의 수강생은 이내 노트를 덮었다. 노트 표지에 '鎣'이라는 한자가 적혀 있었다. 비슷하게 생긴 한자들을 떠올리며 뜻과 음을 추측해보았지만, 내가 아는 한자의 수는 너무 적었다. 나는 도무지 그것을 읽을 수 없었다.

　사람들은 각자의 짐을 챙기고, 너 나 할 것 없이 먹다 남은 다과와 비뚤어진 책상을 정돈했다. 맑스주의 강의의 규칙이었다. 정리가 끝나갈 무렵 형광등 중 하나가 수명을 다한 듯 깜빡거리기 시작했다. 강사와 수강생 전원이 동시에 천장을 향해 고개를 들었다. 밝을 영. 나는 몇 시간 뒤에야 노트 표지에 적혀 있던 한자를 영이라고 읽는다는 사실을 알게 되었다. 맑다. 투명하다. 명백하게 하다. 갈고 다듬다. 옥빛이 조촐하다. 꾸미다. 옥편에는 한자의 다른 뜻이 줄줄이 달려 있다. 밝고 맑고 투명한 영. 그것이 그의 이름이었다.

　영은 끝까지 투명한 유리잔에 담긴 물을 마시지 않았다. 자정을 왜 0시라고 하는지 알아? 영은 대답하지 않았다. 대신 품속에서 작은 유리볼 하나를 꺼냈다. 붉은 장미꽃 한 송이가 유리볼 안에 들어 있었다. 이게 뭐야? 장미. 이걸 주러 온 거야? 영은 또다시 입을 다물었다. 물 잔이 놓여 있던 테이블 위에 물 잔이 놓여 있던 흔적은 남지 않았다. 지금 테이블 위에는 3년째 시들지 않은 장미꽃 한 송이가 놓여 있다. 지금은 겨울이다. 창밖에는 눈 대신 비가 내린다. 테이블 위의 장미는 각각 세 번의 봄과 여름과 가을을 지나 네 번째 겨울을 맞고 있다. 장미는 뿌리를 내리지 않고, 줄기가 물에 담겨 있지 않다. 그런데도 장미는 시들지 않는다. 여름이 다가와도 더 이상 만개하지 않고, 겨울이 다가와도 지지 않는다. 다만 시들지 않는 꽃의 색깔이 서서히 바래간다. 영은 그 꽃이 시들지 않을 거라 말하지 않았다. 꽃이 시들지 않는다는 것을 알아챘을 때, 나는 어릴 적 디즈니 만화영화에서 본 붉은 장미를 떠올렸다. 차가운 마음을 가진 왕자를 야수로 바꾼 저주의 꽃. 꽃잎이 모두 지기 전에 진정한 사랑을 깨달을 수 없다면 너는 영원히 왕자로 돌아갈 수 없다. 그러나 영이 남긴 꽃은 단 한 장의 꽃잎도 떨구지 않았다.

이런 꽃을 프리저브드 플라워라고 부른다는 사실을 나는 한참 만에야 알게 되었다. 생화를 약품에 담가 시들지 않도록 보존하는 것이다. 꽃이 가장 아름다울 때에 가장 아름다운 꽃을 꺾어 프리저브드 플라워를 만든다. 꽃이 가장 아름다운 시기가 언제인지, 가장 아름다운 꽃이 어떤 꽃인지를 나는 알지 못한다. 꽃이 아름다운 것이라면, 꽃의 아름다움이 어디에서 오는 건지도 알 수가 없다. 어떤 사람은 꽃이 짧게 피었다가 지기 때문에 아름답다고 말한다. 나는 수명이 다해 명멸하던 형광등 따위를 떠올린다. 그러면 기억 속에서 깜빡이는 불빛을 올려다보는 사람들의 얼굴이 밝아졌다가 어두워지기를 반복한다.

물 잔이 놓여 있던 자리에는 꽃이 놓여 있고, 꽃이 담겨 있는 유리 볼 위에 먼지가 앉아 있지만, 가끔은 사라진 물 잔을 생각한다. 영이 마시지 않은 물은 잔에 담겨 한동안 그 자리에 놓여 있었고, 물의 양은 조금씩 줄어들었다. 물이 줄어들어도 물은 사라지지 않는다. 물은 수증기가 되어 공기 중에 흩어지고, 물의 입자는 보존된다. 그것은 구름이 된 후에 눈이 되거나 비가 된다. 모두가 그걸 안다. 그런데, 꽃의 사라진 빛깔은. 프리저브드 플라워는 한 장의 잎도 떨구지 않지만 서서히 빛깔을 잃어버린다. 꽃의 사라진 빛깔은 어디에 보존되는 것일까. 시들지 않는 꽃은 아름다운가. 잎을 떨구지 않는 꽃은 저주인가. 영은 꽃의 저주를 푸는 방법을 말해주지 않았고, 꽃은 여전히 단 한 장의 꽃잎도 떨구지 않는다.

4

영이 한 송이의 시들지 않는 꽃을 남기고 떠난 다음 날 아침, 현관 밖 손잡이에는 영이 들고 왔던 편의점의 비닐봉투가 걸려 있었다. 거기에 여섯 장의 편지지와 세 장의 편지봉투가 들어 있는 편선지 한 세트, 검정색 볼펜 한 자루, 몇 봉지의 과자와 몇 병의 술이 있었다. 의아했다. 그것을 내게 남겨두어야 했다면, 집을 떠나기 전에 건네주었을 것이다. 만일 문밖에 선 순간 비닐봉투의 무게가 너무 무겁게 느껴졌다면, 그렇다면 다시 문을 두드렸어도 좋았을 것이다. 나는 몇 차례 영에게 전화를 걸었다. 매번 사서함이 연결될 때까지 전화를 끊지 않고 응답을 기다렸다. 영은 끝내 전화를 받지 않았다.

늦은 밤이 되어서야 연락을 해온 것은 영의 삼촌이었다. 비읍이 섞인 굵고 낮은 목소리가 차분하게 말을 꺼냈다. 그의 숨소리가 귓속말을 하는 듯 가까웠다. 부재중 전화가 여러 통 들어와 있어서요. 어렴풋이 무언가 좋지 않은 일이 일어났을지도 모른다는 예감이 들었다. 영의 친구죠? 놀라지 말아요. 여기 장례식장이에요. 테이블 위에 물이 가득한 물 잔과 장미가 만개한 유리볼이 놓여 있었다. 나는 그것을 망연자실 바라보았다. 밝고 맑고 투명한 영. 사람이 꼭 이름대로 사는 건 아닌 것 같아. 밝고 맑고 투명하다니. 귀신처럼 조용한 영이라면 몰라도. 결단코, 그것은 농담이었다. 영이 죽었다.

영의 빈소에서 나를 알아보는 사람은 아무도 없었다. 우리는 서로를 제외한 다른 인간관계를 공유하는 사이가 아니었다. 영의 가족들은 조문객을 제대로 맞을 수 없을 정도로 오열했고, 그들의 울음소리가 빈소의 다른 울음소리를 뒤덮었다. 나는 울지 않았다. 가족들이 너무나 격렬하게 눈물을 흘리고 있기 때문이기도 했고, 영정 사진 속의 영이 내가 알고 있는 것보다 훨씬 어려 보인 탓이기도 했다. 영의 나이에 영정 사진이 될 만한 사진을 미리 준비할 수는 없었을 것이다. 영의 영정 사진을 마주하고 있는데도 실감이 나지 않았다. 나는 가까운 누군가의 죽음을 경험한 적이 없었다. 빈소에서 지켜야 할 예절 같은 것을 끊임없이 곱씹어야 할 만큼 모든 것이 부자연스러웠다. 그러므로, 나는 울 수 없었다. 그랬다. 아마도 그러했을 것이다.

영의 아버지는 겨우 눈물범벅의 얼굴을 수습한 뒤에 나를 반쯤은 억지로 테이블 앞에 끌어다 앉혔다. 혼자 앉은 테이블 위에 음식이 차려졌다. 내가 할 수 있는 일이라고는 멀뚱히 앉아 고개를 숙이는 것뿐이었다. 그러자 아주 조금씩 슬픔이 밀려왔다. 그걸 슬픔이라고 말해도 좋은지 모르겠다. 영과의 사소한 추억들이 떠올랐고, 지난밤 영의 침묵이 떠올랐고, 현관문 밖에 걸린 비닐봉투가 떠올랐다. 나는 두 손바닥으로 얼굴을 덮었다. 난생처음으로 내 손이 무언가를 가리기에는 너무도 작다는 사실을 깨달았다.

등에 누군가의 크고 따뜻한 손바닥이 닿은 것은 그다음이었다. 괜찮아요? 목소리만으로 그가 영의 삼촌이라는 것을 알 수 있었다. 그의 얼굴은 영의 삼촌이라는 사실이 믿기지 않을 정도로 무척이나 젊어 보였다. 영이 친구라면서요. 그는 테이블 맞은편에 자리를 잡고 앉았다. 곧 두 개의 종이컵 가득 하얀 맥주 거품이 차올랐다. 슬픔을 억누르고 있는 것인지, 아니면 슬프지 않은 것인지, 그는 내내 담담한 표정이었다. 트럭에 치었다나봐. 갑자기 뛰어들었대. 옆 테이블에서 나직한 목소리가 오갔다. 영의 삼촌이 눈을 흘겼다. 비로소 눈물이 솟구쳤다. 간밤에 일어난 영과의 일들이 머릿속에서 뒤죽박죽으로 모이고 흩어졌다. 영의 삼촌에게 지난밤에 대해 말하고 싶어졌지만, 눈물이 먼저 쏟아졌다. 말을 하려면 눈물을 삼켜야 했고, 말을 꺼내려 입을 열면 또다시 눈물이 솟구쳤다. 나는 그 모든 것을 장례식장의 식어빠진 음식과 함께 씹어 넘기는 것 외엔 아무것도 할 수 없었다.

비어 있는 종이와 잉크로 가득 찬 볼펜이 의미하는 바는 분명했다. 영은 거기에 무엇인가를 쓰기로 했던 것이 틀림없었다. 누군가를 향한 사랑이나, 특별한 추억, 어쩌면 일기, 무엇이었다 해도 영의 유언이 될 모든 말. 그러나 영은 아무것도 적지 않았다. 내가 영이 남긴 편지지와 볼펜을 영의 가족에게 전하지 않은 것은 그 때문이다. 그것들은 영의 가족에게 조금도 유용하지 않았다. 한 개의 단어도 쓰이지 않은 텅 빈 몇 장의 편지지가 영의 가족들에게 어떤 오해와 확신을 불러일으킬 것인지를 나는 너무나 잘 알고 있었다. 나는 그것들을 내가 간직하는 편이 나을 거라 생각했다. 그렇게 한 장에 스물세 줄을 적을 수 있는 여섯 장의 편지지와 한 자루의 볼펜은 나에게 남겨졌다. 그리고 차츰 비어 있는 종이와 잉크가 가득 찬 볼펜, 그것들이 내게 의미하는 바를 깨닫기 시작했다. 그것은 지난밤 영의 침묵과 같은 것이면서 다른, 침묵이었다.

5

맑스주의 강의가 끝나고 영을 다시 만난 것은 북악산길 근방의 이탈리안 레스토랑이었다. 나와 영은 나란히 어깨를 붙이고 앉았고 맞은편 자리에 맑스주의 강의의 강사가 앉아 있었다. 가게 내부는 낡고 허름했지만, 테이블 위에 놓인 소품과 커틀러리는 한눈에 봐도 꽤나 값이 나가는 것들이었다. 메뉴를 고르는 일은 어려웠다. 강사에게는 달리 고정된 직업이 없었다. 그는 프리랜서로 일을 하며 수강료도 없는 강의를 운영했다. 물론 그것은 그의 자발적인 선택이었겠지만, 그런 사람에게 식사를 대접받는다는 건 아무래도 부담스러운 일이었다. 나는 지갑 속에 있는 현금을 헤아려보았다. 그러나 이내 그의 나이를 떠올리면서, 그의 쏨쏨이가 학생인 나와는 다를 것이라고 믿으면서, 그보다는 메뉴를 바꾸자고 할 수도 없는 노릇이라서, 너무 싸지도 비싸지도 않은 파스타 한 접시를 골랐다. 영의 선택 역시 비슷했다.

아이들에게 가장 중요한 건 읽고 쓰는 거예요. 믿기지 않겠지만, 정말로 읽고 쓰는 게 안 되는 아이들이 허다해요. 수학이니, 영어니, 자기주도 학습 같은 건 그다음의 일이죠. 읽고 쓰지 못하는 아이들은 진짜로 자신이 원하는 게 뭔지를 표현하는 것마저 서툴러요. 아니, 애초에 그게 뭔지를 깨닫지 못하는 거랄까. 그래서 두 분께 도움을 받으려고 하는 겁니다.

나는 그제야 영이 국문학을 전공했다는 사실을 알게 되었다. 강사는 저소득층 아이들을 위한 지역 공부방 운영을 준비 중이었고 아이들을 위해 교재를 만들고 쓰기와 읽기를 가르쳐줄 선생님을 필요로 했다. 그가 마지막 강의의 뒤풀이에서 그런 이야기를 꺼냈을 때, 나는 홀린 듯 그 일을 돕겠다고 나섰다.

강사가 맑스주의 강의를 시작했을 무렵엔 10주짜리 강의를 끝까지 운영하는 것조차 불가능했다. 몇몇 대학에 붙인 대자보를 보고 찾아온 서너 명의 수강생은 3, 4주쯤 지나면 더 이상 남아 있지 않았다. 강사는 다시 대자보를 붙였다. 또다시 찾아온 수강생들이 떠나갔다. 강의가 제대로 자리를 잡은 것은 다섯 해가 지난 후였다. 차츰 수강생들은 함께 강독 모임을 만들고 자발적으로 돈을 걷어 대학가의 허름한 원룸 월세를 냈다. 그곳은 내가 흔히 알고 있는 학습 모임과는 달랐다. 도중에 나오지 않는 후배들을 닦달하는 선배도 없었고, 노동절 행진에 동원되는 일도 없었다. 그곳에서는 아무것도 강제하지 않았다. 내가 그동안 완전히 낡은 것으로 치부했던 이데올

로기가 실은 여전히 새로운 지평일지도 모른다는 희망 따위가 부풀어 올랐다. 맑스주의의 실패가 그것을 둘러싼 수많은 사회적 조건들에서 기인한 것과 같이, 그동안의 모든 오해 또한 선배들의 억압적인 분위기 때문이었다고 나는 순순히 믿었다. 쉽사리 그랬다. 그런 희망을 믿게 되자 전혀 의식하지 않았던 세계의 모순과 불의가 하나씩, 둘씩 눈앞에 떠밀려 오는 듯도 했다. 혁명은 모든 개인의 내면에서 자발적으로 시작되어야 한다. 나는 어디서 들었는지도 알 수 없는 문장을 곱씹었다. 그러면 정말로 혁명이 시작될 것 같았다.

아이들의 마음을 여는 데에는 생각보다 많은 시간이 필요해요. 식사가 끝나갈 무렵이 되어서야 강사는 조심스럽게 말을 꺼냈다. 그 애들은 어른들의 관심과 연민이 얼마나 비루한 것인지 잘 알죠. 수녀님들이 운영하는 공부방에서 한번은 어떤 아이가 피아노를 치고 있는 걸 보았어요. 악보를 가져다주고 연주할 수 있겠냐고 물었어요. 아이가 묻더군요. 누구 앞에서 연주를 해야 하느냐고요. 그 애의 눈에서 처음으로 적의를 느꼈어요. 나중에 알게 된 바로는 그 애에게 방송에 출연할 기회가 있었다고 해요. 모금을 해서 돈을 줄 테니까, 아이의 일상을 촬영하겠다고 한 거죠. 방송은 불발됐어요. 삶이 조금 나아지는 대가로 지적 장애가 있는 엄마와 동생들을 전시해야 했던 거니까. 부담을 주려는 건 아니고요. 아이들의 마음을 여는 게 쉽지 않다는 얘길 미리 해두고 싶었어요.

맑스주의를 개괄하는 강의를 들었다고 해서 맑스주의자가 될 수는 없었다. 그러나 누구도 내게 맑스주의자가 되기를 강요하지 않왔기 때문에, 혼란스러울 것 또한 없었다. 나는 열 명 남짓의 수강생 중에 선택받은 사람이었고, 그것은 특별한 기회처럼 느껴지기까지 했다. 소외된 아이들을 위한 교재를 만드는 일이나 그 아이들을 가르치는 것 자체가 내 삶을 바꿀 계기가 되는지도 몰랐다. 나는 마치 오랫동안 무슨 변화를 꿈꿔오기라도 한 마냥 호기롭게 말했다. 제가 일을 돕는 거라고 생각하지 않으셨으면 좋겠어요. 저한텐 기회인걸요. 그때 영의 시선이 빈 접시 위로 떨어졌다. 네, 저도. 아주 작은 목소리였다.

레스토랑 앞에서 강사와 헤어진 후에 영과 나는 지하철역까지 함께 걸었다. 우리는 거대한 빌라와 단독주택들이 늘어선 언덕길을 걸어 내려갔다. 고급 승용차들이 언덕을 줄지어 올랐다. 인도가 없었기 때문에 차를 피해 한 줄로 걸을 수밖에 없었다. 언덕을 오르는 차들이 그 언덕의 주인이라는 생각이 들자 돌연 그 세계를 향한 작은 분노가 꿈틀댔다. 여기 눈 오면 엄청 미끄러울 만큼 가파른데, 이 동네 사람들에겐 아닌가 봐요. 나는 앞장선 영을 향해 말했다. 내 목소리를 듣지 못한 건지, 아니면 듣지 못한 척을 한 건지 모르겠다. 영은 답하지 않았다. 영은 나보다 걸음이 빨랐지만, 가끔씩 나를 의식한 듯 속도를 줄이는 듯했다. 원래 맑스주의에 관심이 있었어요? 영은 답이 없었다. 원래 관심이 있었어요? 맑스주의예요. 나는 목소리를 조금 더 높였다. 영이 걸음을 멈추고 뒤를 돌아보았다. 그리고 잠시 머뭇거렸다. 곤란하다는 표정이었다. 나는 속도를 줄이지 못하고 영의 코앞에 바짝 붙어 멈춰 섰다. 영이 뒷걸음질을 쳤다.

저는 아니었어요. 과제가 있었거든요. 내가 멋대로 이야기를 털어놓기 시작하자 영이 마침내 입을 열었다. 그게……, 맑스, 마르크스……, 그것 때문이에요. 본의 아니게 훔쳐보고 만 영의 노트가 떠올랐다. 어리둥절한 동시에 당혹스러웠다. 영이 말을 이었다. 신입생 때 어떤 교수가 맑스의 『자본론』에 대한 이야기를 한 적이 있어요. 그때 한 학생이 맑스는 모르는데 마르크스는 안다고 말을 했거든요. 그게 웃긴 건 아니었어요. 그런데 그 친구는 그걸 너무나 당당하게 말했고, 모두의 비웃음을 사고 만 거예요. 대자보를 봤을 때 그날이 떠올랐어요. 엉뚱한 대답에 웃음이 터져 나왔다. 나도 그런 거 아는데…….『그리스인 조르바』는 모르고 『희랍인 조르바』는 안다고 하는 애가 있었어요. 영이 미소를 지었다. 우리는 보폭을 맞춰 나란히 걷기 시작했다. 우리의 걸음은 무척 느렸고, 가파른 내리막길은 끝없이 이어졌다. 길은 여전히 좁았고 차들도 쉬지 않고 빠르게 내달리고 있었기 때문에 영의 어깨가 자꾸만 내 어깨에 부딪쳐왔다. 그러나 그것이 불편하지는 않았다. 어깨가 부딪혔다가 떨어질 때마다 영과 나의 벌어진 틈 사이로 바람이 흐르는 것이 느껴졌다. 차고 부드러운 바람이었다.

6

창밖에서 굴착기가 땅을 파는 소리가 들려온다. 겨울에 땅을 파고 건물을 올리는 일은 흔치 않다. 그런데 저 공사장의 작업은 눈이 오나 비가 오나 쉬지 않고 계속된다. 낮밤을 가리지 않고 계속되는 바람에 밤이 되면 더더욱 커다란 굉음과 진동이 방 안으로 전해져온다. 나는 간혹 창문을 열고 소리가 들려오는 곳을 찾아 두리번거린다. 그렇게 정작 소리의 근원을 찾으려고 하면 소리는 들려오지 않는다. 소리는 내가 잠들기 위해 침대에 누웠을 때나 피아노 연주곡을 듣기 위해 오디오를 켜면 사방에서 들려오기 시작한다. 내게는 그 괴이쩍은 소리를 묘사할 능력이 없지만, 피아노 연주곡과 함께 들려오는 그것은 규칙적인 메트로놈의 소리 같기도 하다. 지금은 비가 내리고 있고, 또다시 그 소리가 들려온다. 이번에는 누군가 빗속에서 문을 두드리는 것 같다. 나는 현관 밖을 향해 말을 건네기도 한다. 그 순간 의문의 방문객은 더 이상 문을 두드리지 않는다. 가끔은 음악도 켜지 않은 고요한 방에 소리가 가득 차오르고, 그 소리가 공사장의 굴착기 소리처럼 들리기 때문에 나는 그것을 공사장의 굴착기가 땅을 파는 소리라고 생각해버린다. 하지만, 나는 겨우 내 공사를 하는 공사장을 발견하지 못했다. 겨울에는 땅도 얼어붙고, 인부들의 손도 둔해진다. 사실 이제 나는 그것이 방 바깥으로부터 들려오는 것인지, 방 안에서 들려오는 것인지, 아니면 내 머릿속에서 시작된 것인지조차 가늠하지 못한다.

그것이 영일 것이라 생각하지는 않는다. 영은 죽었고, 귀신은 문을 두드리지 않고도 집안으로 들어올 수 있다. 하지만 나는 때때로 영이 두고 간 물건들을 찾으러 온 것 같은 기분에 휩싸이거나, 영이 나를 찾아와 자신의 죽음에 대해서, 그가 여섯 장의 편지지에 적고 싶었던 말들을 들려줄 수도 있지 않을까 하고 생각한다. 모두 부질없는 생각이다. 영은 절대로 나타나지 않고, 내게 아무런 이야기도 들려주지 않는다. 죽을 용기로 살았어야 해. 사람들은 말한다. 그러니까 죽을 용기와 살 용기, 그것은 과연 같은 종류의 용기일까. 나는 맑스와 마르크스, 그리스인과 희랍인, 자정과 0시, 두 번의 침묵, 분명 같은데 서로 전혀 다르게 느껴지는 것들을 생각한다. 그리고 죽을 용기로 살았어야 한다는 그 말에 대해 영이 무어라고 답을 할지 상상해본다. 그러나 나는 그러한 상상 속에서 어떤 동의나 항변도 구하지 못한다는 사실만을 재차 확인하게 된다. 죽은 영에게는 말을 할 입도, 글을 쓸 손도 남아 있지 않기 때문이다. 영은 아무것도 쓰지 않았고, 이제는 정말로 아무것도 쓸 수 없게 되어버린 것이다. 나는 살아 있기 때문에 그 문제에 대한 답을 결코 알 수 없다. 물론 내가 알 수 있는 확실한 사실이란 거의 없다 해도 좋을 것이다. 빈 편지지와 잉크가 가득 찬 볼펜은 무엇인가를 쓰기 위해 존재하는 물건이라는 것. 영은 죽었고, 나는 살아 있다는 것. 그렇다. 그것뿐이다.

영의 삼촌은 영과 열두 살 차이가 났다. 영의 할아버지에게는 두 명의 아내가 있고, 자신은 두 번째 아내의 아들이라고 영의 삼촌이 말했다. 영의 아버지는 첫 번째 아내의 자식이었기 때문에 영의 아버지와 삼촌은 사이가 좋지 않았고, 그래서 영의 삼촌은 영과의 추억이 많지 않다고 했다. 슬프지, 슬픈 일이야. 그런데 그 슬픔이 진심에서 우러나온 감정인지, 아니면 응당 그런 감정이 옳다고 배워왔기 때문인지는 확실하지가 않아. 장례식장에서 집으로 돌아오는 차 안에서 그는 나에게 고백했다.

버스가 끊겼기 때문이고, 내가 학생이기 때문이고, 눈이 많이 내렸기 때문이었다. 영의 삼촌이 나를 바래다주겠다고 나섰다. 차 안에서 찌든 담배 냄새가 났지만, 그는 내 앞에서는 담배를 피우지 않았다. 인적도, 차도 드문 얼어붙은 도로 위로 차는 더디게 움직였다. 창밖의 풍경은 길게 이어진 파노라마 사진처럼 서서히 흘러갔고, 도로에는 미처 치우지 못한 눈이 쌓여 있었다. 그해 겨울에는 그랬다. 눈은 너무 많이 내렸고, 아무리 치워도 계속해서 쌓이기만 했다. 그 눈 더미 위에서는 달리는 자동차에서 뛰어내린다 한들 아무런 상처도 입지 않을 것만 같았다.

사고였을까요? 나는 물었다. 신호등의 램프가 붉은색에서 주황색으로, 주황색에서 초록색으로, 초록색에서 다시 주황색으로 바뀔 때마다 나는 영의 삼촌에게 여섯 장의 편지지와 세 장의 편지봉투, 한 자루의 볼펜에 대해 말하고 싶은 충동을 느꼈다. 그러나, 사고였을까요? 나는 말하지 못했다. 차가 신호에 걸려 멈춰 있는 동안에 그가 나를 가만히 응시했다. 곧 신호등이 초록색으로 바뀌었다. 희랍의 시인들은 태어나지 않는 것이 가장 큰 축복이고 이미 태어났다면 될 수 있는 한 하루라도 빨리 죽어버리는 것이 좋다고 생각했다지. 그러니까 꼭 불행하다고 생각할 필요는 없어. 그건 남은 사람들의 몫에 불과할지도 몰라. 아니, 네가 그렇게 생각하지 말았으면 좋겠구나. 나는 그가 말하는 불행이 영을 잃은 것을 의미하는지, 아니면 영을 잃은 사람들이 여전히 살아 있다는 사실을 의미하는지 묻고 싶었지만, 묻지 않았다. 때로 자살은 자신의 명예와 존엄을 지키는 방법이었다고 해. 그러니까 사고가 아니었더라도, 영의 선택을 존중해야 한다고 생각한다. 내 의견을 묻는 거라면, 나는 그게 사고가 아니었을 것 같구나.

저는 잘 모르겠어요. 그는 잠시 숨을 고른 후에 이렇게 외쳤다. 죽음에 대해 내게 그럴싸하게 말하지 마시오. 영광스러운 오디세우스여! 그는 그것이 아킬레우스의 말이라고 했고, 나는 그가 거의 배우처럼 보인다고 말했다. 그러자 그는 자신의 직업이 연극배우라고 했다. 그는 또다시 외쳤다. 죽느냐 사느냐 그것이 문제로다. 그의 웃음소리는 듣기 좋았고, 듣기 좋다는 사실이 나를 괴롭게 했다. 나는 그의 직업이 정말로 연극배우일는지도 모른다고 생각했다. 그러나 그것이 사실인지는 결코 알 수 없었다.

7

언젠가부터 같은 꿈을 반복해서 꾼다. 공사장의 굴착기 소리가 들려오기 시작하면서부터이다. 꿈은 빛은 있는데 그림자가 없는 청회색의 복도에서 시작된다. 방향을 알 수 없는 곳으로부터 규칙적인 타격 소리가 들려온다. 청회색의 복도는 노란 불빛을 받아 초록색의 기운을 뿜어낸다. 콘크리트 위에 망치를 두드리는 것 같은 소리는 공사장의 굴착기 소리 같기도 하고, 누군가 주먹으로 문을 두드리는 소리 같기도 하다. 나는 소리의 근원을 찾아서 걷기 시작한다. 아니다. 복도는 하나의 방향만을 가지고 있고, 등 뒤는 막혀 있다. 나는 어떤 문을 통해 꿈으로 들어왔는지 기억하지 못한다. 또한 꿈속에서는 내가 걷거나 걷지 않기를 선택할 권한이 주어지지 않는다. 매번 같은 장소에, 매번 처음 떨어진 것처럼, 낯선 복도에서, 나는 나의 의지와 무관하게 앞으로 나아간다. 소리는 나를 이끌고, 소리는 나를 따라온다.

복도 끝에서 오른쪽으로 나선형의 계단이 있다. 계단을 내려가면 또다시 복도가 이어지고, 복도는 또 다른 나선형의 계단으로 연결된다. 그 수많은 복도와 계단을 지나는 시간은 내가 잠들어 있는 현실의 시간 감각을 어렵지 않게 추월한다. 처음엔 복도에 울려 퍼지고 있는 리듬을 따라 제법 경쾌하게 걷는다. 어느 정도 걸은 후에는 입구나 출구를 찾기 위해 그 리듬보다 빠르게 내달린다. 복도는 끝이 없다. 나는 결국 리듬을 따라갈 수 없을 정도로 지쳐버리고 만다. 더는 걸을 수 없다고 느끼는 순간, 복도의 끝에 어두운 문이 나타난다. 문을 두드리는데 아무도 대답하지 않는다. 문을 연다. 나는 잠에서 깨어난다.

얇은 커튼을 뚫고 희미한 푸른빛이 침대 위에 쏟아진다. 그런 빛 속에서는 아침이 오는 것인지 저녁이 오는 것인지가 구분되지 않는다. 꿈속에서 들려오던 소리는 꿈 밖으로 따라 나온다. 나는 소리가 나는 곳을 향해 귀를 기울인다. 소리를 따라 움직인다. 방 한가운데를 가로지른다. 옷장 문을 연다. 거기에 시계가 있다. 멈춰 선 시계. 멈춰 선 시계가 소리를 낸다. 그것은 내가 꿈속의 복도에서 듣던 소리이고, 공사장의 굴착기 소리이며, 누군가 문을 두드리는 소리이고, 메트로놈의 소리이다. 시계는 멈춰 있고, 나는 그것이 시간이 전진하지 못하는 소리라는 것을 깨닫는다. 나는 갑자기 겁에 질린다. 시계 뒤에 펼쳐진 옷장의 어둠 속에서 무언가가 기어 나올 것 같다. 그러면 창밖의 빛을 방 안으로 끌어들이기 위해 커튼을 열어젖힌다. 창턱이 너무 낮아서 몸이 앞으로 기운다. 몸은 끝없이 추락한다. 바닥은 멀지 않다. 그러나 바닥에 가까워질수록 내가 떨어지는 속도는 점점 더 느려진다. 나는 끝내 바닥에 닿지 못한다.

그렇게 다시, 잠에서 깨어난다. 나는 오래전에 건전지가 닳은 시계를 떼어 옷장 깊숙이 넣어두었다. 그래서 꿈에서 깨어난 뒤엔 늘 옷장 앞으로 가지만, 옷장을 여는 일만큼은 망설이게 된다. 꿈에서 깨어난 직후에 창가로 다가가지 못하는 것과 같다. 그러나 현실의 창은 안전하다. 옷장에 귀를 갖다 댄다. 옷장 속에서는 아무런 소리도 들려오지 않는다. 나는 안도한다. 이따금 깨어 있는 동안에도 꿈속에서 듣는 것과 같은 소리가 들려오지만, 옷장 안의 시계는 여전히 멈춰 있을 것이며, 소리를 내진 않을 것이다. 그렇다면, 대체 소리는 어디에서 들려오는 것일까.

꽃은 물에 꽂아두어야 하는 거 아냐? 테이블 위에 물 잔과 줄기 없는 장미가 나란히 있는 것이 조금은 이상해 보인다고, 영의 삼촌이 말했다. 나는 그 꽃이 영이 주고 간 것이라고 말하지 않았다. 영이 지난밤에 다녀갔고, 그 물 잔이 영을 위한 것이라고도 말하지 않았다. 하지만 그가 그렇게 말하자 내게도 그 정물들이 이상하게 보이기 시작했다. 그건 마치 영을 기리기 위해 준비된 것 같았다.

나는 영의 삼촌에게 따뜻한 차를 권했고, 그는 따뜻한 차를 마셨다. 나는 눈발이 조금 잦아들 때까지 그가 내 좁은 방에 머무르는 것을 허락했다. 우리는 따뜻한 차를 마시며 이야기를 나누었다. 영에 관한 이야기도 있었다. 영과 내가 만나서 하는 이야기, 영의 습관, 영의 관심사나 취미 같은 것들에 대해서. 영의 삼촌은 영의 마지막 순간에 대한 트럭 기사의 증언을 들려주었지만, 그것을 이야기할 필요는 없을 것이다. 그것은 끔찍하지도 아름답지도 않았다. 그는 내게 귀신을 믿느냐고 물었다. 나는 보지 않은 것을 믿을 순 없지만, 보지 않았기 때문에 믿지 않을 수도 없다고 답했다. 조금 두렵기는 하죠. 영의 삼촌은 내가 걱정된다고 했다. 진심처럼 느껴지지 않는 말이었다. 울어도 괜찮아. 나는 왜 울어야 하느냐고 반문했고, 그의 찻잔이 비었다. 그는 앉은 자세로 호주머니에서 동전을 꺼냈다. 찻값이야. 동전이 빈 찻잔 바닥에 부딪히며 경쾌한 소리를 냈다. 옛날엔 사람이 죽으면 묻기 전에 두 눈 위에 동전을 올려두었어. 노잣돈으로. 그런 이야기를 들어본 적이 있는 것 같아요. 나는 빈 찻잔을 치우기 위해 몸을 일으켰다. 찻잔 속의 동전은 뒷면이었다.

나는 동전이 생길 때마다 동전을 던진다. 동전의 앞면과 뒷면이 나온 횟수를 기록한 후에 그것을 찻잔 속으로 던져 넣는다. 동전은 오로지 앞면과 뒷면만을 가지고 있지만, 동전을 던질 때마다 동전의 앞면과 뒷면의 의미는 조금씩 달라진다. 처음엔 이런 것이었다. 영의 죽음은 사고였을까 아니었을까. 사고는 앞면, 아니면 뒷면. 앞면이 나온다. 그렇다면 사고. 하지만, 뒷면이 사라진 것은 아니기 때문에 나는 동전의 앞면이 주는 답이 완전하지 않다고 생각한다. 나는 또다시 동전을 던진다. 뒷면. 그렇다면 사고가 아니다. 그러니까, 내가 동전을 던지는 이유는 오직 내가 동전을 던지기 시작했기 때문이다. 계속해서 동전을 던지다 보면 더는 한 가지 질문에 집중할수 없게 된다. 타로카드에 답을 구할 때, 그것을 바라보며 오직 하나의 질문만을 떠올리려고 할 때, 도무지 하나의 질문만을 떠올릴 수없는 것과 같다. 질문은 꼬리를 물고 변형되고 증식한다. 차가운 물과 뜨거운 차, 맑스와 마르크스, 희랍인과 그리스인, 시들지 않는 꽃은 아름다운가, 아닌가, 죽을 용기와 살 용기는 과연 같은 것인가, 다른 것인가.

그리고 나의 첫 번째 문장. 한 장에 스물세 줄 적을 수 있는 여섯 장의 편지지가 내게 남겨졌고, 편지지의 비어 있는 백서른여덟 줄의 공백은 나에게 무엇인가를 쓰라고 지시한다. 그러나 편지지는 여전히 텅 비어 있고, 나는 첫 번째 문장을 결정하지 못했다. 그것을 결정하기 전에는 단 한 문장도 쓸 수 없을 것이다. 첫 문장을 시작하지 않으면 당연히 두 번째 문장도 시작되지 않는다. 나는 하나의 문장을 떠올린다. 그러면 비슷한 또 다른 문장이 떠오른다. 이를테면, 아무것도 시작할 수 없다. 시작할 수 있는 것이 아무것도 없다. 두 개의 문장은 비슷하지만, 결코 같지 않다. 두 개의 문장 중에 하나의 문장을 삭제해야만 첫 번째 문장을 가질 수 있다. 나는 동전을 던진다. 앞면. 그러면 나는 동전의 뒷면을 생각한다. 그리고 또 다른 문장. 시간이 지나면 지날수록 나는 더 많은 첫 번째 문장을 생각하는 일에만 골몰한다. 내가 첫 번째 문장을 쓰는 순간 쓰이지 않고 남아 있을 또 다른 첫 번째 문장을 생각한다. 첫 번째 문장을 쓰면, 그다음엔 돌이킬 수 없을 것이다. 동전은 둘 이상의 답을 가진 질문에는 답해주지 않는다. 나는 여러 개의 동전을 던진다. 그러나 동전은 여전히 앞면과 뒷면만을 가지고 있고, 서로 구별되지 않는다. 오직 앞면과 뒷면만이 있다.

동전을 던지고, 그것을 기록하고, 동전을 찻잔 안으로 던져 넣는다. 찻잔에 가득 쌓여 있던 동전 더미의 윗면이 와르르 무너진다. 얇고 동그랗고 빛나는 것들이 쏟아져 내린다. 나는 찻잔을 뒤집는다. 무수한 동전들이 쏟아진다. 그것이 내가 지나온 시간들을 말해준다. 시계가 멈췄는데, 멈춘 시계는 옷장 속에 있는데, 시계가 멈추고도 시간이 흐른다. 멈춘 채로 전진하는 시간 속에서 꽃은 시들지 않는다. 꿈은 반복된다.

8

전화는 세 번쯤 걸려왔다. 문자는 오지 않았다. 그걸 마지막으로 강사는 더 이상 연락을 해오지 않았다. 특별한 계기가 있었던 것은 아니었다. 강사가 연락을 하기로 약속한 날까지 두 주가량의 시간이 남아 있었고, 차츰 흥분은 가라앉았다. 그것이 전부였다. 강사의 연락을 기다리며 그와의 대화를 곱씹으면 간혹, 의심으로 가득 찬 아이들의 눈빛이 떠올랐다. 그러면 어디선가 상상조차 해본 적 없는 가난의 냄새가 끼쳐오는 듯했다. 나는 나의 의지가 그저 천진한 기분으로부터 촉발되었다는 것을 이해하기 시작했다. 맑스주의가 아니었더라도 상관없었을 것이다. 내가 한때 금기였던 거대한 이념을, 그 특별한 비밀을 공유했다는 생각은 착각이었다. 나는 단지 누구도 내게 아무런 책임을 요구하지 않았기 때문에 그것을 얼마든지 낭만적으로 생각할 수 있었을 뿐이었다. 10주나 되는 강의를 들은 후에도 노트를 펼치지 않으면, 몇 개의 익숙해진 인명이나 지명 외에는 아무것도 기억해내지 못했다. 모호하고 추상적인 적의와 정의가 마음을 어지럽혔다. 그러나 그뿐이었다. 강사에게는 이런 거절이 이미 익숙할 터였다. 나는 그를 거절한 수많은 사람 중 하나일 뿐이었으므로 죄책감을 가질 필요도 없었다. 가끔은 만나 본 적조차 없는 아이들의 눈빛이 떠오르기는 했다. 그때마다 아이들에게 상처를 주는 것보다는 이것이 나은 선택이라고, 나는 스스로를 다독였다.

얼마 후 영으로부터 한 통의 문자가 왔다. 공부방에 나가지 않기로 했다는 소식이었다. 영은 강사에게 나와 연락이 닿지 않는다는 사실을 전해 들었다고 했다. 그래도 영은 좀 나았다. 영은 강사에게 연락을 했고, 약속을 어기게 되어 미안하다는 말을 남겼다. 강사는 너그러웠다. 그는 우리를 이해한다고 했다. 영은 그 말을 전하기 위해 내게 연락을 해왔던 것이다.

우리는 신촌의 한 카페에 앉아 차를 마셨다. 아이들이 내게 마음을 여는 게 두려웠던 것 같아. 영은 내 말에 가만히 귀를 기울였다. 가끔 창밖을 바라보았지만, 그럴 때조차도 영이 내 이야기에 집중하고 있는 것을 느낄 수 있었다. 그러니까, 중간에 그만두게 될 바에는 차라리 시작하지 않는 게 좋지 않을까 하고 말이야. 그 말이 입 밖으로 튀어나오는 순간 나는 그것이 아무런 변명조차 될 수 없다는 사실을 깨달았다. 더는 말을 이을 수 없었다. 영은 따뜻한 눈길로 나를 바라보았고, 한 모금의 차를 마셨고, 이렇게 물었다. 포이에르바하 기억해? 나는 포이에르바하의 이름만큼은 단번에 떠올렸지만, 그 외에 다른 것은 기억하지 못했기 때문에 바짝 긴장을 하고 영에게 되물었다. 왜? 강의 시간에 쓴 노트의 아주 앞부분에서 포이에르바하를 포예르바라고 쓴 걸 찾아냈거든. 언젠가는 그게 테니스 선수의 이름이라고 해도 의심 없이 믿게 되는 게 아닐까 하는 생각이 들었어. 차마 웃을 수 없었다. 그때 나의 표정이 영의 눈에 어떻게 비쳤는지는 영영 알 수 없을 것이다.

내가 왜 굳이 이런 이야기를 떠올리는 건지 모르겠다. 우리는 비록 그 일로 친구가 되었지만, 맑스주의 강의에 대해서는 더 이상 이야기하지 않았는데 말이다. 나는 맑스주의 강의의 내용을 이제 거의 기억하지 못한다. 기억하지 못한다고 말하는 것은 비겁하고 편리하다. 하지만 사실이다. 이제는 노트를 펼쳐도 그때 듣고 되새겼던 이야기들이 좀처럼 떠오르지 않는다. 그런데 왜일까. 어쩌면 그때의 기억이 영이 남겨둔 편지지의 커다란 공백과 비슷하기 때문인지도 모르겠다. 무엇이 그토록 우리를 들뜨게 했고, 또한 머뭇거리게 만들었는지를 도저히 설명할 길이 없기 때문이다. 영의 마지막을 생각할 때, 나는 자꾸만 영과의 시작 지점으로 되돌아오고 만다. 그리고 가끔은 과연 어디까지가 영에 관한 이야기이고, 어디까지가 내 자신에 대한 이야기인지조차 알 수 없게 된다.

9

영의 삼촌은 눈발이 잦아들 때까지 집에 머물지 않았다. 그는 집에 들어설 때보다 집을 나설 때에 더 단정하게 옷매무새를 가다듬었다. 그가 입고 있던 검정색 정장에서는 오랫동안 세탁하지 않은 직물의 냄새가 났다. 나는 이불 속에 누워 떠날 채비를 하는 그의 모습을 바라보았다. 그가 현관의 거울 앞에 서자 컴컴한 방이 밝아졌다가 어두워지기를 반복했다. 불빛은 얼굴의 윤곽을 과도하게 부각해 떠올렸다. 지금 진짜로 연극배우처럼 보여요. 그는 아킬레우스의 말을 읊었던 것과 비슷한 목소리로, 조금 더 익살맞게 내게 물었다. 영을 사랑했니? 현관이 다시 어두워졌다.

내가 그 질문을 충분히 이해하기도 전에 그가 웃음을 터뜨렸고,

마지막으로 나의 이마에 입을 맞추었다. 그는 책상 위를 기웃거리더니 종이와 펜을 들어 무엇인가를 적는 것처럼 보였다. 현관은 더 이상 밝아지지 않았다. 나는 그대로 잠이 들었다. 그 꿈속에서 처음이자 마지막으로 영을 보았다. 나는 영을 부르며 잠에서 깨어났다. 꿈의 내용은 곧바로 잊혔다. 다만 꿈에서 영이 영의 것이 아닌 얼굴로 서 있었다는 것만큼은 기억할 수 있었다. 아주 오랜 시간이 지난 뒤에 우연히 영을 만난다면, 영의 얼굴을 알아볼 수 없을 것 같았다. 그러나 꿈의 바깥에 영은 없었고, 단지 영이 없다는 사실만이 있었다.

창밖은 여전히 어두운데 방은 밝았다. 불을 켠 기억이 없었다. 영의 삼촌이 불을 켜고 떠난 것이 분명했다. 방 안의 밝은 빛에 안도하면서도, 문득 그의 모든 말과 행동이 조금씩 우스꽝스럽게 느껴졌다. 머리맡에 낯선 이름과 전화번호가 적힌 쪽지 한 장이 놓여 있었다. 나는 쪽지를 아무렇게나 구겨 쓰레기통에 던져 넣었다. 그리고 부엌으로 갔다. 물을 마시고 개수대 안에 쌓여 있는 컵을 씻었다. 영의 삼촌이 마시던 찻잔도 개수대 안에 놓여 있었다. 동전은 맑은 물속에 가라앉아 있었다. 물을 잠그고 눈을 감았다. 찻잔을 들어 올렸다. 찻잔을 기울이자 물이 먼저 쏟아졌고, 이어 동전이 개수대 안으로 떨어지는 소리가 귓전을 울렸다. 기울어진 찻잔을 든 채로 오랫동안 눈을 뜰 수 없었다. 눈에는 어둠이, 귓속에는 적막이 차올랐다. 그 적막을 뚫고 가느다란 시계의 초침 소리가 들려오기 시작할 때야 비로소, 나는 조심스레 눈꺼풀을 들어 올렸다. 물에 젖은 동전이 빛나고 있었다. 앞면이었다.

앞면 1, 뒷면 0. 횟수를 기록하기 위해 키보드 앞에 앉으면 0은 숫자판의 가장 끝, 나의 오른손 새끼손가락이 닿는 자리에 있다. 그것은 늘 의아하기만 하다. 나는 자판을 두드린다. 0. 지운다. 또다시 자판을 두드린다. 아무리 더해도 늘어나지 않는 둥글고 텅 빈 숫자가 모니터에 한가득 새겨진다. 그것은 눈 위에 새겨진 영의 발자국처럼 보인다. 술에 취한 영이 긴 거리를 걸어 내게 오고 있을 모습을 떠올린다. 비가 눈으로 바뀌고 있다. 차가운 눈이 영의 어깨 위에서 녹았다가 다시 얼어붙는 동안에 낯선 행인들이 빠른 걸음으로 그를 앞서간다. 영은 얼어붙어가는 자신의 발을 달랠 겨를이 없다. 시들지 않는 장미를 가슴에 품고, 자신이 남길 수 있는 최후의 문장을 생각하며 쉬지 않고 걷는다. 눈이 영의 발자국을 지우는 것처럼, 나는 빼곡하게 입력된 0을 지운다. 이제 영은 돌아갈 길을 걱정하지 않는다. 영을 생각하면, 영이 다가오는 것 같다. 그리고 때때로, 누군가 문을 두드린다.

0

안에서 잠긴 문을 열지 않는다면, 문은 열리지 않을 것이다. 그러나 손잡이가 서서히 돌아가고 문밖의 누군가가 문을 열어젖힌다. 현관의 등이 켜지지 않는다. 스위치가 딸깍이는 소리와 동시에 방

안이 환히 밝는다. 어둠 속에 갇혀 있던 네가 나타난다. 너는 젖은 머리를 털며 집으로 들어선다. 너의 손에는 커다란 가방과 묵직한 편의점의 비닐봉투가 들려 있다. 너는 가방을 내려놓는다. 코트를 벗지도 않고 비닐봉투 속의 물건들을 정리한다. 텅 빈 냉장고가 조금씩 채워진다. 너는 나를 의식하지 않는다. 네가 가방과 싸구려 위스키병을 들고 책상 앞으로 다가온다. 주머니 속을 뒤져 몇 개의 동전과 휴대전화 따위를 책상 위에 부려놓는다. 컴퓨터를 켠다. 코트를 벗어두고 다시 책상 앞에 앉는다. 컴퓨터가 부팅 되는 동안에 너는 한 모금의 위스키를 마시고, 가방 속의 종이뭉치를 꺼내지만, 들여다보지는 않는다. 너는 그것을 책상 위에 가지런히 놓여 있는 뜯지도 않은 편선지 세트 위에 포개어 둔다. 나는 너에게 손을 뻗는다. 그러나 나의 손은 투명하고 너를 붙잡지 못한다. 문서 작성용 프로그램 하나가 열린다. 여전히 한기가 느껴지는 너의 흰 손이 빼곡한 페이지들을 한참 동안이나 스크롤 한다. 나는 너의 이름을 부른다. 나의 목소리는 나에게도 너에게도 닿지 않는다. 너는 한 모금의 위스키를 마시고, 마지막 페이지의 흰 여백이 너의 얼굴을 창백하게 만든다. 너는 키보드 위에 두 손을 얹는다. 너의 작고 가느다란 오른손 새끼손가락이 움직인다. 0. 곧 신중하게 키보드를 두드리는 소리가 방 안의 공기를 흔들기 시작한다. 쓸쓸한 미소가 너의 얼굴을 할퀸다. 너는 쓴다. 0. 그것이 가장 마지막에 고안된 숫자이다.

다섯 개의
프렐류드,
그리고 푸가

선생님께

이른 무더위와 함께 불면의 날들이 지속되고 있습니다. 일상의 리듬을 건강하게 유지하기가 거의 불가능하다 느껴질 지경이에요. 책상 앞에 앉아 차가운 음료를 마시다 문득 선생님이 계신 그곳을 떠올렸습니다. 알프스의 나라, 열기를 내뿜지 않는 낮고 낡은 건물들, 선선하고 쾌적한 대기 같은 것을 말입니다. 그러나 곧 바젤의 날씨를 검색해보고는 제 생각이 완전히 틀렸다는 걸 깨달았어요. 그곳의 여름도 무척 덥다는 사실을 알게 되었지요. 물론 그 사실을 알게 된 것이 선생님의 그곳 생활을 조금 더 이해하게 되었다는 걸 뜻하지는 않습니다. 인간은 누구나 아주 모르지 않으면서 겨우 조금 아는 것에 사로잡혀 살아간다는 것을 새삼 떠올렸을 뿐입니다. 그런 생각을 오랫동안 해왔습니다. 그래서 차라리 아주 모르는 것이 낫다고 여겨왔고요. 엄마의 마지막 순간에 대해 말입니다. 그날의 이야기를 듣기로 결정한 것이 과연 옳은 선택인지는 알 수 없습니다. 제가 들을 수 있는 이야기란 그저 겨우 조금의 조금일 테니까요. 알게 된다고 해서 더 많이 이해할 수 없을 것임에도 불구하고, 어쩌면 이제는 편견이라도 좋으니 무언가 저를 완전히 사로잡을 결론을 얻고 싶은 건지도 모르겠습니다. 선생님께 한 번도 묻지 않았고, 또한 물을 수 없었던 그날의 일에 대해 들어야겠다는 생각에 닿았습니다. 그것이 선생님께 고통스러운 기억이라면, 그래서 도저히 답해주실 수 없다면, 답하지 않으셔도 괜찮습니다. 유난히 더위를 못 견디시는 선생님을 곁에서 보살필 사람이 없다는 게 조금 걱정스럽습니다. 건강하세요.

7월 21일
효주 올림

*

추위가 한풀 꺾인 날씨였지. 잠시 눈이 내릴지도 모르겠다고 생각했던 것 같구나. 나는 음악을 들으며 강변을 걷고 있었어. 드뷔시였던가. 음악 때문이었을 게다. 바람도 거의 불지 않고 강도 얼어붙어 있었는데, 불쑥 눈앞에 펼쳐진 화면을 향해 돌을 던져보고 싶었다. 돌을 던지면 돌이 파문을 일으켜 암록의 상록수와 고동색의 산맥, 옅은 회청색 하늘이 휘몰아치며 뒤섞일 것처럼 보였거든. 실제로 걸음을 멈추고 작고 표면이 매끄러운 돌을 하나 골라 허공을 향해 던져보기도 했다. 나이를 먹어간다는 걸 어느 때보다 자각하고 있는 때였지만, 그런 감상에 빠질 만큼은 젊었고, 그래서 잃어가는 중인 것들을 어떻게든 붙잡아보고 싶기도 했지. 돌멩이는 허공으로 솟구쳤다가 언 강에 부딪혀 굴러갔다. 돌이 구르는 소리를 들으려고 잠시 이어폰을 빼기도 했어. 그러자 아주 먼 곳의 바람 소리와 발밑의 풀들이 바짝 말라가는 소리, 그리고 내 이어폰에서 흘러나오는 희미한 피아노 선율이 들려왔지. 그 풍경이 조금 무서워지더구나. 오래 걸으려던 애초의 계획과는 달리 금세 호텔로 돌아가야겠다는 생각이 들었다.

그때 한 여자가 멀리서 언 강 위를 가로지르고 있었어. 네 엄마였다. 부동의 풍경을 휘젓고 있었지. 동작이 크기 때문만은 아니었어. 너무 멀어서 구체적인 생김새나 표정도 보이지 않았다. 아주 느리게 움직이고 있었기 때문에 두꺼운 검정 점퍼 아래 자줏빛 스커트가 펄럭이고 있지 않았다면, 그것을 사람이라고 생각하지 못했을지도 몰라. 아무튼 발목을 다 덮는 자줏빛 스커트는 풍경 안의 다른 색들을 모두 무채색으로 만들어버릴 만큼 강렬했지. 아름다웠다고밖에는 설명할 수 없을 것 같구나. 걷는 것처럼 보이지 않았어. 작은 발을 얼음 위로 지치며 미끄러지는 것처럼 보이기도 했고, 강의 중심을 향해 저절로 빨려드는 것처럼 보이기도 했다.

그 모습이 나를 홀린 것 같아. 다시 이어폰을 끼고 볼륨을 높였다. 그때 나는 내 행동이 비할 데 없는 잔인한 짓이 되리라고는 결코 생각하지 못했어. 그런 일이 될 줄 몰랐지. 세계가 오직 내 귓속에만 있는 유려하고 감상적인 음악에 맞춰 출렁이는 것 같았고, 나는 그 움직임에 맞춰 내 내면에서 사라져버린 것 같은 절망이나 슬픈 감정을 느끼려 애썼다. 부정적이고 혼란스러운 관념어들을 떠올리면서, 그것들이 고갈된 내 정신을 다시 날카롭게 벼려주기를 바라면서 말이다. 흐느끼는 것 같은 얼음 위의 치맛자락을 보며 깊이 상처받은 사람의 얼굴 따위를 상상하기도 했지.

여자가 강 한복판에 잠시 멈춰 서는 듯했고, 내 호주머니 속의 호출기가 울렸어. 시간이 약탈해 간 내 젊음은 육체의 그것만을 의미하는 게 아니었지. 그 시절 나는 격렬한 냉소나 깊은 우울, 끝없는 회의가 다신 내게 속할 수 없다는 사실을 깨닫던 중이었다. 내가 내 인생에 일어나는 대부분의 일을 난해하게 여기지 않고 능수능란하게 해결할 수 있게 되었다는 건 내가 더는 혼란스러운 상념들에 붙잡히지 않아도 된다는 뜻이기도 했지만, 동시에 내가 더는 그것을 견딜 수 없는 사람이 되었다는 뜻이기도 했어. 그러니까 나는 시간이 나를 그렇게 몰아가고 있다고 느꼈다. 호출기가 울렸을 때, 나는 이제 허구의 절망을 느끼려고 애를 쓸 수조차 없게 되었다는 생각을 했어. 그러나 그 사실조차 그리 예민하게 받아들이지는 못했지. 그 순간 내가 내 삶을 조소하고 있었다는 것도 좀 더 시간이 지난 후에야 깨달았다.

　지역번호를 확인하고 그게 호텔 연락처라는 걸 알았다. 머무는 기간이 길어져 큰언니가 사람을 시켜 물건을 보내기로 했었지. 나는 현실로 돌아와야 했어. 여전히 음악이 흘러나오고 있었지만 집중할 수 없었고, 풍경은 한순간에 생기를 잃었다. 나는 돌아섰어. 도로로 연결된 계단으로부터는 이미 너무 멀어져 있어서 야트막한 둔덕을 올라보기로 했지. 땅은 단단하게 얼어 있었고 풀들은 바짝 말라 낮게 엎드려 있어서 오르는 게 힘겹지는 않았다. 그런데도 몇 차례 발을 옮기고 나자 마땅히 발 디딜 곳을 찾을 수가 없었어. 다른 길을 찾아야 할 것 같았지. 그때 피아노 선율 위로 희미하지만 둔탁한 소음이 들려왔다. 반사적으로 숨을 참으며 소리에 귀를 기울였지. 다시 고요한 음악 소리만이 남았지만, 어쩐지 몸이 움직이지 않더구나. 곧 다시 한 번 소리가 들렸지. 나는 그제야 이어폰을 빼고 여자가 걷고 있던 방향을 향해 몸을 돌려세웠다.

　얼음을 깨고 있었어. 어느새 강의 가장자리에 도착해 있었지. 여자의 손에 들린 것은 크고 무거운 돌덩이였어. 어둡고 커다란 것이 떨어지자 단단해 보이던 언 강이 깨져나가기 시작하더구나. 그 소리가 강변을 뒤흔들고 있었다. 불안했지만 어떤 일이 일어나고 있는지 단정할 수는 없었다. 나는 잠시 지켜보았어. 강물이 출렁이며 깨진 얼음을 밀어 올리는 장면이 내 마음을 전에 없이 흥분시켰지. 그걸 부정할 수는 없을 것 같구나. 얼음을 깨던 둔기가 강물 속에 던져졌다. 그것이 가라앉는 것을 우리는 함께 지켜봤어. 그리고 여자는 곧 얼음 위로 번지는 투명한 물에 발을 적시며 천천히 검은 강물 속으로 걸어 들어갔다. 그때만 해도 물은 별로 깊어 보이지 않았어. 물이 여자의 허벅지를 삼킬 때쯤에야 뭔가 잘못됐다는 걸 느꼈다. 하지만 무엇을 해야 할지는 알 수 없었어. 강을 향해 뛰어야겠다고 생각했는데 발 하나 겨우 딛고 설 수 있는 돌들을 밟고 평지로 내려 서기도 쉽지 않았지. 물이 서서히 허리를 삼켰고, 가슴과 머리가 물 속으로 들어가는 건 순식간이었다. 자줏빛 스커트가 수면 위에 펼 쳐졌다. 허우적대는 것처럼 보이지 않았어. 마치 얼음 밑으로 헤엄 치려는 것처럼 보였으니까. 그리고 어느새 여자도, 자줏빛 스커트 도 어두운 물속으로 사라져버렸다. 그게 내가 본 전부란다.

내가 강변에 닿았을 때 물 위에 남은 것이라고는 깨진 얼음 조각 들뿐이었다. 내가 몰아쉬는 거친 숨소리가 강변을 울리는 것만 같 았고 발밑에서 흐르는 물소리는 맹렬했지. 소리를 질렀다. 뭐라고 소리를 질렀는지는 잘 기억이 나지 않는구나. 울부짖으면서 여자가 헤집어놓은 강의 환부를 향해 달려갔어. 나는 조심스럽지 못했고, 얼음이 갈라지면서 내 한쪽 무릎이 힘없이 물속으로 떨어졌다. 물 에 빠지는 동시에 다리의 감각이 모조리 사라졌어. 나는 아예 얼음 위에 주저앉아버렸다. 그 뒤로 얼마나 오래 소리를 질렀는지는 모 르겠구나. 당시에는 아주 길게 느껴졌는데, 내가 겨우 가벼운 동상 만을 입었던 것을 보면 그다지 긴 시간은 아니었겠지.

거기까지다. 언젠가는 네가 그날의 일을 물어오리라 생각했고, 당연히 어떻게 답을 해주어야 하는지도 오래 고민했어. 네가 감당해야 할 고통의 크기를 생각한다면 최대한 간명하게 사실만을 전해야 한다고도 생각했고, 자세한 이야기는 아예 하지 않는 편이 낫다고도 생각했지. 하지만 어느 순간 네 엄마의 마지막 순간이 아름다웠다고 말해주고 싶어지더구나. 설령 내가 비정한 인간으로 보이더라도, 메마른 스스로를 비웃던 나와 같은 인간에게조차 황홀하게 느껴질 만큼 아름다웠다고 말이다. 내 입장에서는 이 이야기를 말로 하지 않게 해준 것이 무척 고마울 뿐이구나.

바젤의 더위는 한국의 더위와는 비교할 것이 못 될뿐더러 차로 조금만 이동하면 한여름에도 점퍼를 입어야 하는 곳이 지천이니 내 건강을 걱정할 필요는 없을 듯하구나. 건강하고, 준영에게도 안부 전해주렴.

7월 30일
스위스 바젤에서

*

선생님께

선생님, 선생님을 원망했던 순간이 있었다는 걸 숨기지는 않겠습니다. 그럴 수밖에 없었어요. 그때 제게 더는 엄마가 곁에 없다는 슬픔은 안중에도 없었습니다. 이상한 일이었지요. 엄마의 시신은 예상보다 온전했고, 그게 기이하게 느껴질 뿐이었어요. 엄마가 떠났다는 느낌이 별로 들지 않았습니다. 그러면서도 앞으로의 삶에 대한 막막함을 피할 도리는 없었습니다. 마을은 작았고, 사건의 목격자가 여전히 호텔에 머무르고 있다는 사실은 노력하지 않아도 제게 전해졌습니다. 버스를 탈 수도 있었는데 굳이 추운 길을 걸었습니다. 목격자를 만난다고 해서 문제가 해결되리라는 보장 같은 건 없었어요. 하지만 악다구니라도 써야 마음이 잠잠해질 것 같았어요. 슬픔은 안중에도 없었다지만, 돌이켜보면 그게 제가 슬픔을 겪어내는 방식이었던 것 같습니다. 이미 뼛가루가 된 엄마를 원망할 수는 없었으니까요. 저는 호텔 로비에 들어서자마자 소리를 질러댔습니다. 당장 내가 원하는 사람을 내놓으라고. 마치 선생님이 엄마를 죽이기라도 한 것처럼 말이에요. 행패를 부리지 않으면 절대로 절 만나주지 않을 거라고 생각했습니다. 만만하게 보여서도, 우습게 보여서도, 불쌍하게 보여서도 안 된다고 수없이 되뇌었어요.

만일 선생님이 그토록 침착한 어른이라는 사실을 미리 알았더라면, 어쩌면 저는 선생님을 찾아가려는 시도조차 할 수 없었을 거예요. 선생님이 로비에 나타나신 순간, 저는 더는 소리칠 수 없었습니다. 온몸에서 힘이 빠져나가는 걸 느꼈어요. 저는 목격자가 엄마 또래의 여자라는 사실을 알고 있었고, 내내 엄마와 크게 다르지 않은 분위기의 사람을 예상했으니까요. 제 예상은 완전히 빗나갔습니다. 상하의가 한 벌인 파자마 위에 긴 코트를 걸친 선생님은 지방 도시에서 흔히 볼 수 있는 그런 여자 어른은 아니었어요. 초췌한 얼굴조차 기품 있게 보였습니다. 무엇보다 선생님은 사람들의 시선을 아랑곳하지 않으셨어요. 그건 선생님이 머잖아 마을을 떠날 외지인이었기 때문에 가능한 일이었는지도 모르지만, 적어도 제가 나고 자란 마을의 사람들은 누구나 지나치게 타인의 눈치를 봤습니다. 엄마를 포함해서 그랬어요.

　방으로 가자. 울지 말자고 다짐을 했는데 왈칵 눈물이 쏟아졌습니다. 방으로 가자. 선생님은 막 잠에서 깨어나 처음으로 입을 연 사람처럼 잠긴 목소리로 말씀하셨습니다. 그 목소리가 한적한 로비를 울릴 때, 저는 암담한 미래에 대한 생각을 잠시 접어둘 수밖에 없었어요. 다정하지 않지만 차갑지도 않은 눈, 속마음을 쉽게 읽을 순 없지만 짐작할 수 있을 것만 같은 그런 눈빛이었습니다. 방으로 가자. 선생님께 의지해 살아온 지난 15년간, 제게는 그 말이 곧 선생님이었습니다. 결국 그 말을 따라 이제는 너무나 익숙한 이 집에 살게 되었으니까요.

　분명 엄마에 대한 기억이 떠오르리라 생각했는데, 오히려 떠오르는 것은 선생님과 보낸 날들입니다. 보내주신 편지를 읽는 내내 선생님과 처음 만난 순간의 기억이 생생하게 되돌아왔습니다. 결혼을 앞둔 딸들이 어쩔 수 없이 엄마에게 전에 없던 애틋한 마음을 느낀다는 이야기를 왕왕 들어왔고, 그래서 저도 그럴 줄만 알았습니다. 물론 선생님과의 일을 돌아보게 될 것도 알았지요. 제 인생에서 꼬박 절반의 시간 동안 엄마가 곁에 있었고, 나머지 절반의 시간에 선생님이 계셨으니, 딱 절반만큼 두 분을 떠올릴 거라 예상하고는 했고요. 하지만 엄마와의 기억은 멀리에, 선생님과의 기억은 이토록 가까이에 있네요. 제가 엄마와 처음으로 눈을 맞춘 순간은 기억할 수 없지만, 선생님을 처음 만난 순간만큼은 결코 잊을 수 없을 테니까요.

선생님의 편지를 읽고 명확해진 것은 별로 없습니다. 다만 절 받아들이기로 결정하신 그때, 당시 선생님의 젊음에 대해 생각했습니다. 지금 제 나이보다도 많은 나이이지만, 결코 늙었다고는 말할 수 없는 그 시절을 말입니다.

당분간 종종 이렇게 편지를 보내려고 합니다. 가을이 시작될 때쯤 준영과 집을 합치기로 결정했어요. 아무래도 제 형편에 큰 집에서 시작하긴 어려울 것 같아 짐을 정리하고 있습니다. 언젠가부터 나날이 집이 비좁게 느껴지던 이유가 제가 어른이 되었기 때문이라고 생각했는데, 그저 너무 많은 걸 버리지 않고 쌓아둔 탓이라는 걸 깨달았어요. 결코 버릴 수 없는 물건들을 추려내듯, 간직해야 하는 기억들을 돌이키는 일도 필요한 것 같습니다.

여유가 있으시다면 그곳의 소식을 전해주셔도 좋을 것 같습니다.

8월 14일
효주 올림

끝내 엄마를 아주 미워할 수는 없었습니다. 아무런 도움도 없이 홀로 아이를 키우는 여자의 삶이 순탄하지 않다는 것을, 제 눈에 띄지 않는 곳에서 상상조차 할 수 없는 비참한 일들이 일어났으리라는 것을 이해하니까요. 선생님이 그날의 온전한 기억을 제게 전하신 건지는 알 수 없지만, 엄마의 마지막 선택에 두려움이나 망설임은 없었다고 기억해주셔서 감사합니다. 만약 망설임 끝에 그런 결정을 내렸다면, 저는 그 사실을 더욱 견딜 수 없었을 거예요.

*

내가 네게 손편지를 쓰게 될 줄이야. 정말이지 오랜만이고, 또한 뜻밖의 일이구나. 네가 나란 사람을 얼마만큼은 이해하고 있었기 때문이겠지. 그간 내 앞에서 나약하게 굴지 않으려 애쓰고, 또 묻고 싶을 때에도 묻지 않았던 것 말이다. 구구절절한 편지를 쓰는 일은 내 적성에 맞지 않지만, 이곳에선 남는 게 시간뿐이니 천천히 네게 답장을 해보기로 했다. 네게 편지를 받을 일도 잘 없었잖니. 네 글씨를 보고 조금 놀랐다. 네 글씨가 좀 더 반듯할 줄 알았으니까.

글쎄, 너는 좀 실망할지도 모르겠구나. 너를 처음 만났을 때 나는 내가 처한 곤경에 대처하느라 정신이 없었다. 그러니까 겨우 두어 달 내려가 있던 시골 동네에서 그런 사건의 목격자가 된 것만으로도 보통의 충격이 아니었는데, 죽은 사람의 딸이 날 찾아오다니 제정신이었을 리가 없지. 나는 사람들의 시선으로부터 달아나고 싶어 안달이 나 있었다. 당장의 소란을 모면하고 싶다는 생각이 간절했으니, 네가 기억하는 것처럼 의연하지만은 않았어. 빨리 마을을 떠나지 않았던 걸 후회했지. 그런데 널 쉽게 달래 돌려보낼 수 있으리라 생각하지는 않았지만, 네 눈빛이 마냥 떼를 쓸 것처럼 보이지도 않더구나.

며칠을 제대로 잠들지 못한 탓에 그날의 모든 일이 선명히 기억나진 않는다. 그래도 지울 수 없는 순간이 있기는 해. 네가 내 말을 기억하듯이 나도 너의 말을 기억한다. 너는 방에 들어오자마자 혼이 빠진 사람처럼 의자에 주저앉았다. 앉았다기보다는 쓰러지다시피 했지. 내가 준 물 한 잔을 마시고 나서야 겨우 몸을 일으켰고, 퉁퉁 부은 눈으로 나를 똑바로 올려다보며 말했다. 이제 네게는 남아 있는 것이 아무것도 없다고 말이다. 의외였다. 나는 네가 내게 엄마의 죽음에 관해 물을 줄로만 알았지. 너를 지극히 보살펴온 엄마가 널 두고 목숨을 끊을 리 없다고, 내 증언을 철회해주길 바랄 줄로만 알았던 거야. 네가 내 증언 때문에 보험금조차 받을 수 없게 되었다는 이야기를 하리라고는 상상도 못 했지. 너는 갈라지고 떨리는 목소리로 흥분을 억누르며 내게 말했다. 너와 내 관계를 결정한 건 내가 네게 한 말이 아니었다. 네가 내게 한 말이었지. 아마도 네 말이 내 예상을 빗나가지 않았다면, 나는 어떻게든 그냥 널 돌려보내고 소리 없이 마을을 떠났을 거야. 아직도 그렇게 생각한다.

물론 곧장 네 후견인이 되기로 결정한 건 아니었다. 네가 돌아간 후에 보험금을 받아낼 방법이 있는지 알아보는 게 먼저였지. 어렵다고들 하더구나. 지금 같아선 애초에 말이 안 되는 일이지만, 너도 알다시피 그 시절엔 그랬잖니. 내 증언 때문에 소송에서도 이길 가능성이 희박하다고들 했어. 물론 그때의 너는 미성년자였으니 법정대리인 없이 보험금을 수령할 수조차 없었겠지만, 그게 가능했더라도 그 보호자가 내가 되어야 할 필요는 없었을 거다. 널 맡아줄 가까운 친척, 네 아버지도 찾아봤지만 모두 허사였어. 아버지와 상의를 했지. 단번에 입양을 권하시더구나. 독신 가정은 입양이 불가능하니 작은언니를 설득해보자고 하셨지. 그건 내가 원하지 않았어. 나 혼자 입양이 가능하다고 해도 하지 않았을 거야. 천지가 개벽하지 않는 한 내가 내 배로 아이를 낳을 일은 없었고, 책임감만으로 아이를 입양하는 건 용납이 안 됐지. 특별히 아이를 좋아하는 것이 아니기도 했지만, 이데올로기적인 정상가족의 삶을 흉내 내며 사는 건 더더욱 용납이 되지 않았다.

결국, 내가 하고 싶은 말은 이것 같구나. 나는 경제적 여유가 있었고 너에게 들여야 하는 비용과 관심을 추후에라도 다른 곳에 돌릴 필요가 없었다. 무엇보다 내 눈에 비친 너라는 아이는 약간의 도움만 있다면 충분히 자신의 삶을 홀로 꾸려나갈 수 있을 만한 인간이었지. 굳이 이런 말을 하는 건 내가 너에게 보인 작은 호의를 과장되게 평가하지 않길 바라는 마음 때문이다.

아버지가 네 결혼 비용 문제를 두고 연락하셨다. 네가 조금 마음을 열고 아버지의 뜻을 받아주면 좋겠다는 게 내 생각이다. 네가 성장하는 과정을 부모의 마음으로 지켜본 것도 나보다는 아버지셨으니까. 생각해보길 바란다.

8월 23일
바젤에서

＊

선생님께

할아버지는 키우던 식물 대부분을 처분하셨습니다. 이제 힘에 부치시는 모양이에요. 고모님들이 일부를 가져가셨고, 일부는 지인들에게 선물하셨고, 나머지는 식물원 사무실로 보내셨다고 해요. 선생님이 떠나신 뒤에 줄곧 고민을 해오신 모양입니다. 선생님이 아주 떠나신 것이 아니니 신중하게 결정하시라고 설득해보기도 했고, 제가 돕겠다고 나서도 봤지만, 애당초 너무 욕심을 부렸다는 말씀만 거듭하셨어요. 화분이 놓여 있던 마룻바닥을 걸레질하며, 처음 선생님 댁을 찾았던 날을 떠올렸습니다.

막 해가 떨어져서 모든 게 어슴푸레한 푸른빛에 잠기기 시작할 무렵이었습니다. 커다란 대문 앞에서 이미 주눅이 들어 있기는 했어요. 그러나 대문 안으로 들어서자마자 펼쳐진 정원의 풍경을 보고는 완전히 겁에 질려버리고 말았습니다. 초록으로 뒤덮인 산도 겨울이 되면 으레 을씨년스럽게 변하는 법이라지만, 수목과 잔디가 반듯하게 정돈된 앙상한 정원은 더욱 기묘한 느낌을 주었지요. 선생님의 다정한 제안과 별개로 그 집의 첫인상은 델 것 같은 차가움이었습니다. 아마도 드라마 같은 것에서 보아온 이미지였겠지요. 그때 얼핏 제가 그 집에서 환영받을 사람이 아니라는 짐작 따위를 했던 듯합니다.

바퀴 달린 가방을 끌며 징검돌을 놓은 정원을 가로질러 가는 것은 불가능했어요. 가방을 번쩍 들어 올렸는데 감당할 수 없을 만큼 무겁게 느껴졌습니다. 곧 선생님이 현관문을 열고 나오셨지요. 현관에서 뿜어져 나오는 불빛은 따뜻한 동시에 저를 집어삼킬 것처럼 느껴지기도 했던 것 같아요. 비장한 마음으로 정원을 지났습니다. 선생님이 가볍게 제 짐을 받아 들어 양손이 자유로워진 순간에도, 제가 모두에게 불편한 손님일 거라는 생각만큼은 떨칠 수가 없었어요. 선생님조차 낯설었지요. 우리가 얼굴을 맞대고 만난 건 고작 서너 번에 불과했으니까요.

그런데 거실로 들어서는 순간 모든 게 바뀌었습니다. 거실은 완연한 초록이었어요. 세계의 온도가 급변하는 걸 느꼈습니다. 저를 에워싼 안온한 공기와 뼛속 깊이 들어찬 냉기가 부딪쳐 뼈와 살이 갈라지는 기분이 들었어요. 그때 느낀 감각을 통증이나 고통이라 부를 수는 없습니다. 제 안에 짓눌려 있던 무언가가 터져 나오는 것 같았으니까요. 눈물이 쏟아질 것 같아서, 아랫입술을 꽉 물었습니다.

그날 선생님 댁에서 처음으로 하룻밤을 보내며, 저는 좀처럼 잠들 수 없었습니다. 낯설고 불편한 탓도 있었고, 저를 위해 구해두셨다는 집이 궁금하기도 했습니다. 그러나 무엇보다 저녁 식사 자리의 분위기가 자꾸만 떠올랐어요. 선생님과 할아버지는 말씀을 많이 하지 않으셨지요. 말을 건네는 건 대부분 고모님들이셨습니다. 모두 다정하셨어요. 음식을 덜어주시고, 제 외모와 목소리를 칭찬하셨고, 제가 다니게 될 학교의 평판에 대해서도 차분히 이야기를 들려주셨고요. 진로를 결정하는 일이나 서울 생활을 하며 겪어야 하는 자질구레한 문제들에 대해 언제든 선생님께 상의하라고 조언하셨습니다. 분명 친절한 분들이었는데도, 저는 그 상황이 못내 불편했습니다. 과도한 친절이랄까요. 제 짐작이 틀리진 않았다는 걸 이제는 잘 알고 있어요. 모두 다정했지만, 저는 분명 반가운 손님은 아니었던 거예요. 저는 자꾸만 거실 쪽으로 눈을 돌렸습니다. 그리고 그러다 간혹 할아버지와 눈이 마주쳤지요. 할아버지는 매번 희미하게 미소를 지으셨어요. 잠이 오지 않는 어둠 속에서, 저는 밤새도록 그 미소만을 떠올리려 애썼습니다.

오래된 집 안 곳곳에서 나무가 뒤틀리는 소리가 들려왔고, 한번 귀를 기울이자 도무지 떨쳐낼 수 없었습니다. 불을 켜고 어둠을 몰아내도 소리는 잦아들지 않았고요. 짐을 정리하다 엄마의 문갑 안에서 찾아낸 담배가 떠오른 건 아주 깊은 밤이었어요. 집에 남아 있는 사람은 할아버지와 선생님뿐이었고, 두 분의 침실은 위층에 있으니 잠시 현관 밖으로 나갔다 오는 것쯤이야 상관없을 거라고 생각했습니다. 너무 피곤해서인지 오히려 몸의 무게가 잘 느껴지지 않았어요. 소리 내지 않고 움직일 수 있을 것만 같았죠. 거실에 할아버지가 계실 거라는 생각은 추호도 못 한 채로, 저는 방문을 열었습니다.

할아버지는 스탠드 불빛 아래서 무언가를 읽고 계시다가는 조금 놀라신 듯했습니다. 물을 마시고 싶다고 둘러댔더니 굳이 몸을 일으켜 부엌으로 가셨고, 그릇 건조대에서 컵을 꺼내 냉장고 문을 여셨습니다. 그러고는 옴짝달싹 못 하고 서 있는 제 손에 차가운 물 잔을 쥐여주셨어요. 그냥 방으로 돌아갈 수는 없었어요. 저는 내내 말을 골랐습니다. 감사하다고 말할 수도 있었고, 아직 안 주무셨느냐 물을 수도 있었는데, 왜 그때는 그 말이 떠오르지 않았는지 모르겠어요. 그러다가 거실에 놓인 화분들 사이에서 진분홍빛의 꽃봉오리를 발견하고 식물의 이름을 물었습니다. 가재발선인장이었어요. 추운 겨울에 꽃을 틔운다고 말씀하시면서, 할아버지는 거실로 돌아가 앉으셨습니다.

할아버지가 움직이실 때 흐릿하게 남성용 스킨 냄새 같은 것을 맡았어요. 평생 엄마와 단둘이 살아온 제게는 낯설고 어색한 향기였습니다. 그 향기에 이끌리듯이 저는 거실로 따라가 무릎을 꿇고 앉았습니다. 할아버지는 제게 식물을 좋아하냐 물으셨고, 저는 식물이 많은 곳에서 자랐지만 다른 아이들에 비해서는 아는 게 별로 없다고 답을 했어요. 그러자 느닷없이 세상에 얼마나 다양한 식물들이 있는지를 설명하기 시작하셨습니다. 빛을 더 많이 보기 위해 경쟁하듯 성장하는 밀림의 나무들과 필요한 만큼의 수분만을 얻기 위해 방수가 되도록 진화한 잎, 꽃가루를 옮기기 위해 곤충의 형태로 몸을 바꾼 꽃들, 잎을 갉아 먹지 못하도록 화학물질을 내뿜는 식물이나 다른 식물과 바위에 붙어 양분을 빨아들이는 기생식물, 곤충이 아니라 커다란 동물을 잡아먹기도 하는 육식식물 같은 것에 대해 말입니다. 왜 제게 그런 이야기를 하시는지 알 수 없었습니다. 그렇지만 재미있는 이야기였고, 저는 물 잔의 표면에 맺힌 물방울

들이 제 손을 적시는 걸 느끼면서, 젖은 손을 어딘가에 문질러 닦지
도 못한 채로, 그저 가만히 그 말에 귀를 기울일 수밖에 없었어요.

한참 그런 이야기를 늘어놓으신 뒤에야 할아버지는 말씀하셨습
니다. 수중에서만 살던 식물이 육지로 올라온 것은 바다의 산소 농
도가 급격히 낮아진 탓이라고요. 산소가 없어 죽어나가야 했던 식
물들의 사체가 뭍으로 올라와 광합성을 하며 스스로 산소를 내뿜기
시작했다고 하셨어요. 식물은 존재의 방식을 바꿔가며 생존해왔다
고도 하셨고요. 그렇지만 이전과 완전히 새롭게 태어난 것은 식물
뿐이 아니라 육지도 마찬가지였다는 이야기를 덧붙이셨습니다. 그
걸로 비로소 동물이 살 수 있는 환경이 만들어진 것이라고요. 생존
하기 위해 자기 자신을 바꾸는 일을, 자신의 환경과 주고받는 영향
의 형태가 달라지는 것을 두려워하지 말라고 말씀하셨습니다. 세상
의 모든 것은 절대로 홀로 존재할 수 없어서, 무언가가 변하기 시작
하면, 그 변화가 세상의 다른 것들을 바꾸기도 한다고 하셨어요. 울
어버려야 할 것 같았지만, 눈물이 나지는 않았습니다. 다음 날 아침,
방문 앞에 가재발선인장 화분이 놓여 있는 것을 발견하기 전까지는
그랬어요. 화분을 들고 지금 사는 이 집으로 오는 길에 내내 눈물이
멈추지 않았습니다.

그걸 정말로 잘 키워보고 싶었어요. 해가 가장 잘 드는 자리에 화
분을 두고, 매일 잘 길러보자고 다짐했습니다. 그러나 꽃이 떨어지
고 얼마 지나지 않아 선인장은 시들기 시작했습니다. 이파리 끝이
거뭇거뭇하게 변하더니 이내 손쓸 수 없는 상태가 되었어요. 마음이

아팠습니다. 왜 그렇게까지 마음이 아픈 건지, 그 아픔이 무엇을 의미하는지는 알 수 없었지만요. 그때부터 식물을 사들이기 시작했어요. 물과 햇빛만 있으면 저절로 자란다는 다육식물이나 허브 모종은 수도 없이 샀고, 때로는 씨앗을 사서 심어보기도 했습니다. 하지만 번번이 실패했어요. 어떤 식물은 충분히 관심을 두지 않았기 때문에 말라버렸고, 어떤 식물은 지나치게 관심을 둔 탓에 죽기도 했고요. 화원에서 물을 주는 주기를 적어주었는데도, 자꾸 자주 물을 주면 안 되는 화분에만 눈길이 갔습니다. 물을 주지 않으면 곧 말라 죽어버릴 것 같은 불안이 엄습했고, 물을 주다 보면 뿌리가 썩어갔습니다. 저는 비로소 그것이 제 삶을 은유하고 있다고 느꼈어요. 저는 점점 더 의기소침해졌고, 이내 식물 키우는 일을 포기했습니다. 그리고 어느 날엔가 할아버지가 주신 가재발선인장의 텅 빈 화분을 선생님 댁 정원 구석에 놓아두었어요. 그게 마지막이었습니다.

할아버지의 정원을 흠모해온 것은 식물의 유연함이나 생명력 때문은 아니었어요. 그저 제가 도저히 해낼 수 없는 일들이 누군가의 손으로는 가능하다는 게 놀라울 따름이었습니다. 아이가 생겼어요. 식을 올리기 전에 준영과 집을 합치기로 한 건 그 때문입니다. 어제야 할아버지께 말씀을 드렸고, 결혼 비용에 관해서도 할아버지 말씀을 따르기로 했어요. 그리고 또다시, 가재발선인장 화분을 받았습니다. 낡았지만 눈에 익은 화분에서 아직 꽃이 달리지 않은 파란 잎들이 날카롭게 손끝을 뻗어 올리고 있었습니다. 지금 화분은 다시 제 창가에 놓여 있습니다. 다시는 이 화분을 돌려드릴 수 없고,

그래서는 안 된다는 생각에 겁이 납니다. 생존하려는 것은 스스로 변할 뿐만 아니라, 자신을 둘러싼 환경을 바꾸기도 한다는 오래전 할아버지의 말씀을 겨우 붙들고 있는 밤입니다. 그것이 가능하기만을, 간절한 마음으로.

9월 2일
효주 올림

*

인류의 유구한 역사 속에서 여성에게 출산이란 언제나 공포스러운 경험이었잖니. 우리 모두 알고 있는 바대로 말이다. 나 역시 그 두려움을 충분히 이해한다. 그러나 네가 두려워하는 것은 그런 게 아니겠지. 그래, 나도 거기까진 미처 생각해보지 못한 것 같구나. 나는 출산과 육아로부터 자유로운 삶을 살아왔으니까. 아무래도 네가 한 아이의 어머니가 될 날을 미리 염두에 두지 못한 거겠지. 네가 항상 의젓한 사람이었기 때문에 무엇이든 잘 극복해낼 것이라 생각한 탓도 있을 거야. 네가 그 두려움에 대해 적어 보낸 지금도, 나는 네가 결혼을 앞두고 실패할지도 모른다는 예감과 싸우고 있다는 게 실감이 나지 않는구나.

내가 부모님께 처음으로 여자를 사랑한다고 고백했던 날이 떠오르는구나. 나는 엄마에게 먼저 그 사실을 털어놓았어. 가부장인 아버지보다는 엄마 쪽이 편했으니까. 내 기대는 완전히 엇나갔지. 그분은 날 끌어안으며 다시는 누구에게도 이 이야기를 하지 말라고 말씀하셨지. 떨고 계시는 게 온몸으로 느껴졌고, 차디찬 얼음 바늘이 내 혈관을 따라 흐르고 있는 기분이 들었다. 부침 없이 모든 걸 단번에 이해받으리라 생각하지는 않았어. 하지만 아무리 마음의 대비를 해도, 그 일이 실제로 내게 일어나니 분이 나서 참을 수가 없었다. 나도 그땐 혈기왕성한 나이였고 어떤 종류의 것이든 내 정체성을 있는 그대로 인준받기를 원하는 청년이었지. 자리를 박차고 일어나 그대로 집을 나와버렸다. 겨우 대문 밖까지 따라나온 엄마는 내 이름을 외쳐 부를 수조차 없었어. 평생 그렇게 살도록 교육받은 사람이었으니까.

가장 가까운 공중전화 부스로 가서 아버지 연구실로 전화를 걸었지. 곧장 받으셨어. 전후 설명도 없이 다짜고짜 내가 레즈비언이라고 말했다. 말씀이 없으셨어. 동전이 떨어지는 소리가 들렸고, 전화가 끊어질지도 모른다는 생각에 주머니 속의 동전을 죄다 털어 집어넣었지. 동전이 몇 번이나 떨어졌을까. 분명한 건 답변이 생각보다 빨리 돌아왔다는 거였지. 집에서 얘기하자. 아직 한참 더 통화를 할 수 있을 만큼 동전이 남아 있었는데, 아버지는 일방적으로 전화를 끊었다. 화가 난 것 같지는 않았어. 아버지의 의중을 알 수가 없더구나. 정말로 알 수가 없었어.

밤늦게까지 집 근처를 서성이며 아버지를 기다렸다. 우리는 집으로 들어가지 않은 채 근처 호프집으로 가 맥주를 마셨지. 아버지는 담담해 보였어. 이미 알고 있었던 것도 같았지. 물론 알고 있었다고 말하진 않았다. 맥주 반 잔을 단숨에 들이켠 아버지는 입을 떼기가 무섭게 엄마가 드러누웠다는 얘기부터 했어. 다시 화가 치밀었지. 그때 아버지가 네게 했던 것과 꼭 같은 이야기를 내게 들려주었다. 너도 이미 느껴본 것이니 잘 알 것 같구나. 내 기분이 어땠겠니. 거의 울기 직전이었어. 그렇게 해야만 살 수 있다면, 그렇게 살라는 소리로 들렸다. 그러면서 덧붙이기를 엄마를 조금 기다려달라 했어. 엄마가 죽음이 찾아온 순간까지도 어떻게든 나를 돌려세우려고 애쓸 줄은 아버지도 모르셨겠지. 엄마가 돌아가시기 전까진 가족들 앞에서 한 번도 내색하지 않았지만, 내게는 아버지가 가장 큰 지원자였던 셈이다. 차차 언니들도 알게 되었지만, 젊다고 해서 빨리 이해하는 건 아니었지. 그렇게 아버지와 가까워지고, 아버지의 식물에 관심을 가지고, 엄마가 떠난 집으로 돌아가 내내 아버지 곁에 머물게 된 거야.

그리고 네가 나타났다. 네 이야기를 들은 아버지는 마치 내가 자식을 얻게 된 것처럼 기뻐했어. 언니들이 아이를 낳았을 때보다 훨씬 더 기뻐했지. 그때 처음 알았다. 결국 그도 어쩔 수 없는 가부장이었다는 걸. 아버지가 내가 바라는 세계를 주려고 고통스럽게 진화하고 있었다는 사실을 말이다. 모순된 감정이 들었어. 하나는 모종의 죄책감이었고, 다른 한쪽에 배반감이 있었지. 세상의 편견을 생각하면 아버지의 이해에 감사해야 했지만, 나는 그게 늘 내가 받아야 할 온당한 이해라고 생각했으니 말이야. 아버지의 이해가 부자연스러운 인내였을 것을 생각하면 견딜 수가 없었던 거야. 차라리 우리가 격렬히 불화했다면, 아버지를 영원히 미워했을지언정 누추한 감정을 느껴야 할 필요는 없었을 테니까. 물론 일시적인 감정이기는 했다. 내 기준대로 세상을 단죄할 수 없다는 걸 모르는 나이가 아니었지.

네가 어떻게 여기든 네 존재가 내 삶을 바꿔놓은 건 사실이다. 아버지는 네 덕분에 내가 자식을 갖지 않으리라는 끝도 없는 상실감으로부터 벗어났으니까. 나는 부모로서 지고 견뎌야 하는 모든 책임에서 자유로우면서도, 부모가 되어야 얻을 수 있는 것들을 너로부터 얻었다. 네가 이미 알고 있는 이야기들이니 거리낌 없이 이야기하자면, 한때 내가 회개하기를 바랐고 또한 그게 가능하리라 믿었던 큰언니는 이제 자신의 기도가 성취되지 않는 게 너 때문이라고 믿어. 내가 너에 대한 책임감 때문에 결혼을 하고 정상적인 가정을 꾸리는 삶으로 돌아올 기회를 잃었다고 생각하는 거야. 작은언니는 내게 너를 사랑하는지 물었던 적도 있지. 젊고 건강하고 아름다운 걸 사랑하는 마음은 이해하지만, 그렇게 아름다운 것에 끌려다니는 자들의 파국을 생각해야 한다고 했어. 그런데 결국엔 그 모든 게 내게는 좋은 변명거리였던 셈이다. 내가 주장하지 않아도 그들이 그렇게 믿는 한에서는 말이다. 혹여 네가 이 가정에서 기생하듯 살아왔다고 생각하지 말았으면 한다. 너는 정말로 많은 것을 바꿔놓았어.

네가 모든 걸 잘해낼 수 있을 거라고는 말할 수 없구나. 너와 나는 닮은 점이 별로 없지만, 적어도 진화와 생장이 극복이나 성장의 동의어가 아니라는 사실을 아버지께 배운 사람들이잖니. 그러니 그저 그 두려움이 지나가고 난 뒤에, 네가 그것을 모두 지나온 지점에 서 있으리라는 말을 해주고 싶구나. 그리고 은유란 선명하고 매혹적이지만, 때로는 그 아름다움이 우리를 미혹한다는 것을 잊지 마라. 이를테면 네가 망쳐온 그 화분들은 결코 네가 얻게 될 생명과는 등가의 것이 될 수 없다는 사실을 말이다.

가장 먼저 해야만 했던 말을 가장 마지막에 하게 되는구나. 축하한다.

9월 12일
바젤에서

*

선생님께

"절대로 쓰고 싶지 않은 이야기를 가진다는 것의 의미를 알 것 같다. 한 작가에게 쓰고 싶지 않은 것은 곧 쓸 수 없는 것일 테다. 비열한 글쓰기란 자신과 타인의 삶을 팔아 연명하는 것도, 핍진한 허구를 구성하지 못하는 것도, 삶의 새로운 의미를 발굴하지 않는 것도 아니다. 그저 쓸 수 없는 것을 쓸 수 없는 것으로 남겨두는 것. 지금까지의 절망이 모두 허위였음을 비로소 깨달았다."

　엄마의 마지막 날에 대해 듣기로 결심한 것은 선생님의 마지막 책에 실린 바로 이 문장들 때문이었습니다. 선생님을 보며 작가의 꿈을 갖게 되었고, 작가가 되어야겠다고 결정한 순간부터 저 문장을 한 번도 잊은 적 없습니다. 그 어떤 위대한 작가의 윤리도 작가 그 개인의 윤리에 지나지 않을 뿐임을 압니다. 하지만 선생님은 저 문장을 마지막으로 실제로 더는 작품을 쓰지 않으셨지요. 선생님의 말씀이 주술처럼 저를 묶고 놓아주지 않았습니다. 소설을 쓰는 일은 제 개인의 구원을 위한 것이 아니지만, 제 개인을 구하려는 하찮은 정념으로부터 해방되기 위해서라도, 더 늦기 전에 써야 한다는 생각이 들었습니다. 아마도 선생님의 젊음이 지금의 세상에 속한다면 선생님도 조금 더 빨리 그 비밀의 구속에서 자유로워지셨을 테지요. 그 사실이 무척 안타깝습니다. 제 유년의 일들을 선생님의 긴 침묵에 견줄 수는 없을 듯합니다. 그건 그저 한 개인의 인생사로 치부할 수 없는 것이니까요. 쓰는 내내 선생님의 침묵을 떠올렸습니다. 한 편의 소설을 동봉합니다. 진화와 생장, 이것이 선생님께 저의 그것을 증명하는 일이 된다면 얼마나 좋을까요.

9월 23일
효주 올림

*

이곳에 스콜라 칸토룸이라는 제법 유명한 고음악 학교가 있다. 어
지간해서는 명성을 얻기도, 돈을 벌기도 쉽지 않은 악기를 다루기
때문일까. 종종 거리에서 악기 케이스를 열어두고 연주를 하는 그곳
의 학생들을 마주쳐. 그 광경이 무척 생소하게 느껴졌다. 길거리 공
연이라는 것은 별로 특별하지 않지만, 류트나 비올라 다 감바 연주
를 길에서 들을 일은 흔치 않지. 지난 오후에 팅겔리 뮤지엄 앞의 광
장에서 바로크 바이올린과 류트, 리코더 연주를 하는 학생들을 만났
어. 류트 연주를 직접 보는 건 나도 평생 처음이었다. 팅겔리가 만든
우스꽝스러운 분수가 물을 퍼 올리고 뿜어내는 소음과 고악기들의
음색이 묘하게 어울리더구나. 차가운 기계 장치의 삐걱거리는 소리
와 오래된 나무 악기들의 떨리는 음색이 불협화음을 일으키는 게 아
주 현대적인 음악처럼 느껴졌다. 바로크 음악이 말이야.

학생들의 연주가 서툰 건 아녔어. 나는 해가 떨어질 무렵까지 한
참 동안 연주를 지켜보았고, 그들이 모두 떠난 뒤에도 쉽게 자리를
떠날 수 없었다. 분수 소리만이 광장에 울려 퍼졌지. 그러다 문득 깨
달았다. 연주하기 쉽도록 개량하기 전의 악기들이 연주되던 시절,
아무리 정교해지려고 애를 써도 완벽한 소리를 낼 수 없었던 그런
악기들이 존재한 시대의 음악에 대해 말이야. 그걸 금속으로 만든
기계 장치의 신경을 긁는 소음 속에서 깨달은 거야. 천진난만하고
장식적인 비발디의 기저에 낮게 깔린 불안이 느껴졌다. 이제는 헨

델과 바흐에서도 마찬가지로 느껴지지. 지금껏 그 음악들을 편안히 들어온 게 의아해졌다. 어떻게 설명해야 할지 모르겠구나. 우리는 그 말로 설명할 수 없는 불안을 마치 현대에 고안된 개념인 것처럼 생각하지. 그런데 신과 계급의 권위에 철저히 복무하던 예술에서도 불안은 떠난 적이 없었어. 오히려 그 존재의 형식과 도저히 분리해 낼 수 없이 밀착되어 있었지. 어쩌면 인간은 악기를 개량해 흠결 없는 소리를 만들자, 이제 그 불안을 놓칠까 두려워졌던 게 아닐까. 불안을 제거한 것이 도리어 인간을 더욱 불안하게 만든 것이 아닐까. 그런 생각이 들더구나. 지나치게 막연하지만, 왜 그렇게 해야만 했는지, 그걸 알 것 같은 기분도 들었다.

말로 설명할 수 없는 그 순간의 감각을 며칠째 잊을 수가 없구나. 그래서 그 이야기를 들려주고 싶었다. 준영과 네가 와서 보아도 좋으리라는 생각이 드는데, 홀몸이 아닌 상태로는 좀 무리겠지. 보내준 원고는 잘 받았다. 한국의 가을도 슬슬 깊어가고 있겠지. 이곳 공기는 부쩍 차가워졌다. 더 추워지기 전에 이곳을 떠날 수 있다면 좋겠구나.

10월 10일
바젤에서

*

아이를 데리고 처음으로 공연장에 갔습니다. 바로크 음악을 들으러 갔지요. 바로크 악기로 연주하는 바로크 음악을요. 집으로 돌아와 잠을 이루지 못하고 책상 앞에 앉았습니다. 악기 소리가 귓가에 맴돌고, 저는 비로소 선생님의 마지막 편지가 수수께끼 같다고 느낍니다. 어째서, 하필이면 마지막에, 우리의 삶과 아무런 상관이 없는 그 이야기가 이곳에 도착해야 했을까. 궁금해지기 시작했습니다. 선생님이 돌아가신 후 그 편지를 몇 번이고 다시 읽었고, 언젠가는 반드시 바젤에 가보자고 준영과 약속했지요. 그러나 저는 아직 바젤에 가보지 못했고, 머릿속을 떠나지 않는 음악도 저를 일깨우지는 못했습니다. 이곳은 그곳이 아니기 때문일까요. 왜 하필 그 편지가 마지막이었을까. 계속해서 묻다 보니 실은 그 편지가 마지막 편지가 아닐지도 모른다는 생각이 들었어요. 그러자 불현듯 선생님이 어딘가에 살아 계실지도 모른다는 생각에까지 이르렀습니다. 제가 보고 만진 건 오직 흰 분이 된 선생님의 유골뿐이었으니까요. 선생님의 필체로 적힌 마지막 편지 이후에 제게 도착한 것은 오직 그것뿐이었으니까요. 저는 오직 할아버지께만 죽음이 다가오고 있다는 사실을 알려두셨던 선생님께 이미 한 번 속은 것이나 다름없으니까요. 슬픔이 아닌 배신감에 눈물을 흘리기도 했으니까요. 아무런 근거가 없는 예감이라는 것을 압니다. 설령 제 예감이 틀리지 않았다 해도 답을 해주실 리 만무하겠지요. 그럼에도 불구하고 저는 쓸니다. 편지는 닿지 못하더라도, 이 그리움만은 닿을 수 있으리라 믿으면서…….

효주 올림

*

효주에게

나도 그땐 어렸으니까 말이다. 내가 믿는 우리의 사랑이 어떤 사랑이었냐 하면, 그건 아주 평범한 사랑이었다. 내가 여자이면서 여자를 사랑한다는 사실을 제외하면 정말로 다른 사람들의 사랑과 조금도 다르지 않았지. 그게 내 첫 번째 착각이었다. 내가 여자를 사랑한다는 사실을 제외시켜서는 안 됐어. 그건 정말이지 특별한 사랑이었어야 했다. 물론 내가 여자를 사랑했고, 그래서 세상의 편견과 싸워야 했기 때문만은 아니었다. 모든 사랑은 언젠가 깨지고 부서질 수 있기 때문에, 어떤 사랑이라도 사랑하는 순간만큼은 특별하다는 사실을 나는 좀 더 시간이 지난 후에 깨달았지. 나는 다른 사람과 나의 사랑이 다르지 않다는 사실을 증명하고 싶었고, 그래서 그 특별함에 대해서는 생각할 여력이 없었던 거야. 그걸 좀 더 빨리 깨달았어야 해. 그때 나는 지극히 평범한 사랑 앞에서, 평범하므로 당당해져야만 한다고 생각했다. 타인에게 당당할 수 없으면서 자기 자신에게 당당하다고 믿는 건 기만이라고 생각했던 거야. 그게 진정 내 신념이었다면, 타인의 시선은 아랑곳하지 않아도 되었을지도 몰라. 그런데 실은 나는 자주 흔들렸고, 흔들리는 자신을 바로 세우려고 애를 쓰고 있었던 거야. 그 사람이 나와 똑같은 선택을 하길 바란 건 그런 생각 때문이었다.

내 사랑이 적어도 아버지에게만큼은 순순히 받아들여졌기 때문이기도 했지. 나의 사랑과 동시에 내가 사랑하는 사람 또한 받아들여졌으니까. 나는 그 사람이 나를 보며 용기를 얻어야 한다고, 또 그럴 수 있다고 믿었다. 그 사람은 그럴 수 없다고 했지. 자신에겐 형제자매도 없고, 홀로 남은 아버지에게 그런 시련을 줄 자신이 없다고 했어. 나는 우리의 사랑 앞에서 똑바로 고개를 들지 못하는 그의 태도가 곧 나를 향한 것이라 여겼던 것 같구나. 우리의 대화는 언쟁으로, 언쟁은 그를 향한 나의 일방적인 비난으로 번져갔어. 그의 마음을 이해할 수 없었던 건 아니지만, 이해해서는 안 된다고 마음을 다잡았다. 이해할 수 없었던 게 아니라, 이해하지 않기 위해서 기를 쓰고 버틴 거지.

그래서 더는 그 사람에 대한 사랑이 남아 있지 않았음에도 불구하고 나는 화가 났다. 그 사람이 나와 헤어진 후에 남자와 결혼을 하고 아이까지 낳아 기르고 있다는 걸 알게 되었을 때 말이야. 시간이 흐르는 동안 많은 걸 이해하게 되었다고 생각했는데, 모욕을 당한 기분이 들었어. 더군다나 그가 아이를 키우며 사는 곳이 한때 우리가 함께 여행을 한 곳이었으니까. 그게 뭘 의미했겠니. 그 사람이 나를 추억하며 살아간다는 뜻이었지. 참담했다.

물론 이 모든 건 사후적인 감정일 뿐이야. 나는 그저 그 사람의 소식을 얼핏 전해 들었고, 아무런 확신도 없이 그를 찾아 나섰어. 그리고 만났다. 결혼을 한 건 아버지 때문이었다고 하더구나. 병환이 있는 아버지의 바람이었다고. 후회한 적도 있다고 했어. 어차피 아버지에게 남은 날이 길지 않다는 걸 알았으니까. 조금만 버텼다면 불효를 했다는 자책을 하더라도 한 남자에게, 한 아이에게, 그리고 자기 자신에게 죄를 짓는 기분을 느낄 필요는 없었을 거라고 했지. 아버지가 돌아가신 직후에 남편에게 모든 걸 털어놓고 이혼을 했다더구나. 남편은 그를 비난했다고 했어. 그때 나를 떠올렸다더구나. 내가 틀리지 않았다고 했어.

그제야 그 사람을 용서할 수 있을 것 같았다. 용서라는 말이 어울리지 않지만, 적어도 그 순간에는 용서라고 믿었어. 내가 옳았다는 걸 그 사람이 인정했으니까. 나는 원래의 자리로 돌아가자고, 돌아가는 데 도움을 주고 싶다고 했어. 내 생각에 그 사람은 그런 곳에 있을 사람이 아니었어. 명문대를 다녔고 누구보다 세련되었던 한 여자가 시골 동네의 식당에나 눌러앉은 게 마음에 들지 않았지. 그 사람이 대학에서 공부한 건 화학이었어. 아버지와 죽이 잘 맞았지. 나는 아버지와 그 사람이 마주 앉아 꽃의 생식에 대해, 그 화학작용에 대해 이해할 수 없는 말을 늘어놓는 것을 지켜보길 좋아했다. 그런 장면이야말로 그 사람에게 어울리는 삶이라고 생각했어. 그러니 더는 내 연인이 아니라 해도, 그는 그곳으로 돌아갈 자격이 있는 사람이었다. 돕고 싶었어. 어리석은 생각이었지. 그 또한 착각이었다. 나는 여전히 그 사람의 인생을 존중하는 법을 몰랐어. 그가 선택한 삶에 자격 같은 건 필요하지 않다는 걸 몰랐지. 내 호의를 받아들일 수 없다고 답하더구나. 내가 옳지만, 이미 자신이 선택할 수 있는 길은 하나뿐이라고 했다. 내게 저지른 일들을 만회할 수 없을 거라고도 했고, 자신의 하나뿐인 혈육이 견뎌야 하는 삶에 대한 확신도 없이 그럴 수는 없다고 했다. 그게 바로 너야, 효주.

그건 완벽한 사고였다. 우리가 언 강 위를 걷지 않았다면 일어나지 않았을 일이지. 아니 내가 네 엄마가 선택한 삶을 존중하고 이해했다면, 그래서 감히 내 호의를 거절한 데에 굴욕감을 느끼지 않았다면, 내가 미친 사람처럼 언 강 위를 날뛰며 내 가슴을 치지만 않았다면, 아니 우리의 발밑에 있는 강 가장자리의 얼음이 서서히 녹아가고 있다는 사실을 눈치채기만 했더라도, 아니 재빨리 네 엄마의 손을 붙잡기라도 했다면. 적어도 도저히 설명할 수 없는 두려움 때문에 네 엄마를 난생처음 본 사람이라 답하지만 않았더라도, 그날의 일을 이토록 긴 침묵 속에 간직해야 하는 일은 일어나지 않았겠지. 그런데 만약이란 있을 수 없지. 그 모든 게 실제로 일어났고, 그게 네가 내게 오게 된 이유다.

내게도 예상치 못한 이른 죽음이 찾아올 수 있다고 생각했던 적이 있지만, 내게 선고된 죽음을 비밀에 부치고 숨어들 계획 같은 걸 세운 적은 단 한 번도 없었다. 하지만 나는 그렇게 했다. 그러자 네게 진실한 이야기를 들려줄 수 있지 않을까 막연히 생각하게 됐어.

물론 영영 그 이야기를 할 수 없도록 돌연 내 목숨이 끊어지기를 바랐던 날이 훨씬 많다. 끝내 망설였지만, 오늘 네가 보낸 원고를 읽고 나니 더 늦기 전에 말을 해야겠더구나. 거기에 묘사된 나는 내가 알고 있는 나와는 너무 멀리에 있다. 그건 네 엄마도 마찬가지. 너는 그렇게 쓸 수밖에 없었으리라는 것도 알아. 그런데 네 말처럼 너는 겨우 조금 아는 것에 사로잡혀 있을 뿐이란다. 나는 아직도 네 엄마의 선택이 옳았다고는 생각하지 않는다. 하지만 그렇게 살아야만 했다는 걸 이제 조금은 이해할 수 있어. 그가 마냥 나약하지도 강인하지도 않은, 누구나 그렇듯 살아가는 방법을 선택하고 그 선택의 대가를 치르는 사람이었다는 걸, 널 지켜보며 알게 됐지. 내가 쓰고 싶지 않았고 쓸 수 없었던 것은 내 성적 지향 따위가 아니다. 나의 과오와 너에 관한 이야기였어.

너는 한때 나를 원망했던 순간이 있다고 고백했지. 나는 그렇지 않았다. 너를 평생 원망했어. 네가 없었다면 이런 일은 일어나지 않았을지도 모른다는 생각에서 한순간도 자유로웠던 적이 없다. 물론 나는 네가 나를 두려워하면서도 진심으로 사랑했다는 걸 알아. 네 눈 속에서 항상 그 마음을 읽을 수 있었어. 그뿐이겠니. 내 실수로 네 인생은 엉망이 되었으니까. 너를 향한 내 마음을 끝까지 억누르고 살아야 했다. 내 멋대로 그 사람의 죽음을 아름답게 날조하고, 나또한 그것을 믿어버리려고 했지. 계속해서 그랬어야 하는데, 나는 좀처럼 어른스러워지지 않는 인간이구나. 15년의 세월을 지나오면서 내가 네게 쉽게 곁을 주지 않는 이유를 너 또한 적잖이 생각했겠지. 네 엄마를 구하지 못한 죄책감 때문이라 생각했을 수도 있고, 그저 내가 너에 대한 애정을 충분히 표현하지 못하는 서툰 사람이라 생각했을 수도 있어. 그런데 말이다. 나는 한때 네 엄마를 진심으로 사랑했지만, 너를 사랑했던 적은 결코 없다. 네게 해줄 수 있는 것은 모두 해주리라 마음먹었지만, 그것은 네 엄마에 대한 속죄였을 뿐 너를 애틋하게 생각했기 때문은 아니었어. 아직도 그 차디찬 바람 속에서 너를 사랑한다고 말하던 눈을 잊을 수 없다. 더는 그 사람을 사랑하지 않는데도 그 단호함을 견딜 수 없었고, 널 향한 그의 사랑이 의심스러웠지. 네가 망친 화분이 네가 낳고 길러야 하는 아이와 같지 않다고 단언할 수 있었던 건 그날의 일 때문이다. 그와 꼭 닮은 네가 내 눈앞에 나타났을 때에도, 내 눈에 너는 그 사람과 조금도 닮아 보이지 않았으니까. 그 사람은 영원히 사라졌고, 너만 여기에 남았으니까.

아버지는 끝까지 내가 진실을 이야기하지 않기를 바라셨다. 이 편지가 네게 닿을 때쯤 아버지가 여전히 살아 계신다고 해도 이 모든 이야기가 진실이라고 인정하실지 확신이 서지 않는구나. 그게 널 혼란스럽게 할 수도 있겠지. 너라면 네 마음에 깃든 엄마에 대한 원한의 감정을 잠재우려 내가 허구의 사건을 만들어냈다고 믿을지도 몰라. 너무 고통스러워서 무엇도 진실이 아니라고 생각해버릴 수도 있어. 그러나 결국엔 이게 진실이고, 너는 네가 아무것도 극복하지 못했다는 걸 인정해야만 할 거다. 진실을 감추는 것도, 진실을 말하는 것도 결국엔 너를 위한 일이 될 수는 없을 것 같구나. 나는 많은 걸 극복했다고 믿으며 득의양양한 너를 비웃었다. 네가 내 실패를 연민하는 것도 용서할 수 없었지. 지금 나는 이렇게 비틀린 마음으로 네가 틀렸다고, 정말로 선생처럼 너를 가르치고 있는 거야. 만일 이런 비열한 마음에서 선한 무엇인가를 억지로 길어 올릴 수 있다면, 그건 내가 해낼 수 없던 일을 너는 해낼 수도 있으리라는 예감 같은 게 아닐까.

효주야, 네가 망치고 버려둔 화분에 나는 새 식물을 심고 길렀어. 망친 것을 거듭 망치고 또다시 기르는 동안에, 언젠가는 그 작은 식물이 내 안에 독처럼 퍼져 있는 너를 향한 어두운 감정을 모두 품은 채 꽃을 맺고, 낙화가 그것을 함께 거두어 가기만을 간절히 기도했다. 그러나 한 번도 꽃이 맺히는 것을 보지 못했어. 만일 그 화분이 꽃을 틔웠다면 비로소 내 기도가 이루어진 것일 게다. 나는 그걸 바라면서도 바라지 않아. 이 악의를 더 이상 숨기고 싶지 않구나. 그리고 나는 이제야 조금 자유로워진 것 같다.

이 편지를 이곳에서 수학 중인 젊은 한국인 바이올리니스트에게 맡기려고 한다. 본인이 적당하다 생각되는 언젠가 네게 이 편지를 전해줄 것을 당부하려고 해. 그가 이 편지를 몰래 뜯어본 뒤에 네게 전하지 않거나, 혹 피치 못할 사정으로 전할 수 없게 될지도 모른다는 걸 염두에 두고 있다. 그 가능성을 남겨두는 것이 내 마지막 망설임의 흔적으로 기억되기를 바라면서.

내가 네게 용서받지 않기 위해 부러 내 마음을 가혹하게 포장하고 있다고 생각할 필요는 없다. 이 모든 게 진심이니까. 그렇다고 해도 나는 네가 많은 걸 이겨낼 수 있다고 생각하기도 하지. 놀랍지 않니. 이런 두 개의 마음이 한 사람의 가슴속에 양립해서 존재하고 있다는 게 말이야. 건강하렴. 이제부터 나를 미워해도 좋다.

바젤에서

신앙의
계보

새벽 네 시, P는 두꺼운 커튼을 드리워 한 점의 빛조차 존재하지 않는 방 안에서도 어려움 없이 돌아다닐 수 있을 만큼 어둠에 익숙했다. 역시 잠이 오지 않았다. 그의 불면은 이제 그 역사를 증언할 수 없을 정도로 오래된 것이었다. 그는 침대를 벗어나 작은 사무용 책상 앞에 앉아 스탠드에 불을 밝혔다. 꺼진 노트북과 한 권의 노트, 한 자루의 펜, 성경과 여행안내서, 낡은 묵주, 지갑, 손목시계, 휴대전화, 흰색 약병과 반쯤 마신 생수병 하나가 정해진 자리에 가지런히 놓여 있었다. 그는 약간의 물로 목을 축인 뒤 여행안내서를 펼치며 등받이에 몸을 기댔다. 책갈피를 꽂아둔 페이지가 저절로 펼쳐졌다.

우라카미천주당〔浦上天主堂〕. 우라카미는 행정구역상의 명칭으로 물 위에 있다는 뜻이었다. 바다와 맞닿은 지리적 특성을 반영해 붙여진 것이며, 그것은 나가사키항으로 이어지는 두 개의 지류가 만나는 지점에 위치한 우라카미성당의 환경과도 절묘하게 어울렸다. 그러나 신부인 P에게 우라카미는 단순한 행정상의 지명으로 여겨지지만은 않았다. 일본에 체류하는 동안 어느 정도 일본어를 깨친 덕분에, 그는 우라카미와 음을 공유하는 다른 한자들을 알고 있었다. 우라(裏). 카미(神). 흔히 쓰이는 한자였다. 우라는 사물의 감추어진 안쪽을, 카미는 신을 뜻했다. 그런 이유로 그는 언젠가 우라카미라는 단어를 들은 즉시 그것을 '신의 속마음'이라 해석했는데, 우라카미성당의 역사는 그의 해석이 옳았다는 확신을 주기에 충분했다.

도요토미 히데요시부터 도쿠가와 이에야스로 이어지는 천주교 금지령의 기간에 산과 지하로 숨어든 자들은 가쿠레키리시탄, 즉 숨은 천주교 신자라 불렸다. 천주교가 유입되고 불과 70년 만에 일본의 천주교 신자는 80만 명에 육박했다. 그중 5분의 1이 박해로 죽어나가는 동안 그들이 목숨을 부지하고 믿음을 수호할 유일한 선택지는 은둔뿐이었다. 가쿠레키리시탄은 일본 전역에 다양한 형태로 존재했지만, 그중에서도 나가사키의 가쿠레키리시탄의 역사는 특별한 편에 속했다.

1945년, 나가사키에 원자폭탄이 떨어졌다. 250년이나 산속에 숨어 지낸 가쿠레키리시탄들이 비로소 믿음의 자유를 찾았을 때, 잔혹한 죽음이 그들의 성전을 덮쳤다. 우라카미성당은 완전히 무너졌다. 무너졌다기보다는 핵폭풍에 휩쓸려 갔다는 표현이 정확했다. 두 개의 탑 위에 설치된 프랑스제 안젤라스종 중 하나는 종루째 날아가버릴 정도였다. 우라카미성당을 본당으로 삼았던 8만 5천여 명의 신자가 피폭으로 사망했다.

가쿠레키리시탄은 혹여 천주교도라는 증거가 될지도 모르는 기록과 성물을 소유할 수 없었다. 상징적인 성소나 성경, 성직자도 존재하지 않았다. 그들은 천주교의 문구를 불경으로 위장해 불상 위에 새기고, 라틴어 기도문을 염불처럼 외었다. 교리에 변화가 생긴 것은 피할 수 없는 결과였다. 성모 마리아가 한타 마리아로, 예수님이 지지상으로 불리기 시작했다. 그러나 그들이 산에서 내려와 당당히 서 있는 성모자상을 보았을 때, 그들은 자신들에게 되돌아온 것이 그토록 긴 시간 동안 지켜내려 애쓴 믿음의 등가물이란 사실을 한 치도 의심하지 않았다. 산속에서 일곱 세대에 걸쳐 지켜온 믿음이 비로소 신의 제대 위에 봉헌된 것이다. 그것은 왜곡된 믿음에 대한 형벌이었는지도 몰랐다. P는 페이지를 넘겼다.

피폭된 유구의 잔해가 보존된 성당 앞마당의 사진이 펼쳐졌다. 견고하게 쌓아 올린 붉은 벽돌 벽은 비스킷 조각처럼 쪼개졌다. 그는 벽의 잔해와 함께 보존되어 있는 세 석상의 사진 위로 손끝을 가져갔다. 예수성심상을 중심으로 우측에는 성 세실리아상이, 좌측에는 머리가 파괴되어 누구의 것인지 알 수 없는 석상 하나가 놓여 있었다. 그는 엄지손가락을 석상의 머리 위에 붙였다 떼어보았다. 그 행동을 몇 번이나 반복해도, 사라진 머리는 돌아오지 않았다.

예전의 그라면 이 모든 것을 온당한 신의 시험이자 뜻이라 여겼을 것이다. 물론 그는 여전히, 적어도 종교적 논리로는 얼마든지 전능하며 전선한 신의 뜻에 대해 설교할 수 있었다. 그럼에도 불구하고 그는 이제 이미 해답을 알고 있으면서도, 그 해답에 좀처럼 설득되지 않았다. 선한 의지를 가진 모든 믿음은 그 형태와 관계없이 하느님의 뜻에 속할 수 있는가. 그것은 고통스러운 질문이었다. 신에게 봉헌된 성전, 성전의 파괴와 재건, 믿음의 외피, 그리고 망각. 신의 뜻은 인간의 도덕이나 논리로는 파악할 수 없는 것이었다. 우라카미, 그곳에서라면 답을 구할 수 있을지도 모른다고 P는 생각했다.

알람이 울렸다. 책을 덮었다. 나갈 채비를 해야 할 시간이었다. 작은 여행용 트렁크 안에 들어갈 짐은 단출했다. 몇 벌의 옷과 책상 위의 물건이 전부였다. 그가 떠나고 한국으로 보내질 중간 크기의 상자 몇 개를 제외하면, 방은 그가 처음 사제관에 들어오던 날처럼 깨끗했다. 달리 그가 머무른 흔적이랄 것도 남지 않은 것 같았다.

그는 마지막으로 방을 돌며 크고 작은 서랍들을 여닫았다. 옷장 서랍을 열고 잠시 서랍 속을 물끄러미 내려다보았다. 배가 불룩한 서류 봉투가 놓여 있었다. 그는 그것을 들고 화장실로 걸음을 옮겼다. 변기 뚜껑을 열고는 의식을 치르듯 봉투를 뒤집었다. 정방형의 흰색 알약들이 변기 안의 맑은 물속으로 후두둑 쏟아져 가라앉았다. 기내에 반입을 하자면 번거로운 양이었다. 어차피 버리기 위해 모아온 것인만큼 어떻게 되어도 상관이 없었다. 그러나 그는 늘 그래왔듯이 가벼운 상실감 같은 것을 느꼈다. 레버를 내리자 변기 속의 물이 소용돌이치며 빨려 들어가기 시작했다. 그는 한쪽 호주머니에 손을 넣었다. 약병이 만져졌다. 다시 변기 안에 물이 차올랐고,

동시에 그의 상실감 또한 안도감으로 바뀌었다.

    P의 엄지손가락은 쉴 새 없이 병의 마개를 여닫았다. 불투명한
흰색 플라스틱 병의 마개가 열리고 닫히는 소리에는 규칙적인 리듬
이 있었다. 별다른 의미가 없는 행동이다. 병은 그의 왼쪽 바지주머
니나 가방 안에 어김없이 들어 있고, 그가 사제복을 입었을 때 또한
마찬가지였다. 그것은 그가 가진 수없이 많은 습관 중 하나에 지나
지 않았다. 대부분의 습관은 무해하며, 무해하기 때문에 쉽사리 고
쳐지지 않았고, 또한 고칠 필요가 없는 것이었다. 점원이 테이블 위
에 음식이 담긴 쟁반을 내려놓은 후에야 그의 손가락은 동작을 멈
췄다. 그는 재킷 안주머니에 약병을 넣고 두 눈을 감았다. 가볍게 성
호를 그었다. 기도의 시간이었다.

    주님. 그것이 그가 읊을 수 있는 유일한 기도의 말이었다. 입이 닳
도록 읊어왔던 식전기도가 떠오르지 않았다. 실상은 떠오르지 않은
것이 아니었다. 단지 머릿속에서 불쑥 튀어나오는 상념들은 기도
를 하는 그의 음성이 그 자신에게 되돌아가는 길을 가로막았다. 그
가 가진 어떤 습관보다 오래되었고, 또한 그에게 주어질 수 있는 최
대한의 진심이 동행해온 기도는 한순간 휘발되었다. 그는 대비하지
못한 자연재해를 당한 것마냥 속수무책이었다. 어느 날 갑자기, 눈
과 입을 닫고 침묵 속에 빠져들면 저절로 떠오르던 기도의 언어가
그로부터 일제히 등을 돌렸다.

    물론 사제의 기도가 항시 충만할 수만은 없었다. 믿음은 소유할

수 있는 것이 아니었다. 끊임없이 갱신하지 않으면 강바닥의 흙처럼 알아채지 못하는 사이에 유실되었다. 계속해서 흙을 퍼 나르고 땅을 다지는 것이 사제의 일이었다. 그는 그 사실을 누구보다 잘 알고 있었다. 그러나 이번만큼은, 특별한 계기가 있었던 것이 아님에도, 정말로 이번만큼은, 이전의 경험들과는 전혀 달랐다. 그저 나이가 들었기 때문인지도 몰랐다. 나이를 먹어 갖게 된 것들은 오로지 그가 젊음을 상실한 대가로서 주어지는 것이었다. 그는 젊을 때처럼 짧은 시간 내에 많은 것을 배우고 축적할 수 없었다. 쉽게 피로했고, 오래 집중할 수도 없었다. 그러니 그는 얼마든지 스스로의 불능을 단순한 노화의 결과로 받아들일 수도 있었다. 하지만 P는 좀처럼 그 사실을 인정할 수 없었다. 평생 신부로 살아온 그에게는 잘 되지 않는 기도가 믿음이 훼손되어가는 증거처럼 느껴졌다. 지나온 믿음의 역사를 송두리째 의심할 수밖에 없는 처지에 놓인 기분이었다. 의심과 회의의 언어가 자꾸만 그의 침묵을 어지럽혔다.

만족스럽지 않은 기도 끝에 눈을 뜬 그가 긴 한숨과 함께 차가운 소바 육수에 젓가락을 담갔다. 기도 끝에 느끼는 허탈감은 공복의 허기만큼이나 익숙했다. 그 허탈함이 그의 간절함에 비례하는 것과 달리, 허기와 식욕의 크기는 비례하지 않았다. 그러나 그를 위한 한 사람분의 식사가 테이블 위에 놓여 있었다. 그것을 남기지 않고 먹는 것은 그에게 지워진 종교적 의무에 다름 아니었으므로 그가 허기를 외면한 채 자리에서 일어나는 일은 일어나지 않았다.

유리로 된 출입문 밖의 아이를 발견한 것은 눈앞의 음식이 줄어들지 않는다고 느낄 때쯤이었다. 점심 식사 시간을 넘긴 한산한 식당 안의 누구도 아이의 존재를 신경 쓰지 않았다. 아이는 P에게 발견되기를 기다렸던 양 눈이 마주치자 하얀 이를 내보이며 환하게 웃어 보였다. 동시에 P의 얼굴에도 미소가 번졌다. 정작 그 스스로는 깨닫지 못한 미소를 향해 소년이 손을 흔들었다.

"아저씨 외국인이죠?"

그저 나이를 물었을 뿐이었다. 아이는 P의 말이 서툴다는 것을 단번에 알아챘다. 열두 살이라고 답한 아이의 체구는 제 또래에 비해 한참이나 작았다. 까무잡잡한 피부 때문에 깡마른 몸이 더욱 왜소해 보였다. 벤치에 앉아서도 서 있는 아이의 정수리가 훤히 들여다보일 것만 같았다. 그는 성당 안에서 본 작고 까만 뒤통수를 떠올렸다. 성당 양쪽으로 건물이 들어선 탓에 스테인드글라스는 자세히 보지 않으면 도화지 위에 아무렇게나 오려 붙인 색종이처럼 보였다. 부드러운 그늘이 아이의 어깨를 덮고 있었다. 평일 대낮에 홀로 성전을 찾아온 남자아이의 뒷모습은 신부인 P에게도 결코 익숙하지 않았다. 그는 빛이 성전의 그늘을 밀어내고 아이의 작은 등을 밝히는 모습을 그려보았다. 그러면서 어린 시절 동네 성당을 놀이터처럼 드나들던 자신의 과거를 회상하기도 했다. 그때 그가 기도에 담았던 바람들은 무엇이었던가. 떠오르는 것이 있었으나, 떠올리고 싶지는 않았다.

아이의 기도를 방해하지 않으려 제대 앞에 가벼운 묵상만을 하고 성당을 빠져나온 직후였다. 아이가 그를 본 모양이었다. 벤치에 앉아 담배를 태우는 그에게 아이가 다가왔다.

"기도하러 왔어요?"

P가 자신을 신부라고 소개했다.

"신부님들은 까만 옷을 입어야 하는데요."

소년은 미심쩍다는 눈빛을 감추지 않았다.

"신부님들이 늘 신부의 옷을 입어야만 하는 건 아니잖니. 이곳의 신부님도 그렇고."

소년은 충분히 납득하지 못했다는 듯 고개를 갸웃대더니 P의 옆자리에 엉덩이를 붙이고 앉았다. P는 피우던 담배를 바닥에 비벼 끈 후에 꽁초를 한 손에 쥐었다. 아이의 손이 주먹 쥔 손을 향해 슬며시 기울었다.

"안에서 봤다. 기도를 열심히 하더구나."

아이가 머리를 들어 올렸다.

"생각을 하고 있었어요."

"생각?"

P는 아이의 발음에 신중히 귀를 기울였다.

"텔레비전에서 봤는데 기도를 하면 천국에 갈 수 있다고 해서요."

"그래 맞다."

"나쁜 사람도요?"

아이의 눈이 가늘어졌다.

"그래."

"나쁜 사람이 천국에 가면 거긴 천국이 아니지 않나요?"

말문이 막혔다. P는 자신이 알고 있는 단어와 아이가 이해할 수 있을 표현들을 고심한 끝에 천천히, 같은 단어를 여러 차례 고쳐 발음하며 운을 뗐다.

"기도는……, 기도는, 나쁜 걸 고치는 거란다. 악인이 천국에 갈 수는 없겠지만, 악인에게도 똑같이 기회가 있지."

"기도를 하면 좋은 사람이 될 수도 있다는 거네요?"

"간단한 문제는 아니지만, 그렇단다."

"그렇다면 전 기도를 하고 싶어요."

소년이 눈을 반짝였다.

"좋은 생각이구나. 이 성당의 신부님께 가보는 게 어떻겠니?"

소년이 크게 고개를 끄덕이더니 자리를 털고 일어섰다.

"같이 가줄까?"

"아뇨, 아저씨는 외국인이잖아요."

아이는 곧바로 돌아섰고, 다시는 볼 일이 없으리라는 듯 별다른 인사도 없이 성당의 입구를 향해 달려갔다. 그 아이가 지금 P의 눈앞에 돌아와 있었다. 그가 손짓을 하자 아이는 잽싸게 문을 열고 가게 안으로 뛰어들었다. 성당에서 신부를 만날 수 없었다고 했다. 일본 내의 가톨릭 사제 수는 턱없이 부족한 실정이었다. P는 모든 성당에 신부가 상주하지는 않는다는 사실을 뒤늦게 떠올렸다.

"미안하구나. 대신 내가 너에게 점심을 사주는 게 어떻겠니?"

아이는 망설임 없이 그와 마주 앉았다. 그제야 P는 약간의 식욕이 돌아오는 것을 느꼈다.

"나가사키 하면 카스텔라 아냐?"

여자가 말했다.

"짬뽕은?"

맞은편에 앉은 다른 여자가 말했다.

"그게 정말 나가사키에서 유명한 게 맞아?"

P를 둘러싸고 앉은 다섯 명의 여자가 한꺼번에 까르르 웃음을 터뜨렸다. 성당의 자원봉사자로 일하며 P와 제법 각별해진 신자들이었다. 그들은 곧 그들이 지금껏 그토록 의지해온 신부를 떠나보내야 한다는 사실을 까맣게 잊은 것처럼 보였다. 모두가 평소와 다름없이 수선스러웠다. 도쿄에서의 마지막 식사였다.

"신부님, 나가사키 카스텔라 꼭 드셔보세요."

그들은 P가 한국으로 돌아가기 전 나가사키에 들러 보게 될 성지들에는 관심이 없었다. 그는 그것을 이해했고 꾸지람하지 않았다. 그들 대부분이 오랫동안 일본에 거주해온 사람들이라고는 해도 여유롭게 여행을 다닐 형편은 못 되었다. 삶의 매 순간이 여행이었지만, 떠나온 곳이 있을 뿐 돌아갈 곳은 없는 여행이었다. 그러니 그의 여정을 가벼운 휴가쯤으로 여기는 것도 무리가 아니었다. P는 웃음으로 답했다. 한숨도 자지 못하고 나선 탓에 평소보다 몸이 무거웠다. 그는 자꾸만 마른세수를 했고, 시계를 들여다보았다. 공항으로 출발할 시간이 되려면 한참을 더 기다려야 했다.

P는 도쿄에 있는 한인 성당의 주임신부였다. 큰 성당을 빌려 미사를 봉헌하는 처지라 신자 수가 많지는 않았다. 그러나 그 때문에

신자들 간의 유대는 유별나게 돈독했다. 오래전 고국을 떠나온 사람들이 대부분이니 그럴 만도 했다. 그들은 대개 외국인임이 의심스러울 정도로 이제는 그 땅에 발을 붙인 사람들, 이미 새로운 국적을 얻거나 영주권을 얻은 사람들이었지만, 한국어로 미사를 드리고 동향 사람을 만날 수 있다는 이유만으로 한인 미사에 모여들었다. 반드시 신실한 믿음 때문이라 할 수는 없었지만, 그들에게는 P가 지금껏 한국의 어느 성당에서도 경험하지 못한 열의가 있었다.

그들의 성당에는 고작 주임신부 하나가 전부였다. 그마저도 새로운 신부가 배속되어야 할 땐 공석인 경우가 많아, 신자들은 P에게 남달리 정성을 기울였다. 돌이켜보면 3년 전 도쿄에 온 이후로 그가 홀로 식사를 하는 날은 드물었다. 신자들이 매일 찾아왔고, 그들과 함께 식사를 하거나 차를 마시고 술잔을 기울였다. P는 그들에게서 자신은 완벽히 이해할 수 없을 타향살이의 고독 같은 것을 어렴풋이 느낄 수 있었다. 본래 신자들과 격을 두려 하지 않는 P였지만, 이번엔 더욱 마음이 쓰였다.

아이와 마주 앉아 식사를 하고 있자니 나가사키로 떠나오기 전 마지막 식사가 저절로 떠올랐다. 그는 출발 시각보다 한참 앞서 자리에서 일어났다. 구태여 공항까지 배웅을 하겠다고 나서는 것을 뿌리쳤다. P는 지쳐 있었다. 아무리 배워도 일정 수준 이상으로 능숙해지지는 않는 언어 때문에 자유롭지 않았고, 지나치게 의존적인 몇몇 신자들이 버겁게 느껴졌다. 마지막엔 좀 더 다정했어야 했는지도 모른다. 도쿄를 떠나자 비로소 도쿄에서 보낸 마지막 몇 주간의 매 순간이 후회스러웠다. 그는 회복되지 않는 기도가 고국을 너무 오래 떠나 있었던 탓이라고 생각했다. 자신의 문제에 골몰하느라 신자들에게 소홀했던 것이 사실이었다. 그들이 그에게 힘겹게 털어놓던 고백들을 짐처럼 여겨서는 안 되었다.

"신부님 아시죠? 정말로 신부님이 제겐 아버지나 다름이 없어요. 꼭 연락하셔야 해요."

그는 공항으로 떠나기 직전 붙잡았던 손을 떠올렸다.

"잘 먹겠습니다."

아이의 목소리는 경쾌했다. P는 젓가락을 집어 들다 말고 도로 쟁반 위에 내려놓았다.

"그나저나, 이래도 되는 건지 모르겠구나. 부모님이 걱정하실지도 몰라."

면발을 막 입안으로 밀어 넣던 아이의 젓가락이 잠시 멈추었다. 그러나 곧 아이는 길게 늘어진 면발을 후루룩 삼키며 웅얼댔다.

"없어요."

P는 순간 귀를 의심했다. 당혹스러움을 감추려 소바 그릇을 향해 시선을 떨어뜨렸다. 아주 잠시였다. 그는 곧 이전보다 더욱 고요하며 상냥한 표정으로 아이를 바라보았다.

"그래? 그럼 누구랑 살지?"

"요—고시세츠."

P가 처음 듣는 단어였다. 고개를 쳐들고 그를 똑바로 바라보는 아이의 눈은 티끌만 한 적의도 없이 천진했다.

"요, 요, 뭐라고?"

그는 아이의 번들거리는 입술을 유심히 들여다보았다.

"요―우―고―시―세―츠."

충분히 느리게 말해도 단어의 의미를 알 수 없었다. 아이는 한숨을 쉬며 젓가락을 내려놓더니 이내 P를 바라보며 웃음을 터뜨렸다.

"코―지―인, 부모 없는 애들이 사는 곳."

고아원. 그는 그제야 아이가 앞서 말한 단어의 한자어를 추측해볼 수 있었다. 양호시설.

"이해했다. 나한테는 너무 어려운 단어구나."

아무래도 괜찮다는 듯 소년의 어깨가 으쓱 올라갔다. P는 말없이 아이에게 자기 몫의 음식을 덜어주었다. 그리고 식사에 집중하는 척을 하며 아이를 유심히 관찰했다. 그에게는 마음의 거처가 없는 사람들이 낯설거나 어렵지 않았다. 그러나 설령 그들의 아픔을 감당하고 어루만지는 것이 그의 직무라 할지라도, 그것을 차마 자신만만하게 수행해낼 수는 없었다. 고아나 노숙자, 범죄자들을 만나오며 P가 얻은 교훈은 오직 하나뿐이었다. 모든 고백과 보속은 그 자신의 내면에서 시작되어야 한다는 것. P는 묵묵히 아이를 지켜보았고, 아이는 아무것도 고백하지 않은 채 식사를 마쳤다. 작은 손으로 하는 젓가락질이 무척 정갈해서, 누구도 함부로 그가 속한 곳을 짐작할 수 없으리라고 P는 생각했다.

"정말로 기도를 하면 천국에 갈 수 있다는 거죠?"

식사를 마치고 가게 밖으로 나온 아이가 다시 물었다. P는 아이의 작은 머리 위에 주름진 손을 올렸다.

"그렇단다. 진심으로 기도를 하면. 다른 사람을 위해서 기도할 수도 있지. 내가 너를 위해 기도하마."

아이는 도무지 알 수 없다는 표정으로 고개를 갸웃거렸다.

"잘 먹었습니다."

아이는 자신이 저지른 죄의 무게를 생각할 나이에 접어드는 모양이었다. 어쩌면 지금은 자신의 처지가 스스로 저지른 사소한 잘못들의 대가처럼 느껴질는지도 몰랐다. 아이는 경험과 혼란 속에서 서서히 제 죄의 무게를 다는 법을 알게 될 것이었다. P는 아이가 저지를 수 있는 잘못이라는 게 얼마나 하찮은 것일지를 생각했다. 왜 벌써부터 천국을 꿈꾸게 되었는지 궁금했지만, 묻지 않았다. 그저 언젠가 아이가 제 이야기를 털어놓을 수 있는 창구를 갖게 되기만을 바랐다. 만일 그토록 어린 소년에게 스스로 모르는 죄가 있다면, 그것을 너무 빨리 깨닫지 않기를, 또한 바랐다. 거리의 끝을 향해 가는 아이의 뒷모습을 보며 P는 성호를 그었다. 무지는 죄가 아니었다. 원죄의 서사가 그러하듯이. 금치산자를 처벌하지 않는 법이 그러하듯이.

아파트 현관의 타일 바닥에 무릎을 꿇고 앉아 있던 제 부모의 뒷모습이, 아이에게는 무릎을 꿇는 행위의 의미를 추적하던 기분으로 기억되었다. 고작 유치원생에 불과한 아이는 비어가는 과자 봉지를 쥐고 절대로 놓지 않았다. 누구도 언성을 높이지는 않았지만, 타일 바닥의 차가운 기운이 신발 속까지 전해졌다. 남자는 아이가 자신의 아들이라 주장했으나, 그의 부모는 믿지 않았다. 믿고 싶지 않았을 것이다. 남자의 어머니는 무릎 꿇은 여자를 향해 죄인을 며느리로 들일 수는 없다고 말했다.

남자의 아이를 가지고도 다른 남자와 결혼을 한 것은 여자의 결정이 아니었다. 그녀가 사랑하는 남자의 아이를 갖게 되었다는 것을 알았을 때, 남자는 곁에 없었다. 여자의 어머니는 자신의 딸이 처녀인 채로 아이를 가졌다는 사실에 경악했다. 여자의 어머니 또한 아주 오래전에 처녀인 채로 첫아이를 출산했다는 것을 완전히 잊은 듯했다. 여자는 떠밀리듯 결혼을 했지만, 한동안은 제법 행복한 결혼생활을 유지했다.

아이의 존재가 군복무를 마친 남자에게 어떻게 알려졌는지는 알 수 없지만, 남자는 돌아왔고 아내와 아이를 돌려달라고 요구했다. 공교롭게도 불행은 사랑과 함께 찾아왔다. 아이는 성장하는 내내 두고두고 생각했다. 어머니는 그때 더 나은 결정을 할 수도 있었다고. 물론 아이의 입장에서 더 나은 결정이란 언제나 그 자신에게 결정권이라고는 없었던 시절, 그의 부모가 선택하지 않은 길을 의미했다. 그러나 아이의 어머니는 여전히 한 남자를 사랑했고, 그 남자에게 돌아가기로 결심했다. 이미 흘러간 시간을 절대로 되돌릴 수 없다는 걸 아이의 성장이 증명하고 있음에도 불구하고, 여자는 그 사실을 외면했던 것이다.

그러나 남자의 부모가 여자에게 허락한 공간은 좁은 현관 바닥이 전부였다. 그들은 독실한 가톨릭 신자였고, 그들에게 이혼을 한 여자는 죄인이나 다름없었다. 아이를 내세워도 소용이 없었다. 아이는 여자가 차가운 타일 위에 무릎을 꿇고 앉아 죄인 취급을 받을 때마다 그 곁에 함께 있었다. 늘 아이의 손에는 과자 봉지가 들려 있었다. 부서진 과자는 날카롭게 아이의 연약한 입속을 찔러댔다. 아이는 과자를 씹지 않았다. 침이 고여 과자가 눅눅해질 때까지 기다렸다. 거듭되는 좌절 속에서 점차 말을 잃어가는 부모와 아파트 단지를 나설 때가 되면, 어김없이 과자 봉지는 완전히 비어 있었다.

아이의 어머니는 한 남자의 아내가 되고자 했기 때문에 종교를 갖기로 마음먹었다. 개종을 하고 속죄를 하면 자신이 받아들여질 수 있으리라 믿었기 때문이다. 아이와 함께 성당에 나갔다. 그러나 여자는 남자의 가족에게도, 하물며 신에게도 끝내 받아들여지지 않았다. 남자의 부모는 그녀가 다니던 성당을 찾아가 신부를 설득했다. 여자가 세례를 받을 자격이 없는 죄인이라고 그들은 증언했다. 그들은 한때 신학생이고, 수련수녀였다. 그들은 자신들도 한때 신과의 약속을 저버린 적이 있다는 사실을 완전히 잊어버린 것 같았다. 그러나 선량한 사랑이 끝장난 것은 분명 신앙 때문은 아니었다. 아이의 부모 중 누구도 그 자신의 부모와 신앙의 뜻을 거슬러 달아나기를 원하지 않았기 때문이었다. 오랜 줄다리기는 모두를 지치게 만들었다. 그렇게, P는 두 명의 아버지를 모두 잃었다.

불면을 틈타 과거의 기억이 돌아온 것은 분명 낮에 아이를 만난 탓이었다. P의 엄지손가락은 또다시 흰색 플라스틱 약병의 마개를 여닫았다. 병 안에는 그가 변기에 쏟아버린 것과 똑같은 알약이 가득 들어 있었다. 수면제였다. 그는 오랫동안 수면제를 처방받아왔지만 결코 그것을 복용하지는 않았다. 그는 약을 모으고, 간직하고, 버렸다. 그것은 그가 스스로에게 허용할 수 있는 최대치의 욕망인 동시에 가장 치열한 금욕의 실천이었다. 잠들려고만 한다면 정오의 뙤약볕이든 살을 에는 추위 속에서든 한 알이면 충분했다. 그는 혼곤한 의식과 깊은 단잠을 기억하고 있었다. 약의 기운을 빌려 잠에 든 것은 십수 년 전 한 번뿐이었지만, 그것이 가능하다는 사실만으로 P는 안도했다.

육체의 쾌락과 마찬가지로 그 고통 또한 P에게는 견디고 극복해야 하는 신의 뜻이었다. 그 모든 것은 아주 어릴 적부터 어머니에 의해 엄격히 관리되었다. 그녀는 한 남자와의 사랑이 엉망진창으로 끝나버린 것을 끝까지 자신의 탓이라고 여겼다. 신앙을 가져야 할 이유가 사라졌는데도 다시 성당으로 돌아갔고, 덩달아 P에게도 신앙이 생겼다. 그녀는 P가 타고난 섬세하고 예민한 기질을 탐탁지 않게 여겼다. 그것이 자신을 빼닮았기 때문에 더욱 그러했다. P는 어머니가 타일 바닥에 무릎을 꿇는 장면을 잊을 수 없었고, 따라서 자신의 불가변한 기질을 인정하면서도, 그 기질대로 살아가는 것이 불가능하다는 사실을 받아들였다. 그것은 어머니를 위로하는 방식이기도 했다. 주어진 삶에 대한 철저한 순응과 격렬한 불응을 번복하며 정렬된 그의 삶은, 믿음에서 촉발된 의혹과 그 의혹을 해소하는 순환의 과정 속에서 굳건한 믿음의 표지를 세워나갔다. 그것은 옳은 선택이었다. 종교는 애초에 신이 그에게 부여하지 않았던 행복의 달란트를 돌려주었다. 엄격한 규율과 반복되는 기도문 속에서, 그는 어머니가 항시 경계하라고 경고했던 감각적이며 신체적인 경험들로부터 보호받을 수 있었다. P는 어머니가 자신을 처음 신부님이라 부르던 순간을 기억하고 있었다. 어머니의 눈빛은 평온했다. 그리고 그 눈 속에서 그녀의 삶에 지워진 온갖 절망이 눈 녹듯 사라지는 것을 볼 수 있었다.

이중으로 닫혀 있는 커튼 아래로 희미한 빛이 새어 들었다. 섬나라의 일출에는 도통 익숙해지지 않았다. 날이 밝아오는가 싶으면 곧장 유리창을 깨뜨릴 것 같은 뜨거운 햇살이 방 안으로 쏟아져 들어왔다. P의 체력은 더는 무엇을 읽거나 쓰고 생각할 수 없을 정도로 바닥나 있었다. 해가 뜨고 나면 더더욱 잠들 수 없을 것이 분명했다. 잠시라도 눈을 붙여야만 했다. P는 생각을 멈췄다. 생각을 멈추자 약병을 여닫던 손 또한 멈추었다. 수면제를 가지고 있다는 사실만큼이나 그 약의 힘을 외면하려는 의지가 불면 앞의 두려움을 경감시켰다. 그는 침대로 가며 책상 위에 놓인 성경을 집어 들고 아무 페이지나 펼쳤다.

「욥기」 제33장, 엘리후의 변론. "어찌하여 당신은 그분과 싸우십니까? 그분께서 사람의 말에 낱낱이 대답하지 않기 때문입니까? 하느님께서는 한 번 말씀하시고 또 두 번 말씀하십니다. 다만 사람들이 알아채지 못할 뿐, 사람들이 깊은 잠에 빠져 자리 위에서 잠들었을 때 꿈과 밤의 환상 속에서 그분께서는 사람들의 귀를 여시고 환영으로 그들을 질겁하게 하십니다. 그것은 사람을 제 행실에서 떼어놓고 인간에게서 교만을 잘라내버리시려는 것입니다. 이렇게 그의 목숨을 구렁에서 보호하시고 그의 생명이 수로를 건너지 않게 하신답니다." 동이 트고 있었지만, 호텔 방 안은 글씨를 읽을 수 있을 만큼 밝지 않았다. 대신에 그는 두 눈으로 확인하지 않아도 될 만큼 그 구절을 완벽하게 자신의 음성으로 복기할 수 있었다.

나가사키 원폭으로 아내를 잃은 세계적인 방사선의인 나가이 다카시 박사는 눈앞에서 펼쳐진 통렬한 비극이 제국주의 시절 일본이 저지른 만행에 대한 보속이라 믿었다. '내가 바라는 것은 희생 제물이 아니라 자비다' 말한 주의 뜻을 배워야 한다고 했다. 그는 지금껏 그 뜻을 알고 있다고 믿었다. 그러나 원폭으로 죽어간 신자들은 희생의 제물이었다. 예수의 말과 달리 죄인이 아닌 의인들이 불려 갔다. 믿음은 종종 믿음의 희생 위에 존속했다. 우라카미의 세 개의 석상 앞에 선 P의 마음은 오히려 혼란스럽기만 했다. 재건된 성당은 겉으로 보기엔 과거의 끔찍한 역사를 떠올릴 수 없을 만큼 아름다웠다. 그곳에서 죽어간 자들의 생생한 고통 같은 것은 느껴지지 않았다. 그가 겪지 않은 일을 겪은 것처럼 아파하는 일은 불가능했다. 예수의 옷자락에 손이 닿는 것만으로 병이 나을 거라 믿었던 여인처럼, 그는 그저 믿어야 한다는 걸 알았다. 구원도 깨달음도 조건 없는 믿음 뒤에 따라오는 법이었다. 그러나 더는 불가능했다. 그가 처음 어머니의 손에 이끌려 성당에 들었던 그날처럼 두서없는 질문들만이 그를 사로잡은 채 놓아주지 않았다. 그는 그때보다 많은 답을 알고 있었으므로, 그의 질문에 대한 답은 결코 쉬이 구해지지 않는 것들이었다.

석상 앞에서 한참 동안 시간을 보낸 P는 석상의 그림자가 기운 것을 발견하고 손목시계를 확인했다. 약속 시간이 다가오고 있었다.

"다섯 시에, 이곳에서 다시 만나자꾸나."

P가 말하자 아이가 고개를 끄덕였다. 아이를 다시 만나리라고는 상상조차 하지 않았다. 낯선 곳에서의 짧고 불편한 잠에서 깨어나 전날 찾았던 식당으로 향하는 길이었다. 길 건너편의 아이는 젊은 여자와 함께였다. 순전한 우연이었다. 그러나 그 우연은 열두 살짜리 아이에게 허용된 생활반경을 생각한다면 반드시 불가능한 일은 아니었다. 그럼에도 불구하고 P는 아이와의 재회에 어떤 필연적인 의미가 있을지도 모른다고 생각했다. 하마터면 아이를 알아보지 못할 수도 있었기 때문이다. 아이는 커다란 비닐봉투를 양손에 든 여자 주변을 부산스럽게 뛰어다녔다. 그는 여자가 보육시설의 직원일 거라고 생각하는 한편으로 아이가 자신에게 했던 것처럼 낯선 사람에게 접근해 시간을 때우는 중일지도 모른다고 생각했다.

돌연 다른 생각이 떠오른 것은 길 건너 아이와 눈이 마주친 것 같은 느낌 때문이었다. 적어도 그가 느끼기에는 아이가 그를 알아본 것이 틀림없었다. 착각일는지도 몰랐다. 하지만 어떤 이유에서건 그가 본, 혹은 보았다고 착각한 아이의 눈빛이 그를 사로잡았다. P는 끝없는 추측 속에서 식사 시간 대부분을 허비했다. 수없이 많은 가정이 머릿속에 펼쳐졌다. 식사가 끝날 무렵 홀연히 가게 앞에 다시 나타난 소년에게 적당한 질문을 던질 수 없던 것도 그 때문이었다. 계속해서 서툰 외국어를 쓰는 일에 피로감을 느낀 것도 사실이었다. 그가 망설이는 만큼 소년은 유령처럼 불투명했다. 그러나 아이가 기어코 다시 그를 찾아왔다는 사실은 어떤 해명을 시도하려는 것처럼 보였다. P는 아이를 외면할 수 없었다.

전과는 달리 태연하거나 자신만만한 기색을 찾아볼 수 없는 아이의 눈을 바라보며 P가 물었다.

"부모님은 돌아가셨니?"

아이가 고개를 끄덕였다.

"친척은?"

이번에는 고개를 저었다. P는 더는 말로 아이의 허물을 들추는 일이 무의미하다고 생각했다. 주어진 시간은 많지 않았다. 다음 날엔 한국으로 돌아가야 했다. 허나 이제 그는 알 수 없는 책임감을 느꼈다. 아이가 계속해서 그의 앞에 나타났다는 사실만으로 그랬다. 다섯 시, 아이가 약속을 지킬 것인가는 중요하지 않았다. 그것은 아이가 아니라 P에게 온 기회 같았다. 어쩌면 시험이었다. 그는 처음으로 자신이 이 도시와 어린 소년에게 철저한 국외자라는 사실을 잊었다. 그의 주가 어디에서도 달리 존재하지 않듯이 주의 목자 또한 어디에서도 국외자가 아니었다.

시간은 예상보다 빠르게 흘러갔다. P는 바삐 본당에 접해 있는 소성당으로 향했다. 관광객들의 관람이 허락된 본당과는 달리 신자가 아니면 출입할 수 없는 오후의 소성당은 비어 있었다. 그는 그토록 고대해왔던 공간 안으로 발을 들이며 현판의 글씨를 낮게 읊조렸다. 마리아소성당. 곧 엄숙하면서도 신비로운 마리아상의 머리가 눈앞에 나타났다. 그는 제대가 있는 아시프스 앞으로 천천히 걸음을 옮기며 그를 압도하는 마리아의 얼굴이 가까워지는 것을 애써 외면한 채, 왼쪽 벽의 동판에 새겨진 원폭으로 희생된 우라카미 신자들의 이름을 천천히 일별했다.

그러나 제대까지의 거리는 매우 짧았고, 그는 이내 차마 고개를 쳐들어 올려다볼 수 없는 존재 앞에 당도했다. 그는 겨우 고개를 들었다. 실은 그것이 그를 우라카미성당으로 이끈 진짜 이유였다. 피라미드 형태의 목각 구조물로 된 감실은 일곱 개의 돔으로 장식되어 있었다. 중앙의 돔 아래 예수고상이 놓여 있고, 그 아래 피폭된 마리아상의 머리가 안치되어 있었다. 폭발의 잔해들 사이에서 그 머리를 찾아낸 신부는 방사능의 영향을 받지 않고 살아남았다고 했다. 기적 같은 이야기였다. 우라카미. 그는 다시 한 번 신의 속마음을 입안에 굴려 발음해보았다. 마리아상의 머리는 낡고 듬성듬성 색이 바랜 것 외에는 본래의 형태를 그대로 간직하고 있었는데, 오직 두 눈만이 타들어간 것처럼 검게 그을려 있었다. 바라보고 있노라면 물리적인 깊이를 초월하는 검은 눈의 폐허가 당시에 일어난 재앙을 증거했다. 성당 앞마당에서 느껴지지 않았던 고통이 비로소 전해졌다. P는 성모의 눈 속에 깃든 어둠이 도리어 자신을 꿰뚫어 보는 것 같은 기분에 사로잡혔다. 그는 눈을 감았다. 하지만 눈을 감으면 더더욱 어둠을 피할 길이 없었다.

익숙했다. 동틀 무렵, 산책을 위해 밖으로 나갈 때마다 그는 사제 관의 출입구 앞에서 눈을 감았다. 복도에 걸린 거울 속에 불쑥 나타나는 자신과 마주치는 순간이었다. 거울 속의 눈은 언제나 그가 모르는 그의 내면을 살살이 들추는 것 같았다. 그러나 눈을 감아도 피할 수 없는 시선이 있었다. 어차피 그분은 항상 그가 보지 못하는 곳까지 굽어보고 계신다고 누누이 되뇌면서도, 그는 눈을 뜨지 못한 채 거울 앞을 지나쳤다. 형언할 수 없는 두려움이 그의 두 눈을 감길 때, 그때마다 P가 할 수 있는 일이라고는 입술에 각인된 기도문을 읊조리는 것뿐이었다. '옳은 일을 하다가 박해를 받는 사람은 행복하다. 하늘나라가 그들의 것이다.' 그는 어렵사리 「마태복음」의 한 구절을 떠올리며 자신의 개인적인 두려움을 떨쳐버리고 희생자들을 위령하려 했다. 그러나 기도를 시작하자 과연 원폭의 희생자 중 누가 옳고, 또한 그른가에 대한 질문이 또다시 떠올랐다. 그가 알기로, 그것은 옳은 질문이 아니었다. 무엇이 옳은 질문인가. 그는 더 이상 적당한 기도의 말을 떠올릴 수 없었다. 눈을 뜨자 마리아상의 두상 아래 굵고 또렷하게 새겨진 글자가 눈에 들어왔다. '평화'였다.

아이는 침대에서 내려와 창밖의 풍경을 구경하는 중이었다. 대단한 것은 없었다. 발밑으로는 불 꺼진 상점가가 내려다보였다. P는 택시 안에서 넋을 놓고 창밖을 바라보던 아이의 옆모습을 떠올렸다. 아이는 차창 밖으로 흘러가는 거리의 풍경에 시선을 빼앗겼다.

마치 처음 도시를 방문한 낯선 외국인처럼 보였고, 바라보는 위치가 달라지는 것만으로도 세상이 달리 보일 수도 있다는 사실을 막 깨달은 눈을 하고 있었다. 그런 아이의 행동이 아이가 지금껏 살아온 시간을 함축하는 듯했다. P는 목소리를 낮췄다.

"네가 내게 거짓말을 하지 않았으면 좋겠구나."

검은 유리창 위에 긴장한 기색이 역력한 소년의 표정이 흩어졌다.

"말했잖아. 나는 미노루야. 다구치 미노루."

소년도 유리창을 통해 P를 바라보았다.

"이번엔 진짜야."

둘은 어두운 창을 통해 시선을 주고받았다. P가 미간을 찌푸렸다. 그는 퉁퉁 부은 다리에 찾아온 통증을 참아내는 중이었지만, 소년에게 그의 주름진 미간은 그저 위협적인 표정으로 전달될 뿐이었다.

아이는 이미 식당 앞에서 P를 기다리고 있었다. P는 미리 보아둔 근방의 카스텔라 가게로 아이를 데려가 한 조각의 카스텔라와 차를 주문했다. 카스텔라는 온전히 아이의 몫이었다. P는 결심한 바가 있었다. 아이가 말을 꺼내지 않으면, 아무것도 묻지 않는 것이었다. 아이가 어김없이 정갈한 손놀림으로 카스텔라를 먹어치우는 동안에, P는 차를 마시며 침묵을 지켰다. 지레 겁을 먹은 것 같은 작은 입술은 말을 꺼낼 기미가 보이지 않았다. 찻잔이 비고 테이블과 접시 위에 떨어진 빵가루가 말라붙어가는 동안에도 그랬다.

"성당 신부님은 일요일에 만날 수 있대요."

아이는 그보다 오래 침묵을 견디지는 못했다. P는 자리에서 일어섰다. 그러고는 카운터로 가 카스텔라 몇 상자를 주문했다.

"자, 이제 네가 사는 곳에 가보자꾸나."

아이는 당황한 기색이 역력했으나 오래 망설이지는 않았다. 아이가 걷고 P가 그 뒤를 따랐다. 퇴근 시간이 가까워지자 거리에 사람이 불어나기 시작했다. 키가 작은 아이는 몰려나온 인파 사이로 사라졌다가 나타나고는 했다. 붐비는 거리를 빠져나온 뒤에도 아이는 멈추지 않고 걸었다. 노면전차의 선로가 등 뒤로 물러나고, 좁은 도로를 따라 낮은 담장을 둘러친 낡은 주택들이 즐비하기 시작했다. 멀리 거대한 주차장을 갖춘 라면 체인점의 성의 없는 간판에 불이 들어왔다. 전조등에 불을 밝힌 자전거들이 빠른 속도로 내달렸고, 간혹 대형 트럭들이 위험천만하게 그 곁을 지나쳤다. 아이는 아무래도 엉뚱한 곳으로 향하는 중이었다. P는 그것을 진즉에 눈치챘지만, 멈춰 설 수는 없었다. 인내는 모든 종교의 사제들이 지녀야 할 덕목이었다. 그는 하늘이 컴컴해질 때까지 고독한 순례자처럼 발밑을 내려다보며 걸었다. 그러다 간혹, 아이에게 얼마나 더 걸어야 하는지 물으면, 아이가 답했다. "조금만 더." P의 다리는 부어오르기 시작했다. 어느 순간부터는 구두를 신은 발바닥에 못질을 하는 것 같은 통증이 엄습했다. 그러나 멈출 수 없었다. 이번에도 먼저 포기한 쪽은 아이였다. 아이가 멈춰 섰다.

"도착한 게냐?"

"비가 올 것 같아요."

"우산을 사면 된다."

"배가 고파요."

"조금만 더 가면 된다고 하지 않았니."

"다리도 아파요."

"그럼 택시를 타고 가자꾸나."

아이가 자리에 주저앉았다.

"그래요. 다 거짓말이에요."

풀이 죽은 듯 기어 들어가는 목소리로 말을 하던 아이는 그새 무언가 억울한 모양이었다. 아이가 빠르게 말을 쏟아내기 시작했고, P는 그 이야기를 대부분 알아들을 수 없었다.

P는 택시를 잡았다. 식당 앞으로 돌아와 아이의 손에 카스텔라 상자를 쥐여주고 돌아섰다. P는 소년이 그로서는 영영 알 수 없는 자신의 자리로 순순히 돌아갈 것이라 기대했다. 아이는 떠나지 않았다. 도리어 그의 뒤를 따랐다. 그가 몇 차례 걸음을 멈추고 다그쳐도 소용이 없었다. 그가 묻는 말에는 대답도 하지 않았다. 아이는 마치 그의 침묵에 복수를 하는 것처럼 보였다. 그가 아무리 속도를 내도 아이는 지쳐버린 그의 등 뒤로 바짝 따라붙었다. 아이를 파출소에 맡기는 방편에 대해서도 생각했다. 그러나 무슨 이유에서건 아이가 자꾸만 되돌아오는 이유가 자못 궁금했다. 왜 아이는 낯선 성직자를 목적지 없는 어둠으로 이끌고, 이젠 떠나지 않으려 하는 것인가. 그간의 연속된 일들이 어떤 정합성을 가지고 있는 건지도 몰랐다. 그는 이 어린아이의 문제를 해결할 의무나 능력 중 어느 하나도 갖지 않은 외국인이었지만, 또한 사제이기도 했다. 게다가 소년

은 그에게 면죄의 조건을 물어오지 않았던가. 소년의 눈빛은 계속해서 P가 그 만남의 의미를 궁구하도록 이끌었다. 그가 그러한 의문과 함께 호텔 로비에 당도했을 때, 아이는 그의 등 뒤에 바짝 다가와 있었다.

"그럼 서로 비밀을 하나씩 말하기로 해요."

P가 손에 쥐고 있던 약병의 마개가 닫혔다. 제 키만 한 샤워가운을 코트처럼 걸친 아이가 옷자락을 풀썩이며 침대 위로 뛰어올랐다. 새하얀 침구가 아이의 마른 발목을 휘감자 몸이 휘청거렸다. 아이는 몸이 날래고 중심을 잘 잡았다. 그것이 재미있다는 듯 침대 위에서 자꾸만 발을 굴렀다. P와는 달리 아이에게는 두려운 것이 없어 보였다. 어디로든 아이의 연고를 찾아 돌려보내야 했다. 누군가 아이를 찾아 나설지도 모르는 일이었다.

"내가 하나를 말하면 아저씨도 하나를 말해야 해요."

자신의 진실을 두고 거래를 하자는 뜻이었다. 기가 찼다. P는 타인의 비밀을 들어주는 쪽에 속했다. 누구도 그에게 자신의 비밀을 털어놓으며, 그에 상응하는 대가를 지불하라고 요구할 수는 없었다. 머리로 피가 몰렸다. P는 이마를 짚었다.

"네가 나를 신부님이라고 부르면 좋겠구나."

"그럼 신부님, 내가 먼저 할게요. 나는 학교에서 따돌림을 당해요."

게임이라도 된다는 것처럼 아이가 제멋대로 이야기를 시작했다. P는 머뭇거렸다. 아이의 고백이 귀에 들려오지 않았다. 그러고 보면

일본에 오래 머무르는 바람에 고해성사를 드린 게 한참 전의 일이었
다. 더구나 아이가 요구한 고백은 그가 지금껏 해온 고백과는 달랐
다. 그는 신자들이 자신의 죄와 더불어 영원히 침묵 속에 가두기를
청하며 털어놓았던 온갖 종류의 불행과 슬픔의 목록을 떠올렸다.

"빨리요."

"나는 요즘 통 기도를 할 수가 없단다."

왜 그런 말이 입 밖으로 튀어나왔는지 알 수 없었다. 아이가 인상
을 썼다. 그 뜻도, 그것이 비밀인 이유도 알 수 없다는 표정이었다.
그러나 아이는 너그러웠다.

"우리 집 벽장 속에 잭나이프가 숨겨져 있어요. 이불 밑에."

"뭐?"

이번엔 P가 인상을 썼다.

"잣―쿠―나―이―후―, 그걸로 나쁜 짓을 한 건 아니지만요."

"위험한 물건이잖니."

"그러니까, 비밀이라고 했잖아요. 이제 신부님 차례예요."

P는 답하지 못했다.

"이제 그만. 널 파출소로 데려가는 게 나을 것 같구나."

"신부님이 어디가 아픈지 말해도 괜찮아요."

아이가 P의 초조한 손을 바라보고 있었다. 그의 손이 또다시 약
병의 마개를 여닫고 있었다. 그것이 그의 두 번째 비밀이었다. 이상
하게도 게임을 조금 더 지속할 수 있겠다는 생각이 들었다.

"특별히 어디가 아픈 건 아니야, 이건 내가 쉽게 잠들 수 있도록

도와주는 약이란다."

"나도 잠이 잘 안 와요."

"글쎄다. 네 눈을 보면 당장에라도 잠이 들 것 같거든. 이제 나갈
준비를 하자꾸나."

"갸쿠타잇테와카루?"

그가 말을 끝맺기도 전이었다. 아이의 눈이 불안해 보였다. 이대
로 나가자는 P의 말이 아이를 궁지에 몰아넣은 모양이었다. 아이가
알고 있냐고 묻는 단어를 그는 제대로 알아들을 수 없었다. 고개를
저었다. 침대 밖으로 내려온 아이가 손으로 쓰는 시늉을 하더니, 테
이블 위에 비치되어 있는 메모지와 볼펜을 집어 들었다. 신중하게
히라가나로 단어를 써 내려갔다. ぎゃくたい. 한 번도 들어본 적 없
는 단어였다. 한자로 쓸 수 있는지 물었지만 묵묵부답이었다. P는
노트북을 열었다.

"보쿠와갸쿠타이사레테루노."

그렇게 말하며 아이가 P의 목에 팔을 둘렀다. 나는, 갸쿠타이, 받
고 있는 거야. P는 아이의 말을 천천히 반복해 곱씹었다.

"자, 이제 신부님 차례."

파―더―, 아이가 자신을 부르는 말이 돌연 낯설게 다가왔고, 그
는 그 말이 가리키는 다른 누군가를 떠올렸다. 아이가 끌어안은 어
깨를 흔들며 성화를 해댔다.

"아버지. 그래, 내게는 아버지가 없단다."

P는 깅엄 체크무늬의 코트를 입고 서 있는 어린 시절 사진 한 장

을 간직하고 있었다. 어머니가 낯선 남자를 소개시킨 날이었다. "네 아버지다." 이상한 일이었다. P는 지금까지 자신을 지극하게 보살핀 아버지의 사랑을 모두 잊어버린 것처럼 곧장 낯선 남자를 자신의 아버지라고 믿었다. 늘 그것이 의아했다. 그때, 어머니의 죄악으로 말미암아 그 자신이 부정되기 전에, 그가 먼저 자신에게 주어진 운명을 거부할 기회가 있었는데도, 왜 거부하지 않았던 것일까. 어째서. '엄마처럼 착한 사람이 왜 매일 울어야 하나요.' 그것이 그가 신에게 물은 첫 번째 질문이었다.

"지금은 하느님이 내 아버지시지."

아이가 P의 목을 더욱 세게 끌어안았다. 가느다란 팔은 보기보다 단단했다. 그가 아이의 손 위에 자신의 손을 겹쳤다. 아이의 보드랍고 매끄러운 살결이 느껴졌고, 비릿하지만 역하지 않은 땀 냄새가 났다. 아이의 체취에서 묘한 안정감이 느껴졌다. 동시에 자신의 체취가 아이에게 역하게 느껴질지도 모른다는 생각이 들었다. 그러나 아이는 아랑곳 않고 그의 어깨에 얼굴을 파묻었다. 그는 느리게, 서툴게, 메모에 적혀 있는 히라가나를 입력해 넣었다. 갸쿠타이. 단어를 입력하며 소리 내어 발음하던 중에 떠오르는 것이 있었다. 비슷한 음을 공유하는 몇 개의 한자가 떠올랐고, 그것은 아이가 말한 것들의 정황과도 맞아떨어졌다. 확신할 수는 없었다. 검색된 단어가 화면에 나타났다. 단어는 오직 하나뿐이었다. 그의 예상대로였다. 갸쿠타이. 학대. 나는 학대받고 있어요.

발이 뜨거웠다. P는 자신의 신체가 두 발부터 서서히 불에 타오르는 것을 느꼈다. 몸을 일으킬 수 없었다. 비가 내리면 기억 속의 장면이 떠오르기도 전에, 비가 내리던 어느 날의 수치와 그 수치를 절대로 잊지 않으려고 두 눈을 부릅뜬 그, 그리고 그가 느끼는 수치의 감정을 감시하고 처벌하는 그가 불쑥 튀어나와, 그가 휘두를 수 있는 모든 관념의 칼날을 구부린다. 그것이 P가 가진 기억의 방식이었다. 그는 그렇게 과거의 일순간을 향해 내동댕이쳐지곤 했다. 현관 타일 바닥에 무릎을 꿇고 앉은 부모의 뒷모습을 바라보며 그들의 죄를 생각하던 순간이 그가 기도를 하기 위해 무릎을 꿇을 때마다 불려 나오던 것처럼. 그는 그 찰나의 기억 속에 죄수처럼 박제되는 것만 같은 순간들을 견딜 수 없었다. 신부가 되기를 선택한 것도 그 때문이었다. 신의 말씀 안에서는 하찮기만 한 삶의 고통을 매 순간 의심하고 떨쳐낼 수 있었다. 그러나 이제 P가 느끼는 발끝의 화염은 그를 과거의 어느 곳으로도 데려가지 않았다. 오로지 지금 여기에서의 고통만이 생생했다.

깨어나야만 한다. P는 머릿속에 떠오른 짧은 문장에 채 마침표를 찍지 못하고 눈을 떴다. 그리고 발끝을 태우는 것이 지옥의 불이 아니라, 아침의 맹렬한 햇살이라는 사실을 깨달았다. 눈을 떴지만 쉽사리 몸을 일으킬 수 없었다. 그는 두 발을 이불 속으로 밀어 넣었다. 열기가 식었다. 몽롱했다. 그는 눈을 껌뻑이며 몸을 돌려 뉘었다. 호텔 방의 풍경이 어딘지 달라 보였다. 잠. 잠 때문이었다. 너무 많이 걸은 탓에 여전히 팔다리가 아팠지만, 평소와 달리 개운했다.

P는 천천히 몸을 일으켰다. 아이가 보이지 않았다.

잠시 담배를 피우러 밖으로 나갔다 돌아왔을 때, P는 이불을 둘둘 말고 눈을 감은 아이가 잠들지 않았다는 걸 알고 있었다. 동시에 아이가 굳이 잠든 척 연기를 해야만 하는 이유도 알았다.

"내일 아침엔 일찍 도움을 청하러 가자꾸나. 시간이 별로 없구나."

대답 대신 새근거리는 숨소리만이 들려왔다. 아이는 두려웠을 것이다. 그는 아이가 걷어 올린 바지 아래 푸르고 선명한 멍 자국을 보았다. 전적으로 믿을 수는 없었다. 그 또래의 아이들이라면 얼마든지 부딪히고 넘어져 생길 수도 있는 상처였다. 하지만 그렇다고 해서 아이에게 더 많은 학대의 증거를 요구할 수는 없는 일이었다. 아이가 만일 거짓을 말했다고 해도, 아이에게는 거짓을 말해야만 하는 이유가 있을 것이었다. 불안했다. 어느 가정집의 식탁 위에서 식어가는 음식이나 불안에 떨며 경찰에 전화를 거는 여인의 얼굴 따위가 떠오르면 더더욱 그랬다. 그럼에도 불구하고, P는 아이를 더는 다그칠 수 없었고, 잠든 척하는 아이를 억지로 깨워 일으킬 수도 없었다. 결정적으로 그가 방을 나서던 때에 아이가 그에게 되물었던 한마디가 그의 결단을 가로막았다.

"정말로 저도 천국에 갈 수 있나요?"

그는 아이의 머리를 쓰다듬었다. 지금부터 거짓말을 하지 않고, 열심히 기도를 하면 가능한 일이라고 말했다. 그때 그는 유리창 위에 비친 자신의 얼굴을 맞닥뜨렸다. 그가 거의 기억하지 못하는 표정이었다. 눈가에 팬 주름 속엔 근심이 가득했지만, 희미하게 웃고 있었다. 그에게 주어진 곤경이 자비롭게 느껴지는 순간이었다. 다만 익숙하지 않은 표정을 감추기 위해, 그는 창가로 다가가 커튼을 끌어당겼다.

햇빛 때문에 깨어난 게 분명했다. 아이가 커튼을 열었다면, 방 밖으로 나간 게 한참 전의 일은 아니리라고 P는 추측했다. 그는 성호를 그으며 창가로 다가갔다. 발바닥이 부어 있었다. 걸음을 뗄 때마다 찌릿한 감각이 몸을 훑고 지나갔다. 거의 불가능한 일이라는 것을 알았지만, 그는 창밖의 풍경 속에서 아이를 찾았다. 상점들은 영업 준비로 분주했고, 많은 사람이 거리를 오갔고, 아이는 보이지 않았다. 대체 어디로 간 것일까. 모든 고백이 거짓이었던 걸까. 거짓이 들통 나는 것이 두려워 달아난 것일까. 기다림이 지루했던 걸까. 무엇 하나 확실하지 않았다. 그리고 문득, 자신이 익숙하지 않은 긴 잠을 자고 일어났다는 사실을 떠올렸다. 대체 왜 그토록 쉽게 잠에 들었는지 이해할 수 없었다.

P는 침대에 걸터앉았다. 담배에 불을 붙이며 간밤의 기억을 더듬었다. 간혹 소변을 보거나 담배를 태우기 위해 화장실에 드나든 것이 전부였다. 아이는 더러운 발을 씻지도 않은 채 잠이 들었고, 그는 갑자기 밀려드는 피로에 잠시 그 옆에 몸을 뉘었을 뿐이었다. 눕는다 한들 결국엔 뜬눈으로 밤을 지새우다 해가 뜨기 직전에나 설핏 잠에 들 거라고 생각했다. 그런데 왜일까. 너무 오래 걸어 피곤한 탓이었을까. 목이 탔다. 그는 피우던 담배를 재떨이 위에 내려두고 테

이블 위의 생수병에 손을 뻗었다. 물병은 거의 비어 있었다. 자리에서 일어나 냉장고에서 새 물병을 꺼내려던 찰나, 불길한 예감이 들었다. 아주 희미한 예감이었다. 그가 본 것이 틀릴 수도 있었다. 테이블 위의 생수병을 집었다. 얼마 남지 않은 물이 찰랑거리며 빛났다. 그는 실눈을 뜨고 물병을 자세히 들여다보았다. 미세한 침전물이 가라앉아 있었다. 물병을 흔들자 백색의 침전물이 스노볼 안의 눈처럼 회오리쳤다. 그는 다시 담배를 물었다. 그러고는 곧 아주 오래전의 단잠을 기억해냈다. 수면제였다.

약병이 보이지 않았다. 마지막에 약병을 둔 곳이 떠오르지 않았다. 테이블, 서랍장, 냉장고, 화장실, 하물며 의자 등받이에 걸어두었던 재킷 안주머니에도 없었다. 난처했다. 다른 무엇보다 아이와 약병이 동시에 사라졌다는 것이 문제였다. 이제 P는 아이가 한 말의 어디까지가 진실이고 거짓인지를 도무지 가늠해볼 수 없었다. 아이가 매 순간 지었던 표정들을 떠올려보아도 마찬가지였다. 거짓말을 일삼는 아이가 수면제가 가득 든 약병을 들고 달아났다고밖에는 상황을 정리할 수 없었다. 아이가 고백한 일들의 진위를 떠나, 아이가 그것을 좋은 일에 쓰기 위해 가져갔으리라 믿을 수는 없었다. 설령 나쁜 의도가 없다 하더라도 아이의 손 안에서는 충분히 위험천만했다. 머릿속에 그가 상상할 수 있는 가장 끔찍한 미래들이 떠올랐다. 아이를 찾아야 했다. 혹여 일어날지 모르는 불상사를 막아야만 했다. P는 프런트에 도움을 요청하기 위해 수화기를 들었다. 그러나 한참 동안 수화기를 들고만 있을 뿐이었다. 곧 그는 수화기를 제자리에 되돌려놓았다. 외국인 신부와 어린 소년, 그가 받게 될 의혹은 불 보듯 뻔했다.

아이가 대체 왜 그를 찾아왔는가 하는 질문은 무의미했다. 한편으로 그에게 내려진 시험의 의미는 명백해 보였다. 그는 깨달았다. 모두 그가 자초한 일이었다. 지금껏 그가 스스로의 인내를 시험하는 도구라 여겨왔던 것, 그것은 실상 한순간도 빠짐없이 위험했다는 사실을 인정해야 했다. 이미 예정된 위험이며 예비된 죄나 다름없었다. 이제 돌이키는 것은 그의 능력 밖이었다. 고작 불면의 밤을 견디기 위해 스스로를 기만해온 사제가 누구에게 구원의 손길을 내밀 수 있단 말인가.

P는 짐을 싸기 시작했다. 가방 속에는 서울로 향하는 편도 티켓이 들어 있었다. 그는 그 선택이 얼마나 비열하며 비겁한 것인지 모르지 않았다. 또한 알았다. 자신을 포함한 그 누구도 이 결정에 대한 적당한 변호를 할 수 없을 것이며, 그리하여 언젠가 그 대가를 치러야 하는 날에는 아무런 변명의 여지조차 주어지지 않으리라는 것을. 무엇보다 미래의 처벌은 당장의 그것과는 비할 바 없이 무거우리라는 사실과, 이 모든 일들이 아주 오랫동안 그를 옭아매리라는 것을.

그는 테이블 위의 짐들을 가방 속에 쓸어 담다 말고 성경을 펼쳤다. 그 안에 아이의 메모가 꽂혀 있었다. 그는 아직 완성되지 않은 아이의 서툰 필체를 기억하려 애썼다. 그리고 곧 잘게 찢긴 고백이 변기의 회오리 속으로 빨려 들어가는 것을 바라보았다. 모든 것이 이렇게 아무런 흔적도 남기지 않은 채 끝나버리기를, P는 믿고 싶었다.

아무렇게나 쑤셔 넣은 짐들이 가방을 채웠다. P는 어지럽혀진 방을 정돈했다. 그러자 방은 그가 처음 호텔에 든 그날처럼 단정했다. 그는 사제관에서의 마지막 밤을 떠올렸다. 그 이전에 머물렀다가 떠나온 모든 장소들의 마지막 순간들을 기억했다. 평생을 무언가에 쫓겨 달아난 기분이었다. 방 안을 샅샅이 들추며 그늘을 밀어내는 햇살은 그에게도 어김없이 쏟아졌다. P는 빛을 피하려는 듯 뒷걸음질을 치며 방을 빠져나왔다. 문이 닫히자 잠금 장치가 무거운 쇳소리를 내며 문을 걸어 잠갔다. 그때, 자신도 모르게 내뱉은 음성이 P자신에게로 되돌아왔다.

"주님, 아직 저지르지 않은 우리의 죄 또한 사하여주시옵고, 우리가 모르는 것이 우리에게 이르지 않게 도와주시옵소서."

기도였다. 눈시울이 뜨거워졌다. P는 몸을 돌려 세워 복도 끝의 승강기를 향해 걷기 시작했다. 고개를 숙이고 걷는 그의 눈이 느리게 달아나는 두 발을 목격했다. 구두 속에 든 부은 발은 뜨거웠다. 그러나 복도에 깔린 두꺼운 카펫 위에서는 발걸음 소리가 울려 퍼지지 않았고, 그의 고통도 아무런 소리를 내지 않았다. 자꾸만 기도의 말이 떠올랐지만, 그는 기도를 쏟아내려는 입술을 굳게 다물었다. 벨이 울렸다.

엘리베이터 안에 아이가 서 있었다. 아이가 그를 향해 웃고 있었다. 영문을 알 수 없었다. 아이는 대체 왜 웃고 있는가. 아이는 웃을 수 있는가. 아이는 웃어도 좋은 것인가. 명백하게 다정한 미소의 의미를 P는 도저히 이해할 수 없었다. 아이가 엘리베이터 안의 열림 버튼을 누른 채 그를 기다리고 있었다. 그는 짐을 끌어당겨 엘리베이터에 올라탔다. 모든 층의 버튼에 불이 들어와 있었다. 고작 엘리베이터 안에서 놀고 있었단 말인가. 그렇다면 사라진 약병은. 문이 닫혔다. 엘리베이터는 위로 올라갔다. 아이를 다그치거나, 아니라면 아이에게 질문이라도 해야만 했다. 그러나 도통 입이 떨어지지 않았다. 엘리베이터가 다시 멈춰 섰다. 두 사람이 서 있었지만 탑승하지는 않았다. 또다시 문이 닫혔다. 다음 층을 향해 엘리베이터는 움직였다. 적막 속에서 엘리베이터의 기계 장치가 작동하는 소리만이 들려왔다. 그때 아이가 P의 손을 붙잡았다. 작고 보드라운 손은 땀으로 축축하게 젖어 있었다. 아이가 그를 올려다보는 것이 느껴졌다. 두려움이 엄습했다. 차마 고개를 숙여 아이와 눈을 맞출 수 없었다. 그는 두 눈을 감았다. 그러자 눈 속에 피폭된 성모상의 검은 두 눈이 떠올랐다. 다시 엘리베이터가 멈춰 섰다. 눈을 뜨자, 이번엔 붉은 카펫이 깔린 까마득히 긴 복도가 그의 눈앞에 펼쳐졌다. 문이 닫히고, 그가 또다시 눈을 감았다. 그 순간, 그는 자신의 신앙이 완전히 파괴되어버렸다는 사실을 깨달았다. 감은 눈 속엔 텅 빈 어둠만이 가득했고, 엘리베이터는 점점 더 높은 곳을 향해 오르는 중이었다.

경멸

당신은 보았다. 불멸의 인간이 당신 앞에 서 있었다. 모든 것을 떠나보내고 홀로 오래 살아남은 자의 눈은 영화 속에서 보아왔던, 혹은 소설 속에서 읽고 상상했던 것과는 조금도 비슷하지 않았다. 모든 것을 꿰뚫어 보고 있는 것처럼 서늘하지도, 삶의 무상함을 깨달은 깊은 심연을 간직한 것처럼 보이지도 않았다. 탁하고 불투명했다. 드러내는 것보다는 감추는 것에 능했다. 더한 것도 뺀 것도 없이 당신의 표현을 빌리자면, 그의 눈은 마치 얼음강과도 같았다. 그 얼어붙은 수면 아래로 흐르는 물의 깊이와 유속을 도저히 가늠할 길이 없었다고 당신은 말했다.

대체 얼마나 오래 산 것입니까.

당신이 물었다.

내가 얼마나 오래 살아왔는지는 중요한 일이 아닙니다. 적어도 내게는 말입니다. 나는 지금까지 살아온 동안의 경험을 모두 기억할 가능성보다 영원히 살며 그 모두를 잊어갈 가능성 속에서 살고 있는 사람이지요. 여전히 내가 사람이라면 말입니다. 그것이 내가 얼마나 오랫동안 살아왔는가 하는 질문이 정작 내 자신에게는 그다지 의미가 없게 되어버린 이유입니다.

당신의 질문은 편견으로 가득했다. 머릿속에 줄을 잇는 수많은 질문이 대부분 그러했다. 유치하기 짝이 없는 질문도 있었다. 이를테면 불사의 육체를 갖기 위해 흡혈이나 종교적 의식 같은 특수한 조건이 필요하지 않은가 따위의. 농담을 가장해 질문을 던졌지만, 당신의 떨리는 음성을 들었다면 누구라도 당신이 무척 심각하다는 사실을 눈치채고 말았을 것이다. 당신은 그 사실을 누구보다 먼저 깨달았다. 입술이 벌어질 때마다 몸에 힘이 들어갔다.

불멸의 삶은 권태를 가져옵니까.

당신은 물었다.

답변은 돌아오지 않았다. 필멸의 미래가 약속된 존재가 상상할 수 있는 불멸의 삶이란 지극히 협소할 수밖에 없음을 당신은 곧 수긍해야만 했다. 그와 쉽사리 눈을 마주칠 수 없었다. 달리 시선을 고정할 만한 마땅한 자리를 찾을 수도 없었다. 곳곳에 깊이를 알 수 없는 어둠이 도사리고 있었고, 이제 당신은 당신이 이해할 수 없는 예상 밖의 것들이 그 어둠 속에 실재한다는 것을 알고 있었다. 손이 축축하게 젖었다. 땀이 흥건한 손을 바지에 문지르자 옅은 회색 면바지 위에 손자국이 남았다. 그가 팔을 들어 올렸다. 물감용 나이프를 든 손이 창고 깊숙한 곳의 어둠을 가리켰다. 그곳에 씻을 만한 장소가 있다는 뜻이었다.

잠시라도 그 자리를 벗어나야겠다는 생각으로 나이프가 가리키는 방향을 향해 몸을 틀었다. 지금 이 감정을 무어라 부를 수 있을 것인가 생각했다. 그때 당신이 느꼈을 감정을 단순히 공포라고 부를 수는 없었다. 일련의 일들은 당신이 삶에서 체득해온 모든 경험을 배반하는 압도적인 사건이었다. 그러니 당신이 알고 있는 모든 단어를 동원해도 그 감정을 설명하기란 역부족이었다.

첫발을 떼자 한 줄기의 바람이 쉬익 하고 위협적인 소음을 내며 머리 위를 지났다. 한번 불기 시작하자 계속해서 불어왔다. 낡은 창고 외벽은 견고하지 않았고 바람이 어느 틈을 통해 드나드는지는 알 수 없었다. 창밖의 나뭇가지들이 맥을 추지 못하고 바람에 흔들렸다. 당신은 걸음을 멈추고 질풍에 흔들리는 키 작은 꽃나무를 바라보았다. 전에도 그 자리에 꽃이 피어 있었는지는 기억나지 않았다. 꽃의 이름을 떠올려보려 애썼다. 꽃의 이름을 떠올리면 당신이 선 자리가 꿈의 한중간이라는 사실을 깨달을 수 있을 것 같았다. 그러나 꽃의 빛깔이 분명치 않았고, 모양이나 형태도 익숙하지 않았다. 설령 떠오른다 해도 꽃은 꿈의 지표도, 현실의 지표도 될 수 없었다. 망설임 끝에 당신은 불도 밝히지 않은 창고의 안쪽을 향해 걷기 시작했다.

흰 천을 뒤집어쓴 조형물들과 뒤집힌 캔버스들이 당신을 에워쌌다. 등 뒤의 빛이 멀어져갔다. 그림자가 생기는 방향으로 그림자를 따라 걸었다. 발걸음 소리가 벽에 부딪혀 사방으로 퍼져 나갔다. 실제로는 무겁기만 한 발걸음 소리가 이상하리만치 경쾌하게 들려왔다. 발밑을 떠나갔다 되돌아오는 소리들 때문에 눈에 보이지 않는 어떤 존재들이 창고의 어둠을 점령한 듯했다. 당신은 서서히 체념했다. 창고 구석의 더러운 화장실에서 손과 얼굴을 씻으면서, 얼룩진 거울 속의 얼굴을 바라보면서, 다른 소리들을 잠재우는 물소리를 들으면서.

이제 이야기를 나눌 준비가 된 것 같습니다.

당신은 말했다. 아무렇게나 방치된 먼지 쌓인 의자를 커다란 스탠드 아래로 끌고 가 앉았다. 노트를 펼쳤다. 볼펜을 쥔 손이 습관적으로 머리를 쓸어 넘겼다. 젖은 머리카락의 물기가 손으로 옮아왔다. 노트의 귀퉁이는 물에 젖어 부풀었다. 축축한 기분이 가시지 않았다. 그때 창고 지붕에 작은 자갈들이 부딪히는 것 같은 소리가 들려오기 시작했다. 비였다. 밤사이 봄비가 예정되어 있었다.

비가 그칠 때까지만 여기에 있겠습니다.

체념 속에서도 떨림은 잦아들지 않았다. 그러나 들키고 싶지 않았으므로, 당신은 단호하게 말했다. 지금까지 일어난 일과 앞으로 일어날 일, 그 모두 비와는 아무런 관계가 없었다. 그것은 어떤 비밀스러운 이야기들을 듣기 위해 당신의 시간을 할애하겠다는 신호였다. 당신의 가방 속에, 당신의 차 트렁크 속에, 창고의 입구에 아무렇게나 내던져진 우산들에 대해 누구도 말하지 않았다. 바람에 흩날리는 빗줄기의 그림자가 당신의 얼굴 위로 쏟아졌다. 대단한 비는 아니었지만 창고에 울려 퍼지는 빗소리는 당장이라도 모든 것을 수몰시킬 것처럼 요란했다. 빗소리와 침묵. 당신은 고개를 숙인 채 이야기가 시작되기를 기다렸다. 당신의 발치에 암갈색의 거대한 얼룩이, 소모적이며 불가능한 죽음의 흔적이, 마치 짐승의 가죽을 벗겨 만든 카펫처럼 깔려 있었다.

의아한 일이었다. 화랑에 들어서며 그 앞을 지나쳤을 것임이 분명한데도 기억이 나지 않았다. 가방끈이 어깨를 타고 미끄러져 제대로 잠기지 않은 가방 속 물건들이 바닥에 쏟아지지 않았다면, 그래서 화랑 중간에 엉거주춤한 자세로 쪼그려 앉아 물건들을 주워 담지 않았다면, 그렇다면, 아마 당신도 다른 관람객들처럼 그것을 발견하지는 못했을 것이다. 그러니 모든 것이 계획된 일들이었을지라도 그것만큼은, 그것을 발견한 사람이 당신이었다는 것만큼은 조금도 의도된 바가 아니었다.

갑자기 몸을 낮추는 바람에 돌연 화랑의 천장이 솟구친 것 같았다고 당신은 기억한다. 몇 번이나 찾아와 딱히 새롭게 느껴지는 구석이라고는 없는 화랑 전체가 급격히 낯설어졌다. 벽에 걸린 그림들이 당신을 내려다보고 있었다. 당신은 몸을 일으켜 가방을 고쳐 멘 다음, 처음 느껴보는 이상한 감각 속에서 주위를 면밀히 관찰하기 시작했다. 화랑 중간에 아무렇게나 서서 전시를 일별하는 관람객들은 흔하므로, 다른 관람객들에게는 당신 또한 그렇게 보였을 것이다. 그러나 당신은 아니었다.

이미 머릿속에는 공격적으로 돌진해 오는 것만 같은 새하얀 정육면체의 공간에 대한 강렬한 의혹만이 가득했다. 그 의혹 때문에 지금껏 한 번도 주목하지 않았던 화랑의 모든 것에 새삼 주의를 기울였다. 느린 걸음으로 화랑을 이리저리 가로지르는 사람, 허리를 꼿꼿하게 편 채 제 삶의 격을 드러내려는 사람, 하나의 화폭에 온 마음을 붙들린 듯 그 앞에서 천천히 뒷걸음질을 치며 숨죽이는 사람, 그림과 그림 사이의 간격, 그림이 걸린 높이와 크기, 화랑 안의 모든 그림자를 제거하는 조명, 직선과 직선이 만나는 매서운 모서리마다 당신의 시선이 닿았다.

당신은 보았다. 여태까지 당신의 시야에서 제외되어 있던 자리에 아무도 집중하거나 멈춰 서지 않는 틈이 있었다. 사람들은 조심스럽게, 그러나 가볍게 그 틈을 지나쳐 다음 그림 앞으로 걸음을 옮겼다. 그것은 아무런 감각의 동요를 일으키지 않고, 오히려 그것을 억압함으로써 그를 배경으로 삼는 모든 것을 놀라운 예술작품으로 만들어버리는 화이트 큐브의 일부처럼 보였다. 아무런 존재감을 드러내지 못했으므로, 당신을 비롯한 수많은 사람들이 지나쳐버리고 만 바로 그 그림과 당신은 맞닥뜨렸다.

두 개의 캔버스 사이에 머리가 하얗게 센 노파가 굽은 등을 보이며 앉아 있었다. 쪽을 지고, 머리카락 색깔과 비슷한 연회색의 스웨터를 입은 노파의 얼굴은 거의 보이지 않았다. 왼쪽 귀와 뺨만이 살짝 이쪽을 향해 있었다. 워낙 입체감이 뚜렷해서 그것을 하나의 그림이 아니라 무의식적으로라도 외면하고 싶은 현실로 받아들였던 것은 아닌가 하는 생각이 떠오를 정도였다. 누군가 말을 붙여주기를 기다리지만, 도무지 말을 붙이고 싶지는 않은 익숙한 뒷모습들이 머릿속에 스쳐 지나갔다. 당신은 그림을 향해 천천히 발을 내디뎠다. 어깨를 두드리기만 하면 지극한 자기연민이 이내 고약한 주름으로 점착된 익숙한 얼굴을 들이밀 것만 같았다.

그러나 당신은 얼마 못 가 그 자리에 멈춰 서고 말았다. 어느 순간 캔버스 속의 노파가 사라져 있었다. 노파가 앉아 있던 자리에는 설산의 풍경이 놓여 있었다. 뒷걸음질을 쳤다. 그러자 다시 노파가 나타났다. 앞으로 다가서면 숲이 나타났다. 그림은 홀로그램처럼 보는 위치와 각도에 따라 각각 다른 두 개의 장면을 보여주도록 계획되어 있었다. 새로운 기법은 아니었지만 흥미로웠다. 당신은 노파와 설산이 번갈아 나타나는 지점에 서서 춤의 스텝을 밟듯 앞뒤로 몸을 분주히 움직였다. 그러다가는 당신의 행동이 퍽이나 우스꽝스럽게 보일 거란 생각에 고개를 돌리고 주변을 살폈다. 사람들은 그것이 화랑에서의 에티켓이라도 되는 양 오로지 작품과 자기 자신만의 공간 속에 열중하는 중이었다. 당신은 다시 그림을 향해 고개를 돌렸다. 노파와 설산이 겹쳐 보이는 지점을 벗어나 그림 앞으로 성큼 나아갔다.

초록 이파리 대신 흰 눈꽃을 틔운 거대한 나무들이 숲을 뒤덮고 있었다. 눈꽃 나무에 쨍한 햇빛이 산란했다. 현기증이 나는 장면이었다. 그토록 강렬한 햇빛 속에서도 녹지 않은 눈을 들여다보고 있자니 숲의 고도와 추위가 감지됐다. 그림에 얼굴을 바짝 들이밀자 바늘귀에 걸린 실 끝처럼 짧고 가느다란 선들이 촘촘하게 화면을 메우고 있었다. 날카롭지만 부드럽고, 단단하지만 유연한 터치는 마치 직물을 짜 넣은 것 같아서 손끝을 가져다 대고 싶은 충동이 일기도 했다. 얼음 결정의 형태를 본떠 그린 눈꽃의 뾰족한 가장자리에서는 강렬한 태양 빛에 저항하려는 투지가 느껴졌다. 희미한 바퀴자국만을 품고 있는 산중의 도로와 눈 속에 파묻혀 버려진 건물들, 태양을 등진 반대편 산의 그림자 진 얼굴, 그것들이 돌아앉은 노파의 뒷모습을 구성하고 있었다. 그 그림이 흠잡을 데 없이 훌륭한 기교를 갖춘 장인의 세공품과 같다고 느끼기까지는 썩 오랜 시간이 필요하지 않았다. 무제. 별다른 제목이 붙어 있지 않았다. 당신은 한 번도 들어본 적 없는 작가의 이름을 수첩에 적어 넣었다.

새로운 작가들의 그림을 자세히 들여다보는 일은 당신에게 아주 드문 일이 아니었다. 수첩에는 이미 화랑에 걸려 있던 다른 낯선 작가들의 이름이 빼곡하게 적혀 있었다. 신진 작가를 발굴하는 것은 미술기자인 당신의 업무에 포함되어 있었다. 당신은 이목을 끄는 그림을 발견하면 수첩에 작가의 이름을 적어 넣었고, 그들의 그림을 몇 점쯤 더 본 후엔 그들을 잡지에 소개할 것인지 말 것인지를 결정했다. 당신은 그 일을 좋아했다. 이미 잘 알려진 작가나 해외 아티스트를 소개하는 관성적인 업무가 아니기 때문이었고, 무엇보다 당신의 결정에 의해 누군가에게 기회가 돌아간다는 사실이 마음에 들었다. 그러니까, 화랑에서 당신이 어떤 그림에 흥미를 느끼는 일은 정말로 흔한 일이었다. 어쩌면 그의 작품은 당신이 가진 몇 가지 기준에 의해 저울질당한 뒤 곧장 잊혀버릴 수도 있었다. 또한 어쩌면 대충 휘갈겨 쓴 탓에 도저히 제대로 읽을 수 없는 그의 이름이 검토조차 되지 않은 채로 제외될 수도 있었다. 그랬다. 어쩌면. 아니, 아마도.

이젤 위에 놓인 커다란 나무 화판이 당신의 시야를 가로막았다. 이제 당신은 안정적인 조형미를 갖춘 거대한 사각형과 그보다 작은 이등변삼각형을 보게 되는 대신에, 건너편에 앉은 사람의 얼굴은 거의 볼 수 없었다. 그림의 모델이 되어달라는 요구를 수락하기란 어려운 일이 아니었다. 어차피 이야기를 나누는 동안 당신은 자리를 지켜야 했다. 그리고 이번만큼은 상대방의 눈을 똑바로 보지 않는 편이 나았다. 그의 눈을 들여다본들 당신이 짐작하거나 헤아릴 수 있는 것은 별로 없었다.

어느 날 내게 죽음이 오지 않으리라는 걸 알았지요.

당신은 듣고 그가 말했다.

특별한 계기 같은 건 없었어요. 평소처럼 이른 아침에 일어나 식사를 했고, 알 수 없는 예감 속에서 나는 죽음을 선택했어요. 제가 너무 단순하고 추상적으로 말하고 있다고 생각하실지도 모르겠지만, 정말로 그게 전부입니다. 진실은 절대로 장황하지 않지요. 그건 너무나 명료해서, 제가 기자님을 설득하기 위해 다른 구체적인 것들을 덧붙여 설명할 필요가 없다는 뜻입니다. 중요한 건 제가 죽었고,

죽고도 살아 있다는 사실이죠. 기자님이 상상하는 모든 경우가 내게 는 실제로 일어난 적이 있을 거라 생각해도 좋을 정도입니다. 아주 오래된 이야기이지만, 저는 손목을 긋기도 했고, 독을 마시기도, 차 에 치이기도, 물에 가라앉기도, 하물며 온몸이 불구덩이 속에 던져 진 적도 있어요. 아마도 기자님의 흥미는 다른 데에 있겠지만 말입 니다. 하지만, 제게 중요한 건 오직 단 하나의 명료한 진실, 제가 계 속해서 살아남았다는 사실뿐이지요. 제가 기자님을 붙잡고 곤란하 게 만든 것은, 굳이 이 모든 이야기를 털어놓게 된 것은, 누군가 내 그림을 눈여겨보는 사람이 있었고, 그게 기자님이었고, 기자님이 내 게 좀 더 관심을 기울여주기 바랐기 때문입니다. 이런 고백 없이 그 관심을 지속하기가 불가능했단 사실이 절망적이지만, 솔직하게 이 야기를 털어놓을 수 있는 사람이 생겼다는 건 기쁜 일입니다.

그가 길게 말을 늘어놓기 시작하면서부터 서서히 긴장이 풀렸다. 당신은 어깨를 늘어뜨리고 등받이에 몸을 기댔다. 당신의 얼굴을 그리겠다는 것은 핑계일지도 모른다는 생각이 들었다. 그에게도 당 신과 눈을 마주치는 일은 얼마만큼은 수치와 모멸을 감당하는 일이 었을 터였다. 그가 이 모든 상황을 장악하고 있다는 생각 역시 당신 의 진부한 상상에 기대고 있던 셈이었다. 한 노인이 자신이 청년일 때보다 현명하지는 않듯, 그 또한 오래 살아왔다는 사실만으로 성 숙하거나 능수능란한 인간이 될 수는 없었을 것이다. 그는 오히려 죽음으로부터 자유로워, 나이를 먹어간다는 것조차 감당할 필요가 없는 영원히 젊은 예술가나 다름이 없는지도 몰랐다. 당신은 아주

긴 시간 동안 그가 해치고 난도질했을지도 모르는 그 스스로의 내면을 어렴풋이, 말로는 도저히 설명할 수 없는 어떤 기분으로써 짐작할 수 있었다.

그때 내게 했던 말을 조금 이해할 수 있을 것 같습니다.

목탄이 종이의 표면을 긁는 소리가 멈추었다. 잠자코 듣고만 있던 당신이 입을 연 순간이었다. 몸의 떨림이 완전히 멎었고, 모든 것이 정적에 휩싸였다. 그 찰나는 기묘하게 느껴졌다. 창고 안에 빗소리가 가득 찼다. 당신은 당신 자신의 작은 숨소리를 들었다. 모든 소리가 제거된 진공 속에서는 오히려 고요하다는 단어를 떠올릴 수 없을지도 모른다는 생각이 들었다. 곧 목탄을 쥔 손이 다시 움직이기 시작했다. 당신의 이야기를 기다리는 눈치였다.

나무 위에 그렇게 눈이 얼어붙으려면 폭설이 필요하다는 말을 말입니다.

이름을 알 수 없는 꽃들이 가지에 매달려 있기 위해 안간힘을 쓰고 있는 봄의 풍경을 거스르며, 돌연 화랑에서 보았던 화폭의 추위와 고독이 밀려들었다.

제가 그린 그림입니다.

당신은 곧장 그를 알아보았다. 화랑에서 그림을 보고 있던 관람객 중의 하나였다. 화랑을 빠져나와 퇴근길의 인파 속으로 섞여 들려던 차에 그가 등 뒤에서 당신의 어깨를 두드렸다. 화랑에서 나올 무렵 남아 있는 사람은 전시장 관리자와 한두 사람의 관람객이 전부였다. 밖에서 당신이 나오기만을 기다리고 있던 것이 분명했다.

당신은 당신보다 한 뼘쯤 작은 키, 짙은 눈썹과 푸르스름한 입술, 그리고 초점이 맞지 않는 것 같은 불투명한 눈빛에 대해 묘사할 수는 있지만, 시시각각 바뀌는 그의 분위기에 대해서는 단정적으로 설명하기가 곤란하다고 했다. 첫 만남에서 그는 조금 수줍어 보였다. 그런 그가 화랑에서 계속해서 당신이 신경 쓰였다는 사실을 고백하며, 여유가 있다면 차를 한잔 마시는 게 어떻겠냐고 제안했을 때, 그는 당신이 그의 그림에 관심을 보였다는 것에 조금 들떠 있는 듯했다. 별다른 일정이 없었다. 당신은 붐비는 화랑 골목을 벗어나 종종 찾는 카페로 그를 안내했다. 걷는 도중에 명함을 건네며 잡지사의 기자라는 사실을 밝히자 그가 반색했다.

기억을 되짚어보면 애당초 그는 카페로 향하고 싶지 않은 것처럼 느린 걸음으로 당신을 따라왔다. 명함을 받은 뒤엔 눈에 띄게 굼뜨게 움직였다. 그때 그와 함께 택시를 타지 않았다면 어떻게 되었을까. 당신은 두고두고 그러한 질문을 떠올렸지만, 상상 속에서도 당신이 그의 요청을 뿌리치는 일은 일어나지 않았다.

차나 마시며 다시 약속을 잡자고 해보았지만 막무가내였다. 그는 당신에게 다른 작품 몇 점을 더 보여주고 싶어 안달이 나 있었다. 길거리에 서서 한참이나 당신을 설득했다. 당신의 곤란함을 이해한다고 하면서도, 다시 오지 않을 기회를 놓치지 않고 싶다고 했다. 그는 간곡하게 말했다. 조금 수선스럽기는 했지만 정중했다. 당신은 그와 함께 택시에 올랐다. 가까운 거리에 위치하고 있다 주지했던 것과는 달리 택시는 도시 외곽으로 향했다. 당신은 돌아오는 길을 걱정하며 차를 두고 나온 것을 후회하기도 했지만, 택시가 시의 경계를 벗어날 무렵엔 그와 꽤 활발하게 대화를 나누었다. 그는 모 대학의 회화과를 나와 꾸준히 그림을 그려왔지만 지금껏 달리 주목을 받을 기회가 없었다는 이야기를 들려주었다. 익숙한 푸념이었고 당신에게는 언제든 활용 가능한 준비된 답변이 있었다. 평론가들의 상찬이 언제나 신뢰할 만한 것은 못 된다거나 선택과 배제에 앞서 애초에 평등한 기회가 주어지지 않는 것이 문제라거나, 자본이 시장뿐만 아니라 작품의 스케일을 결정하는 불균형한 상황에서 전통적인 의미에서 성실하게 테크닉을 연마하고 구사할 줄 아는 작가들을 발굴하는 게 중요하다는 정도의 판에 박힌 말들이었다. 그리고 당신은 덧붙였다.

저는 어쩌면 그런 작가를 만난 건지도 모른다는 생각을 했던 겁니다. 그 그림 앞에서. 빛을 향해 뻗어나간 눈꽃이 정말로 인상적이었습니다.

다소 과장된 말투였다. 상대방을 고무시키는 말을 당신은 능숙하게 할 수 있었다. 관심에 목이 마른 그들에게는 당신의 선택권이, 보잘것없는 권위가 비할 데 없는 권력이라는 사실을 당신은 경험으로 알고 있었다. 당신은 그의 반응을 살폈다. 웬일인지 그의 낯빛이 어두웠다. 그때 갑자기 굳은 얼굴로 그가 그렇게 말했던 것이다.

나무 위에서 그렇게 눈이 얼어붙으려면, 폭설이 필요하지요.

불쑥 내던진 한마디의 말과 함께 그의 태도는 완전히 바뀌었다. 그는 당신을 향해 앉았던 몸을 창가 쪽으로 기울였다. 그리고 차츰 한산해지는 창밖의 풍경을 향해 고개를 돌리고는 엄지로 아랫입술을 문지르며 더는 말을 하지 않았다. 당신 또한 어딘가 불편해진 분위기 속에서 반대편 창을 향해 고개를 돌렸다. 그의 태도가 갑자기 돌변한 이유를 추측해볼 겨를도 없이 택시가 창고 단지로 진입했다. 차가 들썩였다. 말이 단지지 몇 그루의 관리되지 않은 수목과 멋대로 자란 풀 무더기가 가득한 공터가 펼쳐졌다. 커다란 컨테이너 창고 몇 동이 드문드문 서 있었다. 주변에 주거용 주택이나 상업 시설은 보이지 않았다. 그 때문에 창밖은 밤이 이슥하다 여겨질 만큼 어두웠다. 은연중에 무언가 잘못되어가고 있는지도 모른다는 불안이 엄습했다. 그가 기사에게 신호를 보내자 차가 멈췄다. 낡은 창고 건물 앞이었다.

그 고요하면서도 역동적인 풍경 말입니다. 이제 사라질 그 모든 것들이 한때는 맹렬한 눈 폭풍의 흔적이라는 사실이요. 당신이 그린 그림은 모두, 일종의 바니타스화나 다름없다는 생각이 듭니다. 지금에서야 말입니다.

빠르게 스케치를 하던 그의 손이 다시 멈췄고, 또다시, 움직였다.

당신이 늘 가지고 다니던 수첩의 어느 페이지에는 처참하다는 말이 적혀 있다고 당신은 말했다. 다음 페이지에 볼펜 자국이 날 정도로 눌러쓴 글씨에서 당시 당신의 심경을 읽어낼 수 있을 거라고도 했다. 그러나 수첩은 사라졌다. 수첩은 어디에서도 발견되지 않는다.

택시에서 내리자마자 바람이 세차게 불어닥쳤다. 공기가 찼다.

그곳에는 아직 봄이 도착하지 않은 것 같았다. 당신은 옷깃을 여미며 그의 뒤를 따랐다. 창고 안에는 냉랭한 공기가 가득했다. 샌드위치 패널을 세워 공간을 분할해둔 탓에 확실하게는 알 수 없었지만, 어림잡아 50평 이상은 되어 보였다. 도시 외곽에 위치한 낡은 창고라고는 해도 꽤 높은 임대료를 지불해야 할 것이 분명했다. 다른 사람들과 공간을 나누어 쓰는 것일 수도 있었지만, 별다른 인기척이 없었다. 닫혀 있는 공간들은 들여다볼 수 없었고, 눈에 보이는 것이라고는 어질러진 화구와 몇 개의 테이블, 더러운 의자들이 전부였다. 그는 창고에 들어서자마자 물 한 잔도 내놓지 않고 창고 구석에 쌓여 있는 캔버스들을 골라내기 시작했다. 당신은 괜히 창고 이곳저곳을 기웃거렸는데, 곁눈질로는 그의 입성을 살폈다. 당신과 비슷한 또래로 보이는 그에게서 도통 가난의 기미 같은 것은 발견할 수 없었다. 경제적 여유 없이 그 가망 없는 짓을 계속하는 것은 불가능할 나이였다. 별로 기대할 것이 남지 않은 기분이었다. 택시 안에서의 푸념과 달리 그와 같은 사람들에게 예술은 절박한 것과는 거리가 멀 테니까. 맥이 빠졌다.

그가 곧 당신 앞에 캔버스 몇 장을 펼쳐놓았다. 당신에게 말을 건넬 때의 수줍음 같은 것은 사라진 지 오래였다. 그는 무표정한 얼굴을 감추지 않았고, 당신은 택시 안에서 그에게 건넨 말들이 그를 평가하고 있다는 인상을 주었는지도 모른다고 생각했다. 그가 늘어선 캔버스들을 향해 조명을 밝혔다.

그림은 형편없었다. 작품의 완성도와는 무관했다는 점에서 더더욱 형편없게 느껴졌다. 화랑에서 본 그림과 마찬가지로 모든 작품들은 기술적으로 거의 완벽해 보였는데, 문제는 그 그림들에서 이렇다 할 독창성이라는 것은 눈을 씻고도 찾아볼 수 없다는 점이었다. 그의 작품들은 하나같이 눈에 익었다. 마치 회화의 역사 속에 누적된 명작들의 모든 화풍을 모사하고 있는 것 같았다. 따로 떼어놓는다면 그럴싸하겠지만, 한곳에 모아두니 작품들 간의 경향이나 맥락 같은 것을 도무지 찾을 수 없었다. 쓸데없는 곳에 시간을 낭비했다는 생각이 들었다. 당신의 예상이 들어맞았다는 사실을 확인했다는 것 정도가 당신이 느끼는 만족감이었다.

이 그림은 마치 모네의 후기 작품 같은 색감과 질감을 보여주네요. 디테일은 거의 사라지고 터치는 거칠고, 현실의 빛깔들이 뒤섞여 어둡고 밝게 불타오르는 것 같은 인상을 주는 것 말입니다.

이쪽은 브라크를 연상시켜요. 구도는 입체적이고 대상은 평면적이지요. 개인적으로는, 저는 마티스나 피카소라면 별로지만, 브라크는 정말로 훌륭한 작가라고 생각합니다. 좀 더 어둡고 기괴한 느낌을 주죠.

대부분 그런 식이었다. 그는 당신의 말을 잠자코 듣기만 했을 뿐, 설명이나 변명을 덧붙이지는 않았다. 당신은 다시 한 번 차를 두고 나온 것을 후회했다. 상황을 모면해볼 요량으로 전시 카탈로그나 작품 포트폴리오가 있다면 가져가 검토를 해보겠다고 했는데, 전혀 준비가 되어 있지 않은 모양이었다. 설령 당신이 그에게 더 친절하게 말을 건넸거나 그의 작품에 대해 호의적인 평가를 했다 한들 그

후의 상황이 달리 전개되지는 않았을 것이다. 너무 서둘러 자리를 벗어나려 했기 때문에, 그는 어찌 됐건 당신이 흥미를 잃었다는 사실을 어렵지 않게 눈치챘을 것이다. 당신은 택시를 부르기 위해 휴대전화를 꺼냈다.

기자님, 고백할 것이 있습니다.

예, 말씀하십시오.

당신의 눈은 무신경하게 휴대전화의 화면에 붙박여 있었다.

저는 죽지 않는 사람입니다.

엄숙하고 비장했다. 고개를 들었다. 정작 난처한 쪽은 당신이었는데, 도리어 그가 난처한 표정을 짓고 있었다. 웃음조차 나오지 않았다. 대체 무슨 농담인가 싶었다가는 곧 성가신 상황에 말려들고 말았다는 예감이 들었다.

농담이 아닙니다.

말이 끝나기도 전에 당신은 이미 그를 등지고 선 자세로 콜택시 회사의 전화번호를 검색하기 시작했다. 경험상 당신에게 먼저 연락을 해오는 쪽은 빠짐없이 별 볼 일이 없는 경우였다. 그가 말을 걸어왔을 때 알아차렸어야 했다. 단단히 잘못 걸렸구나. 당신은 생각했다.

그때 당신이 돌아서지 않고 이야기를 이어나갔다면, 설령 모든 것이 장난이라고 한들 그마저 흥미롭게 여겼다면, 무언가 달라질 수도 있지 않았을까. 당신이 그에게 등을 보이자마자 그 또한 당신을 등지고 서는 것을 막았더라면. 당신이 보지 못하는 사이에 그가

너저분하게 놓여 있는 화구들을 뒤져 작고 날카로운 나이프를 찾아
내는 일이 일어나지 않았더라면. 무언가 달라질 수 있었을까. 당신
은 아니라고 답한다.

흉기가 그의 피부를 찢고 질긴 근육을 꿰뚫는 순간을 목격하지는
못했다. 다만 섬뜩한 예감과 함께 거의 반사적으로 고개가 돌아갔
다. 당신은 그대로 얼어붙고 말았다. 끔찍한 장면이었다. 당신은 피
가 솟구치는 목을 움켜쥔 그의 두 손과 팔의 각도가 만들어낸 기하
학적 구도를 결코 잊을 수 없다고 했다. 흰자위가 다 드러나 보일 정
도로 부릅뜬 눈이 당신을 쏘아보고 있었다. 둔기로 얻어맞은 것처
럼 머리가 얼얼했다. 콘크리트 바닥이 검붉게 젖고 있었다. 웃음소
리를 들은 것 같았다. 물론 그는 전혀 웃는 표정이 아니었고, 신음을
했겠지 웃을 수는 없었을 것이다. 그는 곧 목에서 손을 떼는가 싶더
니 목에 박힌 나이프를 쑥 뽑아 들었다. 사람의 몸에 그토록 많은 양
의 피가 흐르고 있었다는 것, 삽시간에 그토록 많은 피가 쏟아질 수
도 있다는 것을 당신은 상상조차 해본 적이 없었다. 중심을 잃고 기
울기 시작한 그의 몸이 순식간에 바닥으로 쓰러졌다. 그가 덥고 붉
은 뻘 속으로 서서히 가라앉는 것처럼 보였다.

당신의 발밑에 그날의 흔적이 여전히 남아 있었다. 그 얼룩의 반
경이 당신의 발끝을 향해 조금씩 넓어지는 것처럼 보였다. 지금은 피
를 흘리지 않는 그가 커다란 사각형의 화판 뒤에 얼굴을 숨기고 앉
아 있었다. 당신은 두 발을 가지런히 모아 무릎 아래로 끌어당겼다.

그렇게 보입니다. 꺼져가는 촛불도, 시들어가는 꽃도, 앙상한 해

골이나 화려한 보석 같은 것이 없어도, 당신이 그리는 그림은 어쩔 수 없이 모두 일종의 바니타스화가 아니겠습니까. 삶이 헛되다는 것을, 가까이 가면 볼 수 없고, 멀리에서는 실감할 수 없는 그 허망함을 당신만큼 잘 아는 사람은 없을 겁니다.

그것은 진심이었다. 당신은 그의 이젤 앞에 앉아 그와 더는 눈을 마주치지 않게 된 다음에야, 비로소 그의 절박함을 이해했다. 이를테면 당신은 이브 클랭의 「청색 모노크롬」이 왜 클랭의 특별한 청색에 대한 사전 지식이 없는 사람에게까지 무한한 충격을 주는 것인지 알았다. 클랭이 자신만의 인상적인 청색을 조색하여 특허를 받은 일 따위야 조금도 중요하지 않다. 그 청색이 이브 클랭이라는 유일무이한 존재의 삶과 경험의 산물이라는 사실이 중요했다. 그리고 그 누적된 시간이자 흔적은 몰이해의 층위에서만 감각되는 것이었다. 화랑에서 그의 그림이 당신의 발길을 붙잡았다면, 필경 거기에는 더 많은 비밀이 감추어져 있어야 마땅했다. 그가 당신에게 그비밀에 접근할 단서를 주고자 했다는 사실을 당신은 너무 늦게 깨달았던 것이다.

그에게 예술은 짧았고 인생은 무한에 가까웠다. 그가 만든 무엇도 그보다 오래 살아남을 수는 없었을 터. 그는 언제나 현재에 속했고, 그의 작품들은 늘 과거에 남겨졌다. 과거에 만들어진 것이 아니라, 과거에 사라진 것으로서. 남아 있는 것보다는 불태워진 것이 많을 것이며, 앞으로도 마찬가지였다. 당신은 그가 완성한 당신의 초상이 화염에 휩싸이는 장면을 떠올렸다. 그는 당신을 기억하기 위해 당신의 얼굴을 남겨두지는 않을 것이다. 그의 과거는 절대로 그에게 남겨진 미래의 시간을 추월할 수 없을 테니까.

그의 손은 간헐적으로 멈추고 움직이기를 반복했다. 말을 하지는 않았다. 그 뒤로는 침묵이 더 길었다. 당신은 꼬고 앉은 다리의 방향을 몇 차례 바꾸었을 뿐 크게 움직이지 않았다. 가끔 당신을 향해 고개를 기울이는 그와 눈이 마주쳤는데, 그에게는 표정이 없었고 당신은 멋쩍게 웃었다. 비가 그치면 일어나겠다는 약속은 지켜지지 않았다. 그가 달리 더 많은 이야기를 들려주지 않는데도 당신은 불편한 자세를 기꺼이 견뎠다. 외진 곳에 위치한 컨테이너 창고와 꽃의 목을 꺾는 빗줄기와 선명한 적막은 꿈속의 세계처럼 비현실적이었다. 그러나 당신은 꿈에서 꿈인 것을 잊듯이, 더는 현실의 지표를 찾으려 하지 않았다.

잃어버린 수첩에 처참하다고 적힌 페이지가 있다고 당신은 말했다. 그러나 언제 그것을 적었고, 또한 무엇에 관해 적은 것인지는 말하지 않았다. 형편없는 그림에 관한 것인지, 그의 불멸에 관한 것인지, 아니면 당신의 어리석음에 관한 것인지. 수첩은 어디에서도 발견되지 않았다. 사라진 수첩은 무력하다. 당신에게 일어난 모든 일들이 그러하듯이.

호기심이 모든 것을 망친다. 드라마에서도, 하물며 아주 고전적인 비극에서도 한 인간의 인생을 망치는 것은 호기심이다. 당신은 심심찮게 그런 말을 하고는 했지만, 당신이 일컫는 비극의 주인공

들이 그러하듯이 당신 또한 호기심이 모든 걸 망치고 난 뒤에야 새삼 그 말의 의미를 깨달았다.

저는 증명해야 했습니다. 제게 일어난 이 원인 모를 비극을 이해 받길 바랐습니다. 지금껏 단 한 번도 이 사실을 고백하지 않았다고 한다면 그것은 거짓이겠지만, 그날처럼 충동적으로 누군가를 위협한 적은 없습니다. 그림에 관한 것은 잊으셔도 좋습니다. 그날의 일에 대해 죄책감을 느끼지 않길 바랍니다. 다만, 제가 말하려는 진실이 당신께 어느 정도 믿음직한 것이라 여겨진다면 저에게 한 번만 기회를 주시길 부탁드립니다. 정식으로 사과를 드리고 싶습니다. 거절하셔도 좋습니다. 기다리겠습니다.

발신인이 명확하지 않은 메일은 셀 수 없이 많았다. 당신은 아무런 방비도 없이 제목에 당신의 이름과 직함이 적힌 메일 한 통을 열었고, 거기에 그의 메시지가 있었다. 창고에서 달아난 지 나흘 만의 일이었다.

그때 당신을 사로잡은 것은 한 방향으로 뻗어 있는 창고 단지의 어두운 도로가 아니라, 당신 머릿속에 들어앉은 망상이었다. 그가 목에 나이프를 꽂은 채 피를 흘리며 당신을 뒤쫓을지도 모른다는 생각이 들었는데, 차마 뒤를 돌아볼 용기가 나지 않았다. 당신은 그저 계속해서 달아났다. 자꾸만 어깨를 타고 흘러내리는 가방끈을 추켜올리며 무작정 달렸다. 그것은 합리적인 공포가 아니었다. 그러나 한 인간이 평생에 걸쳐 축적해온 정상성의 개념이 파괴되는 것은 순식간이었다. 그가 되살아나는 것을 두 눈으로 목격한 것이 아님에도 불구하고, 그의 고백이 진실일지도 모른다는 생각이 들었던 것이다. 만일 그것이 거짓이라면 스스로의 목에 그토록 간단히, 그리고 깊게 나이프를 꽂아 넣는다는 건 아무래도 불가능한 일이었다.

정신을 차리고 눈앞에서 일어난 일에 대해 논리적인 생각을 할 수 있게 된 것은 창고 단지를 벗어나 대로변에 닿은 무렵이었다. 경찰에 신고를 해야 한다는 생각을 하지 않은 것은 아니었다. 그러나 망설여졌다. 그 자리에서 달아나버린 이상 당신은 완전히 사건의 일부가 되어버린 셈이었다. 그가 아직까지 목숨을 부지하고 있을 가능성은 크지 않았다. 창고를 벗어나는 사이에 단지 내로 진입하는 차나 사람을 마주친 바가 없었다. 죽어버린 그가 당신을 위해 증언을 해줄 리 만무했고, 설령 깨어난다 한들 모든 걸 사실대로 이야기해줄는지도 알 수 없었다. 당신은 차라리 이 모든 일이 현실이 아니거나 그의 고백이 전부 사실이기를 바랐다. 도로를 달리는 자동차들을 따라 정처 없이 걸어 상가와 주택이 밀집한 동네에 다다를 때쯤 당신은 그의 목을 찌른 것은 당신이 아니라 그 자신이었다는 사실을 떠올렸다. 그리고 만약을 위한 알리바이를 궁리하기 시작했다. 그럼에도 불구하고 당신이 아무 버스나 잡아탄 뒤에 지하철을 타고 또다시 택시로 갈아탄 후에야 집으로 돌아온 것은 의식적인 행동은 아니었다. 당신은 제정신이 아니었고, 떠올린 알리바이들은 당신이 생각해도 흠잡을 것 투성이였다. 당신의 말에 따르면 모든 것은 무의식적인 행동이었으며, 당신이 그의 죽음에 연루될지도 모른다는 두려움과는 관계가 없었다.

나흘 사이에 당신은 일상적인 생활을 지속했다. 출근을 하고, 정해진 시간을 초과해 일하고, 약속 장소에 나가 사람을 만나고, 퇴근 길의 교통정체에 시달렸으며, 식사도 거르지 않았다. 살인이나 자살 사건에 대한 뉴스에 촉각을 곤두세우기는 했지만, 적극적으로 그것을 찾아보는 일은 하지 않았다. 그것은 분명 의식적인 행동이었다. 당신이 생각하기에 당신은 이제 그날의 일로부터 완전히 제외된 사람이었다. 다만 뒤늦게 그에게 명함을 주었다는 사실이 떠오르자 그의 죽음에 관한 소식이 전혀 없다는 것이 도리어 초조해지기 시작했다. 그래서 그의 연락은 당신이 좀 더 복잡한 사건에 휘말리게 되었다는 것을 의미했지만, 동시에 당신을 안심시키는 것이기도 했다.

메일을 받은 후에야 당신은 처음으로 수첩에 적어두었던 그의 이름을 인터넷 검색창에 입력했다. 별다른 검색 결과를 얻을 수 없었다. 그와 같은 이름을 가진 사람들의 정보는 넘쳐났는데 그에 관한 것은 거의 전무하다시피 했다. 화랑의 전시 홍보 게시물 몇 개가 검색된 전부였다. 전시 관람객들이 올린 게시물에서도 당신이 찾는 이름은 좀처럼 호명되지 않았다. 주어진 몇 개의 희박한 단서와 추측들을 가지고 새로운 단어를 조합해보아도 결과는 마찬가지였다.

그에 관한 아무런 정보도 찾을 수 없다는 사실을 확인하자 기이한 호기심이 솟구치기 시작했다. 그가 정말로 불멸의 인간이기를 기도했던 나흘간의 바람이 모종의 믿음으로 변하고 있었다. 만약 함정이라면. 그러나 그것이 정말로 함정이라면 당신이 그의 요청에

응하지 않는 것으로 모든 일이 마무리될 거라 기대할 수도 없었다. 돌이킬 수 없이 멀리 와버렸다는 생각이 들었고, 이제 그것은 당신의 모험심을 자극했다.

그러나 전에 없던 모험심이 불안을 완전히 해소시키는 것은 아니었다. 당신은 밤늦게 집으로 돌아와 그가 제시한 약속 장소와 시간을 변경하기 위해 메일을 작성했다. 메일을 발송해두고 샤워를 했다. 샤워를 마치고 돌아왔을 때 한 통의 메일이 수신되어 있었다. 유효하지 않은 주소라는 에러 메시지가 모니터 위에 떠 있었다. 제거할 수 없는 불안을 감당하는 것이 모험의 목록에 추가되었다. 다시, 창고로 돌아가야 했다.

아침이 밝아오고 있었다. 비가 그친 지 오래였다. 맑은 햇살이 차오르기 시작하자 창고의 풍경이 달리 보이기 시작했다. 손때가 묻은 낡은 화구들이 빛을 뿜어내는 것처럼 보였고, 작게 쪼개진 그림자의 조각들은 창고 자체를 거대한 캔버스로 삼은 듯 추상적인 구도를 형성했다. 당신은 당신을 배웅하는 그를 돌아보았다. 그는 조금 피곤해 보였지만, 평온해진 듯했다. 햇살이 쏟아지는 아침의 풍경이 그에게 퍽 어울렸다. 이름을 알 수 없는 꽃은 붉었다. 꽃들은 밤사이 줄곧 비를 맞았는데도 여전히 강건했고, 그는 날이 밝아도 사라지지 않았다.

이번에는 차를 가져온 것이 후회스러웠다. 운전대를 잡자마자 피로가 몰려왔다. 그러나 정작 차가 도로 위를 달리기 시작하자 기분이 나아졌다. 온기 속에서 몸은 점점 더 무거워졌는데, 그러자 반대로 정신은 또렷해졌다. 정신이 육체를 벗어나려는 것 같았다. 무거우면서 가벼웠고, 흐릿하면서 선명했다. 완전한 정신적 고양의 상태라 부를 수도 있을 법한 경험이었다. 위험천만하게만 느껴지던 모험이 안전하게 막을 내리고 있었을 뿐만 아니라, 그 모험 속에서 새롭게 태어난 기분이었다. 당신은 그것을 충분히 만끽하고 싶었다. 아파트 주차장에 차를 세우고 자동차의 시트에 기대앉아 출근이 어려울 것 같다는 문자 메시지 한 통을 보냈다. 그러고는 집으로 돌아와 옷도 갈아입지 않은 채 침대에 누워 어지럽게 회전하는 천장을 바라보았다. 잠들고 싶지 않았고, 잠들지 않을 수 있을 것 같았다. 그러나 당신은 잠의 중력을 거스르지는 못했다. 꿈조차 꾸지 않는 깊은 잠이었다.

필연적인지도 모르겠습니다. 제 그림들이 일종의 바니타스화일지도 모른다고 말씀하셨지요. 오직 신만이 영원하다면, 그것이 바니타스의 의미라면, 나는 스스로를 과연 어떻게 불러야 하는 것인가, 그런 질문이 떠올랐습니다. 나만이 온전히 영원할 거라는 사실을 이미 깨달은 저의 바니타스가 주는 깨달음이란 무엇인지를 말입니다. 보존되는 것과 사라지는 것 중에서 이제는 기꺼이 후자의 일을 받아들여야 할지도 모른다는 생각이 들었습니다. 영원한 삶을 약속받은 대가로 말입니다. 이곳으로 돌아와주신 것만으로 만족합니다. 고맙습니다.

당신은 그의 그림에 관한 기사를 써볼 수도 있을 거라고 말했다.

잡지에 싣겠다는 약속을 할 수는 없지만, 아주 불가능한 일은 아닐 것이라고 했다. 그는 아무래도 괜찮다는 태도였다. 이미 그에겐 당신의 시도가 한낱 위로에 지나지 않게 되어버린 건지도 몰랐다. 그러나 이제 그것은 당신 자신에게 더욱 중요한 문제였다. 긴 잠에서 깨어난 당신은 곧장 책상 앞에 앉았다.

그의 작품은 회화의 역사에 대한 애도인 동시에 조롱이다. 당신은 기사의 첫 문장을 그렇게 시작했다. 대가들의 작품을 정교하게 모방한 모조품에 불과하다 여겨지는 그의 작품은 회화 양식의 고갈된 창조력에 대한 고통스러운 자기고백으로 보였다. 그가 놀라운 테크닉으로 고전이 되어버린 모든 양식을 재구성할 수 있다는 게 그 이유였다. 당신은 그것을 16세기 이탈리아의 마니에리스모에 비유했다. 절대로 능가할 수 없을 르네상스 회화의 기법을 의도적으로 답습했던 마니에리스모 회화는 한 저명한 미술사가의 지적대로 미술사의 중대한 위기나 다름없었다. 열등감과 패배감으로 점철된 그들의 그림에서 이전 시대의 고결한 정신은 찾아볼 수 없었다. 그러나 그들의 패배는 동시에 르네상스의 패배를 의미한 것이기도 했다. 어쩌면 흠결 없이 완성되어 있는 세계를 목도한 자들이 할 수 있는 일이라고는, 오직 그것을 엉망으로 만드는 일뿐이었을 것이다. 그리고 거기에서 새로운 회화가 시작된다. 그는 르네상스를 흠모하며 부정했던 후계자들보다 조금 더 절박한 쪽에 속했다. 자신만의 경향조차 갖지 못한 채 모든 고전을 모방하는 것처럼 보이는 그의 작품은 갱신해야 할 경향조차 말소된 시대의 형식일는지도 몰랐다.

모든 것이 되고 아무것도 되지 않는 것이 곧 그의 경향이었다. 과도한 찬사였고, 또한 그에 대한 연민이 당신을 부추겼다는 사실을 부정할 수는 없었다. 하지만 당신은 스스로의 해석이 다소 억지스럽다 해도 전혀 설득력이 없는 것은 아니라고 믿었다. 그와 당신이 공유한 비밀이 바로 그 근거였다. 그처럼 오랫동안 살아온 사람이 아닌 이상에야 시도조차 불가능한 일이라 여겨졌다.

당신은 그가 그린 당신의 초상에 관한 이야기를 넣을 계획으로 기사의 한 문단을 비워두었다. 그림이 완성되었다는 이메일을 받자마자 피로를 무릅쓰고 집을 나선 건 그 때문이었다. 물론 그가 통보한 약속 시간을 따른 것이기도 했다. 창고를 향해 차를 몰며 반대편에서 달려오는 자동차들의 상향등 불빛이 시야를 어지럽힐 때마다 흡족해하는 그의 미소 같은 것이 눈부심 속에서 나타났다 사라졌다.

그러나 당신이 창고에 도착했을 때 창고의 창문은 어두웠다. 희미한 불빛도 새어 나오지 않았다. 입구에 자물쇠가 걸려 있었다. 당신은 창고 둘레를 따라 한참을 걸었다. 붉은 꽃이 여전히 붉게 피어 있었다. 당신은 붉은 꽃나무와 창고 벽 사이의 좁은 틈에서 창고 내부를 들여다보기도 했다. 수확은 없었다. 차로 돌아와 라디오 주파수를 이리저리 변경하며 시간을 때웠다. 밤이 깊도록, 끝내 그는 나타나지 않았다.

그를 다시 만난 곳은 공교롭게도 당신의 거실이었다. 당신은 긴 기다림으로 완전히 지쳐 있었다. 거실의 형광등을 켜자 당신의 집에, 당신의 거실에, 당신의 소파에 그가 앉아 있었다. 놀란 마음을 가라앉히기도 전에 복도 쪽으로 난 부엌 방범창의 파이프가 잘려 있는 것이 보였다.

제가 경솔했던 것 같습니다. 모든 걸 없었던 일로 했으면 합니다.

소파에서 일어난 그의 키가 전보다 조금 커 보였다. 검은 재킷을 입은 그는 밝은 형광등 불빛 아래서도 거의 무채색으로 보였다. 분명 그의 얼굴은 달라진 것이 하나 없는데도 아주 늙어 보였고 매서웠다. 두렵고 불쾌했다. 창고를 처음 찾은 날로 시간이 되돌려진 것 같았다. 당장에라도 그의 멱살을 잡고 싶은 심정이었지만, 당신은 평정을 찾기 위해 애썼다. 침착하게 행동해야만 할 것 같았다. 그날처럼 당신이 전혀 예상치 못했던 일이 눈앞에서 벌어지고 있었다.

무슨 일인지는 알 수 없지만, 당신이 원하는 대로 하겠습니다. 물론 지금의 상황을 충분히 납득하긴 어렵지만, 그래요. 대체 이러는 이유가 뭡니까. 여긴 어떻게 찾아온 겁니까.

모든 걸 없었던 일로 하고 싶습니다.

좋아요. 그렇게 합시다.

그럴 수는 없습니다.

평소보다 갈라진 목소리에서 긴장감이 느껴졌다.

무엇을 그렇게 할 수 없다는 소립니까.

당신의 언성이 조금 높아졌다.

모든 것을 되돌리는 것이 불가능하다는 말입니다.

그가 허리춤에 붙이고 있던 오른손을 들어 올렸다. 그의 손이 날카롭게 빛나는 것을 쥐고 있었다. 그의 목을 찌른 것과 같거나 혹은 다른, 크기가 작고 끝이 사나운 나이프였다. 당신은 그 나이프가 이번엔 그의 목덜미를 향하지 않으리라는 것을 직감적으로 알았다. 당신과 그 사이의 공간은 서너 걸음도 되지 않을 만큼 좁았다. 황급히 주머니에서 휴대전화를 찾아 꺼내기도 전에 그가 당신을 향해 다가오기 시작했다. 당신은 뒷걸음질을 쳤고, 도와달라고 소리쳤다. 이미 새벽이었다. 고요한 밤의 공기를 찢는 목소리를 누군가는 들어야 했다. 그러나 그 목소리를 듣고 달려와야 하는 거리는 아무래도 그와 당신의 거리보다는 멀 것이 분명했다. 당신은 정신없이 주위를 둘러보았다. 등 뒤에 부엌이 있었다. 흉기가 될 만한 물건이 어디에 있는지 속속들이 아는 것은 그가 아닌 당신이었다. 그가 나이프를 든 손을 치켜드는 순간 당신은 재빨리 자세를 낮춰 싱크대 쪽으로 몸을 날렸다. 식기건조대 위의 마른 식기들이 우르르 쏟아졌다. 당신은 그를 향해 재빨리 식칼을 빼 들었다.

저는 죽지 않습니다. 두 눈으로 보지 않으셨습니까.

그의 눈은 웃지도 울지도 않았다. 당신의 심장이 빠르게 뛰기 시작했다. 식칼을 쥔 두 손은 제멋대로 떨고 있었다. 그에게서는 조급함이라고는 찾아볼 수 없었다. 그는 천천히 발을 뗐다. 곧 그와 당신 사이의 거리가 더 이상 가까워질 수 없을 만큼 가까워졌다.

비명 소리를 들은 이웃 주민의 신고를 받고 경찰이 들이닥쳤을 때 거실 바닥은 온통 피투성이였다. 그는 작은 나이프를 손에서 놓지 않은 채 거실 바닥에 엎드려 있었다. 식탁 앞에 머리를 감싸 쥔 당신이 말없이 앉아 있었다. 당신은 경찰의 연행에 순순히 응했고, 이 믿을 수 없는 사건의 전말을 상세히 털어놓았다. 그러면서 도시 외곽의 컨테이너 창고와 화랑에 전시되었던 그림, 그리고 책상 위의 노트북과 수첩을 증거로 삼아줄 것을 요청했다.

그러나 당신이 지목한 텅 빈 창고 안에서는 혈흔은 물론이거니와 먼지 쌓인 캔버스 한 장도 발견되지 않았다. 창고의 소유주는 임차인을 직접 만난 적이 없다고 증언했다. 당신이 화랑에서 본 그림의 작가를 수소문하자 놀랍게도 멀쩡히 살아 있는 젊은 여자가 나타났다. 그녀는 누군가가 자신을 사칭해 이런 복잡한 사건에 휘말렸다는 사실에 대해 분개하면서도, 동시에 온갖 언론의 인터뷰에 적극 응했다. 그의 그림은 한낱 미술잡지가 아닌 저녁 뉴스를 통해 세상에 알려졌다. 그의 신원은 확인되지 않았다. 당신이 말한 노트북과 수첩도 발견되지 않았다. 책상 위에는 아무것도 그리지 않은 한 장의 깨끗한 캔버스가 놓여 있을 뿐이었다.

이야기를 전해 들은 당신은 잠시 입을 다물더니 이내 입가에 희미한 미소를 띠며 물었다.

로만 오팔카가 연상되지 않습니까.

모두가 어리둥절한 표정으로 당신을 바라보았다. 당신은 로만 오팔카에 대해 전문가적 기질을 최대한 발휘해 꽤나 장황하게 설명을 늘어놓았다.

1931년 태어난 폴란드계 프랑스인으로, 대표작은 「1965/1 — ∞」이다. 로만 오팔카는 1965년부터 196×135 크기의 검정색으로 바탕을 칠한 캔버스 위에 흰색 물감으로 1부터 숫자를 그려나가기 시작했다. 한 장의 캔버스가 숫자로 가득 차면 다음 캔버스에는 검정 물감에 1퍼센트의 흰색 물감을 섞어 바탕을 칠하고, 다시 흰색 물감으로 다음의 숫자를 그려나갔다. 그의 작업은 바탕과 숫자를 구분할 수 없을 때까지 계속되었다. 숫자를 그리는 동안 폴란드어로 숫자를 읽는 그의 목소리가 녹음되었으며, 한 장의 캔버스가 완성될 때마다 완성된 캔버스 앞에서 같은 셔츠를 입고 사진을 찍었다. 그의 홈페이지에는 2011년 8월 6일에 그의 작품 「1965/1―∞」가 완성되었다고 적혀 있다. 마지막 숫자는 5607249이며, 2011년 8월 6일은 로만 오팔카의 사망일이다.

그는 숫자를 적어 내려갈 필요조차 없던 겁니다. 완성할 수도 완성할 필요도 없다는 걸 알았으니까요.

당신은 몹시 어려운 수수께끼를 해결한 것마냥 흥분했다. 그리고 그간의 일들이 그의 치밀한 계획이었다는 사실에 환호했다. 그제야 그가 몇 차례 당신을 찌르는 데에 실패한 이유를 알 것 같다고 했다. 애초에 그가 당신을 죽일 목적으로 찾아오지 않았다는 게 당신의 주장이었다. 위협을 느낀 당신이 오히려 그를 해칠 수밖에 없도록 교묘하게 모든 상황을 컨트롤한 게 분명하다고 말할 때에는 경이롭다는 듯 고개를 흔들며 박수를 치기도 했다. 당신은 그가 정말로 현대적인 작가가 아니겠느냐고 묻기도 했는데, 그 자리에는 적당한 답을 할 수 있는 사람이 아무도 없었다.

조사를 받는 내내 일말의 불안이나 초조함을 내비치지 않은 것이

당신을 취조하거나 상담하는 사람 모두를 질리게 만들었다. 그중에
서도 그들을 가장 섬뜩하게 만든 것은 그를 여덟 번이나 찌른 이유
를 물었을 때 되돌아온 답변이었다. 당신은 그 질문에 대해서만큼
은 매번 같은 대답만을 반복했다.

　나는 결백합니다. 그가 죽지 않았기 때문이지요. 기다려보십시
오. 그가 곧 살아날 겁니다.

　유속과 깊이를 가늠할 수 없는 얼음강 같은 눈빛으로, 당신이 여
기에 앉아 있다.

사이렌이
울리지 않고

사이렌이 울린다. 정신이 아득해지는 굉음이다. 형인은 핸들 가까이 몸을 당겨 붙이고 주위를 살핀다. 소리가 어디에서 들려오는 것인지는 알 수 없지만, 그 의미만큼은 삽시간에 분명해진다. 안개 주의 경보. 안개는 의식하지 못한 사이에 순식간에 차올랐다. 바다를 가로질러 놓은 20여 킬로미터의 다리 밑에서 출렁이던 바다는 안개 속으로 가라앉았다. 공항으로 향하는 다리가 한 번도 가본 적 없는 낯선 세계로 연결된 통로처럼 보인다. 애초에 구름이 잔뜩 껴 어둑했던 하늘도 보이지 않는다. 온통 희고 불투명한 안개는 인체에 치명적인 유독성 가스처럼 느껴진다. 바깥 공기가 순환하며 차 내부의 공기도 미미하게 습해진다. 형인은 속도를 줄이기 위해 브레이크 페달을 밟으며, 숨을 참는다. 순간 오른쪽 옆 차선에서 속도를 줄이지 않은 승합차 한 대가 빠르게 질주한다. 어깨가 빳빳하게 굳는다. 이토록 한 치 앞도 알 수 없는 짙은 안개를 형인은 처음 본다. 안개는 놀라운 속도로 차올라 사방을 점거했고, 순차적으로 빠르게 점등된 가로등 불빛은 무용지물이다. 안개등이 겨우 몇 미터 전방의 시야를 확보해주지만, 안전해졌다는 기분은 들지 않는다. 형인의 상상 속에서는 빛의 반경 안에 불현듯 낯선 물체가 솟구친다. 앞서가는 자동차의 후미등은 길잡이가 아니라 인광을 내뿜는 사냥개들처럼 보인다. 앞차의 브레이크등에 불이 들어오면, 형인은 앞서가던 차가 거꾸로 자신을 향해 돌진해 오는 것 같은 환시를 경험한다.

멈출 수만 있다면, 멈췄을 것이다. 하지만 형인의 운전 실력으로는 어림없는 일이다. 갓길에 닿기 위해 차선 변경을 시도할 수조차 없을 만큼 그녀는 바짝 긴장해 있다. 만일 그녀가 멈춰 선다면, 그건 오로지 다리를 모두 건넌 후에나 가능한 일일 것이다. 속도를 늦추고 좀 더 자주 브레이크 페달을 밟는다. 일정치 않은 속도 때문에 차체가 위아래로 흔들린다. 잠시만 긴장을 풀어도 충분한 간격을 확보하지 않고 달려오던 뒤차와 부딪치거나 가드레일을 들이받으며 바다 한중간에 처박히고 말 것이다. 찌릿한 감각이 그녀의 온몸을 훑는다. 능숙한 운전자들은 안개 속에서 유령처럼 튀어나왔다가 이내 형인의 차를 추월해 달아난다. 안개는 계속해서 깊어진다. 모든 입체의 생성을 중단시키는 농무 속에서, 그녀는 눈에 보이지 않는 파도의 높이를 가늠해본다.

창밖의 사이렌은 잠잠해지지 않고, 오히려 점점 더 커다랗게 들려와, 분명 차 바깥에서 들려오는 소리가 차의 내부에서 시작된 것처럼 사납게 날뛰고 있을 뿐 아니라, 이제는 마치, 형인 그 자신의 신체로부터 뻗어 나온 소리처럼 느껴진다. 위력적인 소음은 대기를 요동치게 만들고, 거대한 다리가 출렁이는 듯하다. 형인은 무척 자연스럽게, 자욱한 안개 속에서 끝없이 연쇄 추돌하는 차들을 떠올리고는, 혀로 바짝 마른 입술을 축인다. 그런 일들은 정말로 일어나고는 했다. 아니 지금 이 순간에도 어디에선가 그런 일들이 일어난다. 상상이 현실을 능가하기란 불가능하다고 형인은 믿는다. 우리가 아는 현실이란 지극히 선별된 것에 지나지 않는다. 가장 고통스럽고 추악한 것은 아직 드러나지 않았을 뿐이다. 그리고 그러한 현실이 고개를 들 때, 상상은 전복된다. 상상이 전복되고 나타나는 현실은 이미 우리의 것이 아닐 것이다. 그러므로 그러한 현실이 형인에게도 일어나지 않으리라는 법은 없다. 또한 그곳에, 형인의 자리는 존재하지 않을 것이다. 그러자 이제 사이렌 소리는 위험에 대한 경고가 아니라, 위험 그 자체로 여겨지기 시작한다. 소리는 그녀의 정신을 완전히 포박한다. 식은땀이 흐르고, 겨우 페달을 밟는 발이 떨려온다. 일상은 속도를 망각한 운전자들에게 주어진 것과 같은 잠재적인 위험으로 가득하다. 그녀는 누구보다 그 사실을 잘 안다. 그로부터 달아나야 한다는 생각이 그녀를 오랫동안 지배해왔고, 그녀는 계속해서 달아났지만, 단 한 번도 완전히 달아났다고 느낀 적은 없다. 모든 위험으로부터 안전해지는 단 한 가지 방법을 알고 있지만, 한 번도 실행한 적은 없다. 아직은 때가 아니다. 때는 곧 올 것이다. 그러니 지금은 빨리 다리는 건너는 것밖에는 방법이 없다. 그녀는 힘껏 속도를 높여 앞차의 번호판이 선명해질 때까지 따라붙는다. 너무 어둡거나 시야가 확보되지 않을 때엔 차라리 그렇게 하는 편이 좋다던 누군가의 조언을 떠올린다. 누가 그녀에게 그러한 조언을 했는가 하면, 모두가 그러하다. 모두가 그녀에게 안전한 길을 선택하라고 말했다. 위험을 피해 가라고 했다. 그러나 그녀는 무심결에 모두의 조언대로 움직이면서도, 이제는 그런 모두를 비웃는다. 방향을 틀면, 새로운 위험이 도사리고 있을 뿐이다.

비행기는 안전히 착륙할 수 있을 것인가. 질문은 초조함을 가중한다. 지상은 완전히 자욱한 안개로 뒤덮였는데, 사이렌 소리는 신체의 감각을 소진시키는데, 과연 안개가 계속된다면 어떻게 되는 것일까. 상공을 선회하던 항공기는 다른 공항에 착륙을 시도할 수도 있고, 아주 적은 확률로 출발한 도시를 향해 되돌아갈 수도 있다. 다소 무리한 착륙을 시도하게 될지 모르며, 어쩌면. 형인은 불길한 기분에 사로잡힌다. 불길한 기분은 한번 들기 시작하면 여간해서는 사라지지 않고 사방으로 팔을 뻗는다. 건물 속의 난간들로, 난간 너머의 진열대들로, 진열대 위의 날 선 물건들로, 그 물건을 틀어쥐는 그녀의 손으로. 그녀는 핸들을 움켜쥐며 브레이크 페달을 힘껏 밟는다. 정지 신호를 받고 멈춰 선 앞차와 아슬아슬한 간격을 두고 그녀의 차가 멈춰 선다. 다리를 모두 건너왔다. 사이렌 소리도 이제는 흐릿하게 들려올 뿐이다. 형인은 크게 안도한다. 그녀가 느끼는 안도감의 크기는 그녀가 다리를 건너며 느낀 불안의 크기에 비례한다. 저 다리가 안전하다고 믿는 사람이 있을 것인가. 형인은 생각한다. 누가 바다 위에 다리를 놓을 생각을 했단 말인가. 저 다리를 건설하기 위해 사용된 복잡한 수학과 공학이 안전을 담보하리라 믿게 만든 것은, 과연 누구인가. 신호가 바뀌고, 여전히 짙은 안개 속으로 형인의 차가 천천히 나아가기 시작한다.

애만 데려오면 될 것 같습니다. 이걸로 더는 문제 삼지 않기로 부모와 약속을 했어요.

사장은 늘 그래왔듯 예의를 갖춘 정중한 말투를 사용했다. 그러나 말의 형식과 내용이 일치하지 않아, 형인은 순간적으로 두 귀를 의심할 수밖에 없었다. 의자를 돌려 앉자 사장의 알록달록한 넥타이 끝이 눈에 들어왔다. 타이에 새겨진 무수한 작은 무늬들이 조금씩 자리를 이동하는 것처럼 보였다. 그녀는 급히 고개를 들어 사장의 얼굴을 살폈다. 그의 미소가 기괴했다.

우리 책임이 없다고 할 수는 없으니까요.

우리, 그는 곧잘 우리라는 단어를 사용했다. 직원들이 문제를 일으켰을 경우엔 눈에 띄게 그 단어를 힘주어 말했다. 이번에도 마찬가지였다. 사장은 형인을 탓하지 않았다.

형인이 SAT 시험 등록을 해야 하는 학생은 총 여덟이었다. 그중 시험 장소를 잘못 등록한 게 하필이면 수진이었다. 수진은 형인이 시험 장소를 잘못 등록한 수험표를 가지고 시험장을 찾았고, 응시

를 거부당했다. 수진은 회사 내에서도 특별 관리를 받는 학생이었
다. 미국 동부의 명문대 진학을 목표로 하고 있었고, 성적이나 과외
활동 면에서도 완벽한 이력을 자랑했다. 입시생들에게 시험을 응시
하는 시기는 무엇보다 중요했다. 수진이 한참 전부터 계획해온 첫
번째 SAT에 응시조차 하지 못했다는 것은 회사 내에서도 큰 사고였
다. 수진의 부모는 당장에 회사로 전화를 걸었다. 그들은 공손하게
담당자를 찾았지만, 형인이 전화를 받자마자 태도를 완전히 달리
했다. 강남의 대형 성형외과 원장이라는 수진의 아버지는 당장 병
원으로 찾아와 무릎을 꿇기를 요구했다. 그것이 그가 바라는 진실
한 사과의 방법이었다. 형인 개인에게 금전적인 피해 보상을 요구
할 수도 있다고 고함을 쳤다. 그는 그녀의 출신에 대해 물었고, 그녀
의 보잘것없는 연봉에 대해 비아냥댔으며, 자신들이 지불하고 있는
연간 멤버십 비용에 대해 설명했고, 때로 혼잣말과 다름없는 욕설
을 퍼부었다. 죄송하다는 말 외에 형인은 아무런 변명도 할 수 없었
다. 그와 통화를 하는 내내 그녀의 짧은 손톱이 인조가죽을 덧댄 서
류철 위에 날카로운 자국을 남겼다.

우리가 원래 의사나 변호사집 애들을 안 받는 게 이런 이유라니까.
사장은 대수롭지 않은 일인 양 그들의 태도를 비웃었다. 그는 형
인의 방패막이가 되어주고, 그녀가 처한 곤경을 해결해주려는 듯했
다. 그것은 형인의 착각이었다. 수진은 회사가 놓쳐서는 안 되는 고
객이었다. 이런 업종에는 대대적인 광고보다는 입소문이 중요했고,
사장은 그런 사실을 모르지 않았다. 그는 수진의 아버지가 형인을

무릎 꿇리는 것만을 겨우 막았을 뿐, 수진 부모의 모든 요구를 들어주기 시작했다. 그는 12학년의 멤버십 비용을 올려 받지 않기로 했고, 수진의 성에 차지 않는 과목 성적을 정정하기 위해 미국 학교의 카운슬러와 직접 협의를 해야 했다. 일부는 형인의 몫이었다. 수진의 부모는 필요한 서류를 매번 직원들이 직접 받아 갈 것을 요구했다. 사장은 그들 눈앞에서 형인을 치워버려야 했고, 그 업무에서 형인을 제외시켰다. 그녀는 다른 직원들의 눈총을 받았다. 딱 한 번, 피치 못할 사정으로 형인이 청담동의 한 고급 디자이너 의류 매장을 찾아가 수진의 어머니를 만난 적이 있었다. 그녀는 욕을 하거나 화를 내지는 않았다. 대신에 형인과 눈조차 마주치려 하지 않았다. 그저 가방 속에서 서류 봉투를 꺼내 점원에게 건네주었고, 그것을 점원이 형인에게 전했다. 그녀는 곧장 다시 옷을 고르는 데에 열중했다. 언젠가 회사로 찾아와 커피를 내던 형인의 블라우스를 칭찬하던 사람이 바로 그녀였다. 그녀는 항의를 하고 있는 게 아니었다. 형인이 느끼기에, 그것은 멸시였다.

이걸로 마지막이라니까, 수고 좀 해요. 응?

사무실을 나서는 사장의 두툼한 손이 형인의 어깨를 짚었다. 소름이 끼쳤다. 마지막이라니. 이것은 지금까지 그들이 요구한 그 어떤 일에도 견줄 수 없을 만큼 부당했다. 미팅 스케줄을 조정하고, 전화를 받고, 문서 정리를 하거나 고객들에게 이메일을 보내는 것이 본래 형인에게 주어진 업무였다. SAT 시험 등록은 컨설턴트의 몫이었으니, 애초에 잘못된 업무 분담을 지시한 건 사장이었다. 시험 직전까지 수험표를 확인하지 않은 건 수진의 잘못이기도 했다. 설령 그렇지 않다고 해도, 그 실수 때문에 형인이 부모를 대신해 수진을 공항까지 마중한다는 건 말도 안 되는 일이었다. 그저 부당한 일이 아니라, 악의적인 요구가 틀림없었고, 그들이 형인에게 어떤 모욕을 주려는 것인지는 깊게 생각할 필요조차 없어 보였다.

사장이 빠져나간 뒤, 책상 네 개가 모여 있는 작은 사무실은 고요했다. 공기순환 장치의 소음과 키보드를 두드리는 소리만이 오갔다. 명백히 의식적인 침묵이었다. 그때 형인의 뒷자리에 앉아 있던 컨설턴트 선이 일어섰다.

사장실에 좀 다녀올게요.

직원 중 하나가 알겠다고 답했고, 동시에 형인의 책상 위에 뜯지 않은 고급 쿠키 케이스가 놓였다. 선이었다. 그는 말없이 사무실을 빠져나갔다. 형인은 고급스러운 케이스에 담긴 쿠키를 바라보았다. 그 쿠키는 한때 형인이 지금까지와는 다른 세상에 속해 있다고 믿게 만든 근거였다. 학부모들이 들고 나타나는 고급 디저트는 한 번도 부족한 적이 없었다. 전 직원이 나눠 먹을 수 있을 만큼 풍족했다. 간혹 학생들이 부모가 들려 보낸 디저트를 들고 나타날 때, 그들은 디저트의 이름을 부드럽고 달콤하게 발음했다. 복잡한 맛이 나지만, 그 모든 맛이 조화와 균형을 이룬 디저트는 형인에게 곧 그들의 세계를 의미했다. 학부모나 학생 모두 옷차림에 품위가 있었고, 그들의 말과 행동 또한 점잖았다. 그들이 형인의 출신 대학이 아니라 출신 학과를 물을 때, 그녀가 맡은 업무의 중요성을 칭찬하고 감사를 전할 때, 형인은 지금껏 자신이 한 번도 속해본 적 없는 평화롭고 수평적인 사회 안에 있다고 믿었다. 그 아둔한 믿음과 안심이 그녀에게 견딜 수 없는 모멸감으로 되돌아올 줄은, 형인은 상상조차 하지 못했다. 선이 두고 간 쿠키도 며칠 전 학부모가 사 온 것이었다. 모두에게 공평하게 주어졌던 고소하며 쌉싸래하면서도 시큼한 맛을 내는 쿠키의 맛을 형인은 기억하고 있었다. 지나친 경계심 때문에 사람들 속에 쉽사리 섞여 들지 못했던 자신이 그 하찮은 달콤함에 취해 있었다는 사실은 수치스러웠다. 혀끝에 떠오르는 쿠키의 맛을 더는 견딜 수 없었다. 형인은 자신의 혀끝을 세게 깨물었다. 연하고 보드라운 혀끝을 씹으며, 그녀는 눈앞에 놓인 쿠키 상자를 깊고 어둡고 텅 빈 서랍 속으로 밀어 넣어버렸다.

형인은 잠시나마 비행기가 제때 착륙할 수 없을지도 모른다는 예감, 아니 그러기를 바랐던 스스로의 나약함을 힐난한다. 공항이 가까워 올수록 안개는 옅어졌다. 수진이 탄 비행기는 지연 없이 도착할 것이다. 형인은 수진의 한글 이름과 영문 이름이 나란히 적힌 A4 용지를 말아 쥐고 입국 게이트의 안전 펜스에 몸을 기댄 채 계속해서 밀려 나오는 사람들의 얼굴을 일별한다. 공항에는 너무 많은 얼굴이 있고, 수많은 얼굴들은 뒤섞인다. 수진을 알아볼 수 없을지도 모른다. 초조하다. 형인은 휴대전화에 저장된 수진의 사진 몇 장을 거듭 확인한다. 수진은 한 장의 사진 속에서는 활짝 웃고, 다른 사진 속에서는 무표정하며, 또 다른 사진 속에서는 흐릿하다. 형인은 간혹 조금도 닮지 않은 사람을 수진이라 착각하기도 한다. 수진을 알아보지 못할지도 모른다는 불안감은 아이러니하다. 형인은 그녀에 대한 수많은 정보를 가지고 있다. 부모의 직업과 사는 곳, 그녀가 다니는 미국 보딩스쿨의 이름과 지난 학기 수학경시대회에서 받은 상과 그녀가 결성한 수학 역사 동아리의 이름, 겨울방학에 스페인에 머문 이유와 지금까지 투어를 다닌 대학의 목록에 대해서도. 과거의 일뿐만 아니라 12학년이 되는 가을 학기에 수강할 과목과 여름방학 중 준비하게 될 대입 원서의 개수도 안다. 형인은 결전의 날을 준비하듯 수진의 컨설팅 파일을 꼼꼼히 읽었다. 그러나 형인은 무엇도 예측할 수 없었다. 예측할 수 없다는 사실이 그녀를 두렵게 만든다. 그것은 또 다른 위험이다. 그녀가 모르는 것, 수진의 진짜 얼굴. 혼란스럽게 교차하는 낯선 얼굴들 속에 서서, 형인은 다시금 익숙한 불안에 빠져든다.

수진이 게이트를 빠져나온다. 형인은 한눈에 그녀를 알아본다. 활짝 웃거나 무표정하거나 흐릿한 얼굴이 동시에 거기에 있다. 말아 쥐었던 종이가 빳빳하게 펼쳐진다. 형인은 수진이 자신을 발견하기를 기다린다. 수진의 시선을 좇으며, 하이힐을 신은 발가락 끝이 짓눌리는 것을 느낀다. 문득 형인을 향한다고 생각한 시선이 엉뚱한 곳을 향해 이동한다. 마치 형인을 시험하는 것처럼 보이기도 한다. 그럴 수도 있다. 그녀라면, 형인에게 무릎이라도 꿇고 용서를 빌라던 그의 아버지를 떠올리면, 놀라운 일은 아니다. 어쩌면, 수진이 아닐지도 모른다. 겨우 3, 4미터의 거리를 두고 온갖 가능성을 저울질한다. 여자는 수진보다는 좀 더 나이를 먹은 것처럼 보이기도 한다. 능숙한 화장과 누구나 알 법한 명품가방, 긴 생머리에 편안한 검정 원피스까지. 그러나 성인 여자의 분위기를 풍기는 10대들은 흔하다. 유심히 관찰하면 분별할 수 있다. 수진이 맞다. 분명 수진이다. 눈이 마주친다. 하얀 이를 드러내며 환히 웃는 얼굴이 사진 속의 그것과 똑같다. 형인의 심장이 빠르게 뛰기 시작한다.

이름이 잘 안 보여서.

펜스 너머에 여행용 캐리어를 세운 수진의 얼굴에 환한 미소가 떠오른다. 그녀는 지금까지의 일들을 까맣게 모르는 양, 혹은 형인이 자신의 시험을 망친 장본인임을 모르는 것처럼 행동한다. 처음 보는 형인을 반가운 친구 대하듯 웃는 낯으로 대한다. 순간적으로 형인의 얼굴은 무표정하게 굳는다. 그녀는 수진의 눈을 똑바로 보지 못한다. 짐을 받아주겠다는 뜻으로 오른쪽을 가리키자 수진이 손사래를 친다.

거기서 기다리세요. 제가 그쪽으로 갈게요.

사장이 형인을 채용한 것은 공교롭게도 그녀가 유관 업무의 경력이 전무하기 때문이었다. 면접장에서 사장이 던진 질문이라고는 그녀가 이력서에 적어 넣은 정보들을 확인하는 것이 전부였다. 그는 회사가 왜 일반적인 유학업체와 다른지를 설명하는 데에 면접 시간 대부분을 할애했고, 이 사업의 가장 중요한 고객이 소위 상류층의 자제들이라는 얘기를 누누이 강조했다. 학생들의 진학부터 취업까지 모든 것을 책임지고 설계하는 것이 회사의 일이라고 했다. 그는 지원자 대부분이 유학원 데스크의 업무를 본 경험이 있다는 것을 탐탁찮아 했다. 회사가 요구하는 업무가 유학원 데스크의 그것과 별반 다를 것이 없었음에도 불구하고, 유학원 출신의 직원들이 결코 회사의 비전을 이해하지 못한다고 여겼다. 지방대 비서과를 나온 형인의 학벌이나, 다른 지원자들에 비해 현저히 낮은 토익 점수를 사장은 대수롭지 않게 여겼다. 그녀가 어렵사리 업무에 필요한 영어 회화 수준에 관해 물었을 때, 사장은 크게 웃었다.

이 회사에 영어 잘하는 사람은 넘쳐납니다. 우리 회사 소속 컨설턴트 대다수가 아이비리그 출신이죠. 나는 출신 대학이 한 사람의 능력과 인성을 가늠하는 기준이 될 수는 없다고 생각해요. 형인 씨의 가능성을 본 겁니다. 나는 늘 한발 앞서 나가야 한다고 생각하는 사람이니까요.

미국에서 학창 시절을 보냈다는 사장의 사고방식이 형인에게는 낯설었다. 그것은 행운이기도 했다. 그녀는 많은 것을 바라지 않았다. 가능한 전보다는 오래 머물 수 있는 일자리가 필요했고, 지나치게 친밀한 관계를 요구하지 않는다면 더 좋았다. 그게 전부였다. 면접을 마치고 34층의 복도를 떠날 때 형인의 눈에 창밖의 풍경이 스쳐 지나갔다. 아찔했다. 그 허공 위에서 불안에 떨지 않고 살아가는 사람들의 속내가 궁금했다. 그러다 문득, 어쩌면 그녀가 느끼는 수많은 두려움을 느끼지 않고 살아가는 사람들의 세계에 자신이 발을 들여도 좋을까 하는 의문이 들었다. 불안했지만, 그녀는 잠시나마 존중받고 있는 기분을 느꼈고, 그 기분이 미처 사라지기도 전에 단정한 유니폼을 착용한 안내 데스크의 직원들이 허리를 구부리며 그녀를 배웅했다.

언니, 우리 아빠 때문에 되게 곤란했죠?

수진은 자연스럽게 형인을 언니라 부른다. 형인은 그녀의 친근함이 달갑지 않다. 만일 형인이 컨설턴트였다면, 수진은 그녀를 언니가 아닌 선생님이라 불렀을 것이다.

리무진 버스 타도 됐거든요. 그런데 엄마 아빠가 극성이기도 하고, 언니한테 사과하고 싶기도 하고.

수진의 사소한 말과 행동이 자꾸만 형인을 얼어붙게 만든다. 그녀는 형인이 답을 하지 않아도 쉴 새 없이 말을 걸어온다. 보행 신호에 불이 들어온다. 수진의 왼발이 차도 위로 뛰쳐나간다. 멈춰 선 거대한 버스 뒤에서 승용차 한 대가 튀어나오는 것을 그녀는 보지 못했다. 형인은 반사적으로 수진의 팔을 세게 움켜쥔다. 아직은 안 돼. 여기서 너에게 나쁜 일이 생기는 건 용납할 수 없어. 그런 말이 형인의 머릿속에 떠오르지만, 형인은 언제나 떠오르는 대부분의 말을 입 밖으로 꺼내지 않는다. 삼켜야 한다는 것을 안다. 아슬아슬하게 정지선 바깥에서 급브레이크를 밟은 승용차 안의 운전자가 고개를 꾸벅인다. 수진의 얼굴을 살핀다. 해맑은 미소가 금세 되돌아온다. 수진을 붙잡았던 형인의 손을, 이번엔 수진이 낚아챈다.

이걸로 그 일은 없었던 걸로 해요. 미리 확인하지 않은 건 제 잘못이기도 하니까요.

등록이 잘못된 건 우리 탓이니까.

겨우 입을 뗀 직후에, 형인은 스스로의 발언에 놀라고야 만다. 그녀는 그제야 사장이 습관적으로 건넨 말의 의미를 깨닫는다. 그 말이 누군가 홀로 책임을 지지 않도록 하려는 것이 아니라, 그 누구도 책임으로부터 자유로울 수 없도록 만들려는 것이었다는 사실을. 사장이 우리라는 단어를 내뱉을 때마다 형인은 아무런 반발조차 할 수 없었고, 그저 자신의 의지를 포기하는 것이 그녀가 선택할 수 있는 전부였다. 앞으로 자신이 저지르려는 일이 그 말의 힘에서 벗어나려는 것에 다름 아니라고 형인은 스스로를 설득한다. 그녀도 한때는 분명 수진에게 진심으로 사과를 하고 싶었다. 그들이 형인을 이렇게까지 부당하게 대우하거나 몰아붙이지 않았다면, 진심 어린 사과는 결코 어려운 일이 아니었다. 그들이 형인을 이렇게 만든 것이다.

한편으로 형인은 당혹감을 느낀다. 결코 확신한 적은 없지만, 수진의 말과 행동은 예상 밖의 것투성이다. 그녀는 형인에게 먼저 사과를 건네고, 짐을 들어주겠다는 형인의 손을 한사코 거절하며, 아무런 갈등도 없이 화해의 손을 내민다. 그것이 형인의 마음을 되돌리는 것은 아니지만, 덫에 걸린 기분이다. 그들의 친절이 오직 그들에게 유리할 때에만 유효했다는 사실을, 형인은 잊지 않으려 애쓴다. 수진은 그들에 속한다. 수진은 그저 자신의 부모에게 악역을 떠맡기려는 것뿐이다. 그것이 오히려 형인에게 더 큰 모욕을 준다는 것을, 그녀는 알고 있을 것이다. 그녀의 말과 행동은 형인이 분노할 수 없게 하고 순종하게 한다. 수진은 거의 완벽해 보인다. 결코 어떤 실패나 실수도 그녀의 자존감을 훼손할 수 없을 것이다. 굳이 비교 우위에 서지 않아도 상대를 초라하게 만드는 경험이 수진에겐 익숙하리라는 것을 형인은 안다.

이 길이 아닌 것 같은데요.

형인의 차가 바다 위의 다리를 되돌아 건넌다. 수진은 곧장 잘못된 길로 들어섰다는 사실을 알아차린다. 형인은 수진의 주소를 묻지 않았고, 수진 역시 형인에게 주소를 아는지 묻지 않았다. 수진은 당연히 자신을 위해 모든 것이 준비되어 있으리라 생각한 것이다. 그게 그녀의 진짜 얼굴이다. 수진의 집으로 가려면 반대편 공항도로를 이용해야 한다는 사실을 형인은 이미 알고 있다. 그러나 애당초 수진의 집으로 가는 계획은 형인의 머릿속에 존재하지 않는다. 형인은 그저 실수라고 답할 것이다. 그녀는 앞으로의 계획을 곱씹는다. 사과를 구하고, 먼 길을 돌아갈 구실을 찾고, 수진의 환심을 살 말들을 건넬 것이다. 진심이 필요하지만 않다면, 조금도 어렵지 않다. 노예는 노예를 연기하지 않아도 된다는 사실을 수진은 절대로 눈치채지 못할 것이다. 수진과 그녀의 부모에겐 형인이 그들의 가정에 치명적인 위해를 가할 수 있으리라는 상상조차 불가능할 것이다. 그들은 형인과 같은 사람들과 함께 살아가기를 원하고, 그것이 가능하다 믿을 것이다. 그들에게는 모욕하고, 짓밟고, 망가뜨릴 대상이 필요하다. 그들은 형인이 그들과 영구히 공존하기를 바란다. 계약을 해지하는 것은 오직 그들의 권리이다. 그러나 이번에 그 규칙을 깨뜨리는 쪽은 형인이다. 형인이 느끼는 것들을 그들 또한 느껴야만 한다. 그것이 공평하다.

만났어. 이 언니랑 저녁 먹고 들어가려고. 어차피 집에 사람도 없잖아.

거짓이다. 수진의 입에서 쏟아져 나오는 말들은 성의가 없고 거칠다. 형인은 핸들을 세게 붙들며 옆 좌석을 곁눈질한다. 수진의 손에 휴대전화가 들려 있다. 부모와의 통화가 틀림없다. 부모를 대하는 그녀의 태도는 형인을 대하던 것과는 사뭇 다르다. 그녀는 전화기에 대고 함부로 말을 지껄이며, 형인에게는 걱정 말라는 듯 눈웃음을 보낸다. 자신이 얼마나 허기가 진 상태인지, 열 시간이 넘는 비행을 한 딸을 마중 나오지 않는 부모가 얼마나 무책임한지, 짧은 여름방학 대부분을 한국에서 머무는 게 얼마나 시간 낭비인지 따위를 원망 섞인 말투로 늘어놓는 그녀는 자신의 부모를 무척이나 능숙하게 다룬다.

엄마가 뭘 알아.

그보다 그들의 관계를 잘 함축하는 말은 없을 것이다. 수진이 그들의 모든 것을 장악한다. 그녀의 부모는 두 해만 지나면 아이비리그에 진학하게 될 외동딸 앞에서는 속수무책일 것이 틀림없다. 그들은 그것을 위해 아낌없이 희생하기를 원할 것이다. 형인의 이름은 그 희생의 목록에 기록조차 되지 않을 것이다.

기왕 이렇게 된 거, 드라이브 시켜주시는 거죠?

전화를 끊은 수진은 한없이 애교스럽고 다정한 얼굴로 되돌아온다. 형인은 수진의 웃음에 웃음으로 답한다. 계획이 형인의 예상보다 훨씬 수월하게 진행되고 있다.

안개가 걷혔네. 아깐 거의 앞이 안 보일 지경이었는데.

형인은 혼잣말을 하는 양 중얼거린다. 이제 형인의 차례이다. 수진이 완전히 경계심을 풀도록 만드는 것은 형인의 몫이다. 그러나 수진은 돌연 입을 다물며 창밖으로 시선을 돌린다. 겨우 몇 시간 만에 완전히 맑아진 하늘이 낯설다. 구름은 모두 쓸려 갔고, 하늘은 너무 어두워 바다와 하늘의 경계를 분간할 수 없다. 선명한 시야 속에서도 다리의 끝이 보이지 않는다.

장관이었겠다.

안개처럼 부연 목소리가 형인을 뒤흔든다. 갑작스러운 적요는 위협적인 사이렌과 마찬가지로 차 안의 공기를 수축시킨다. 잠시 형인의 눈에 수진의 옆얼굴이 신비롭게 보인다. 옅은 갈색 피부 때문에 그녀의 흰자위는 희다 못해 파랗다. 사려 깊은 눈동자 안에 창밖의 풍경이 쏟아진다. 수진이 창문을 연다. 짜고 습한 바람이 머리카락을 휘저으며 지나간다. 수진이 소리를 지르기 시작한다. 인생에서 두려움의 감정이라고는 단 한 번도 느껴보지 못한 사람처럼, 수진이 불쑥, 덥고 습한 바람 속으로 긴 팔을 밀어 넣는다.

애초에 그것은 적의가 아니었다. 공포였다. 형인은 사장이 사무실을 나간 직후 사무실 바깥으로 뛰쳐나왔다. 공기가 희박했다. 사무실은 34층에 있었다. 회사는 이름만 대면 누구나 알 만한 고층 빌

딩의 사무실 몇 칸을 임대해 사용하는 중이었다. 상담이나 수업이 필요할 땐 시간당 비용을 지불하고 회의실을 대여받았다. 비슷한 지출로 훨씬 넓고 쾌적한 사무실을 얻을 수 있었을 것임에도 불구하고 사장은 렌탈 서비스를 고집했다. 그런 요소들이 회사의 품격을 결정한다고 사장은 믿었다. 각각의 사무실은 물론 34층의 복도에 들어오려면 지정된 카드 키가 필요했고, 유니폼을 입은 렌탈 업체 여직원들이 모든 출입자들의 신분과 방문 목적을 확인했다. 입주 회사의 직원들을 위해 간단한 아침과 간식이 제공되었고, 카페테리아의 냉장고엔 온갖 종류의 음료가 가득했다. 한때나마 형인에게 쾌적하고 안락하게 느껴지던 사무실이 이제는 그녀의 숨통을 죄고 있었다. 온통 유리로 만들어진 건물 외벽에는 창문이 달려 있지 않았고, 신선한 공기를 마시기 위해서는 초고속 엘리베이터에 탑승하는 수밖에 없었다.

복도는 건물 가장자리를 따라 원을 그리며 이어졌다. 유리벽으로 뜨거운 햇살이 쏟아지고 있었지만 카디건을 입지 않으면 감기에 걸릴 정도로 공기가 찼다. 형인은 유리벽 앞에 놓인 바에 기대앉았다. 창문을 만들지 않은 이유를 알 것 같았다. 형인이 두려움 없이 살 수 있는 장소 같은 것은 없었고, 오직 그러한 사람들만이 존재했다. 형인과 같은 사람들은 그런 곳에 오래 머무르면, 여지없이 그 허공을 향해 발을 뻗어보고 싶을 것이다. 그때의 의지란 그 자신의 의지와는 무관한 의지일 것이다.

괜찮아요?

화들짝 놀란 형인이 뒤를 돌아보았다. 선이었다. 근심이 가득해 보이는 얼굴에 땀이 맺혀 있었다. 그는 덩치가 컸고, 땀을 많이 흘렸고, 말수가 적었지만, 엉뚱하게 사람을 웃겼고, 사교성이 있었다. 애당초 잘 웃지 않는 형인이었지만 가끔 선이 던지는 영어식 농담 앞에서는 더더욱 웃는 연기조차 할 수가 없었다. 그럴 때면 그는 따라 웃으라는 듯 먼저 나서서 웃음을 터뜨렸다. 그 외에 형인은 그가 어떤 사람인지 판단할 수 없었고, 그저 간혹 그의 체취가 불편했다. 늘 밝은 표정으로 사람을 대하던 선의 얼굴이 어두웠다. 그는 들고 있던 파일을 내려놓고 주전자 안에서 잔뜩 졸아든 커피 두 잔을 들고 형인 옆에 앉았다. 작은 잔을 가득 채운 뜨거운 커피가 출렁이는 모습을 바라보며 형인은 주먹을 말아 쥐었다.

사장님이랑 얘기를 좀 했어요. 그건 부당하지 않냐. 물론 이게 마지막이라고 하시지만, 원하지 않으면 하지 않겠다고 말해도 괜찮아요. 다른 직원들도 다 그렇게 생각할 거고요.

선은 냅킨으로 땀을 닦으며 커피 잔을 들어 올렸다. 테이블 위에 커피 몇 방울이 떨어졌다. 이번에는 땀을 닦던 냅킨으로 바에 흐른 커피를 닦았다. 하얀색 냅킨이 커피를 빨아들였다. 그를 지켜보는 동시에 형인의 마음속에서 어둡고 축축한 무엇인가가 머리를 들어 올렸다. 선이 곤란한 표정으로 막 말을 시작하려는 중이었다. 형인이 자리에서 일어났다.

먼저 일어나보겠습니다.

그녀는 아주 잠시 선의 눈을 바라보았다. 어색하게 눈을 깜빡이다 먼저 시선을 피한 것은 선이었다. 그는 얼굴에 떠오르는 무안함을 감추듯 뜨거운 커피를 후루룩 들이켰고, 넘칠 듯 넘치지 않는 다른 한 잔의 커피가 형인의 눈엔 당장에라도 끓어 넘칠 듯 위태롭게 보였다.

도심을 거쳐 집으로 가기를 원한 건 수진이다. 그녀는 다리를 되돌아가기를 바라지 않았다. 어차피 형인에게도 차를 돌릴 계획은 없었다. 그녀는 수진에게 나쁘지 않은 생각이라고 답한다. 모든 것이 순조롭다. 차가 도심을 가로지르는 동안 수진은 시시콜콜한 일상의 이야기들을 늘어놓는다. 유학생들이 많은 학교를 선호하는 이유는 인종차별이 덜하기 때문이라는 이야기나, 자신이 수학과에 진학하려는 이유가 한국 유학생 대부분이 그러하듯 수학을 좋아하기보다는 잘하기 때문이라는 이야기, 엄격한 보딩스쿨 기숙사에서 담배를 피우다 적발되어 한국으로 돌려보내진 친구의 이야기 따위. 아버지의 병원은 그냥 성형외과가 아니라 모발이식 전문 센터인데, 정작 아버지는 머리를 심을 생각이 없다는 게 의아하다는 이야기. 감정의 변화를 크게 보이지 않던 형인마저 실소를 터뜨리자, 그녀는 박수까지 치며 웃기 시작한다. 이 웃음이, 호의가, 다정함이 언제까지고 지속되지는 않으리라는 사실을 잊지 말라고, 형인은 스스로를 단속한다.

언니, 다시 한 번, 진심으로 사과하고 싶어요.

화려한 시가지가 끝나는 지점에서 수진이 불쑥 말을 꺼낸다. 그녀의 목소리가 낮아진다.

전 부모님이 바라는 걸 충족시켜줄 뿐이에요. 그렇게 하지 않으면 자신이 누려야 하는 권리가 침해당한다고 생각하는 분들이에요. 왠지 언니는 입이 무거운 사람 같아서 하는 소린데요. 이건 선생님한테도 비밀이고요. 물리적인 거리가 있잖아요. 그건 부모님이 더는 저를 통제할 수 없다는 뜻이기도 해요. 부모님은 절대로 그렇게 생각하지 않겠지만요.

형인은 고개를 끄덕일 뿐 별다른 반응을 보이지 않는다. 수진이 또다시 침묵한다. 수진은 1년 만에 한국에 왔고, 열네 살 이후에는 서울 외의 다른 도시를 구경한 적이 거의 없다고 했다. 그녀는 해방감에 젖어 있었다. 형인은 수진이 자신을 믿기 때문이 아니라, 일시적인 기분에 도취되어 있을 뿐이라는 걸 안다. 형인이 아무것도 아니기 때문에, 그저 낯선 사람이고, 또한 자신에게 해가 되는 짓은 할수 없으리라 여기기 때문에 함부로 자신의 이야기를 털어놓는 것이다. 그러나 수진의 말에서 설명하기 어려운 묘한 여운이 감지되고, 형인은 더 이상 그녀가 자신의 내밀한 이야기들을 털어놓지 않기를 바란다. 그녀의 쾌활함 뒤에 감춰진 고요함, 다리를 건너며 보았던 그 짧은 순간의 정적을 떠올리며 형인은 못내 찜찜한 기분을 떨칠수 없다.

잠깐, 잠깐만요.

수진이 창밖을 가리키며 소리친다. 형인은 속도를 줄인다. 시내를 벗어난 지 채 10분이 지나지 않은 동네의 풍경은 싸늘하다. 도무지 타고 내릴 사람이라고는 없어 보이는 길 한복판에 버스정류장 표지판이 서 있다. 차는 버스정류장 앞에 멈춰 선다. 정류장 뒤편으로는 산을 깎아 만든 공사 부지가 있고, 부지 깊숙한 곳에 아직 반도 올라가지 못한 건물 하나가 눈에 들어온다. 도로 건너편의 너른 땅은 밭인지 개발을 위해 파헤쳐놓은 황무지인지 분간할 수 없다. 그 너머로 보이는 대형 아파트 단지에서 밝은 빛이 뿜어져 나온다.

트렁크 좀 열어주세요.

이유를 묻기도 전에 수진이 문을 열어젖힌다. 그리고 곧장 트렁크를 향해 성큼성큼 걷는다. 트렁크를 두드리는 소리가 들려온다. 트렁크를 연다. 룸미러 안의 수진이 사라진다. 형인은 수진을 따라 차에서 내린다. 트렁크 안에서 커다란 가방을 끌어내리는 수진의 뒤에 선 형인은 트렁크 깊숙이 놓여 있는 종이 상자를 말없이 바라본다. 수진은 상자에는 아무런 관심을 보이지 않는다. 가방 속에서 눌러 담은 짐들이 튀어나온다. 가방 안의 짐이 지나치게 많다. 수진은 짐을 아무렇게나 풀어헤친다. 짐들이 아스팔트 바닥에 뒹구는 것도 아랑곳하지 않는다. 갖은 생필품과 빨지 않은 옷가지, 구겨진 배낭과 몇 권의 책, 그리고 캠코더……. 그녀는 옷가지로 둘둘 감아놓은 캠코더를 꺼내 쪼그려 앉은 무릎과 가슴 사이에 끼우고 두 팔로 흩어진 짐들을 끌어모은다. 두 무릎에 체중을 실어 누르자 쓸어 담은 짐이 무릎 양옆으로 밀려 나온다. 형인은 보다 못해 수진의 곁에 주저앉아 함께 가방을 눌러 닫으며 사위를 살핀다. 도로 양옆에 일정한 간격으로 줄지어 선 가로등 불빛은 도로가 휘어지는 지점에서 서로 엇갈리며 어지러운 무늬를 만든다. 눈을 감는다. 눈을 감아도 빛은 감지된다. 땅이 진동한다. 눈을 뜬다. 반대편 차선에서 대형 화물 트럭 한 대가 빠르게 달려온다. 트럭의 전조등이 형인의 눈에 빛을 쏟아부으며 지나간다.

가방이 잠기지 않자 수진이 다시 가방을 열어젖힌다. 형인은 옷더미 사이로 삐죽 튀어나온 책들의 표지에 온통 필름, 시네마, 카메라 같은 단어들이 영문으로 적혀 있는 것을 발견한다. 형인은 갑작스러운 빛에 놀란 눈을 비빈다.

영화 좋아해?

무심결에 튀어나온 질문이었다. 수진은 대답 대신 앓는 소리를 내며 다시 한 번 가방 뚜껑을 덮는다. 가방이 겨우 잠긴다. 가방의 배가 단단하게 부풀어 있어 잠금장치는 얼마 못 가 망가질 것 같다. 형인은 자신의 질문이 실수였을지도 모른다고 자책한다. 그녀는 수진을 채근하는 대신 함께 가방을 들어 올린다. 짐을 싣는 것은 내리는 것보다 어렵고, 형인은 트렁크에 짐을 실으며 그것이 누군가의 시신이라도 되는 양 주위를 두리번거린다. 수진의 체구를 확인한다. 여행 가방 안에 들어가기에 그녀의 키가 너무 크다. 머리와 몸통과 팔다리를 나눈다면 가능할지도 모른다. 상상만으로도 잔혹한 범죄다. 형인은 몸을 떤다. 생각을 지운다.

저기 잠깐만 가도 되죠? 언니도 같이 가요.

수진이 짓다 만 건물 공사 현장을 가리킨다.

대신에, 비밀이에요. 약속 꼭 지켜야 돼요.

형인은 엉겁결에 고개를 끄덕인다.

그간 들여다본 수진의 파일에 영화나 사진 촬영 같은 취미가 있다는 정보는 전무했다. 적성 검사와 진로 상담 내역이 꼼꼼히 기록된 파일 안에는 학생의 특기나 취미는 물론이거니와 자질구레한 경험이나 교우 관계까지 모두 들어 있었다. 책과 캠코더를 짊어지고 다닐 정도라면 파일 안에 정보가 들어 있어야 마땅했다. 형인은 차 안에서 말을 멈추고 휴대전화를 들어 창밖을 촬영하던 수진의 모습을 떠올렸다. 대수롭지 않은 일이었다. 그러나 이번에는 다르다. 수진의 가족조차 알지 못하는 수진에 관한 무언가를 형인은 목격하고 있다. 수진은 이미 공사 현장을 향해 걷기 시작했다. 형인은 망설인다.

그때 멀리서 걸어오는 사람의 실루엣이 눈에 들어온다. 차량이 아니고서는 누구도 다니지 않는 거리를 걷는 사람이 그녀를 향해 오고 있다. 형인은 재빨리 수진 쪽으로 몸을 돌리며 깜빡이는 비상등을 끄지도 않은 채 자동차의 문을 잠근다. 짧게 울리는 비프 음에 행인이 멈춰 선다.

언니 진짜 비밀로 해줘야 해요.

몇 발쯤 앞서 걷던 수진이 형인을 돌아본다. 그녀의 손에 들린 캠코더의 불빛이 형인을 향한다. 형인이 손을 들어 빛을 가리자, 수진이 황급히 캠코더를 떨군다. 그녀는 멈춰 선 채로 형인의 답변을 기다린다. 형인이 고개를 끄덕인다. 수진은 다시 등을 보이고 걷는다. 형인이 신은 구두의 날카로운 굽이 무르고 축축한 흙 속을 파고든다. 걷기가 수월치 않다. 도처의 물웅덩이와 잡초, 쓰레기를 피하기 위해 고개를 숙이고 걸어야 한다. 가로등 불빛 때문에 완전히 어둡지는 않다. 그림자는 사방으로 흩어지며 자란다. 불투명한 반점들이 시야에 떠다닌다. 눈이 시큰거린다.

사실 지난겨울에 스페인에만 있었던 거 아니에요. 절반은 보스턴의 친구 집에 있었어요. 그때 시도 때도 없이 뉴욕에 갔거든요. 이거정말 비밀인데요.

그래.

형인의 대답은 짧다. 한낮의 맹렬한 더위가 한풀 꺾이긴 했지만공기는 여전히 습하고 땀에 젖은 얇은 블라우스가 팔과 가슴에 감겨온다.

아무튼, 보스턴에서 뉴욕으로 가는 불법 심야버스가 있거든요. 그걸 타고 다녔어요. 승객만 차면 출발 시간 같은 건 신경도 안 써요. 상상을 초월할 정도로 과속을 하고요. 모두가 잠들어 있는데 나만 깨어 있었어요.

그게 왜 비밀인데?

언니……, 정말로 비밀인데요. 저 영화 찍을 거예요.

공사 부지 뒤편의 산 위에서 나뭇가지들이 바람에 흔들리고, 그소리는 극적으로 느껴진다. 수진은 계속해서 나아가고, 형인은 멈춰 선다. 수진의 목소리가 서서히 멀어진다.

일단 수학과에 가긴 갈 건데. 솔직히 저한테는 그게 어려운 일도아니고요. 부모님이 내 인생을 맘대로 할 수 없을 때, 그땐 정말 내가 하고 싶은 걸 할 거예요. 뉴욕필름아카데미 알죠?

형인은 수진이 남몰래 갖고 있는 취미 정도가 있었으리라 짐작할 뿐이었으므로, 그것은 다소 놀라운 고백이다. 그러나 그녀의 얼굴에 놀란 기색은 떠오르지 않는다. 형인은 고백의 내용보다는 수진이 어째서 저토록 결연한 태도를 가져야 하는지가 더욱 의아하다. 어느새 형인의 얼굴을 살피고 있던 수진은, 그녀의 반응이 못마땅하다는 표정이다. 무엇을 바라는 걸까.

그래서, 지금 이게 그 영화라는 것과 관련이 있다는 거니?

아주 잠깐, 수진이 분한 표정을 감추지 못한다. 그녀는 형인을 쏘아보더니 이내 어깨를 떨어뜨리며 한숨을 내쉰다. 그리고 다시 걷기 시작한다. 이윽고 그녀의 두 발이 짓다 만 건물 앞에 멈춰 선다. 가까이에서 보는 회색의 콘크리트 건물은 이미 오래전에 공사를 중단한 듯 보인다. 시멘트로 포장을 한 건물 앞마당을 제외하면 다져놓은 땅은 모두 부풀어 일어났고, 잡풀이 무성하다. 녹슨 파이프들과 더럽혀진 방수포, 못 박힌 각목과 더러운 물이 가득 고인 드럼통들이 아무렇게나 나뒹군다.

호러 무비, 찍을 거예요.

거의 모든 경우에 즉흥적으로 계획을 변경하는 것은 옳지 않다. 그러나 더러는 더 나은 선택지가 있다면, 과감하게 그것을 선택해야 한다. 형인은 건물의 외관을 살피며, 이곳이 최적의 장소라는 것을 직감한다. 그렇게 생각하며, 무의식적으로, 형인은 둥글고 매끄러운 수진의 발음을 따라해본다. 되새김질하듯, 여러 차례, 자신의 혀가 수진의 것처럼 부드럽다고 느껴질 때까지. 혀끝에 달콤했던 디저트의 맛이 되살아난다.

　호러 영화 찍을 거라고요.

　수진의 목소리가 공터를 가로질러 크게 울려 퍼진다. 건물의 안쪽에서 메아리친 목소리가 되돌아온다. 형인은 수진의 간절한 부름에 응하지 않고, 차를 세워둔 곳으로 시선을 돌린다. 멀리서 다가오던 사람이 이제는 형인의 차 가까이 다가와 있다. 그러나 멈추지 않는다. 가로등 밑으로 사람이 지나간다.

　목줄이 풀린 개가 짖는다. 누군가는 말한다. 뛰지 말고 가만히 있어. 개를 자극하지 마. 그녀가 묻는다. 달리지 않으면 정말 저 개가 내 다리를 물어뜯지 않는다고 장담해? 누구도 답하지 않는다. 내리막길을 내려오던 자동차 한 대가 속도를 줄인다. 까맣게 코팅을 한 유리창은 차의 내부를 보여주지 않는다. 길 양옆으로 늘어선 주차된 차량 사이로 몸을 숨긴다. 누군가는 말한다. 그가 너를 위협할 거라 착각하지 마. 그녀가 묻는다. 저 운전자가 나를 해코지하지 않으리라고 장담할 수 있어? 누군가 답한다. 지금 네 앞에 있는 자동차가 너를 향해 굴러 내려올지도 모른다는 생각은 추호도 하지 않는 모양이네. 지하철이 들어온다. 쇳소리에 아기는 울음을 터뜨린다. 쇳소리보다 참을 수 없는 아이의 울음소리에 절로 미간이 좁아진다. 뒤를 돌아보면 아이의 엄마와 눈이 마주친다. 그녀는 그들에게 자리를 내주고 물러난다. 증오에 찬 아이의 엄마가 그녀를 선로 쪽으로 떠밀지 못하도록. 누군가 말한다. 너는 지금 저 갓난아기에게 처음으로 증오의 감정을 가르친 자가 되었다. 한 남자가 걸어온다. 그는 눈을 똑바로 뜨고, 이쪽을 주시한다. 남자의 손이 주머니 속에 있다. 남자의 주머니에서 시선을 뗄 수 없다. 그가 그녀를 찌르는 일은 일어나지 않을 수도 있지만, 적어도 그는 그녀 앞에서 커다랗게 기침을 하거나 가래침을 뱉고야 말 것이다. 그녀는 가장 가까운 문을 열고 들어가거나, 돌아서서 다른 길을 찾는다. 불안의 목록 : 계절감 없는 낡은 옷의 걸인, 한 방향으로 걷는 행인, 낯선 사람들로 붐비는 거리, 옆자리에서 풍겨오는 술 냄새, 낯선 사람이 건네준 음료, 텅 빈 사거리, 신호를 지키지 않는 자동차, 유리로 된 벽, 사람으로 가득 찬 에스컬레이터, 바깥이 보이는 엘리베이터, 꼬이고 늘어진 전신주 위의 전선, 좁은 골목의 모퉁이, 가파른 계단, 등 뒤의 좁고 긴 복도, 두 개 이상의 잠금 장치, 현관에 들어서는 순간의 낯선 냄새, 조리대 위에 누운 식칼, 끓는 주전자, 타는 냄새가 나는 헤어드라이어, 식지 않은 다리미, 뜨거워진 캔들 컨테이너, 전기 플러그가 잔뜩 꽂힌 콘센트, 창밖에서 들려오는 사람의 목소리, 길게 뻗은 그림자, 저절로 켜졌다가 꺼지는 현관의 센서등, 뉴스에 보도되는 사건 사고, 유리 테이블 위에 비치는 텔레비전의 화면, 뚜껑 열린 변기, 환풍구, 분홍 물때, 잠기지 않은 창문, 열린 방문, 닫혀 있는 커튼 뒤, 둘둘 말린 이불 더미, 눈 달린 인형, 밤늦은 시각의 낯선 전화, 장롱과 찬장 속, 침대와 텔레비전 선반 밑, 작은 소리, 작은 얼룩, 틈, 미미한 시선과 급습하는 잠. 밤에는 창문을 잠가야 한다. 밝은 방 안에서는 어두운 바깥의 풍경이 보이지 않는다. 방 안의 빛은 최소한으로만 허용된다. 익숙한 것 속에 가장 많은 위험이 도사리고 있다는 사실을 잊지 않는다. 옷장과 신발장, 찬장과 서랍 여닫기. 현관문과 창문을 순서대로 열고 닫기. 침대와 수납장 밑의 공간을 면밀히 확인하기. 집 안에 낯선 누구도, 무엇도 없다는 확신이 들 때까지 반복하기. 확인이 끝난 방문을 걸어 닫기. 락스 냄새 나는 화장실의 환풍기를 켜고 끈 뒤에 문을 닫기. 한눈에 둘러볼 수 있을 만큼의 공간만을 남겨두는 것. 블라인드와 커튼은 완전히 닫지 않는다. 창 위에 번진 가로등 불빛이 일그러지는 순간을 주목한다. 등 뒤의 공간은 절대로 비워두지 않는다. 혹여 벽에 등을 붙일 수 없다면, 때때로 뒤를 돌아보아야 한다. 어디선가 아주 작은 소리가 들려온다면, 가령 쓰레기통 안에서 비닐봉지가 서서히 펼쳐지는 소리가 들려온다면, 쓰레기통을 열어 확인하는 것이 좋다. 눈이 달린 인형은 집에 들이지 않는다. 잠들지 않으면 악몽을 피할 수 있는 것이 아니라, 깨어 있는 시간이 악몽이다. 어둠 속에서는 절대로 귀를 막지 않는다. 모든 소리에 신경을 곤두세워야 한다. 최악의 순간은 경계가 느슨해지는 때를 기다리다 찾아올 것이다. 누군가는 말한다. 아무리 애를 써도 정작 네게 불행한 일들이 일어나고자 한다면, 너는 결코 그걸 피할 수 없을 거야. 그녀는 답한다. 나는 오직 최악의 최악을 생각해. 나는 싸우지도, 달아나지도 않을 거야. 누군가는 말한다. 그럴 수 없겠지. 그녀는 말한다. 그래. 누군가는 말한다. 달아날 수 없을 테니까. 그녀는 말한다. 그래서? 누군가는 말한다. 차라리 먼저 끝장내는 게 낫지. 그녀는 말한다. 죽어버리기라도 하겠다는 거야? 누군가는 말한다. 그래. 그녀는 말한다. 그래. 누군가는 말한다. 그게 과연 가능한 일일까. 그녀는 말한다. 가능하지. 너도 함께 죽어버리겠지. 누군가는 말한다. 정말로 위험해지기 전에 알 수 있을까. 그녀는 말한다. 아니, 어쩌면 그보다 전에. 누군가는 말한다. 그것이 너를 위험 속에 밀어 넣기 전에. 그녀가 말한다. 그게 지금이야. 누군가 말했다.

같이 들어갈 거예요?

형인은 고개를 젓는다. 수진은 망설이지 않고 건물 안으로 진입한다. 검정이 그녀를 삼킨다. 발끝에서부터 무릎이, 허벅지가, 가슴이, 어깨가, 서서히 잠긴다. 너는 내게 등을 보이는구나. 형인은 생각한다. 수진의 몸은 캠코더의 불빛을 받아 어둡고 가늘어진다. 너는 정말로 내게 등을 보이는구나. 불빛이 건물 내부의 어두운 벽면 위에 현란하게 흔들린다. 발소리가 빈 공간을 울린다. 형인은 돌아선다. 형인의 등과 수진의 등이 마주 본다. 등과 등이 서서히 멀어진다. 땅은 질척이고 걸음은 더디다. 형인은 더 이상 수진의 환심을 사기 위해 노력할 필요가 없다. 그녀를 낯선 지하실로 끌고 갈 필요도 없다. 이제 형인은 그저 차로 돌아가 트렁크 속의 박스를 열고, 준비한 물건들을 꺼내 수진에게 되돌아오기만 하면 된다. 그녀는 아무런 의심도 경계도 없이 형인에게 곁을 내줄 것이다. 치명적이지는 않은 전류가 수진을 쓰러뜨릴 것이다. 그 물건들이 형인의 손에서 그러한 방식으로 사용될 줄이라고는 누구도 상상할 수 없었을 것이다. 수진을 묶고, 그녀의 입과 귀를 막고, 형인은 그들에게 말할 것이다. 이것이 당신들이 나를 모욕한 대가이다. 나는 아무것도 바라지 않는다. 조금도 안전하지 않다는 것을, 당신들이 제외되어 있지 않다는 것을, 당신들도 깨달아야 한다. 당신들의 딸은 온전히 돌아가지 못할 거야. 그들은 트렁크 안에서 훼손된 딸의 시신을 발견하리라 고대할 것이지만, 그녀는 곧 발견될 것이다. 처음과 다를 바 없는 모습으로, 여전히 그대로인 것처럼. 형인은 수진을 난도질하는 데에는 아무런 관심도 없다. 수진의 몫은 그저 어둠 속에 매달려 고통스럽게 발버둥 치는 형인의 모습을 목격하는 일뿐이다. 음산한 허공을 가르며 거칠게 흔들리는 형인을 바라보는 수진이 비명을 지르기를, 통곡하기를, 형인은 기도한다. 그다음의 수진은 전과 같지 않을 것이다. 설령 다르지 않다 해도, 그것이 형인의 실패는 아닐 것이다. 왜냐하면 그 세계에 형인은 더 이상 존재하지 않을 것이므로. 형인은 절대로 실패하지 않으리라는 확신이 서는 날을 기다려온 것이다. 개가 짖으며 달려올 때, 너는 무엇을 해야 할지 정해놓았다. 누군가는 말했다. 난간이 있다면 난간에서, 창문이 있다면 창문 밖으로 뛰어내리겠지. 형인은 답했다. 그들은 내가 나약하다고 생각하겠지만, 돌아온 딸을 끌어안고 안도하면서도, 결국 나약한 인간이 저지를 수 있는 범죄란 고작 그뿐이라고 생각하겠지만, 그러나 그렇지 않다는 것을 그들은 훗날 깨달을 거야. 공포 속에서 인간은 완전히 다른 존재로 다시 태어날 수 있다는 것을, 그녀의 눈 속에서 보게 될 것이다. 그것이, 형인의 계획이었다.

언니는 왜 사람들이 무서운 영화를 보는지 생각해본 적 있어요?

그런 말을 하기도 하잖아요. 안전한 위험. 실제로 자신에게 일어난
다면 견딜 수 없을 만큼 끔찍한 일들을 안전하게 체험할 수 있기 때
문이라고요. 절반의 체험 말이에요. 그런데 내가 생각하는 건 그런
게 아니거든요. 우린 이미 거기에 살고 있어요. 그저 너의 눈에 보이
지 않을 뿐이다. 나는 그런 영화를 찍을 거예요. 우리의 감각이 닿지
않는 곳에서, 우리가 볼 수 없는 눈의 사각지대에 이미 바짝 다가와
있는 그런 것들을 말이에요. 진짜 공포는 영화에서처럼 거듭된 경
고나 위협적인 현실로 다가오지 않아요. 그건 도처에 있어요. 그건
섬뜩하기보다 지루하죠. 보스턴에서 뉴욕으로 가는 심야버스 같은
거예요. 사람들은 그들이 감수하는 위험의 크기만큼 빨리 그 위험
에서 벗어날 수 있다고 믿으며 잠에 들죠. 하지만 깨어 있다면, 위험
한 순간은 지겹도록 반복돼요. 지루함에 지쳐버리죠. 너무 지루해
서 곧 우리가 그 위험 속에 있다는 사실조차 잊어버리는 거예요. 우
리가 진짜 공포를 깨닫는 건, 그것이 모든 걸 휩쓸어가버리는 순간
뿐이에요. 언니, 언니, 저 건물을 봐요. 분명 버려졌지만, 아무도 살
수 없지만, 정말로 아무도 살지 않는다고 누가 장담할 수 있죠? 이
카메라가 무언가를 포착할 때에, 카메라에 포착되지 않는 공간이
훨씬 넓은데, 우리는 저 어둠 속에 있는 걸 전부 볼 수는 없어요. 우
리의 눈은 그렇게 만들어지지 않았잖아요. 왜 꿈속의 악령들이 젊
은이들을 해칠 때, 아무도 고통스러워하지 않죠? 왜 사람들은 여자
아이들이 끔찍한 기숙학교로 보내지는 영화를 보며 자신의 아이를
기숙학교에 보내죠? 어째서 겁에 질려 저주의 말을 내뱉는 사람들

을 누구도 가엾게 여기지 않는 거죠? 언니 저는 그런 것들이야 말로 끔찍한 거라고 생각해요. 이 무시무시한 지루함에서 벗어나야 해요. 아니 이 지루함이 얼마나 무서운 것인지를 깨달아야 해요. 집으로 돌아가도 안전하지 않다는 걸요.

별다른 반응을 보이지 않는 형인을 향해 수진이 쏘아붙이듯 말했다.

흙으로 뒤범벅된 구둣발이 도로변에 들어선다. 형인은 수진의 말과 눈빛을 곱씹는다. 인도 위로 젖은 발자국이 따라온 것을 본다. 멀리 건물 안에서는 빛이 사라졌다가 나타나기를 반복한다. 트렁크를 연다. 트렁크 속의 상자를 물끄러미 바라본다. 트렁크를 닫는다. 그리고 비로소, 형인은 자신의 모든 계획을 포기한다.

경적을 울리면, 집에 갈 시간이라는 뜻이야.

경적이 울린다. 바퀴는 서서히 도로 위를 구르기 시작한다. 건물 안에서 요동치는 빛은 금세 시야에서 사라진다. 차에 속도가 붙는다. 수진이 곧 건물 밖으로 나오면, 그곳에 형인은 없을 것이다. 그녀는 밝은 곳을 향해 뛰거나 걸으며, 속옷이 땀에 젖고, 때때로 멀리서 걸어오는 낯선 사람의 그림자를 경계하며 집으로 돌아갈 것이다. 낯선 그림자가 돌변하여 그녀를 위협할 수도 있고, 그저 홀연히 사라진 형인을 떠올리며 웃을지도 모른다. 허탈함과 연민이 동시에 형인의 마음을 휘젓는다. 수진은 그들에 속하지 않는다. 누군가는 말한다. 너는 실패했어. 결국 개가 너의 다리를 물어뜯겠지. 너는 나약하고, 그 나약함이 너를 주저앉히겠지. 너는 아무것도 할 수 없을 거야. 형인은 답하지 않는다. 속도를 높인다. 공포에 맞서듯이, 수진처럼, 수진의 영화처럼. 핸드백 속의 휴대전화가 진동한다.

사이렌이 울리면 누구라도 거대한 사건이 일어날지도 모른다는 불안에 사로잡힌다. 그러나 사이렌이 곧 사건이라는 사실을, 그들은 결코 이해하지 않는다. 안개 속을 달릴 때, 형인은 생각했다.

밤새 아무도 형인을 추적하지 않는다. 형인을 추적하는 자가 없으므로 수진은 무사히 집으로 돌아갔을 것이다. 형인은 밤새도록 나타나지 않는 추적자를 기다리며 수진이 찍은 영상들을 본다. 동영상 사이트에 수진의 영문 이름과 그녀가 사용하는 아이디 몇 개를 조합해 검색하자 비슷비슷한 영상들이 줄지어 나타난다. 모든 영상이 매우 낮은 조회수를 기록하고 있다.

카메라는 아무도 살지 않는 버려진 건물 외벽을 한 바퀴 돈 후 안으로 들어선다. 어떤 것은 거의 검은 화면뿐이다. 스탠드의 불빛조차 없이 완전한 어둠 속에서나 그녀가 이동하는 경로를 지켜볼 수 있다. 형인은 미동도 없이 앉아 그것을 본다. 카메라의 불빛이 벽과 벽 사이를 스치며 일그러졌다가 펼쳐진다. 때로는 긴 복도가, 때로는 몇 개의 계단이, 때로는 누군가 살았던 흔적이 남아 있다. 깊게 들이마시고 내쉬는 숨소리와 발걸음 소리만이 가깝게 들려온다. 가끔 들려오는 사람의 목소리나 자동차 소리, 바람 소리, 빗소리, 금속이 굴러가는 소리는 멀리에 있다. 화면 속의 소리는 방 안의 미세한 소음들과 뒤섞인다. 형인은 가끔 등 뒤를 본다. 그러면 거기에 그녀의 거대한 그림자가 있다. 수진의 영상은 대부분 비슷하고, 수진의 말대로 하나같이 지루하다. 길고 지루한 화면은 때때로 아름답고, 아무런 일도 일어나지 않은 채로 수진은 어둠 밖으로 걸어 나간다. 형인의 공포와 수진의 공포가 마주 본다.

검은 화면 위에 때때로 형인의 얼굴이 비친다. 그때 누군가 분노에 찬 목소리로 말한다. 네가 충동적이고 사소한 복수심으로 그들을 해치려 했다는 게 분명해졌어. 너는 아무런 결단도 하지 못했고, 이제 그게 널 더욱 곤경에 빠뜨리겠지. 차라리 아무것도 결심하지 말았어야 했어. 목소리는 형인의 머릿속에 울려 퍼진다. 형인은 안다. 그는 낯선 사람이 아니다. 그것은 형인 그 자신이다. 언제나 그녀를 지켜보고 있는 그녀 자신이다. 그녀에게 반목하는 그녀로서, 그녀를 지키는 그녀로서 있는 자이다. 형인은 그 사실을 똑똑히 안다. 그녀는 읊조린다. 당신의 목소리가 나라는 사실을 알아. 나는 당신을 정말로 타인이라고 믿어버리는 정신이상자가 아니야. 형인은 자기 자신으로서, 자신을 지켜보며, 자신에게 질문하고, 자신으로서 답한다. 그들은 내가 저지른 일들의 원인이 아니야. 내가 바로 그들에게 주어진 결과인 거야. 형인은 또 다른 형인에게 강변한다. 이것은 적의가 아니다. 만일 형인이 복수심으로 모든 일들을 계획했다면, 그녀가 수진을 그곳에 놓아둔 채 돌아오는 일 따위는 일어나지 않았을 것이다. 너는 왜 죄책감을 느끼지? 왜 너는 밤새도록 울리는 전화기를 꺼버린 채 방 안에 틀어박혔지? 형인이 묻는다. 오직 형인 그 자신뿐인 어둠 속에서, 형인이 목소리를 낸다.

형인은 계획이 실패했다는 것을 부정하지 않는다. 다만 수진은 무고하고, 형인은 무고한 사람을 해치는 일은 온당하지 않다고 믿는다. 오히려 이번의 실패는 형인이 여전히 냉정하게 모든 상황을 통제하고 있다는 반증이다. 특별히 두렵거나 겁에 질린 것도 아니다. 그녀는 늘 겁에 질려 있었고, 이미 거의 파괴되었다고 느끼며, 언제나 완전히 파괴되기 전에 스스로를 파괴할 수 있기를 간절히 바란다. 그것은 그녀에게 있어서는 무척 익숙한 감정이다. 다만 형인은 수진을 통해 자신의 메시지를 전달하는 것이 불가능하며, 또한 무의미하다는 사실을 깨달았을 뿐이다. 수진은 그들과는 다르므로, 수진은 이미 그들 밖의 사람이므로, 형인은 실패했지만, 완전히 끝난 것은 아니다. 서서히 무너져가는 자들이 있고, 그런 사람들은 자기 자신을 파괴하지 않으면, 자기 주변의 모든 것을 박살 내고야 말 것이므로, 마치 형인이 그래왔듯이. 목격되지 않는 세계를 지켜보는 사람으로서, 형인은 자신의 의지 바깥에서 이미 무너져가는 그들의 세계를 감지한다. 거기에 형인은 없을 것이다. 그들을 거절하는 것은 여전히 형인 그 자신이다. 모든 것으로부터 혼자가 된 사람들에 대해, 형인은 생각한다.

날이 밝는다. 창밖은 차츰 소란스럽고, 밤의 미미한 소음과 진동들이 사라진다. 형인은 나갈 채비를 한다. 모든 준비가 끝났다. 아직 아무도 출근하지 않은 사무실에 수진의 짐을 되돌려놓고 출력된 퇴직 서류에 자신의 이름을 적어 넣은 후엔 위태로운 34층의 복도를 떠날 것이다. 퇴직 서류에 적힌 그녀의 이름 세 글자가 그녀의 마지막 메시지가 될 것이다. 그들이 그 마지막 메시지를 받을 것이다. 휴대전화에 전원을 넣자 순식간에 수십 개가 넘는 문자 메시지와 부재중 전화 알림이 밀려든다. 수진의 부모일 것임이 틀림없는 낯선 번호와 사장의 번호가 번갈아 찍혀 있다. 사장의 메시지에서 애원하는 듯한 목소리가 들려온다. 그는 더는 책임을 묻지 않을 테니 전화를 받으라고 썼다. 그러나 이번만큼은 결코 옳은 선택이 아니었다는 내용의 비슷한 메시지가 반복된다. 그가 이번에도 웃는 낯으로 형인을 마주할 수 있을 것인가. 형인은 질문한다. 그녀는 영영 확인할 수 없을 것이다. 아니, 확인하지 않을 것이다. 수진의 부모는 오직 전화만을 걸었다. 그들 모두의 연락이 멈춘 두어 시간의 간격, 수진은 가족의 품으로 돌아갔을 것이다. 다시 사장의 메시지가 시작된다. 형인은 한 손에는 휴대전화를 들고 다른 한 손에 가방을 든 채 현관으로 향한다. 가스 밸브와 창문의 잠금 장치, 콘센트에 꽂힌 플러그와 열린 변기 뚜껑을 이제는 확인하지 않아도 좋다. 모니터에 계속해서 수진의 채널이 재생된다.

그토록 어두운 밤을 지나왔는데도 여름의 아침은 한순간도 떠났던 적이 없는 것처럼 거기에 있다. 아직 땅이 덥혀지기 전의 서늘함이 발목을 타고 올라온다. 새로 꺼내 신은 구두가 깨끗하다. 그녀는 차를 세워놓은 공터를 향해 걸으며 다시 휴대전화의 메시지를 읽는다. 고작 몇 분 전에 들어온 선의 메시지가 눈에 띈다. 사장에 관해 긴히 할 이야기가 있으니 되도록 빨리 연락을 달라고 적혀 있다. 형인은 자동차의 보닛 위에 핸드백을 올린다. 마지막으로 사람의 목소리를 들어도 좋을 것이다. 형인은 전화를 건다. 연주자의 영혼이 담기지 않은 클래식 음악이 흐르기 시작한다.

아침 일찍 죄송합니다.

선의 목소리가 잠겨 있다.

일단은 가장 믿을 수 있는 사람에게 이야기를 해야 한다고 생각했습니다. 사장님의 학력과 관련된 거예요.

형인은 깊은 숨을 내쉬며, 잠자코 그의 말에 귀를 기울인다.

간단히만 말하면, 그간 의심스러운 것이 있어 미국의 출신 학교에 학력 조회를 요청했어요. 오늘 그런 졸업생이 존재하지 않는다는 답변을 받았습니다. 좀 전에 메일로 그쪽에서 보내온 답변을 포워딩했습니다.

형인의 고개가 비스듬히 돌아간다.

네.

일단은 비밀로 해주셔야 해요. 퇴근 후에 괜찮으시면 따로 이야기를 했으면 합니다. 이게 사실이라면 정말로 심각한 문제니까요.

네.

이른 시간에 실례였던 것 같네요. 마음이 급해서요. 회사에서 뵙겠습니다.

형인이 먼저 전화를 끊는다. 실소가 터진다. 그뿐이다. 그녀는 차에 기대선 채로 수신된 메일함을 연다. 가장 윗줄에 영문으로 된 메일이 도착해 있다. 그러나 정작 그녀의 눈길을 끄는 것은 광고 메일

사이에 있는 익숙한 메일 주소다. 수진이다. 제목조차 없는 한 통의 메일. 다리에 힘이 풀린다. 그녀는 메일을 열지 않고 운전석의 문을 연다. 보조석에 여전히 수진의 핸드백과 휴대전화가 놓여 있다. 형인은 잠시 시트에 기대앉아 수진의 얼굴을 떠올린다. 신중하고 결연한 눈빛과 얇은 입술이 떠오른다. 그리고 그러한 생각은 형인에게 카메라가 향하던 순간 뷰 파인더에 나타난 자신의 얼굴에 관한 생각으로 옮겨간다. 여름의 해는 빠르게 떠오르며 차 안을 빛으로 채운다. 차 안의 온기에 잠이 밀려든다. 메일이 열린다.

넌 내가 만만하게 보였지. 무슨 약점이라도 잡았다고 착각하지 마. 너 같은 건 아무것도 아니야. 개 같은 년.

메시지를 읽는 것과 거의 동시에 형인의 오른손에 쥐어진 차 키가 돌아간다. 엔진이 돈다. 형인은 메시지를 다시 읽는다. 몇 번이고 반복해 읽는다. 안개가 차오르던 창밖으로부터 아침이 열리는 지금까지의 모든 순간을 천천히 복기한다. 견딜 수 없는 씁쓸한 감정이 북받치는 와중에 그녀는 웃는다. 형인은 지금 누군가 곁에 있다면, 자신이 느끼고 있는 감정에 대해 묻고 싶다. 과연 이 감정을 무어라 불러야 좋을 것인가. 그러나 아무리 불러도, 그는 대답하지 않는다. 대신에 형인 그 자신의 입술 사이에서 또 다른 질문이 흘러나온다.

어째서, 너에게는 공포 또한 아름다운가.

그러자 모든 것이 선명하다. 다른 여지라고는 느껴지지 않는다. 형인은 자신과 그의 의견이 완전히 일치한다는 사실을 자각한다.

선에게 전화를 건다.

혹시, 지금 학생 주소를 확인해주실 수 있는 방법이 있나요?

새로운 목소리를 얻은 것처럼 형인은 또박또박 말을 잇는다.

실은 어제 짐 하나를 제 차에 두고 내렸어요.

어젠 집으로 데려다주신 게 아니었던 모양이죠? 아마 메일함에 사인하기 전 계약서가 남아 있을 겁니다.

근처에서 내렸거든요. 부탁드릴게요.

이른 출근을 하는 사람들이 바쁜 걸음으로 지나간다. 차에서 내린 형인이 트렁크를 연다. 그녀는 수진의 커다란 가방을 트렁크 깊숙이 밀어 넣으며 갈색 종이 상자를 끌어당긴다. 상자 속의 물건들은 가지런히 정돈되어 있다. 그것들을 내려다보며 형인은 머릿속으로 새로운 계획을 정리한다. 무언가 예리한 것이 필요하다. 필요할 것이다. 이제 그녀는 명백한 적의를 느낀다. 이번의 계획은 어떠한 변수 앞에서도 변경되지 않을 것이다. 트렁크가 큰 소리를 내며 닫힌다. 막 주차된 차에 올라타려던 남자가 인상을 쓴다. 형인이 그의 표정을 읽는다. 남자는 재빨리 차에 올라타지만, 그의 일그러진 얼굴의 잔상이 형인의 눈 속에 떠다닌다. 그녀는 남자가 본 자신의 얼굴을 상상해본다. 그리고 그의 차가 떠난 후에야 운전석으로 돌아간다. 문자가 들어온다. 수진의 집 주소일 것이다. 형인은 문자를 확인하지 않고 옷매무새를 점검한다. 단정한 옷을 입은 것이 마음에 든다. 룸미러를 기울이자 거울 속에 형인의 얼굴이 비친다. 거울을 본다. 그리고 한참 동안 눈을 떼지 않는다. 그녀는 기다린다. 거울 속에 비친 얼굴이 누구의 것인지, 결코 알 수 없게 될 때까지.

화성,
스위치,
삭제된 장면들

골목으로 줄지어 들어서는 자동차의 불빛이 집중력을 흩뜨려놓는다. 그는 아이의 낡은 침대에 누워 읽고 있던 노트를 가슴팍에 엎어놓은 채 천장을 응시한다. 헤드라이트의 섬광이 책상 위에 놓인 스탠드의 그림자를 길게 늘였다가 지운다. 다리가 저려온다. 그럴 때마다 그는 이제 아이를 아이라고 부르는 것이 어색해졌다는 사실을 떠올리고, 아이가 이 방에서 견뎌왔을 불편함을 생각한다. 언젠가부터 아이의 신체 조건에 맞는 가구를 새로 들일 수 없었다. 방에 놓인 책상, 옷장, 의자, 모든 것이 아이에게는 너무 작다. 아이가 직장을 구해 다른 도시로 떠난 것은 이 지긋지긋한 좁은 방과 장난감 같은 가구들 때문인지도 모른다.

반면 아이가 떠난 방은 그에게 세상에서 가장 안락한 공간이 되었다. 스무 해가 넘도록 사용한 침실이 낯설어진 것은 아내의 죽음 때문이었다. 그는 아내와 함께 써온 그 침실에서 편히 잠들 수 있는 날이 영원히 돌아오지 않으리라는 것을 안다.

아이는 한집에 함께 사는 내내 부모가 제 방을 드나드는 것에 불만을 표출하고는 했고, 그래서 그는 우연히 아이의 빈방에서 깊은 잠을 자고 난 뒤에도 한동안은 아주 가끔만 아이의 침대에 몸을 뉘었다. 하지만 매일 밤 불면과 사투를 벌여야 하는 그에게 아이의 침대는 거절할 수 없는 유혹이었다. 아이의 방에서 잠에 드는 날의 간격은 조금씩 줄어들었고, 이제 그는 집에 있는 거의 대부분의 시간을 아이의 방에 기거한다.

아이가 집을 떠난 지도 두 해가 넘었다. 아마도 아이는 이 도시로는 영영 돌아오지 않거나 돌아오더라도 오래 머물지 않을 것이며 더는 이 방의 소유권을 주장하지도 않을 것이다. 아이는 안부 전화를 걸어오지만, 집에 돌아올 계획에 대해서는 답하지 않는다. 그의 일상에 관해 물으면서도 자신의 일상에 대해서는 이야기하지 않는다. 그가 아내의 이야기를 시작하려 할 때면 은근슬쩍 말을 돌리거나 대화를 중단한다. 아이는 이곳의 기억으로부터 영원히 달아나려는 듯하다. 아이를 향한 서운한 마음과는 별개로, 그에게 아이의 방은 거처 안의 거처, 이 세상에서 유일하고 완벽한 안식처가 되었다.

아이에게 아내의 일기장에 관해 말하지 않은 것도 그 때문이었다. 일기장은 몇 달 전 아이의 방에서 발견되었다. 아이 방에 남아 있는 짐들을 정리하기로 결단을 내린 날이었다. 아이가 남겨두고

간 물건은 대부분 그에게나 아이에게나 추억을 환기하는 일 말고는 쓰임이 없는 것 일색이었지만, 여러모로 잘 정리를 해두는 편이 나았다. 그는 모든 것을 분류하고 상자에 담아 아내와 함께 쓰던 침실 한쪽에 쌓아 올렸다. 그러자 낡은 가구만이 덩그러니 남은 방은 더욱 낡고 허름해 보였다. 그는 방의 먼지를 털어내고 칠이 벗겨진 가구들을 닦기 시작했다. 먼지를 닦기 위해 침대에 딸린 서랍을 빼냈을 때였다. 먼지로 가득한 어두운 침대 밑 공간에 일곱 권의 노트가 놓여 있었다.

노트의 크기와 두께, 생김새는 전부 제각각이었다. 그는 노트를 발견하고, 그것이 당연히 아이의 것이라고만 생각했다. 그러나 곧 아이가 종이 노트를 사용하는 것에 익숙한 세대가 아니라는 데에 생각이 미쳤다. 그는 조심스레 가장 위에 놓인 녹색 노트의 커버를 펼쳤다. 첫 번째 페이지의 상단에는 발신인과 수신인이 굵은 펜으로 적혀 있었다. 발신인은 엄마, 수신인은 아이였다. 아내의 일기장이었다.

아이의 이름 옆에 그의 이름은 적혀 있지 않았다. 그것은 그에게 이 일기장의 열람이 허락되지 않았음을 의미했다. 그 사실을 자각하는 동시에 수많은 의문이 그를 사로잡았다. 어째서 아내가 일기를 쓰는 행위를 숨겨왔는지, 그것이 어떻게 가능했는지, 왜 오직 아이만이 일기의 수신인으로 지정되어 있는지, 질문이 꼬리를 물었다. 그의 이름이 누락되어 있다는 사실이 더더욱 호기심을 자극했다. 아이에게는 언제든 엄마의 일기장을 발견했다고 말할 수 있고,

아이보다 앞서 일기를 읽었다는 이야기는 구태여 하지 않아도 좋을 것이다. 아이가 이미 발견한 일기장을 남겨둔 채 집을 떠났을 가능성은 적었다. 그가 그걸 찾아낸 셈이었다. 그는 첫 번째 일기장의 첫 장을 읽은 후에 일곱 번째 일기장의 마지막 페이지를 펼쳤다. 거기엔 어디에선가 읽고 옮겨 적은 것으로 보이는, 그러나 특별할 것 없는 잠언 따위가 적혀 있었고, 그녀가 챙겨야 하는 일상적인 일들이 메모되어 있었다. 거꾸로 몇 페이지를 되돌아가도 대부분 엇비슷한 내용이었다. 그는 다시 첫 번째 일기로 돌아왔다. 그에게도 그녀를 추억할 권리가 있었다.

아내의 일기를 읽는 일은 좀처럼 진도가 나가지 않는다. 깊은 한숨과 함께 그의 검지가 노트의 중앙을 가로지른다. 검지의 지문이 찢기고 남은 울퉁불퉁한 종이 돌기를 짓누른다. 다시, 사라진 페이지다. 그는 자세를 고쳐 앉아 지나간 페이지들을 뒤적인다.

일기가 시작된 것은 아내가 죽기 13년 전이었다. 일기를 쓴 기간에 비하면 노트의 수가 매우 적었다. 규칙적으로 작성된 일기가 아니었다. 날짜를 정확히 기입하지 않은 날이 허다했다. 왼쪽 페이지와 오른쪽 페이지, 같은 페이지의 위쪽 절반과 나머지 절반 사이에 몇 달의 공백이 존재하는 경우가 적지 않았고, 때로 한 해의 절반을 통째로 건너뛰는 경우도 있었다. 일곱 번째 일기장의 마지막 몇몇 페이지처럼 방문한 장소와 약속 시간, 물건들의 구매목록 따위가 빼곡한 페이지가 있는가 하면, 정확한 사건이나 의미를 파악하기 어려운 문장들로 두 페이지를 가득 채운 날도 있었다. 그러나 대부분 일상적인 이야기, 그녀가 삶에서 포착한 어떤 장면, 아이의 이야기가 주를 이루었다. 눈에 띄는 사건이 드물어서 일기를 읽는 일은 기대보다 훨씬 지루했다. 그는 대충 훑어만 본 뒤에 아이에게 일기장을 보낼 계획이었다. 이야기들 사이에서 페이지가 찢겨 나간 자리가 수없이 발견되지만 않았더라면.

사라진 페이지들의 의미는 쉽게 파악되지 않았다. 처음엔 잘못 쓴 페이지 몇 장을 찢어냈을 뿐이라고 생각했지만 찢긴 페이지가 차츰 늘어나면서 의혹에 불이 붙었다. 그는 간혹 온전한 페이지들의 내용을 근거로 찢겨 나간 페이지의 내용을 유추해보았다. 하지만 언제나 그의 기억보다는 아내의 기록이 정확했다. 그가 떠올린 사건들은 빈번히 일기의 다른 페이지에서 발견되었다. 본래 빈 페이지였거나 글씨나 내용이 마음에 들지 않아 찢어낸 것은 아니었다. 아내는 노트를 단정히 쓰지 않았고, 귀퉁이에 의미 없는 낙서를 했으며, 틀린 글자 위에는 아무렇게나 취소선을 그었다. 간혹 말끔히 찢기지 않은 페이지에 조각난 글씨나 문장이 남아 있기도 했지만, 그걸로 특정한 사건을 유추할 수는 없었다. 사라진 페이지의 흔적은 나중에 작성된 일기에서 점점 더 자주 발견되었다. 그 페이지에 적힌 것이 다름 아닌 아내의 은밀한 비밀일지도 모른다는 의심이 든 건 놀라운 일이 아니었다.

그는 지금 다섯 번째 노트의 마지막 부분을 읽는다. 그가 네 번째 노트를 읽고 있던 즈음 일기장에서 삭제된 페이지들에 적힌 이야기들을 어렴풋하게나마 유추할 수 있는 단서가 발견되었다. 그리고 이제는 아주 가끔이긴 하지만 그 자리에 꼭 들어맞는 그럴싸한 이야기를 끼워 넣을 수도 있다. 또다시 찢긴 페이지가 그의 읽기를 막아서고, 그는 사라진 것을 되돌려내는 의식을 치르듯 종이가 찢긴 자리를 손가락으로 꾹꾹 눌러가며 빈 페이지를 읽어나간다.

이번에는 전화벨 소리가 그의 몰입을 중단시킨다. 그는 잠시 노란 불이 점멸하는 전화기의 램프를 바라본다. 노트를 곱게 덮어 책상 위에 올려두고, 몸을 곧추세워 침대 가장자리에 걸터앉는다. 깊은 밤 그에게 걸려오는 전화는 흔치 않다. 그는 전화를 건 사람이 누구인지 알고 있고, 그가 잠시 망설이는 사이에 응답기가 대신 반응한다.

"너무 응답이 늦었습니다."

여자의 목소리는 한낮의 그것처럼 또렷하다.

"그토록 손꼽아 기다려온 화성 여행은 어떠셨을지 궁금하네요. 내일 오후에 저희 집으로 와주셨으면 해요. 다섯 시쯤이 좋겠네요. 얘기는 내일 듣도록 하죠. 편히 쉬십시오."

여자가 그에게 메시지를 남기는 사이에 그는 황망히 자신의 발끝만을 응시한다. 또다시 골목길로 몰려드는 자동차의 불빛이 천장에 긴 그림자를 드리우고 지우기를 반복하지만, 발끝에서 뻗어나간 그의 그림자는 미동도 없이 바닥에 바짝 엎드려 있다.

*

　화성으로 향하는 첫 유인우주선에 탑승했던 인도계 미국인 여성 바냐 카우르는 귀환 후 인터뷰에서 다음과 같이 말했다. "나는 이제 화성을 향한 인류의 야심을 버려야 할 때가 되었다고 생각한다. 인간은 화성의 육체를 지배할 꿈을 꾸지만, 화성은 우리의 영혼을 먹어치운다." 생방송으로 진행된 인터뷰는 급기야 방송 사고로 이어지고야 말았는데, 그녀의 인터뷰 내용 때문이 아니라 방송에 함께 출연한 다른 우주인들이 모두 입을 다물어버린 탓이었다. 그들은 더 이상 매스컴에 등장하지 않았고, 곧 그 행방 또한 묘연해졌다. 그들의 신변이 각국 정부나 관계 기관의 감독하에 있다는 음모론이 꽤 오랫동안 제기되었음에도 불구하고 아직까지 밝혀진 것은 전무한 실정이다.

　그로부터 한 세기가 지났다. 스물아홉 번의 추가 탐사가 있었고, 이제 화성의 환경에서는 미생물조차 존재할 수 없다는 이론이 정설로 여겨진다. 지구상의 유기물이 화성의 생태계를 교란할지 모른다는 우려가 불식되자 대중적인 화성 여행의 시대가 도래했다. 아람 카오스에서 아레스 발리스까지 이어지는 모래언덕과 태양계에서 가장 높은 화산인 올림푸스 몬스, 아라비아 테라의 거대한 협곡과 오퍼튜니티호가 착륙했던 메리디아니 플라눔으로 향하는 관광 상품의 광고에는 전파망원경이나 적외선카메라로 찍은 신비로운 화성 사진이 어김없이 등장했다. 여행자들이 실제로 목격하게 되는 풍경이란 썩 남다를 것 없는 모래의 땅이 전부였으나, 여행자들은 그 황량한 땅에서마저 이국적인 정취를 발견하고는 했다. 과거에 사막으로 신혼여행을 떠난 사람들을 떠올려보면 어렵지 않게 수긍할 수 있을 것이다. 화성 여행의 복잡한 절차와 지루한 여정에 관해서라면 달리 더 설명할 것이 없다. 중요한 것은 화성에 다녀온 사람들이 오랫동안 잊고 있던 바냐 카우르의 인터뷰를 떠올렸다는 사실이다. 그들이 바냐 카우르를 떠올린 계기는 아주 복잡하며 인류의 과학으로는 쉽게 설명되지 않는 것으로, 간단히 말하자면 화성을 여행한 모든 사람이 화성에서 자신의 그림자를 잃어버린 것이었다.

그림자의 분실. 그럼에도 대부분의 화성 여행자들은 무리 없이 일상으로 복귀하는 듯 보였다. 전부는 아니었다. 누구나 깊은 밤 홀로 책상 앞에 앉아 있을 때 등 뒤에서 느껴지는 시선이나 침대에 누웠을 때 들려오는 영문을 알 수 없는 희미한 소리들에 대해 알고 있을 것이다. 그런데 그림자를 잃어버린 사람 중 일부는 매일 밤 이상하리만치 깊고 무거운 정적을 감지했다. 문을 열어두어도 고립되어 있다는 기분을 떨칠 수 없었다. 그들은 입을 모아 일상적인 소음이 모조리 사라져버렸다는 사실과 그들을 엄습하는 공포와 외로움에 관해 털어놓기 시작했다. 무척 우회적인 방식의 호소였다. 바냐 카우르가 그랬던 것처럼. 그러나 그들의 고통은 개인의 예민함에서 기인한 것으로 취급될 뿐이었다. 여행사는 여행계약서에 화성 여행 후 발생할 수 있는 우울증에 대한 경고 문구를 삽입했고, 국가는 여행 보험에 정신과적 치료 항목을 추가할 것을 권고했다. 조직적인 화성 여행 반대 시위를 지지하는 사람은 거의 없다. 그들이 누군가를 설득할 능력을 잃어버린 것이 곧 그들이 누군가를 설득하려는 이유이기 때문이다.

이쯤 되면 당신은 슬슬 궁금해하지 않을 수 없을 것이다. 내가 어떻게 그림자에 대해 알고 있으며, 그림자에 대해 이야기할 수 있는지를 말이다. 그렇다. 나는 화성을 여행했고 그림자를 잃었다. 그리고 다시 화성으로 돌아왔다. 그림자가 화성에 남겨졌을지 모른다는 나의 가설은 더 이상 가설이 아니다. 나는 이곳으로 돌아와 사라진 그림자에 대해 말하고 쓸 수 있게 되었다. 또한 보았다. 모든 것이 잠든 어둠 속을 활보하는 더 깊은 어둠의 영혼들을. 동틀 녘이면 그것들은 서서히 이동하는 사구와 녹았다가 얼어붙은 빙관, 초조한 분화구와 황홀한 크레이터 사이에 깊게 팬 그림자 속으로 걸어 들어가 눕는다. 그림자를 되찾을 수 있을지도 모른다는 실낱같은 희망은 이내 사라졌다. 나는 우주인의 형상을 한 수많은 그림자들 사이에서 내 그림자를 분별해내기란 거의 불가능하다는 사실만을 거듭 깨닫는다. 지구로 돌아간 내가 이 기록을 찢고 또다시 그림자에 대해 말할 수 없게 되리라는 예감은 선명하다. 나는 돌아가지 않을 것이다. 내 육체는 기꺼이 내 영혼의 먹이로 내던져질 것이다. 부디 아직 그림자를 잃지 않은 당신의 손이 이 기록을 발견할 수 있기를…….

당신의 발밑을 보라. 당신의 등 뒤에서 들려오는 소리에 귀를 기울여보라. 만일 그것을 잃고 싶지 않다면, 당신은 화성으로 향하는 우주선에는 절대로 탑승하지 말아야 한다. 경고한다. 이것이 나의 마지막 메시지이다. 여기는 화성이다.

*

"아버지는 제정신이 아니었어요."

여자는 모서리가 닳은 석 장의 종이를 테이블 위에 내려놓았다. 그러고는 마지막 온기를 느끼듯 두 손으로 다 식어빠진 찻잔을 감싸 쥐며 고개를 틀었다. 그는 아내를 떠올렸다. 여자는 아내와 비슷한 또래였다. 좌우로 길고 처진 눈매와 긴 단발도 아내와 비슷한 분위기를 풍겼다. 물론 그게 전부였다. 여자의 얼굴에는 생기가 없고, 자세는 한 치의 흐트러짐도 없이 꼿꼿했으며, 목소리를 낮추며 말끝을 흐리는 말버릇도 없었다. 몸짓과 손짓은 연극적이라 느껴질 만큼 부자연스러웠고, 불쾌하거나 불편한 감정을 감추려 하지도 않았다. 석 장의 문서를 읽는 내내 시시각각 표정이 변했지만, 그 다채로운 표정은 아주 짧은 시간 동안만 그녀의 얼굴 위에 나타났다가 무표정 아래로 사라져버렸다. 그녀는 줄곧 사무적인 태도로 그를 맞았고, 그것은 부유한 삶을 살고 있는 사람의 전형처럼 보였다. 그녀의 소유물은 그녀의 핏기 없는 얼굴마저 귀족적으로 보이도록 만들었다. 그는 그녀에게 일방적으로 압도되고 있다고 느꼈다. 그는 주눅 들지 않으려 자신이 얼마나 놀라운 문서를 가지고 왔는지를 끊임없이 상기하려 했다.

"아버지는 늘 고립되어 있다고 느꼈고, 위험에 노출되어 있다고 느꼈어요. 이게 아버지가 남긴 문서라고 확신하는 건 단지 필체 때문은 아닙니다. 여기에 적힌 내용이 아버지라고 할 만한 것이기 때문이에요. 필적 감정을 하겠지만, 저는 이미 확신하고 있고요."

여자는 찻잔을 든 채 소파에서 일어나 거대한 서재의 가장자리를 따라 걷기 시작했다. 그녀가 신은 실내용 슬리퍼의 밑창이 그녀의 발뒤꿈치보다 조금씩 늦게 움직였고, 그 미미한 시간 차의 리듬이 순간 정신을 아득하게 했다. 유난히 햇살이 좋기 때문이기도 했다. 정오를 조금 넘긴 시각, 커다란 창으로 햇살과 함께 쏟아져 든 울창한 나무 그림자가 서재 마루 위에 넘실거리며 번지고 있었다. 그녀의 그림자가 마루 위의 물결을 허물었다. 그는 자신의 오른쪽 어깨를 흘깃 내려다보았다. 20분이 넘게 불편한 자세로 앉아 있는 자신과는 달리 그의 그림자는 소파 위에 비스듬히 누운 채 휴식을 취하고 있었다. 그는 숨을 크게 들이마셨다. 흥분을 가라앉힐 필요가 있었다. 갑자기 훌륭한 탐정이 된 것 같은 기분이 그를 들뜨게 만드는 중이었다. 단번에 문서의 주인을 찾아온 것이다.

문서는 화성 여행 우주선의 객실에서 발견되었으며, 공교롭게도 객실의 침상 아래 놓여 있었다. 정기적인 시설 점검을 위해 침상 위의 매트리스를 걷어내고 조립된 상판을 뜯어내자 거기에 여러 번 접힌 종이 석 장이 두 개의 굵은 파이프 사이에 끼어 있었다. 크고 작은 기계 장치와 각종 전선들이 지나가는 침상 아래에서, 종이는 오랫동안 미미한 열을 받아 옅은 갈색으로 그을어 있었다. 회사의 여행용 우주선은 기술적으로나 디자인 면에서나 최신의 그것에 비하면 한참 뒤떨어진 중고 기체였다. 이곳저곳에서 의미를 알 수 없는 작은 물건들이 적잖이 발견되었고, 때로는 그것들이 기체에 기계적 문제를 일으키기도 했다. 아이의 침대 밑에서 발견한 아내의 일기장이 아니었더라면 문서는 평소대로 쓰레기통에 아무렇게나 내던져졌을 것이다. 그러나 그는 그것을 발견하자마자 이상한 기분에 사로잡혔고, 즉시 종이를 펼쳤다.

역시 아내가 아니었더라면 결코 믿지 않았을 이야기가 그의 정신을 장악하는 사건이 일어났다. 그는 문서를 처음부터 끝까지 단숨에 읽었다. 그는 화성에 다녀온 아내가 쾌활함을 잃어버리고 자주 넋이 나간 사람처럼 어딘가에 몸을 기댄 채 먼 허공을 응시하던 모습을 떠올렸다. 메모는 버려지는 대신 그의 작업복 주머니 속으로 들어갔다. 종일 온 신경이 그곳에 집중되었다. 그는 퇴근 후 맥주를 마시자는 동료들의 제안마저 뿌리친 채 집으로 돌아왔다.

분명 쉽사리 믿을 수 없는 허무맹랑한 것이었다. 그러나 불도 켜지 않고 거실을 가로지르다가 인간의 것이 아닌 것만큼은 분명한 그림자 하나를 밟으며 소스라치게 놀랐을 때, 물론 그것은 그저 빨지 않은 옷가지를 켜켜이 쌓아둔 행거의 그림자에 불과했음에도 불구하고, 그는 주머니 속의 문서를 꺼내 진지한 자세로 다시 읽어 내려가기 시작했다.

아내 때문이었지만, 아내 때문만은 아니었다. 그는 오랫동안 화성 여행을 꿈꿔왔다. 화성에 관한 이야기들에 관심을 기울였으며 화성에 관한 루머나 음모론에도 제법 관심이 있었다. 어느 순간 중단된 것이긴 했지만, 한때 그가 화성에 대해 골몰한 시간은 결코 적지 않았다. 그런 그에게 여행용 우주선에 내내 잠들어 있다가 자신의 손에서 막 눈을 뜬 이야기는 완전히 새로웠다. 여행자들의 우울증, 화성 여행 반대 시위 같은 것은 이제는 논란거리가 되지 않지만 한때 분명히 존재한 이슈들이었다. 무엇보다 그는 바냐 카우르의 인터뷰를 생생하게 기억하고 있었다.

수많은 어린아이들이 그러하듯 그도 처음 도시를 떠나 보았던 어두운 밤하늘의 무수한 별들에 마음을 빼앗긴 적이 있다. 그 시절 화성은 어른이나 아이 누구에게나 무척 값비싸지만, 그 값을 치르는 것이 아깝지 않은 꿈의 여행지로 떠받들어졌다. 우주인은 그의 첫 번째 장래희망이 되었다. 그는 성인이 되어 작은 화성 여행사의 지상직 하급 기술자에 불과한 삶을 살면서도, 그런 직장에 다닌다는 것만으로 화성이 가까이 있다고 느꼈다. 화성 여행의 꿈을 버린 적은 한순간도 없었다. 그는 여행지의 이름을 줄줄 외었고, 여행지마다의 특징에 대해서도 속속들이 알고 있었다. 한때 닥치는 대로 그러모은 자료들은 여전히 낡은 하드디스크와 침실 옷장 위의 상자에 보관되어 있었다. 어딘가에 바냐 카우르의 영상도 남아 있었다.

화성 탐사와 여행의 역사에 관심이 있는 사람은 누구라도 바냐 카우르를 기억했다. 스튜디오에 나와 도통 입을 열지 않고 허공을 응시하던 그녀는 돌연 카메라를 똑바로 바라보았다. 모든 시청자가 일대일로 그녀와 눈을 마주쳤다. 화성은 우리의 영혼을 먹어치웁니다. 어린아이에 불과했던 그는 그녀의 들뜬 목소리가 들리자마자 화들짝 놀라 화면을 정지시켰고, 그러는 바람에 야생동물의 그것처럼 수축하는 듯 보이던 그녀의 동공이 그의 기억에 강렬히 각인되었다. 그녀의 눈은 그의 마음에 두려움을 불러일으켰는데, 바로 그러한 이유로 그는 화면에서 눈을 뗄 수 없었다. 그가 시선을 돌리는 순간 무언가 예상치 못한 일이 일어날 것만 같았기 때문이다. 그가 문서를 발견한 날 집으로 들어서며 행거의 그림자를 밟았을 때, 문서는 마치 바냐 카우르의 정지된 눈처럼 그의 마음을 붙들었다. 그는 그것이 지금껏 알아온 것과 다르지 않은 음모론, 아니 그보다 근거 없는 싸구려 괴담에 지나지 않으리라 확신했다. 그러나 내심은 문서의 내용이 완전히 날조된 것은 아니기를 바랐다. 어쩌면 그것이 아내의 죽음을 설명할 근거가 되어줄지도 몰랐다.

그가 가장 처음 한 일은 화성 탐사나 여행을 떠났다가 되돌아오지 않은 사람들의 목록을 만드는 일이었다. 낡은 스크랩을 뒤적이고, 화성 정보 사이트에 접속해 자료를 검색하는 데 나흘이 걸렸다. 그러나 실상 조사를 시작한 바로 그날 밤에 문서를 작성했음 직한 1순위의 인물을 찾아낸 것이나 다름이 없었다. 18년 전 인생의 두 번째 화성 여행에서 감쪽같이 사라져 지구로 되돌아오지 못한 남자, 끝내 시신조차 찾지 못해 부주의한 여행사와 보험사로부터 천문학적인 액수의 보상금과 보험금이 지급되었던 첫 번째 화성 실종자. 지금은 퇴물 취급을 받으며 저렴한 여행사에서나 중고로 매입하는 모델이지만 한때는 첨단의 객실을 갖춘 모델의 우주선으로 각광받던 우주선을 타고 남자는 화성으로 떠났다. 그의 회사가 수년 전 매입한 우주선이 바로 그 모델이었다. 조사가 닷새째로 접어들던 밤, 모든 정보가 꼭 맞아떨어졌다. 그는 기괴한 두려움과 환희에 휩싸여 아이의 방에서도 잠을 이룰 수 없었다.

"정말로 보험사 조사원만큼은 아니었으면 좋겠네요."

그에게는 여자의 말이 비단 농담으로만 들리지는 않았다. 그는 18년 전, 시신 없는 장례식에 참석한 실종자의 아내와 딸의 영상을 떠올렸다.

화성에서 귀환하지 못한 남자의 이야기는 연일 대대적으로 보도되었다. 여행 마지막 날에 남자는 선내로 돌아오지 않은 채 종적을 감추었다. 우주복을 입고 이동 가능한 반경 내 어디에서도 남자의 행적을 찾을 수 없었다. 여행사는 만일에 대비한 식량과 연료로 사흘을 더 버티며 수색에 나섰지만, 곧 다른 탑승객들의 원성이 걷잡을 수 없이 커졌다. 남자가 기체 밖에서 사흘씩이나 살아남을 가능성은 희박했다. 이어 지구에서 출발하는 우주선에 시신을 수습할 긴급 인력이 탑승했지만, 결국 남자의 시신은 발견되지 않았다. 그의 죽음은 일부 사람들 사이에서 흉흉한 괴담으로 돌아다니기도 했다. 간혹 화성과 화성행 우주선에서 그를 보았다는 목격담이 떠돌았던 것이다. 출처가 없는 이야기였다. 해당 여행사는 사회적 비난을 면치 못했고 화성 여행의 안전기준이 강화될 때까지 편성되어 있던 노선의 운행이 일부 중단되었다. 장례식은 유가족에게 어마어마한 액수의 보험금과 보상금이 지급되고 나서야 치러졌고, 그와 함께 중단 노선의 운행도 재개되었다.

남자의 장례식, 감정의 동요라고는 찾아볼 수 없는 상복 입은 10대 여자아이의 얼굴이 오랫동안 전파를 탔다. 아이의 얼굴은 평온하다 못해 싸늘했는데, 아버지의 유서라 할 문서를 받아본 여자의 얼굴 위로 어린 시절 영상 속 소녀의 표정이 슬며시 떠올랐다.

여자는 냉담했다. 그녀의 아버지는 결혼 전 한 번, 그리고 화성의 비밀을 담은 문서를 남기기 위한 또 한 번의 화성 여행을 떠났다. 곤궁한 삶을 살았다면 불가능한 일이었다. 그러나 여자가 소유한 것은 본래 그녀의 아버지가 가진 것과는 무관했고 스스로의 능력만으로 얻은 것 또한 아니었다. 그녀의 부유한 삶은 오직 아버지의 죽음과 맞바꾼 것이었다. 그녀를 쉽게 찾아낼 수 있었던 것 또한 그 때문이었다. 18년 전 첫 화성 여행 실종자의 가족을 취재한 프로그램들이 방영된 기록이 남아 있었다. 그는 여자가 소유한 호화로운 저택 사진을 보며, 가족의 목숨을 대가로 부유한 삶을 살게 된 사람들의 마음 따위를 막연히 상상해보기도 했다. 감추고 있을 뿐인지도 모르는 일이었지만, 아무튼 그녀는 그가 기대했던 아버지에 대한 감정을 조금도 내비치지 않았다.

"이제 원하시는 게 무엇인지 말씀해보세요. 이런 일이 제게 처음 일어난 일이라고 생각하시는 건 아니겠죠. 물론 이번처럼 확신을 준 건 처음이기 때문에 드리는 말씀이지만 말예요."

당혹스러웠다. 그는 선의로 여자를 찾아왔다. 그가 바라는 것은 오직 진실뿐이었고, 그보다 먼저 여자를 찾아왔던 다른 사람들이 요구했을 그 무엇도 바라지 않았다.

"설마 이걸 정말로 믿는 건 아니겠지요?"

그는 머뭇거렸다. 여자는 처음으로 자신의 놀란 표정을 감추지 않았다. 감추는 것을 잊었는지도 모른다. 그는 두 눈을 질끈 감았다. 입안 가득 침이 고여 들었다. 그때 창밖에서 뜻을 알아들을 수 없는 고함 소리가 들려왔다. 여자가 창가로 이동하는 발소리가 들렸다. 슬며시 눈을 뜨자 여자는 이미 창가에 선 채로 여전히 그의 대답을 기다리는 중이었다. 그녀와 눈을 마주친 그는 깊게 숨을 들이마셨고, 이내 무릎 사이에 고개를 파묻었다. 숨을 내쉴 수조차 없었다. 피가 얼굴로 몰리는 것이 느껴졌다.

"제 아내는 화성에 다녀온 직후에 스스로 목숨을 끊었습니다."

더 이상 숨을 참을 수 없게 되었을 때, 긴 숨과 함께 비로소 그의 진심이 터져 나왔다.

*

"아름다웠어. 당신도 함께 갔다면 좋았을 텐데. 당신이 늘 상상해왔던 것보다 훨씬 아름다울 거야."

아내에게 화성 여행의 소회를 물을 때마다 아내는 같은 대답만을 반복했다.

화성 여행은 그가 아홉 살 생일 선물로 커다란 우주선 모형의 장난감을 받은 후로 한 번도 잊은 적 없는 일생일대의 꿈이었다. 줄곧 혼자만의 것으로 간직해온 꿈은 아내를 만나며 사랑하는 사람과의 약속이 되었다. 그는 아내에게 아름다운 반지 대신 낡은 우주선 모형의 장난감을 선물하며 청혼했다. 그럴싸한 신혼여행 대신 함께 화성에 가자는 약속이 두 사람을 묶어주었고, 둘은 때때로 그가 일하는 선내의 객실 침상에 몰래 누워 아름다운 미래를 그려보기도 했다. 그러나 천국으로 가는 티켓값은 무척 비쌌고, 그들이 함께 삶을 꾸려가기 위해 치러야 하는 비용도 만만치는 않았다. 아이가 생긴 이후로 화성 여행을 위한 저축은 지상에서의 삶을 위해 더 자주 헐렸다. 그들은 화성 여행을 위해 끊임없이 돈을 모았지만, 언젠가는 그것이 또다시 다른 용도로 헐리리라는 것을 예감했다. 다만 그 사실을 짐짓 모른 체할 뿐이었다.

그는 자신이 화성의 땅을 밟는 것은 아주 먼 훗날이 되리라 생각했고, 그래서 가끔 백발이 된 자신이 화성으로 향하는 우주선의 불편한 침상에 누워 있는 기분을 상상했다. 그리고 드물게, 지구와 화성 사이 검은 우주 어디에선가 자신의 숨이 멎는 순간을 그려보았다. 사랑하는 아내가 곁에 있을 것이고, 가능하기만 하다면 그의 인생을 통틀어 가장 낭만적인 순간이 될 것임이 틀림없었다.

꿈이 이루어질 가능성보다 그러지 못할 가능성이 날로 커지고 있다고 느꼈기 때문일 것이다. 그를 남겨둔 채 홀로 화성에 다녀오겠다는 아내의 선언은 그의 마음에 깊은 상처를 남겼다. 그즈음 아내에게 찾아온 희귀 난치병과 지난한 치료 과정에서 아내가 경험한 고통도 그가 느끼는 배신감을 누그러뜨리지는 못했다. 그의 분노는 얼마만큼은 정당했다. 결혼과 출산은 물론 그 자신의 결정이었지만, 아내와 아이가 아니었더라면 그는 다소 무리를 하더라도 일찍이 화성에 다녀올 수도 있었을 것이다. 그의 셈은 매우 빠르고 정확했다. 전 재산을 끌어모으면 아내 한 사람을 화성에 보낼 만큼은 되었다. 그렇다고 거기에 전 재산을 털어 넣을 수는 없었다. 그는 현실성 없는 아내의 계획을 비난했다. 그의 반응을 예상이라도 했다는 듯 아내는 여태껏 이름조차 들어본 적 없는 친구를 소개했다. 그녀는 여행에 필요한 비용을 부담할 뿐 아니라 아내의 건강을 위해 동행하겠다고 나섰다.

친구라고는 했지만 그녀의 나이는 아내보다 열 살쯤은 많아 보였다. 그들은 서로 존대를 하고, 지나치게 예의를 지켰다. 그런 관계를 친구로 부른다는 것도, 고작 그런 관계에서 적지 않은 여행 비용을 서슴없이 부담할 수 있다는 것도 믿기지 않았다. 그러나 그녀는 값비싼 옷을 입고, 비싼 차를 몰고 나타났을 뿐만 아니라 환자가 가장 바라는 일을 하는 것이 환자의 상태를 호전시키는 데에 큰 역할을 하리라는 의사의 의견까지 덧붙였다. 그를 설득할 준비마저 완벽히 마친 것이 분명한 그들의 태도 앞에서 그는 더 이상 말을 잇지 못했다.

그렇게 아내는 화성으로 떠났다. 그리고 화성에서 돌아온 지 한 달쯤 지나 병원 옥상에서 투신했다. 그는 아내가 화성에 다녀오고부터 유달리 말수가 줄고 거의 웃지 않는 것을 이상하게 여기곤 했다. 그건 분명 화성 여행의 영향이었다. 그녀의 병은 애초부터 눈에 띄는 차도보다 현상 유지가 중요했고, 여행 이후로 병이 악화된 것도 아니었다. 그러니 여행밖에는 이유가 될 것이 없었다. 그는 자주 아내에게 여행에 관해 물었지만 매번 같은 대답만이 돌아왔다. 평소와 다름 없이 생활하는 아내의 모습이 그에게는 다른 사람을 보는 것처럼 낯설었다.

그는 장례식이 진행되는 내내 아내가 투신한 바로 그날 아침의 아내를 떠올리려 애썼다. 그녀는 그날 아침에도 단정한 모습으로 식사를 준비하고 싱크대에 기대 하루에 딱 한 잔만 허락된 커피를 마셨다. 아이가 식탁 위의 빈 접시를 개수대로 옮기는 동안에 아이와 눈을 마주치며 웃었는지는 기억나지 않았다. 이미 마음에 불신과 의심이 들어차 있었고, 그는 아내를 예의 주시하는 일에도 지쳐 있었다. 거기까지였다. 자꾸만 영안실에서 본 처참한 모습만이 눈앞에 떠올랐다.

사람들은 아내의 죽음을 너무 쉽게 납득했다. 그는 그것이 못마땅했고 믿기지 않았다. 아내의 병은 불치에 가까웠지만 시한부의 삶을 살게 하는 병은 아니었다. 관리하지 않으면 급격히 악화될 위험이 있고, 관리에 적잖은 비용이 들었으며, 독한 약물이 이런저런 부작용을 일으키기는 했다. 고통을 약물로 억누르며 살아가는 일이 한 인간을 육체적으로나 정신적으로 얼마나 고갈시키는 일인지를 그는 누구보다 잘 알았다. 그러나 아내는 모든 걸 놀랍도록 완벽하게 관리했고, 그녀의 병은 그들의 일상을 조금도 망가뜨리지 못했다. 그는 아내가 유서 한 장 없이 목숨을 끊었다는 사실을 자연스럽게 받아들일 수 없었다. 아내는 그런 무책임한 여자가 아니었다.

슬픔을 넘어 분노가 그를 잠식했다. 그리고 화성에 동행했던 아내의 친구가 장례식장에 나타났을 때 그는 끝내 분노를 감추지 못하고 폭발하고야 말았다. 그는 큰 보폭으로 장례식장을 가로질러 그녀의 옷깃을 말아 쥐었다. 그녀는 아내의 가족은 물론이거니와 다른 친구들과는 일면식조차 없는 듯했다. 아내와 그녀 사이에 무언가 자신이 모르는 비밀이 있는 게 확실했고, 그렇다면 그건 틀림없이 화성 여행에 관한 것이었다. 그는 그녀의 멱살을 쥐고 뒤흔들며 무슨 일이 있었는지 털어놓으라고 옥박질렀다. 그녀는 그의 손과 눈을 번갈아 보더니 곧 희미한 미소를 지었다.

"무슨 일이 있을 게 있나요. 거긴 아무것도 없는 곳인데요."

그녀를 벽으로 밀치려는 그를 말리고 나선 건 아이였다. 아이가 나서자 다른 조문객들 또한 몰려들었다. 그의 손에서 놓여난 아내의 친구는 아이의 등을 두드리며 그의 눈을 지그시 바라보았고, 곧 자리를 떠났다. 알 수 없는 눈빛이었다. 말을 하고 있지만, 그 의미를 이해할 수는 없었다.

"직접 화성에 다녀오시는 건 어떤가요?"

그가 아내의 이야기를 막 마쳤을 때 여자가 물었다. 예상치 못한 제안이었다. 그의 삶에서 점점 멀어지고 있던 화성의 이미지가 돌연 그에게 육박해왔다. 순간 장례식장에서의 일이 재빠르게 머릿속을 스치고 지나갔다. 기대보다 훨씬 아름다운 곳이라던 아내의 말과 아무것도 존재하지 않는 곳이라던 동행의 말이 그의 기억 속에서 충돌했다. 섬뜩한 감각이 등줄기를 훑고 지나갔다.

＊

"전화하려고 했는데. 여행은 괜찮았어요?"

아이가 작은 목소리로 묻는다. 갓 깊은 잠에 들었던 것이리라.

"그럭저럭. 별일은 없었고?"

"평생 화성에 가는 게 꿈이었던 사람치고는 시큰둥한 반응인데
요. 별로였어요?"

아이가 몸을 일으켜 움직이는 소리가 들려온다. 아이의 움직임이
눈에 선하다. 불도 켜지 않고 부엌으로 가 냉장고 문을 열 것이다.
아이 얼굴 위로 빛이 쏟아지면, 아이는 빛 속에서 차가운 음료를 꺼
내 창가로 가 담배에 불을 붙일 것이다. 예상대로 곧 바람 소리가 들
려오기 시작한다.

"별로랄 것도 없다."

"그게 무슨 말이에요."

"아무것도 없으니까."

"아무것도 없다니요?"

그는 대답하지 않는다. 아이가 조심스럽게 긴 숨을 뱉는다.

"시간 되면 집에 좀 들러줬으면 한다. 줄 게 있어."

이번엔 아이가 답이 없다. 그는 재차 줄 것이 있다고 말한다. 아이
는 무엇이냐고 묻는다. 그는 그저 직접 확인하라고 답할 뿐이다. 담
배를 빨고 연기를 내뱉는 소리가 연거푸 들려온다. 코끝에 아이의
방 문틈에서 희미하게 흘러나오던 서늘한 공기와 담배 냄새가 느껴

지는 듯하다.

"일정을 좀 봐야 할 거예요."

그는 더 정확한 답변을 재촉하지 못하고 전화를 끊는다. 다시 침대에 눕는다. 도통 페이지가 넘어가지 않는다. 읽기를 중단하고 싶은 마음과 계속해서 읽어야 한다는 마음이 교차한다. 곧 여섯 번째 일기가 끝나면, 그에게는 오직 한 권의 일기만이 남을 것이다. 그는 지금까지 여섯 권의 일기를 읽었고, 사라진 이야기 중 몇 개를 유추해냈다. 그러나 그 이야기들은 아내의 죽음에 대해 아무것도 설명해주지 않았다. 일기장 속에서 화성은 아예 언급조차 되지 않는다. 그가 미리 훑어보았던 일곱 번째 일기장의 마지막, 아내가 화성에 다녀온 즈음의 페이지에는 온통 의미 없는 숫자들과 일정들만이 기록되어 있다. 화성에 관한 이야기가 적혀 있었다면. 차라리 화성에 가기 전에 이것들을 모두 읽고 떠났다면. 새로운 것이라고는 아무것도 보여주지 않는 일기를 계속해서 읽어야 하는 것일까. 그는 이런저런 가정들을 반복하지만 그 모든 게 무의미하다는 것을 안다. 이미 모두 돌이킬 수 없는 일이 되었을 뿐이다.

더는 죽어도 여한이 없다는 말을 상기할 때마다 그는 화성에 가볼 수만 있다면 비로소 자신도 그와 같은 표현을 쓸 수 있게 되리라 생각했다. 그러나 정작 화성으로 가는 티켓이 손에 쥐어지자 그는 망설였다. 물론 그의 망설임은 오랜 꿈이 실현되리라는 사실에 대한 기대감에 곧 지워졌지만, 분명 그는 여자의 제안에 흔쾌히 답하지 못했다. 그 잠깐의 망설임이 화성 여행이 시작된 후 고개를 쳐들리라는 것을 차마 그는 예상하지 못했다.

여행이 시작되는 동시에 그는 여태껏 마음속에 내내 웅크리고 있던 인정하고 싶지 않은 두려움과 마주했다. 그러나 우주선은 출발한 이상 되돌릴 수 없고, 그는 화성을 향해 가고 있었다. 취침 시간 알람이 시작되자 공동 공간에 모여 있던 탑승객들이 뿔뿔이 흩어지며 선내의 모든 복도가 일시적인 소란에 휩싸였고, 이어지는 적막 속에서 기계 장치들의 소음이 예민해진 그의 귀를 차지했다. 우주는 그가 생각했던 것보다 훨씬 지독한 고립무원의 세계였다. 그는 화성 여행자들이 겪는다는 우울증과 공포 같은 것들을 자신의 신체를 통해 온전히 지각할 수 있었다.

"아내분의 죽음에 의문이 있다고 하셨죠. 저도 여기에 적힌 이야기가 얼마나 사실에 가까운지 호기심이 동하는데요."

여자의 손이 책상 모서리를 움켜쥐었다.

"그쪽은 화성에 가는 게 오랜 꿈이었고, 그러니까 제가 그 비용을 대겠다는 거예요. 이건 아버지의 유서나 마찬가지니 그 정도 호의를 베푸는 건 제게 큰 무리도 아니고요. 저는 단지 그 결과를 이야기해달라는 것뿐이에요."

"직접 화성에 갈 수도 있을 텐데요."

"아뇨, 그럴 리가요. 저는 화성 여행 따위에는 추호도 관심이 없는걸요."

조건은 간단했다. 그림자의 진실을 확인해주는 것.

그러나 그는 화성에 다녀온 것만은 분명했지만, 화성의 땅을 밟지도 못했을 뿐 아니라, 그 지표면을 두 눈으로 볼 수조차 없었다. 그가 우주의 풍경을 맨눈으로 본 것은 우주선이 화성으로 향할 때에 지구를 내려다보기 위해 전망대에 올랐던 단 한 번뿐이었다.

전망대의 차단막은 예정된 시간에만 개방되었다. 그것의 용도와는 별개로 그 규칙이 우주의 풍경을 지켜보는 행위를 더욱 드라마틱하게 연출했다. 안내 방송과 함께 지구가 보이기 시작하자 환호와 함성이 동시에 터져 나왔다. 그는 탑승객들이 축배를 들기 위해 곳곳에 설치된 테이블로 자리를 옮긴 후에야 조망하기 좋은 위치에 섰다. 사람들의 왁자지껄한 목소리, 아이들의 웃음소리, 잔과 식기들이 부딪치는 소리가 들리지 않았다. 밀도 높은 소란은 도리어 그의 청각을 마비시켰다.

그는 그가 알고 있는 두 개의 관점, 그러니까 예상보다 아름다우며, 그럼에도 불구하고 아무것도 없다는 두 개의 관점이 아무런 갈등 없이 완벽히 같은 것을 지시할 수 있다는 사실을 깨달았다. 지구의 모습은 경이로웠으나 그를 매혹하는 것은 빛을 받아 푸르게 빛나는 쪽이 아니라 어둠에 잠긴 절반의 그것이었다. 그가 발 딛고 살아온 지상은 허공에 불과했고 무한한 어둠은 그 작은 세계를 빨아들이는 듯했다. 그는 빠른 속도로 안온했던 지상의 빛으로부터 멀어지고 있었다. 그는 그 순간 처음으로, 자신이 발견한 문서 속의 전언이 모두 사실일지도 모른다는 생각에 사로잡혔다. 그리고 그때까지만 해도 깨닫지 못했던 사실 하나를 깨달았다. 화성은 이제 그가 오래전 화성으로 가는 꿈을 꾸기 시작한 그 시절과는 완전히 다른 걸 의미했다. 아내의 일기장과 남자의 문서가 말하는 것. 이제 그에게 화성은 죽음을 의미했다.

어쩌면 화성은 그에게 절대로 포기할 수 없는 꿈인 동시에 다른 모든 것을 포기해야만 도달할 수 있는 곳이 되어온 것인지도 몰랐다. 공포가 그를 휘어잡았다. 물론 그 공포를 촉발한 것은 아내의 죽음과 남자의 문서였고 그것들의 상관관계나 진위는 밝혀진 바 없었다. 그는 모든 것이 사실이 아니라고 확신하거나, 그 반대라면 화성행 우주선에는 탑승하지 말았어야만 했다. 그는 화성의 영향으로부터 달아나고 싶었고, 여행 중 대부분의 시간을 홀로 객실에만 머물렀다. 식당으로 이동해야 할 땐 고개를 숙이고 눈을 감은 채 활짝 열린 전망대의 입구를 지나쳤다. 탑승객들은 곧 그가 사람들과 어울리지 않는 것을 눈치챈 듯했다. 누구도 그에게 말을 걸지 않았다.

두 권의 노트를 옆구리에 끼고 구부정하게 걷는 그가 복도에 나타나면 누구라도 그를 의식할 수밖에 없었다. 그는 다른 승객들의 관찰 대상이 되었지만, 정작 모든 승객들을 감시하듯 관찰한 것은 그였다. 물론 관찰 대상은 승객들이 아닌 그들의 그림자였다. 그는 모든 곳에서 고개를 숙이고 사람들의 그림자를 관찰했고, 가끔 고개를 들어 조명이 설치된 위치와 그에 따라 생성되는 그림자의 형태를 유심히 살폈다. 그러면서 사라진 그림자를 찾았다. 정확히는 그림자가 사라진 자리였다. 그에게 차츰 그림자는 물리적 현상이 아니라 영혼을 가진 독립된 존재처럼 여겨지기 시작했다. 문서에 적혀 있듯 깊은 적막이 그를 둘러쌀 때, 그는 재빨리 자신의 발밑을 내려다보고 그림자가 제자리에 있다는 사실을 확인하고서야 안도할 수 있었다. 그러나 불안과 공포가 그를 좀먹어가는 중에도 달라지는 것은 없었다. 화성에서도, 화성에서 돌아와 지구의 땅을 밟은 뒤에도, 그림자를 잃은 사람은 존재하지 않았다. 모든 탑승객이 누구나 자신의 신체로부터 결코 분리되지 않는 그림자를 소유했다.

그는 캄캄한 어둠이 내린 지구의 땅에 발을 딛고 섰다. 그의 발밑에 그의 그림자가 있었다. 누군가의 눈에 보이는 그림자가 다른 사람의 눈에 보이지 않을 리 만무했다. 그리고 그는 자신의 모든 선택과 믿음이 일시적인 광기에 불과하다는 사실을 인정할 수밖에 없었다. 여자는 분명 자신의 아버지가 제정신이 아니었다고 했다. 그는 누가 보아도 헛소리일 것이 분명한 문서의 내용이 진실일 수도 있다는 기대를 품었던 이유 또한 광기라고밖에는 달리 설명할 길이 없었다. 그것을 인정하자 자신을 광기에 휩싸이게 만든 것이 무엇인지를 발견하는 일은 어렵지 않았다. 그건 그의 마음속에 늘 간직되어온 감정이기 때문이었다. 외로움이었다. 한시도 빠짐없이 그는 외로웠다.

아내도 아이도 더는 그의 곁에 남아 있지 않았다. 그들은 그와의 약속을 저버리고 그를 떠나 다시는 돌아오지 않는다. 그가 모르는 일들이 너무 많이 일어나고 있었는데도 아무도 그에게 그 일들에 대해 설명해주지 않았다. 광기에 앞선 것은 환멸이었다. 우주선에서 발견된 것이 화성에 관한 문서가 아니라 기이한 종교에 관한 문서였다 하더라도 그것에 빠져드는 일을 피할 수 없었을 것이다. 광활한 우주는 한 인간을 그 자신의 심연으로 내동댕이치고, 외롭지 않은 인간조차 외로움의 의미를 알게 되는 그곳에서 마음이 허약한 자는 어둠에 마음을 빼앗긴다. 아내에게도 우주는 그런 것이었으리라. 그는 많은 것을 새롭게 이해했다.

화성은 문서의 비밀만을 해결해준 것이 아니었다. 그는 객실에 칩거하는 내내 아내와 함께 누웠던 불편한 침상 대신 여자가 제공한 안락한 일인용 객실에 누워 아내의 일기장을 읽고 또 읽었다. 그는 그곳에서 절대로 잊을 수 없는 어느 날의 기록이 찢겨 있는 것을 발견했다. 연속된 세 개의 날짜 중 중간의 하루가 비어 있었다. 아내는 그날 이후로 한동안 심각한 스트레스에 시달렸다. 그와의 결혼생활 중에 아내가 그토록 혼란스럽고 불안한 감정을 자주 드러낸 시기는 없었고, 그래서 그 또한 대부분의 사건을 순서대로 기억하고 있었다. 아내가 어릴 적부터 각별히 지내온 이종사촌의 남편이 급사한 날이었다.

소식을 들은 아내는 곧바로 사촌의 행복한 삶이 완전히 끝나버렸음을 직감했다. 지적 장애를 가진 아내를 지극히 사랑한 남자의 죽음은, 이 세상에서 그저 한 남자의 충실한 사랑이 사라졌다는 것만을 의미하지 않았다. 아내의 예감은 들어맞았고, 사촌은 철저히 버려졌다. 사촌의 남편이 그녀의 미래를 대비해 오래전부터 거액의 보험을 들어놓은 사실이 모두에게 알려지면서 추잡한 싸움이 시작됐다. 사촌은 장기입원이 가능한 요양병원으로 보내졌고, 그녀의 시가는 아이의 양육을 빌미로 모든 경제적 권리를 가로채려 했다. 아내는 조카가 성인이 될 때까지 형부의 재산을 동결시킬 방법을 찾아 팔방으로 뛰어다니며 지옥 같은 시간을 보냈다. 그러나 정작 아내를 괴롭힌 것은 그들이 노골적으로 드러낸 천박한 욕망이 아니었다. 조부모와 친가의 가족들이 아이를 도맡아 키우겠다는 것을 천박한 욕망이라 부를 수는 없었다. 아내를 절망하게 만든 것은 아내의 외가가 사실상 사촌을 돌보는 일을 포기했다는 사실이었다. 그 진창 같은 싸움에서 오갈 데 없이 버려진 사람은 오직 사촌뿐이었다. 아내는 자신조차 그녀를 전적으로 보호할 수 없다는 사실에 죄책감을 느꼈다. 그러는 사이에 아이가 교내 폭력 사건에 휘말렸고, 아내는 그 일로 학교에 불려 다니는 신세가 됐다. 심신이 쇠약해진 아내는 수시로 경미한 교통사고나 소매치기 사고를 당했다. 매일 악몽에 시달렸고, 매사에 신경질적이었으며, 극심한 스트레스는 면역질환을 유발했다. 그것이 위중한 병의 전조였음을 알게 된 건 한참 후의 일이었다.

부고를 듣기 이틀 전, 그가 퇴근 후 늦은 귀가를 한 날이었다. 아내는 식탁 위에 반짝이는 유리 조각들을 펼쳐놓은 채 엎드려 있었다. 아이는 돌아오지 않았고, 집은 어두웠고, 아내의 눈은 퉁퉁 부어 있었다. 가늘고 날카로운 유리 조각이 박힌 발에는 피가 말라붙어 있었다. 그녀는 유리가 박힌 발을 바닥에 문지르면서도 아무런 고통도 느끼지 못했다. 그녀가 가장 아끼던 접시가 마치 그녀의 신체 일부처럼 느껴질 지경이었다.

"불길해. 아주 나쁜 일이 일어날 것 같아. 접시를 깨면 늘 그랬다니까."

바로 그날, 부고가 전해진 날, 그리고 그즈음 연달아 나쁜 일이 일어났던 날들이 전부 기록되지 않았거나 사라져 있었다. 불길하고 나쁜 일. 그런 말들이 그의 머릿속에 떠올랐다. 흩어져 있던 조각들이 한순간에 하나의 그림을 완성했다. 그러자 그동안 아무리 떠올리려 해도 떠오르지 않던 몇 개의 기억이 되돌아왔다. 아내에게 부정적이거나 비관적인 감정을 불러일으켰을 법한 몇몇 사건과 말들이 그 자리에 꼭 맞았다. 그러나 확신을 준 것은 그의 기억이 아니라 아내의 일기장 그 자체였다. 일기의 어느 구절에도 불행을 암시하는 문장이 존재하지 않았던 것이다. 지극히 일상적이고 평화로운 이야기들이 일기장에 온전히 남아 있는 페이지들을 가득 채우고 있었다. 너무나 자연스럽고 완벽해서 완벽하다는 사실을 인지할 수조차 없는 세계, 그러니까 아무런 갈등이나 두려움조차 존재하지 않는 표백된 세계가 그녀의 일기장 안에 펼쳐져 있었다. 그는 사라진 페이지들을 읽어내기 위해서는 이전에 읽은 모든 이야기를 완전히 다른 방식으로 다시 읽어야 한다는 사실을 깨달았다.

그는 많은 것을 알게 되었지만, 아내가 그와 같은 방식으로 삶의 일부를 편집하려 한 이유에 대해서는 결코 이해할 수 없었다. 아이에게 생의 밝은 면만을 보여주려 했던 것인가. 아니면 그 자신의 마음에 도사린 악하거나 추한 감정들을 끝내 감추고 싶었던 것인가. 그 어떤 가정도 그를 확실한 진실 앞으로 이끌 수는 없었다. 그러나 그는 이유가 무엇이었던 간에 아내를 향한 애잔한 감정을 느꼈다.

그러니 지금 그의 읽기가 중단되는 것은 그가 사라진 페이지들의 내용을 유추할 수 없기 때문이 아니다. 이제는 그 어떤 진실조차 아무런 소용이 없다는 사실을 깨달았기 때문이다. 그는 일곱 번째 노트를 펼쳤다가 덮으며, 아이에게 이 일기장의 존재를 알리는 동시에 모든 이야기를 그대로 털어놓기로 마음먹는다. 머리를 맞대고 사라진 이야기들을 복원하는 동안에 두 사람의 소원해진 관계가 회복될는지도 몰랐다. 그리고 어쩌면 그것이야말로, 아내의 진정한 소망이었을 것이다.

그의 마음은 평온을 되찾는다. 그는 머리맡 스탠드의 스위치를 내리고 눈을 감는다. 그러나 마음과는 달리 그의 귀에 잘 들리지 않던 소리들이 들려오기 시작한다. 우주선의 깊은 밤에 들려오던 것과 같은 소리들. 그 자신의 맥박과 호흡이 어둠 속에서 진동한다. 외부의 적막이 그의 신체를 삼키는 것이 아니라 신체의 소음이 공간의 적막을 뒤덮는다. 어둠은 그림자를 삼키지 않고 그림자가 몸을 부풀려 빛을 삼킨다. 부러 얕게 내뱉는 숨소리는 지나치게 크다. 다른 누군가가 함께 있는 듯 공기의 흐름이 느껴진다. 그는 얼마 못 가 불을 켜고 자리에서 일어난다. 불빛 아래서 그의 그림자가 다시금 형태를 갖는다. 더 이상 창밖에도 차들이 지나다니지 않는 새벽이다. 믿지 않는 것을 두려워하는 일이 가능할까. 그는 온 집 안의 불을 밝히기 시작한다.

*

서서히 해가 기운다. 한동안 인공 빛의 요람에 내내 머물렀던 탓으로 그는 기우는 햇빛 속에서도 어지럼증을 느낀다. 평형기관에 이상이 생기기라도 한 것처럼 집중하지 않으면 몸의 축이 기운다. 도심에서 고작 도보로 30여 분 거리에 있는 여자의 마을은 고즈넉하다. 오래된 삶의 양식을 점유하며 살아가기 위해서는 첨단의 삶만큼이나 높은 비용을 지불해야 한다. 담장과 지붕의 무늬가 제각각인 아름다운 주택, 오래된 화원과 카페테리아, 비슷한 옷을 입지 않은 사람들, 자연으로 가장한 인공의 기계 장치들, 새것이면서도 옛것의 분위기를 풍기는 사물들이 낯설다. 그중에서도 가장 값비싼 것이 있다면 숲이 조성된 크고 작은 공원들일 것이다. 그는 숲에 익숙지 않아 어색한 걸음으로 공원의 진입로로 들어선다. 젖은 흙냄새와 맑은 공기가 어지럼증을 가라앉힌다. 여자와의 약속 시간까지는 아직 조금 여유가 있고, 공원을 가로지르면 금세 여자의 집에 다다를 것이다. 그는 그늘 아래 적당한 벤치를 찾아 두리번거린다. 산책을 하는 사람들이 빛과 그림자의 경계를 무심히 밟고 지나간다.

"제가 받아야 하는 물건이 뭔지 알고 싶어요."

이른 아침 전화를 걸어온 것은 아이였다. 그는 예상보다 일찍 도착한 아이의 연락에 잠시 침묵했으나 이윽고 지금까지의 일들을 상세히 털어놓았다. 일기장의 찢어진 페이지들과 우주선의 문서, 화성의 그림자와 그의 혼란에 대해서도. 그는 자신이 일기를 모두 읽었다는 사실도 고백했다. 다만 한 가지, 마지막 일기장에서 찢기고 남은 한 조각의 단어에 대해서는 말할 수 없었다.

그늘 아래서 그는 원하는 페이지를 오래 뒤적이지 않고 찾아낸다. 노트 중앙에 찢긴 페이지의 일부가 삼각형 꼴로 남아 있다. 일부러 남겨둔 것처럼 오직 하나의 단어를 포함하고 있을 뿐인 작은 조각이, 바로 그를 가리키고 있었다. 그는 결국 잠에 들지 못하고 일곱 번째 일기를 읽었고 그것을 발견했다. 그의 이름으로부터 시작되는 아내의 어두운 기억이 있다. 그는 무언가 막 떠오르려는 생각들을 무참히 지운다.

"아직도 엄마가 화성에 다녀왔다고 믿는 거예요? 정말로 믿는 거예요, 아니면 그저 믿고 싶은 거예요? 그게 불가능한 일이었다는 걸 아직도 인정하지 않느냔 말이에요."

아이는 아내의 일기장을 그가 함부로 들추어본 것에 분노하지 않았다. 잠시 동안 허랑한 이야기를 믿어버린 것을 미련하게 생각하지도, 그가 공포에 휩싸여 어렵사리 도달한 화성을 맨눈으로 볼 수조차 없던 것을 비웃지도 않았다. 아이는 그저 격앙된 목소리로 아내가 화성에 다녀온 적이 없다고 주장했다. 아이의 반응은 그가 용기를 내 설명한 사건의 전말을 무력하게 만들었다. 그가 아는 것과 믿는 것, 그리고 곧 포획될 것 같았던 진실은 이제 무한히 먼 가상으로만 여겨졌다.

"떠나기 위해서 떠났던 거죠. 떠날 수 있는 곳이 있다면 어디로든 떠났을 거라고요."

화성이 아니라면 대체 어디로, 왜 떠났느냐는 그의 질문에 아이
는 답했다. 그는 일곱 권의 일기장을 보내달라는 아이의 요구를 거
절했다. 아이는 곧 이 도시로 돌아올 것이고, 그는 아이가 알고 있는
것에 대해 듣고 말 것이다. 아이는 그 답과 엄마의 유품을 교환할 수
있을 것이다.

그는 손을 펼쳐 자신의 이름을 더듬는다. 이윽고 그의 거친 손이
얇고 구겨진 삼각형의 종잇조각을 찢는다. 움켜쥔 주먹 안으로 그
에 관한 아내의 기억이 사라진다. 분명 지우고자 했던 이야기였으
므로, 그 또한 망설임 없이 그것을 지울 것이다.

해는 아까보다 조금 더 기울어 있다. 그는 길고 짙어진 숲의 그림
자를 헤치고 공원의 반대편 출입로를 향해 걷는다. 시야가 훤히 트
인 광장이 나타난다. 사방에서 그림자를 끌고 가거나 그림자에 끌
려다니는 사람들이 광장의 평면을 가로지르며 걸어간다. 광장은 커
다랗고 아무도 서로의 그림자를 밟지 않는다. 그도 광장을 가로지
른다. 그는 내내 쥐고 있어 점처럼 작게 구겨진 종잇조각을 광장 한
복판에 떨군다.

"저기요."

그가 돌아본다.

"아까부터 부르고 있었어요."

멀찌감치 아내가 서 있다. 그는 두 눈을 의심한다. 조깅용 운동복
을 입은 아내가 한 팔에 꽃을 안고 그를 향해 다가온다. 그는 놀라
뒷걸음질을 치며 한 손에 든 아내의 일기장을 등 뒤로 감추고 고개

를 숙여 발밑에 떨군 종잇조각을 찾는다.

"아직 약속 시간이 안 되었는데요."

고개를 들자 여자가 서 있다. 그가 본 것은 착시에 불과하지만 그는 마치 환영을 본 것 같다. 여자를 처음 보았을 때에도 그는 아내를 떠올렸다. 그러나 여자는 아내와 닮지 않았다. 그는 빈손을 펼쳐 눈을 비빈다. 그러는 사이에 여자가 그를 향해 더 가까이 다가온다, 두 사람의 거리가 조금씩 좁혀진다. 팔을 내밀어 붙잡거나 껴안을 수는 없지만 거리는 충분히 가깝다. 꽃은 샛노란 빛깔을 자랑하지만 향기가 나지는 않는다. 막 운동을 마친 듯 여자의 얼굴에 전에 없던 생기가 돌고, 사무적이기만 했던 여자의 표정도 이번엔 한결 부드럽다.

"이렇게 일찍 오실 줄은 몰랐네요. 아무렴 상관없죠. 돌려드릴 것이 있어서 오시라고 한 거예요."

바람이 부는가 싶더니 어느새 바람이 꽃의 향기를 부풀린다. 그러나 여자의 등 뒤에서 흔들리는 공원의 나무들이 그의 시선을 빼앗는다. 나무들은 어둡고 나무들이 에워싼 길은 더더욱 어두워 마치 나무들의 그림자가 숲의 토양처럼 보인다.

"아, 그래서 답을 찾으셨나요? 그림자 말예요."

웃음기 섞인 여자의 목소리가 경쾌하다. 그러나 그녀는 다시금 얼굴에서 미소를 지웠고, 그 눈빛이 그를 꿰뚫는 것 같다. 그에게는 준비된 대답이 있다. 모든 것이 거짓이었다고, 당신의 아버지는 제정신이 아니었던 게 틀림없다고 말할 것이다. 그곳엔 아무것도 없

습니다. 아무것도. 그는 머뭇거릴 필요가 없는데도 알 수 없는 긴장
감을 느낀다. 그녀의 눈빛 때문일 것이다. 아무것도. 그는 말을 고르
기 위해 잠시 고개를 숙인다. 거기에 그의 발목을 붙들고 있는 그의
그림자가 놓여 있다. 여자가 한 걸음 그를 향해 다가온다. 그리고 그
녀의 두 발에서 뻗어 나온 그림자가 그의 그림자 위에 겹친다. 그의
두 다리가 얼어붙는다. 바냐 카우르의 부릅뜬 눈처럼 그림자가 그
를 응시한다. 그는 그림자를 노려본다. 해는 한 방향으로만 기울고
그림자는 서로의 머리를 맞댈 수 없다.

"어쩐지 이야기가 길어질 것 같은데요. 들어갈까요."

그의 그림자 위에 겹쳐 있던 여자의 그림자가 미끄러지듯 사라진
다. 그는 발을 떼지 못한다. 대신에 그림자를 만드는 빛을 찾기 위해
고개를 쳐든다. 해가 기우는 쪽으로. 태양은 그의 눈에 빛을 쏟아붓
는다. 눈은 반사적으로 감기고, 그는 감긴 눈꺼풀을 억지로 밀어 올
린다. 시야가 고통스럽게 소실된다.

"그게, 필적 감정 결과가 나왔어요. 아버지의 필체가 아니라더군
요. 이거 일이 참 재미있게 되었죠."

여자의 목소리가 망가진 스피커에서 들려오듯 갑자기 작아졌다
가 커지기를 반복한다. 타들어가는 것 같던 눈의 통증은 조금씩 사
라진다. 태양이 그의 눈에 들이부은 것은 빛이지만, 그의 눈에는 어
둠이 들어찬다. 그는 거대한 암흑을 본다. 화성은 우리의 영혼을 먹
어치운다. 그것은 바냐 카우르의 말. 순간 그는 종교적인 기적을 목
격한 사람처럼 단번에 모든 것을 이해한다. 그는 경악한다. 오직 경

악뿐이다. 그럼에도 불구하고.

우리는 그가 이해하는 바를 조금도 이해할 수 없다. 그것은 그가 자신을 완전히 삼켜버리도록 늪과 같은 그림자 속에 자신을 던진 바, 그의 아내가 보여주려 하지 않았기에 드러나지 않았던 그 사건들처럼, 그가 스스로 들여다보려 하지 않는 것을 우리 또한 결코 볼 수 없기 때문이다. 모든 이야기에는 언제나 미리 삭제된 몇 개의 장면이 존재하며, 우리를 사로잡는 것은 삭제된 바로 그 장면들이다. 나는 영원히 달아나지 못한다. 다만, 이제 불을 끌 시간이다.

빛으로 쓴 죽음학

신샛별

1. 해골과 촛불

17세기 프랑스 바로크시대의 화가 조르주 드 라 투르(Georges de La Tour, 1593-1652)의 「작은 등불 앞의 막달라 마리아 La Madeleine à la veilleuse」는 한 손을 해골에 얹고서 촛불을 바라보는 여인을 그린 작품이다. 루브르 박물관에서 감상할 수 있는 이 그림의 제목은 종종 '등불 아래 참회하는 막달라 마리아'라고도 불리는데, 여인의 책상 위에 예수의 고난을 상징하는 십자가와 채찍이 놓여 있으니 턱을 괴고 입을 다문 그녀는 지금 속으로 참회하고 있는 것처럼 보이기도 한다. 그러나 신학적 해석을 유도하는 여인의 이름 '막달라 마리아'를 지우고 보면 유한한 시간을 살 뿐인 인간의 무상함을 떠올리게 하는 해골을 만지면서 작게 타오르는 불빛을 고요히 응시하고 있는 그녀의 사색을 단지 뉘우침으로 한정해 말할 수는 없을 것 같다. 어쩌면 그녀의 생각은 셰익스피어의 『맥베스』에 나오는 다음 대목에 상응하는 인생에 대한 모종의 철학적 인식으로 번져나가고 있지는 않을까. "내일, 내일, 또 내일, 날마다 이런 작은 걸음으로 기록된 시간의 마지막 음절까지 기어간다. 그리고 우리의 모든 어제는 바보들에게 먼지 자욱한 죽음으로 이르는 길을 밝혀왔다. 꺼져라, 꺼져라, 짧은 촛불이여. 인생은 그저 걸어 다니는 그림자, 무대 위에서 거들먹거리며 초조하게 자신의 시간을 보내다가 더 이상 아무 소리도 들리지 않는 가련한 배우, 아무런 의미 없는 소리와 분노로 가득 찬 백치의 이야기일 뿐."[1]

종교개혁 이후 중세 기독교의 권위가 사라지고 신앙과 구원이 오롯이 개인의 소관이 된 유럽을 배경으로 탄생한 조르주 드 라 투르와 윌리엄 셰익스피어의 작품들은 바로크 특유의 사상과 미학을 품고 있다. 문예사조로서 문학·건축·회화·조형·음악 등의 영역에 두루 걸쳐 나타난 바로크의 광범위한 속성들을 요약하기는 쉽지 않지만, 잘 알려진 대표적 문구 '메멘토 모리Memento Mori'가 가리키듯 그것의 중핵에는 죽음으로의 강렬한 이끌림이 있다. 이 소설집에 묶인 단편들을 모두 읽고 나면 작가 천희란의 초상이 해골과 촛불 사이에서 몽상하는 바로크시대의 저 그림 속 여인에 무리

---

1) 윌리엄 셰익스피어, 『맥베스』, 이원주 옮김, 시공사, 2012, 178쪽.

없이 겹쳐 보인다. 2015년 등단 이후 발표한 소설들에서 천희란은 끈질기게 죽음을 사유하였고, 그 결과 첫 번째 소설집의 통주저음thoroughbass은 죽음이 됐다. 그의 소설에는 죽었거나, 죽이거나, 죽고 싶거나, 죽어가는 인물이 반드시 등장하고, 죽음에 대한 감각적·사변적 기술들이 곳곳에 포진돼 있다. 또 '빛'과 계열체를 이루는 '그림자'나 '어둠'의 이미지들을 능숙하게 생산·변주해 보여주면서 각기 다른 상황 또는 조건 속에서 죽음이 어떤 의미인지를 탐구하는데, 그럴 때 그의 소설은 명암의 대비를 통한 극적 표현기법이 주가 되는 암영주의tenebrism 회화처럼 느껴질 정도다. 카라바조Caravaggio풍 그림들이 걸려 있는 전시실에 들어선 기분 속에서 '바로크 리비지티드Baroque Revisited'를 외치고 싶게 만드는 그의 소설들은 형이하학적 묘사와 형이상학적 설명을 아우르는 죽음학Thanatology의 최신판이라고 해도 과언이 아닐 것 같다.

2. 백지로 수신되는 죽음
─타자의 죽음, 그 절대성 앞에서

모든 이야기에는 언제나 미리 삭제된 몇 개의 장면이 존재하며, 우리를 사로잡는 것은 삭제된 바로 그 장면들이다. 나는 영원히 달아나지 못한다. 다만, 이제 불을 끌 시간이다. (303쪽)

이 소설집의 가장 끝에 배치된 「화성, 스위치, 삭제된 장면들」의 마지막 몇 문장이다. 이 문장들은 화가나 작곡가가 자신의 그림이나 악보 하단에 서명을 적어 넣듯이, 작가가 작품집 끄트머리에 일부러 새겨놓은 인장처럼 보인다. 줄곧 3인칭 서술로 전개돼온 이 소설은 이 문장들이 포함된 문단에서 1인칭 서술로 전환될 뿐만 아니라 별안간 독자가 '우리'로 호명되기까지 한다. '그'가 주인공인 기왕의 이야기는 정지되고 '우리' 독자들은 '나'라고 자신을 지칭하며 출현한 작가의 목소리를 듣게 되는 것이다. 그 목소리는 이야기의 기원과 작가의 소임에 대한 천희란의 신념을 함축적으로 전달한다. 불을 끄면서 작품집의 마침표가 될 인장을 찍고 퇴장을 알리는 모습은 천희란이 해골과 촛불 사이의 작가, 다시 말해 '불빛'에서 '죽음'에 관한 이야기를 길어 올리는 몽상가라는 사실을 재차 확인해준다. 불빛 앞의 몽상가에 대해서라면 먼저 바슐라르를 참고해야 할 것 같다. 특히 천희란의 소설과 관련해서는 호프만의 환상소설들이 화주火酒의 불꽃에서 시작됐음을 지적하는 『불의 정신분석』이나[2] 촛불과 램프로부터 촉발되는 몽상의 경과를 추적하는 『촛불』을 주목해볼 만하다. 제목에 '스위치'가 명시돼 있기도 하거니와 '깜빡이는 불꽃'은 「화성, 스위치, 삭제된 장면들」을 견인해내는 핵심적 이미지인데, 바슐라르에 따르면 불꽃의 명멸은 그것을 바라보는 몽상가에게 죽음을 연상하게 한다. "불꽃이 깜빡이는 순간, 몽상가의 심장에서 피가 깜박인다. 불꽃이 불안에 휩싸이면, 몽상가의 숨

---

2) 가스통 바슐라르, 『불의 정신분석』, 김병욱 옮김, 이학사, 2007, 특히 제6장 참조.

이 막힌다."[3]

이 소설의 주인공 '그'는 아내의 자살 원인을 추적하다 '천체天體의 명멸'과 마주친다. 미처 마치지 못한 애도 작업처럼 보이기도 하는 그 추적의 여정이 시작된 것은 아이의 방에서 아내의 일기장을 발견한 뒤부터다. 몇 군데 이가 빠져 있는 일기장을 자신의 기억으로 채워 넣으면서, 그는 화성에 혼자 다녀온 후 급격히 우울해진 아내가 화성 여행의 후유증으로 자살했을 것이라고 생각한다. 그러나 그게 그만의 착각이었다는 것이 폭로되면서 이 소설은 정작 당사자만 모르는 체하거나 부정하고 있는 아내의 자살에 대한 그의 책임을 드러낸다. 그의 착각은 언젠가 함께하기로 약속한 화성 여행의 꿈을 실현시켜주지 못한 채 아내를 떠나보낸 죄책감과 후회가 만들어낸 공상이었을 가능성이 높다. 그는 그것을 아내와 같은 경로로 떠난 혼자만의 화성 여행, 즉 "지독한 고립무원의 세계"(290쪽)에서의 일주—周 가운데 깨닫는다. "지상의 빛으로부터 멀어지고"(291쪽) 우주의 어둠 속으로 영영 사라져버리고 싶은 충동, 자살 전 아내가 느꼈을 외로움의 강도를 추체험하면서 그는 아직 메워지지 않은 일기장의 '삭제된 장면', 즉 자신이 잊은 아내와의 부정적 기억들을 직시해야 할 때가 곧 오리라 예감한다. 사랑의 소멸과 연이은 아내의 죽음을 '명멸하는 불빛'으로 은유하고 또 남겨진 이가 애도 과정에서 느끼는 두려움을 '백지의 공포'로 표현하고 있다는 점에서

---

3) 가스통 바슐라르, 『촛불』, 김병욱 옮김, 마음의숲, 2017, 58쪽.

이 소설은 기형도의 시 「빈집」의 배후 이야기를 담고 있는 것만 같다.

「화성, 스위치, 삭제된 장면들」과 마찬가지로 「영의 기원」에서도 타자의 죽음은 '나'에게 무언가를 기억하고 그것을 계속 쓰도록 유인하는 백지로 수신된다. 죽기 직전 '나'의 집에 찾아온 '영'은 "여섯 장의 편지지와 한 자루의 볼펜"(91쪽)을 남기고 갔다. 편지지에는 아무것도 적혀 있지 않았고 '나'는 그 편지지가 따로 유서를 남기지 않은 영의 유언을 위해 마련됐을 것이라 짐작한다. 3년 전 겨울, 쌓인 눈 위에 또 눈이 쌓이는 도로 위에서 스러져 간 영은 그 새하얀 누적의 화면처럼 '나'에게 흰 종이로 남은 것이다. 시들지 않는 장미꽃, 마시지 않아도 줄어드는 물과 같은 사물들을 유심히 관찰하며 영의 이름을 경유해 자정(0시)에 대한 상념에 빠져드는 '나'는 이렇게 자문한다. "왜 자정을 0시라고 부르는 걸까. (……) 마치 시간이 완전히 사라졌다가 나타나기라도 하는 것처럼, 시간의 측량이 불가능해지는 순간이 오기라도 한다는 것처럼."(80-81쪽) 영의 죽음을 측량이 불가능해지는 순간의 도래로 연상하는 '나'의 상념은 죽음은 "모든 것을 미결정 상태 속에 밀어 넣는"[4] 것이라는 사르트르의 말과 공명한다. 그리고 '나'는 "아침이 오는 것인지 저녁이 오는 것인지가 구분되지 않는"(100쪽) 미결정의 푸른빛 속에서 타자의 죽음 앞에 선 자신이 감당해야 할 역할과 소명을 알아차리는 데로 나

---

[4] 장 폴 사르트르, 『존재와 무』, 정소성 옮김, 동서문화사, 2009, 873쪽.

아간다. "한 장에 스물세 줄 적을 수 있는 여섯 장의 편지지가 내게 남겨졌고, 편지지의 비어 있는 백서른여덟 줄의 공백은 나에게 무엇인가를 쓰라고 지시한다."(103쪽)

 "죽어 있다는 것은 살아 있는 자들의 먹잇감이 되는 일이다Être mort, c'est être en proie aux vivants."[5] 사르트르의 이 문장은 일차적으로 죽음이 주체에게서 삶에 대한 모든 가능성을 앗아 간다는 것을 뜻하지만, 2014년 4월 16일 이래 타자들의 죽음을 맨눈으로 목격해 온 우리에게는 동시대에 발생한 죽음의 입회자로서 마땅히 짊어져야 할 책임의 무게를 다시금 일깨우는 경고음처럼 들린다. 「영의 기원」의 '나'가 죽음의 절대성을 인정하면서도, 쓰고 지우기를 반복함으로써 영에게 손을 뻗고 그의 이름을 계속 부르는 것은 타자의 죽음 앞에 선 자로서의 윤리에 충실하기 위해서다. 과거 마르크스주의 강의에서 처음 만났던 '나'와 영이 읽고 쓸 줄 모르는 아이들에게 글을 가르쳐 그들이 '강요된 침묵' 속에서 더는 살지 않도록 도우려 했다가 포기한 적이 있었고, 그 사건이 둘 모두에게 상처로 남아 있다는 대목은 이 소설이 '강요된 침묵'과 '죽음'은 사실상 똑같다는 입장에 근거하고 있다는 것을 방증한다. '나'는 영이 죽음을 빌려서만 할 수 있었던 말, 그 '강요된 침묵'의 저변에 있는 외침을 대신 쓰기 위해 분투한다. 그와 같은 가없는 애도는 죽은 타자들을 먹잇감으로 삼아 살아남은 우리들이 취해야 할 최소한의 예의일 것이다.

---

5) 장 폴 사르트르, 앞의 책, 880쪽. 번역 수정.

최근의 미투운동이나 내부 고발을 비롯한 사회적 말하기/글쓰기의
사례들은 누군가에게 침묵을 강요하는 것이 살인에 버금가는 일임
을 시사했고, 우리는 죽음을 또 한 번 죽이지 않으려는 공동체적 노
력의 필요성을 절감하게 됐다. 언뜻 죽음에 대한 현학적 성찰처럼
보이는 천희란 소설들에 내재된 사회학적 해석의 맥락에 더 주의를
기울여야 하는 까닭도 이와 무관하지 않다. 백지로 수신된 죽음을
붙들고 사는 인물들에게서 우리는 지금 여기에 요청되는 장례의 한
형식을 발견한다.

3. 죽음의 시뮬레이션
―창세기의 서문으로서의 묵시록

'모든 사람은 죽는다. 소크라테스는 사람이다. 고로 소크라테스
는 죽는다.' 이 유명한 삼단논법은 죽음이 모든 인간에게 공평하게
온다는 대전제, 그리고 개별자 소크라테스가 인간에 포함된다는 소
전제를 바탕으로 결론을 추론해낸다. 그러나 그 결론은 현실에서
종종 틀린 것처럼 보인다. 누군가는 징그러울 정도로 오래 살고, 또
누군가는 억울하게 너무 일찍 죽는 것 같기 때문이다. 이반 일리치
가 자신의 죽음을 논리적으로는 수긍하면서 심리적으로는 거부했
던 것 역시 이런 맥락에서다. "삼단논법을 보면, 율리시스 카이사르
는 인간이다, 인간은 죽는다, 고로 카이사르도 죽는다. (……) 카이
사르는 인간이니까, 일반적인 인간이니까 당연히 그 말은 맞는 말

이다. 하지만 이반 일리치 자신은 카이사르도 아니고 일반적인 보통 사람도 아니다. 그는 언제나 자신을 남과 전혀 다른 특별한 존재라고 생각해왔다. (……) 나만의 감정과 생각을 가진 이반 일리치, 나에게는 전혀 다른 문제다. 내가 죽을 수 있다는 건 도저히 있을 수 없는 일이다. 그건 너무도 끔찍한 일이다."[6] 이반 일리치는 자신이 특수하다고, 그러므로 죽음의 보편성에서 자유로울 수 있다고 항변한다. 그러나 죽음은 개별자의 특수성을 따져 묻지 않는다. 죽음에는 그 어떤 순서도 인과도 없다. 그것은 오로지 우연에 의해서만 결정된다. 천희란 소설에 등장하는 우연의 법칙들, 예컨대 '동전 던지기'(「영의 기원」)나 '카드 게임'(「창백한 무영의 정원」)의 원리가 말하려는 바도 이와 같다. 그렇다면 이 우연성을 조작해야만 죽음에 대한 다각도의 접근과 실험이 가능해질 것이다.

인류가 한꺼번에 동전을 던져, 모두 같은 면이 나오는 우연이 일어날 수도 있을까. 희박한 가능성이겠지만 소설은 그와 같은 극적 상황을 용감하게 밀고 나간다. 「창백한 무영의 정원」과 「예언자들」이 바로 그런 경우인데, 인류에게 거의 동시에 죽음이 닥치는 묵시록의 세계를 배경으로 하는 이 소설들은 한편으로 세월호 참사나 제천 화재 같은 대형 사건 사고들을 통해 대규모의 죽음을 핍진한 현실로 받아들이게 된 동시대의 기류를 반영하고 있는 것처럼 보이고, 또 다른 한편으로 장기간 저성장 시대를 거쳐 오면서 안정적 삶

---

6) 레프 니꼴라예비치 똘스또이, 『이반 일리치의 죽음』, 이강은 옮김, 창비, 2012, 72쪽.

을 포기한 채 죽음 직전에 육박하는 불안을 내면화하며 살아온 한국 사회의 절망을 형상화해놓은 것처럼 보인다. 어느 편이든 가까운 미래로 실감되는 종말 언저리를 다루면서 두 편의 소설이 동시에 겨냥하는 질문은 이것이다. '우리는 어떻게 여생을 살아야 하는가.' 여기서 주어가 '우리'라는 점은 조금 강조될 필요가 있는데, 두 명 이상의 인물들의 상호작용을 보여주는 이 소설들은 종말 직전에 비견될 참담한 시대를 통과하는 공동체적 지혜를 상상하고 있기 때문이다.

등단작 「창백한 무영의 정원」부터 살펴보자. A, B, C, D, E 다섯 명의 인물이 있다. 그중 B가 가장 빨리 죽었는데, B의 시체 앞에서 나머지 넷은 그들만의 의식을 치른다. "임윤정, 그것이 B의 이름이다. (……) 우리는 약속이라도 한 것처럼 B의 이름을 작게 읊조린다. 다시는 그 이름을 잊지 않겠다고 다짐하듯이."(9-10쪽) 종말이 예고되자 익명의 인물들이 자살을 기도하는 비밀스러운 인터넷 모임을 결성했다. 화자 '나'는 그 모임의 멤버 중 하나다. 오프라인에서 만난 그들은 어느 숲속의 별장으로 자살 여행을 떠나고, 멤버들이 차례로 죽음을 맞이하는 것을 확인한다. 그렇게 그들은 서로의 죽음에 증인이 되어주며, 앞서 죽은 이를 호명함으로써 그를 추모한다. 흥미로운 것은 이들 특유의 장례 방식 안에서 다만 호흡을 이어가는 연명이나 다름없었던 "이름이 없는 존재들"(12쪽)로서의 삶이 끝나고, 시체들이 비로소 이름을 얻게 된다는 점이다. 이름 없는 존재로 살아가는 삶의 불안과 공포를 설명하는 부분에 방점을 찍고 읽는다면, 이들의 장례 방식은 죽음을 지불하여 이름을 얻고자 고안해낸 일종의 교환 체계처럼 보인다. 물론 '이름이 없는 존재'란 '불완전한 자아'의 메타포일 것이다.

마지막 장면에서 '나'와 그림자가 포개지는 것으로 '나'의 죽음은 암시된다. 그림자·거울상·유령·환영과 같은 도플갱어 모티브를 사용하는 문학작품들이 대개 그렇듯이 '나'와 그림자의 분리는 자아의 소외가 불가피한 세계, 즉 '진정한 나'로 살아가는 일을 방해하고 억압하는 세계의 부조리를 나타낸다. 그렇다면 '나'와 그림자가 합체되는 동시에 일어나는 죽음은 차라리 '진정한 나'로의 탄생처럼 보이지 않는가. 요컨대 이 소설이 그려내는 묵시록적 환상은 목숨을 내던짐으로써 가능해지는 다른 삶을 꿈꿔보려 축조된 것이며, 죽음을 매개로 한 상상적 교환을 통해 얻을 수 있는 새 삶의 비전을 계시하기 위해 설계된 것이다. 종말의 날짜가 공표된 세계에서 가능한 구원이란 무엇인지를 골몰하는 소설 「예언자들」이 궁극적으로 지향하는 바도 이와 다르지 않다. 사형을 당하고도 기적처럼 살아났으나 정작 자신이 받은 구원의 의미를 알지 못해 방황하는 남자가 한 여자를 만난다. 남자에게 구원의 의미를 찾게 될지 모른다는 희망을 품게 하는 여자는 "불필요한 성실함으로"(51-52쪽) 일상을 지켜나가는 마을에 정착해 종말의 날을 기념하는 연주회를 열겠다는 일념으로 살고 있다. 주문해둔 바이올린 현의 행방을 알기 위해 악기점에 받지 않을 전화를 반복해 거는 여자는 기다림을 어떤 의식처럼 치르면서 놀라울 만큼 평온하게 종말을 맞이하고 있다.

기독교적 의미에서 구원이란 사후에 하나님의 세계, 죄와 고통이 없는 새로운 삶이 펼쳐진다는 약속이다. 이 소설에서 대부분의 사람들은 구원을 확신할 수 없어 긴 시간을 허무 속에서 괴로워하거나 폭동을 일으켜 세계의 혼란을 증폭시킨다. 그러나 "여자는 음악을 구원이라 여겼다. 여자에게 연주는 인류의 역사를 기리는 행위였고, 동시에 안식과 평화에 다다르는 길이었다"(42쪽). 그러나 그런 여자의 신념은 관객과 무대가 주는 압박감과 다른 연주자들과의 비교와 경쟁의 시선을 버텨내지 못했다. 여자는 연주자로서의 활동과 인간관계를 정리하고 사회에서 지워지는 길을 택함으로써 상징적 자살을 감행한다. 그러나 "자기 자신만의 세계로 훌쩍 떠나"(45쪽)온 뒤에 아이러니하게도 여자는 종말이 가까워질수록 음악에 대한 애착과 연주에 대한 열정이 배가되는 것을 느낀다. 말하자면 여자는 죽음을 자신의 삶 안으로 미리 끌어들임으로써 일종의 자기 구원에 도달한 셈이다. "쓸모없는 것이 아름답다"(62쪽)는 여자의 생각이 세속적 성공에 실패한 이들의 정신 승리를 위한 변명처럼 들리는 요즘과 같은 시대에 이와 같은 자기 구원은 낙오자의 현실도피처럼 비칠지도 모르지만, 자신의 쓸모를 입증해야 한다는 강박 속에서 죽어가고 있는 이들에게는 어떤 지침이 돼줄 것이다. 세계가 요구하는 삶을 살면서 나날이 죽어갈 것이 아니라 자발적으로 그와 같은 삶에 죽음을 선언하고 신념에 따라 다르게 살기로 작정함으로써 구원에 이르는 것. 천희란의 묵시록은 종말 외에는 다른 전망이 보이지 않는 이 세계에서 삶다운 삶을 얻기 위한 '죽음의 시뮬레이션'(보드리야르)을 제안한다. 그리고 이렇게 읽을 때 그의 묵시록은 창세기의 서문처럼 보인다.

4. 자살이거나 살인이거나
─속죄의 사회심리학

요즘은 찾아보기 어려워졌지만 전통적으로 성당에는 장궤長跪틀이 있었다. 장궤틀은 무릎 꿇는 자세를 취하게 도와주는 전례典禮용 가구인데, 신에게 용서를 구하고 감사를 표하며 경배를 올리는 마음을 구현하기 위해 무릎을 꿇는 것은 미사의 오랜 관습 중 하나였다. 노예제가 있었던 전근대적 사회에서 노예가 주인 앞에 무릎 꿇는 일은 다반사였겠으나 평등이 사회의 기본 가치로 자리 잡은 현대에 사람이 사람 앞에 무릎 꿇(리)는 일은 원칙적으로 없어야 마땅하다. 종교와 같은 특정 영역에서 신이나 권위에 대한 완전한 복종의 표현을 하기 위해 자발적으로 선택한 경우가 아니라면, 장궤틀은 이제 그 어디에서도 불필요해진 것이다. 그러나 단지 고객이라는 이유만으로 백화점 주차요원이나 판매원에게 무릎 꿇기를 명령하는 사람들의 모습을 볼 때, 우리는 보이지 않는 장궤틀에 묶여 있는 신체들이 여전히 주변에 있음을 감지한다. 이 장에서 다룰 「신앙의 계보」와 「사이렌이 울리지 않고」에는 누군가가 무릎 꿇(리)는 장면이 등장한다. 천희란은 무릎 꿇기를 요구받는 이들을 주인공으로 삼아 그들이 그 자세를 취하거나 취하기를 종용받는 순간

입게 된 상처를 살핀다. 나아가 아물지 않는 그 상처를 견디며 살아
가는 인물들의 불안정한 정서 속에서 죽음 충동을 발견하는데, 자
신을 향하기도 하고 타자를 향하기도 하는 그 죽음 충동은 사회에
서 발생하고 자라나는 적의敵意의 두 향방을 가리켜 보인다. '갑·을'
'금·은·흙수저'와 같은 계급 구분의 지표가 유행어인 지금 여기에
서 수치심과 모욕감은 불명예스럽지만 시대정서가 된 지 꽤 오래
다. 천희란의 소설은 상대적 박탈감이 만드는 계급 간의 적의가 죽
음 충동으로 이어지는 심리적 메커니즘을 그려 보여줌으로써, 자살
혹은 살인이 연일 이슈인 동시대에 대한 사회심리학적 통찰에 도달
한다.

아파트 현관의 타일 바닥에 무릎을 꿇고 앉아 있던 제 부모의 뒷모습
이, 아이에게는 무릎을 꿇는 행위의 의미를 추적하던 기분으로 기억되었
다. 고작 유치원생에 불과한 아이는 비어가는 과자 봉지를 쥐고 절대로
놓지 않았다. 누구도 언성을 높이지는 않았지만, 타일 바닥의 차가운 기
운이 신발 속까지 전해졌다. 남자는 아이가 자신의 아들이라 주장했으
나, 그의 부모는 믿지 않았다. 믿고 싶지 않았을 것이다. 남자의 어머니는
무릎 꿇은 여자를 향해 죄인을 며느리로 들일 수는 없다고 말했다.

(164-165쪽)

위의 인용문은 「신앙의 계보」의 주인공인 신부 P가 어린 시절에
경험한 일화다. 시부모가 될지 모를 사람들에게 '죄인' 취급을 당

하던 엄마, 다른 남자와 결혼했던 과거 때문에 굴욕을 견뎌야만 했던 엄마의 모습을 아이는 트라우마로 간직하고 있다. 그들의 단죄가 주술이라도 된 것일까. 원하던 재혼을 이루지 못하고 가톨릭에 귀의한 엄마는 P를 사제로 기른다. 신의 울타리 안으로 들어갔으니 모자에게서 '죄인'이라는 꼬리표를 떼어낼 길은 완전히 봉쇄돼버린 것이나 마찬가지였다. 그렇게 P는 죄인으로서, 기도하며 속죄하는 인간으로 자랐고, 신부로서의 역할과 책임에도 충실해왔다. 그러나 최근 그는 혼란스럽다. "평생 신부로 살아온 그에게는 잘 되지 않는 기도가 믿음이 훼손되어가는 증거처럼 느껴졌다. 지나온 믿음의 역사를 송두리째 의심할 수밖에 없는 처지에 놓인 기분이었다. 의심과 회의의 언어가 자꾸만 그의 침묵을 어지럽혔다."(156쪽) 속죄의 방법 중 하나인 기도를 생산하는 것은 신앙의 힘이고 P의 경우 그의 신앙이 뿌리내리고 있는 곳은 엄마로부터, 아니 더 멀리는 엄마의 시부모가 됐을지 모를 사람들로부터 내려온 '너는 죄인이다'라는 문장이었다. 요컨대 이 소설은 어떤 이가 죄의식을 느낀다면 그것은 그에게 죄가 있어서가 아니라, 누군가로부터 단죄를 받았기 때문이라는 관점을 취하고 있다. 그러므로 P의 신앙이 흔들린다면, 그 근본에 있는 죄의식의 진위를 우선 따져볼 필요가 있는 것이고, 그러기 위해 P는 한 아이를 만나야 했다.

자신이 따돌림과 학대를 받고 있다고 고백한 아이는 신부인 P에게 기도하면 좋은 사람이 될 수 있느냐고 물었고, 그렇다면 기도를 하고 싶다고 말했다. P는 벌써부터 "자신이 저지른 죄의 무게를 생각"하는 아이가 안쓰러웠고, 그와 동시에 "아이가 저지를 수 있는 잘못이라는 게 얼마나 하찮은 것일지를 생각했다"(164쪽). 생각이 거기까지 이르자 P는 아이에게서 과거의 자신이 보였다. 아이에게 "알 수 없는 책임감"을 느낀다거나 아이가 "유령처럼 불투명"(171쪽)하다는 표현들 때문인지 아이는 P가 자신의 신앙을 시험하기 위해 만들어낸 환상처럼 보일 정도다. 아이와 함께 하루를 보내며 P는 수면제가 간절해질 정도로 피곤했으나 아이가 벽장 속에 숨겨두었다는 잭나이프가 저지를지 모를 미래의 죄가 염려돼 쉽게 잠을 이루지 못한다. 자살(수면제)이거나 살인(잭나이프)이거나. 만약 아이가 '어린 P'라면 그는 부당한 죄의식 때문에 죽음 충동에 시달리게 된 가련한 존재가 아닌가. 꿈결 같은 마지막 장면에서 P는 과거의 자신과 손을 잡듯 아이의 손을 잡고 "신앙이 완전히 파괴되어버렸다"(187쪽)고 시인하는데, 그 순간 P는 여하한 의심 없이 죄의식을 짊어지고 살아가야 하는 신부로서의 삶에는 실패한 것일지 몰라도, 어린 시절 세뇌돼 그의 일생을 강탈해 간 부당한 죄의식으로부터는 해방된 것처럼 보인다.

주인공의 범죄 계획이 무사히 실행될 것인지를 긴장감 속에서 지켜보게 하는 「사이렌이 울리지 않고」 또한 사회적 약자가 강요받는 부당한 죄의식에 문제를 제기한다. '형인'은 상류층 자녀의 외국 대학 진학을 전담하는 유학원에서 일하고 있다. 학생 '수진'이 봐야 할 시험 장소를 잘못 등록한 실수 때문에 그녀는 곤경에 처해 있는데 "강남의 대형 성형외과 원장이라는 수진의 아버지는 당장 병원으로 찾아와 무릎을 꿇기를 요구했다. 그것이 그가 바라는 진실한 사과의 방법이었다."(230쪽) 사장의 중재로 무릎 꿇는 치욕은 겨우 면했지만, 그 대신 형인은 수진의 부모가 요구하는 모든 일을 들어주게됐다. 명백히 "멸시"(231쪽)로 해석될 만한 부탁과 제안들을 생계때문에 묵묵히 감당해오던 형인은 입국하는 수진을 집까지 데려다주라는 지시 앞에서 폭발한다. 더는 분노를 참지 못한 형인은 출신대학이나 배경, 재력이 출중하지 않은 사람들을 동등한 관계로 대우해주는 척하면서 사실은 그들을 노예처럼 부리려고 하는 상류층의 속물성과 기만성에 대한 최적의 복수를 꿈꾼다. "조금도 안전하지 않다는 것을, 당신들이 제외되어 있지 않다는 것을, 당신들도 깨달아야 한다."(255쪽)

수진이 극심한 공포에 시달려보기를 바라고, 수진의 부모가 위해의 위험에 노출되기를 원하면서 범죄를 결심하던 때에 형인이 떠올린 단어는 "공평"(233쪽)이었다. 이 점은 이 소설이 '속죄'의 형식을 빌려 형성·유지되는 계급 구조의 심층을 해부해 보이고 있다는 증거 중 하나다. 천희란은 형인의 심리를 세밀하게 묘파해 들어가면서 상류층에 대해 표출되는 적의의 중핵에 압도적인 "공포"(241쪽)가 있음을 지적한다. "형인이 두려움 없이 살 수 있는 장소 같은 것은 없었고, 오직 그러한 사람들만이 존재했다."(242쪽) 두 페이지에 걸쳐 나열돼 있는 불안의 목록들이 가시화하는 형인의 내면은 생존만이 삶의 유일한 목표이자 가치가 된 세계에서 살아가는 우리의 그것과 크게 차이가 없다. 생존을 걱정할 이유가 없을 소수의 상류층을 제외한다면 동시대 대부분의 사람들은 형인처럼 현재의 사회적·경제적 위치에서 밀려날지 모른다는 불안과 공포에 상시적으로 시달리고 있다. 이 소설은 그 불안과 공포가 형인과 같은 분열적 자아, 그러니까 내면의 동요를 완전히 잠재우기 위해 조용히 자살을 준비하면서 동시에 생존이라는 지상 과제에서 벗어날 수 없는 사람들을 악의적으로 착취하는 이들에 대한 살인을 시도하는 불안정한 주체성을 탄생시킬 수 있다는 것을 알려준다.

소설의 말미에서 한 번 실패한 범죄를 다시 도모하는 형인의 두 자아가 서로 싸우는 모습은 생존주의 시대에 조형된 불안정한 주체성이 인간의 정신과 신체, 나아가 인격을 어떻게 장악하는지를 폭로한다. 「쾌락원칙을 넘어서」[7]에서 프로이트는 죽음 충동을 긴장으로부터의 완전한 해방, 즉 무생물로 돌아가려는 경향이라고 설명한 바 있다. 그렇다면 자살 혹은 살인 외에 다른 살 길은 전혀 보지 못하고 있는 이 두 편의 소설 속 인물들은 지금 과도한 긴장 상태를 겨우 버티고 있는 것일 터다. '불면' '환시' '환청'처럼 인물들이 일상적으로 앓고 있는 병은 그들의 정신이 얼마나 쇠락해 있는가를 보여주는 증상이거니와, '사이렌' '안개'와 같은 감각적 이미지들이 조성하는 위협적 분위기 속에서 그들의 신체 또한 이상 증세를 보인다. "소리는 그녀의 정신을 완전히 포박한다. 식은땀이 흐르고, 겨우 페달을 밟는 발이 떨려온다."(227쪽) 정신과 신체에 "치명적인

---

7) 프로이트, 『정신분석학의 근본개념』, 윤희기·박찬부 옮김, 열린책들, 2004.

유독성 가스처럼"(225쪽) 퍼져 있는 긴장이 사회적 산물임을 환기할 때, 우리는 이런 결론에 이르게 된다. 자연사自然死란 없다. 긴장이, 성공을 위한 자세나 태도처럼 추앙되는 한, 사회적 타살이 있을 뿐이다.

5. 죽음으로 완성되는 삶 혹은 작품
─ 예술이라는 산도

죽음은 시간의 정지 혹은 종결을 상상하게 한다. 그런데 엄밀히 따져보면 죽음에 대한 이런 부정적 관념이 싹튼 것은 19세기 이후부터다. 세계가 선형적으로 발전·진보한다고 믿는 근대적 시간관이 먼저 도착한 뒤 인간은 출생부터 사망까지의 한정된 시간 동안 자신이 경험하는 행복을 확신하고 낙관할 필요가 생겼고, 그러자 죽음은 삶을 위협하는 은밀한 사건, 일상에서 배제돼야 할 금기로 취급되기 시작했다. 문화사가인 필리프 아리에스는 이 변화를 '혁명'에 비유한다. 근대 이후 "집단의 행복에 헌신해야 하는 윤리적 의무와 사회적 강요"[8]가 생겨나 죽음을 '건강한' 삶 저편에 있는 '아프고, 추하고, 슬프고, 고통스러운' 것으로 만들어 통제하기 시작했다는 것이 그의 논지다. 그러나 문학은 이와 같은 근대적 시간관과 그에 입각한 죽음관에 끊임없이 의심을 품어왔다. 시간은 움직

---

8) 필리프 아리에스, 『죽음의 역사』, 이종민 옮김, 동문선, 1998, 76쪽.

이거나 멈추는 것이 아니다. 시계가 시간을 공간화해 측정·재단할 수 있는 것처럼 꾸며내고 그래서 죽음은 시곗바늘이 멈추거나 부러지는 화면으로 상상될지 모르지만, 시간은 그런 '고정'의 이미지들과 무관하게 '지속과 흐름'이라는 본질에 충실하다. 문학이 시간의 상징으로 '강'이나 '바다'를 애용하는 것은 이런 맥락에서다. 문학은 '흐름'을 연상하게 하는 유동적 물질들을 통해 삶과 죽음을 포함한 인간사가 '지속'에 붙박여 있음을 잊지 않으려고 한다.9) 천희란의 「경멸」과 「다섯 개의 프렐류드, 그리고 푸가」에 공통적으로 등장하는 '얼음강'의 이미지는 바로 이런 관점에서 소설의 메시지와 잇대어 주목해볼 필요가 있다.

「경멸」은 미술 기자인 '당신'이 겪은 화가 '그'의 기이한 죽음에 대한 이야기다. 기자의 주장대로라면 화랑에서 처음 만난 화가를 따라 그의 작업실에 간 날, 화가는 자신이 불멸의 인간이라는 믿지 못할 고백을 했다. 그는 그것을 입증하려 기자의 눈앞에서 자살까지 해 보인다. 혹 살인범으로 몰릴까봐 작업실에서 황급히 도망쳐나온 기자 앞에 화가는 정말 살아서 다시 나타난다. 그리고 기자에게 자기 그림의 모델이 돼달라고 부탁한다. 모험심을 발휘해 그 부탁을 수락한 기자는 얼마 뒤 초상화가 완성됐다는 소식을 듣고 화가의 작업실로 향한다. 행적이 묘연해진 화가를 찾다 귀가한 기자는 뜻밖에도 자기 집 거실 한복판에서 기다리고 있는 화가를 발견

---

9) 한스 메이어호프, 『문학과 시간의 만남』, 이종철 옮김, 자유사상사, 1994, 32–36쪽 참조.

한다. 기자는 어쩌면 화가의 손에 자신이 죽을지도 모른다고 직감하는데, 아니나 다를까 살해당하지 않기 위해 화가와 몸싸움을 벌이던 기자는 결국 화가를 살해하게 된다. 요컨대 기자는 몇 번이고 죽기를 시도했으나 죽지 못해 괴로워하던 불멸의 인간을 죽여준 셈이 됐다. 그러나 소설의 끝에 이르면 이 기자의 주장이 참인지 아닌지조차 확신을 갖고 말하기 어렵다는 느낌을 받게 된다. 소위 '믿을 수 없는 화자'의 한 사례라고 볼 것까지는 없다 하더라도, 덕분에 이 소설의 여운은 길어진 듯하다. 이렇게 천희란은 이 소설을 예술, 삶과 죽음, 그리고 시간에 대한 한 편의 우화로 완성했다.

소설 안에 언급되는 로만 오팔카Roman Opalka의 생애와 작품은 이 우화의 또 다른 버전이자 어쩌면 이 소설을 이해할 수 있는 비밀 열쇠에 해당하는 것일지 모른다. 로만 오팔카는 일생 동안 한 작품에만 헌신했다. 숫자 1을 그리는 것으로 시작된 그의 작업은, 이어지는 숫자를 연이어 그려나가는 방식으로 계속되었고, 46년 뒤 그가 죽어서야 비로소 끝이 났다. 그래서 그의 작품 「1965/1-∞」를 볼 때 우리는 점·선·면·색채와 같은 회화적 요소들이 아니라 46년의 시간을, 그 막막한 시간의 지속과 흐름을 대면하게 된다. 이 작품의 놀라운 점은 '죽음이 삶을 완성한다'라는 말을 자주 듣기는 해도 그다지 실감하기 어려운 우리에게 저 말이 하나의 작품으로 관철되는 사태를 생생하게 보여주기 때문이다. 죽어서야 끝난 그의 작업은 '죽었기 때문에' 멈춰버린 작업인 것이 아니라 '죽음에 의해서만' 완성되는 작업으로 애초 구상된 것처럼 보이지 않는가.

천희란의 「경멸」은 로만 오팔카의 기획에서 영감을 받되 다음과 같은 기발한 질문을 던지는 데서 시작된 듯싶다. 죽음에 의해 완성되는 로만 오팔카의 작업을 영원히 죽지 않는 누군가가 맡는다면 어떻게 될까. 그의 불멸성은 작품의 완성을 영원히 유예시킨다는 점에서 저주가 될 것이다. 그렇다면 그 불멸의 화가는 누군가에게 제발 자신을 죽여달라고, 그래서 자신의 기획(삶/작품)을 완성할 수 있게 해달라고 요청하지 않을 수 없을 것이다. 그리고 그때 그 일을 떠맡는 사람은 바로 그 일을 행함으로써 자기도 모르게 그 작품의 완성에 기여하게 된다. 이 소설이 기자와 화가 사이에서 발생한 일종의 전염을 암시하는 것으로 맺어지는 것은 그래서 흥미롭다. 기자가 애초 화가에게서 보았던 "얼음강 같은 눈빛"(222쪽)은 마지막 장면에 이르면 기자 자신의 것이 돼 있다. 이 소설의 표현을 좇아 말하면 표면적으로는 고정돼 있어 보이는 '얼음강'은 그 내부에 한없는 지속과 흐름을 품고 있다. "얼어붙은 수면 아래로 흐르는 물의 깊이와 유속을 도저히 가늠할 길이 없었다."(191쪽) '얼음강'을 닮아버린 그들의 눈빛은 죽음에 대한 진실 하나를 실감하는 데 성공한 자들이 공유하는 은밀한 표징 같다. 그 진실이란, 죽음이 삶을 정지 혹은 종결시키는 것이 아니라 실은 완성하는 하나의 '가능성'이며 우리는 바로 그런 관점에서 죽음을 사유할 필요가 있다는 것이다.

또 다른 예술가 소설인 「다섯 개의 프렐류드, 그리고 푸가」는 서로에게 '선생님'과 '효주'로 호칭되는 작가 두 명이 주고받은 서신들을 통해 글쓰기가 그와 같은 죽음의 가능성을 실현하는 산도産道

가 될 수 있다고 주장하는 듯하다. 효주가 선생님에게 엄마의 죽음에 대해 듣는 것은 이번이 처음은 아니다. 목격자였던 선생님의 증언으로 효주 엄마의 죽음은 15년 전 자살로 판명됐다. 그때 들었던 선생님의 이야기는 효주의 심중에 엄마에 대한 원망을 심어주었으나, 이후 오간 효주와 선생님의 편지들을 참조하면 그 일로 선생님과 효주는 유사 모녀 관계가 됐다. 후견인을 자처한 선생님은 효주의 의지처가 돼주었고, 결혼과 임신이라는 전환기를 통과하면서 혼란스러울 효주가 위로와 지지를 얻기 위해 가장 먼저 떠올린 사람역시 선생님이다. 다시 엄마의 죽음에 대해 말해주기를 요청하는 효주의 편지에 선생님은 그 서사의 두 번째 버전을, 즉 지금 우리가읽고 있는 이 소설의 본론을 들려주기 시작한다.

"한 여자가 멀리서 언 강 위를 가로지르고 있었어. 네 엄마였다. 부동의 풍경을 휘젓고 있었지."(115쪽) 부동 속의 유동 혹은 정지속의 흐름을 나타내는 '얼음강' 이미지가 여기서 또 한 번 활용된다. 효주 엄마의 죽음이라는 사건 자체는 강 표면의 얼음처럼 굳어진사실이지만, 이 죽음이 효주와 선생님에게 삶의 특정 국면에서 어떻게 환기되고 또 의미화될지는 얼음 아래를 흐르는 물처럼 유동적인 가능성으로 남아 있다. 선생님의 두 번째 서사에서 엄마의 죽음은 "아름다웠다"(119쪽)고 기록되는데, 이 이야기는 효주의 마음에남아 있던 엄마에 대한 원망을 깨끗이 씻어 내린다. "끝내 엄마를 아주 미워할 수는 없었습니다. 아무런 도움도 없이 홀로 아이를 키우는 여자의 삶이 순탄하지 않다는 것을, 제 눈에 띄지 않는 곳에서 상상조차 할 수 없는 비참한 일들이 일어났으리라는 것을 이해하니까요."(122-123쪽) 갑자기 고아가 된 열다섯 소녀에게 자살한 엄마는 "남아 있는 것이 아무것도 없다"(124쪽)는 상실감만을 주었겠지만, 아내이자 엄마로서의 삶을 앞둔 서른의 효주는 혈혈단신 아이를 키운 여자의 고단했을 인생을 이해하면서 엄마의 자살을 납득할 정도로 품이 커져 있다. 효주의 변화와 더불어 엄마의 죽음은 15년의 격차를 두고 효주의 인생에 새로운 의미/작품으로 새겨지고 있는 것이다.

그러나 효주에게 아직 전해지지 않은 선생님의 편지에는 엄마의 죽음에 대한 세 번째 버전의 이야기가 담겨 있다. 그 이야기가 효주의 삶에 어떤 파문을 일으킬 것인지는 독자의 상상에 맡겨둔 채 소설은 마무리된다. 그리고 효주는 예상치 못한 선생님의 사망 소식을 듣게 된다. 엄마의 죽음에 대한 두 편의 이야기를 만들어 들려준 작가였던 선생님을 좇아 작가가 된 효주가 선생님을 그리워하며 아직 받지 못한 편지가 있을지도 모른다고 예감하는 대목은 그녀가 선생님이 그랬던 것처럼 죽음의 서사화 작업에 동참하게 될 것을 일러주는 복선이다. 엄마와 선생님의 죽음을 그녀는 앞으로 어떻게 쓰게 될까. "생존하려는 것은 스스로 변할 뿐만 아니라, 자신을 둘러싼 환경을 바꾸기도 한다"(132쪽)는 말을 경구譬句처럼 되새기는 효주이기에, 두 여인의 죽음은 세계와의 상호작용 속에서 생존을 위해 스스로 변했고 동시에 주변을 변화시킨 삶으로 의미화/작품화될 것만은 분명하다. 그리고 그와 같은 글쓰기가 두 어머니의 죽음을 자기 안에 묻고 육아의 난관들을 통과해나가야 하는 효주 자신의 생존을 북돋우는 변화를 잇달아 가져올 것도 예상해볼 수 있다. 이렇게 이 소설은 죽음의 의미화 작업이 인생에 굵은 마디를 만들게 마련이고, 그 마디를 딛고 오히려 진화와 생장은 계속될 수 있다는 것, 즉 시간의 결절을 만드는 죽음의 가능성에 대한 이야기라고 읽을 수 있다.

그러나 어쩌면 이 소설을 읽는 더 중요한 독법은 다른 것일지도 모른다. 엄마의 죽음에 대한 세 가지 버전의 이야기를 들으며 인생의 마디를 완성해가는 효주도 효주이지만, 자신이 연루돼 있는 죽음을 평생에 걸쳐 세 번이나 고쳐 써야만 했던 한 작가의 일생이란 과연 무엇일지 생각해보는 독법 말이다. "비열한 글쓰기란 (……) 그저 쓸 수 없는 것을 쓸 수 없는 것으로 남겨두는 것"(136쪽)이라고 생각했던 선생님은 어느 시점부터 글쓰기를 중단한 채 살아왔다. 그러나 효주가 결혼과 출산을 앞둔 시점, 후견인으로서의 역할과 책임에서 벗어나도 되겠다는 생각이 자연스럽게 들었을 바로 그 즈음에 선생님은 이제 때가 됐다는 듯이 다시 작가의 자리로 돌아가 쓸 수 없는 것으로 남겨두었던 그 이야기에 접근한다. 효주 엄마와 선생님이 과거 동성의 연인이었고 둘 사이에는 삶의 방식을 두고 오랜 갈등이 있었다는 사실이 기록돼 있는 편지는 이를테면 선생님의 유작인 것인데, 그것은 선생님에게 죽음을 기다리면서만 겨우 쓸 수 있는 이야기였다.

그렇다면 이 소설은 선생님의 삶을 빌려 작가란 평생 동안 반드시 말해야만 하는, 그러나 죽음을 각오하지 않고서는 끝내 말할 수 없는 한 가지 진실 주변을 계속 맴돌며 사는 존재라고 이야기하고 있는 것은 아닐까. 앞에서 화가의 생물학적 죽음이 그의 작품을 완성하는 사례를 본 것처럼, 우리는 이 경우에도 한 작가가 죽음을 통해서 궁극의 작품을 완성하는 또 다른 사례를 목격하고 있는 것일지 모른다. 아니, 본래 예술가의 숙명이란 바로 그런 것이 아닐까. 작가란 평생 한 가지 이야기만을 할 뿐이라는 말을 흔히 듣지만 그것은 달리 말하면 한 작가의 수많은 작품들이 결국 가장 궁극적인 진실 하나를 말하지 못하고 방황한 흔적들이라는 뜻이 된다. 어쩌면 누구나 하나쯤은 가지고 있을 그 한 가지 진실을 포기하지 않고 말하기 위해 자신을 끝없이 학대하며 앞으로 나아가는 이들이야말로 예술가라고 불릴 자격이 있는 것인지도 모른다.

여기까지 쓰고 나니 궁금해지지 않을 수 없다. 이 화가와 작가를 탄생시키고 그들을 통해서 예술가의 숙명을 응시하고 있는 우리 앞의 이 작가, 천희란은 누구인가. 죽음을 통해서만 완성되는 작품을 향해 나아가는 예술가들을 그려내는 동안 천희란의 내면에는 어떤 직시와 회피의 긴장이 있었을까. 바꿔 말해 천희란이 궁극적으로 말하고 싶은, 그러나 생이 다하는 순간에 이르러서야 결국 최종적인 버전을 만들어내게 될 그 진실은 무엇일까. 그는 무엇을 말하기 위해 혹은 말하지 않기 위해 이토록 죽음으로 가득한 책을 쓴 것일까. 어째서 그는 이토록 빛으로 죽음을 그리는 일에 자신의 모든 재능을 쏟아야만 했던 것일까. 죽음을 예술이라는 산도로 통과시켜 무엇을 탄생시키려고 했을까. 이번 책은 천희란의 첫 번째 소설집이므로 이제 그는 그 궁극적 진실과 최후의 작품을 향해 겨우 첫발을 내디딘 셈이다. 그의 진실이 감추어지고 또 드러나는 고통스러운 우회의 여정이 펼쳐지리라. 이 여정이 어디로 이어질지 아직은 알 수 없다. 다만 분명한 것은 그에게는 고통스러울 그 여정이 우리에게는 아름다울 것이라는 사실, 내가 앞으로 그의 여정에 끝까지 동행하게 될 것이라는 사실, 그것이다.

수없이 많은 것을 그토록 쉽게 버려왔는데 왜 이것만큼은 포기하지 못했는지, 줄곧 궁금했고 아직도 답을 찾지 못했다. 즐거웠던 적은 거의 없다. 매번 유서를 쓰는 심정이었다. 그럼에도 계속 쓰면서 여기까지 왔다. 여기까지 왔다는 사실보다 중요한 건 없다고 한 소중한 친구는 말했다. 언제나 끝에 가보고 싶다고 말하지만, 내심은 그 끝이 멀리 있기를 바라기도 한다. 이 이야기들을 쓰기 위해 결코 가볍지 않은 대가를 치렀다. 그러므로 누군가 한 명쯤 오래 기억해주는 사람이 있어도 좋겠다는 게 솔직한 바람이다. 책이 출간되기까지 보이는 곳과 보이지 않는 곳에서 힘이 되어주신 모든 분들께 감사드린다. 그들 곁에 오래 머물고 싶다.

2018년 봄
천희란

영의 기원

초판 1쇄 펴낸날 2018년 5월 24일

지은이 천희란
펴낸이 김영정

펴낸곳 (주)현대문학
등록번호 제1-452호
주소 06532 서울시 서초구 신반포로 321(잠원동, 미래엔)
전화 02-2017-0280
팩스 02-516-5433
홈페이지 www.hdmh.co.kr

ISBN 978-89-7275-882-2 03810

서울문화재단
• 이 책은 서울문화재단 '2018년 첫 책 발간지원사업'의 지원을 받아 발간되었습니다.
• 책값은 뒤표지에 있습니다.
• 파본은 구입처에서 교환해 드립니다.